MW00328283

SKAZ

MASTERS OF
RUSSIAN
STORYTELLING

TRANSLIT
PUBLISHING

SKAZ

MASTERS OF
RUSSIAN
STORYTELLING

A Dual-Language Anthology

Edited and translated by Danielle Jones
with
Anna Arustamova
Svetlana Malykhina
Natalya Russkikh

TRANSLIT PUBLISHING

Translit Publishing
www.translit.ca

ISBN 978-0-9812695-4-2

Published with the support of the
Institute for Literary Translation (Russia).

ИНСТИТУТ ПЕРЕВОДА

AD VERBUM

Table of Contents

(continued)

TABLE OF CONTENTS

SKAZ

MASTERS OF RUSSIAN STORYTELLING

TRANSLIT PUBLISHING

Introduction

Danielle Jones

Skaz comes from the Russian word *skazat*, "to tell", and hence signals the oral, story-telling quality inherent in the form. In a country distinguished for its scholarly discourse and that has produced such celebrated tomes as *War and Peace*, *The Brothers Karamazov* and *Dr. Zhivago*, *skaz* seems like the provincial country cousin who does not know it's impolite to tell crude jokes at the dinner table. Hidden in its playful form, however, *skaz* performs an important role expanding the range of linguistic and topical possibilities for Russian literature and allowing for a humorous and often irreverent approach to serious subjects.

While most *skaz* stories have a strong oral quality, the celebrated Russian theoretician, Mikhail Bakhtin, is quick to note in *The Problems of Dostoeyvsky's Poetics*[1] that the true importance of *skaz* lies in its "double-voiced discourse" and the "dialogic angle" between speakers. Bakhtin explains that *skaz* is unique because the author speaks through a narrator whose discourse is socially and intellectually removed from his own. The author's voice is heard under, above and through the voice of the storyteller who is not a literary professional but rather uneducated, provincial, unaware, dimwitted, poor, or from a repressed socio-economic, political or intellectual stratum speaking in his own tongue. The narrators in this anthology are Cossacks, serfs, women, hicks and holy fools. The narrator's voice replaces the author's to some extent since the events are portrayed and interpreted from the narrator's point of view. The result is a discourse, Bakhtin contends, which has a "twofold direction—it is directed both toward the referential object of speech, as in ordinary discourse, and toward *another's discourse*, toward *someone's else speech*" (p. 185). This creates, not merely a multiplicity of vernaculars and speech patterns, but a

1   Edited and translated by Caryl Emerson. U. of Minnesota Press, 1984.

"dialogic angle" where the author's voice and the narrator's are juxtaposed and in conversation with each other.

The most accepted indicator of *skaz*, then, is not just an oral quality but the existence of a narrative distance between the author and the chronicler of the story: "The author does not display the narrator's discourse to us (as he does the objectified discourse of a hero) but utilizes it from within for his own purposes, forcing us to be acutely aware of the distance between him and this alien discourse" (pp. 190-191). In this volume, the narrators parlay, prattle and pontificate in ungrammatical, inaccurate and unsophisticated accounts which stand in sharp contrast to the voices of their literary and worldly authors creating "a collision and interruption of various accents within the bounds of a single syntactic whole" (p. 224). The contrast between the narrator's voice and the author's produces a dissonance in the text not unlike the effects of Soviet montage introduced to film by Sergei Eisenstein where transitions between shots were deliberately jarring.

Narrative distance is produced in this collection through a variety of methods. Some of the *skazes* are created through format. "The Letter" by Babel and "Letter to a Learned Neighbor" by Chekhov are written in the guise of missives and draw attention to the fact that they are constructed by a fictitious narrator's hand—one of which imitates Cossack colloquialisms and one which parrots (and mocks) intellectual discourse. Other *skazes* introduce a framed story or story within a story. Leskov's account is supposedly told by the author himself, as it was told to him by his nanny when he was a young boy. "My Brother Levanid" by Mozhayev narrates the adventures of the narrator's sibling who was a country vet.

Some *skazes* have a hyperbolic, holy or magical quality which creates a narrative distance between the narrator and author. Zamyatin's "Chief of *Volost*" and "Hardy Folk" are told in a heightened mode where the stock folk characters take on mythic proportions. Zoshchenko's exaggerated events in "The Bathhouse" and in a communal kitchen in "Nervous People"

create hilarious tales from an omniscient point of view. Dostoyevsky's and Tolstoy's *skazes*, "The Boy with the Outstretched Hand" and "Kornei Vasilyev", hold the reader at arm's length so he can make his own religious assessment of the narrative, while Remizov's magical "Night on the Eve of Ivan Kupala" is seen via an enchanted fairytale gone wrong.

Many of these *skaz* narrators are also removed from the author by a cultural, socio-economic or theatrical distance. The woman who narrates the story in Dal's "Fugitive" was born in Ukraine, married to a Russian and whisked away to Turkey by a rogue bandit. The point of view of the serf narrator in "The Make-up Artist" and the many villagers in the other stories all stand in opposition to the socio-economic class of the authors and contemporary readers of these texts. Gorbunov in "Traviata" and "Justice of the Peace" makes use of his stage experience to recount theatrical burlesques that announce their exaggerations through the country bumpkins who wax eloquently about the opera and a drunken night on the town that lands them in jail. Likewise, Neverov's, "Marya the Bolshevik" presents the story of a woman who wholeheartedly embraces the Bolshevik cause as if her life were a drama played out on the stage of her village.

To one extent or another, all of the *skaz*es in this anthology exploit oral and linguistic literary devices. This is particularly apparent in Bely's "Our Village" and Remizov's "Pilgrimage" where the cadences, images and figurative language describing a quaint village and a grandmother's pilgrimage to a monastery with her grandson are closer to poetry than prose. The monologue in Kuprin's "Last Word" is addressed directly to a jury as the narrator attempts to explain why he murdered a particular intellectual. Likewise, the shopkeeper in Bunin's "A Good Life" tells the story of her many marriages and rise from poverty as if talking to a neighbor over tea.

Many of the stories take advantage of multiple devices listed above. Noteworthy, in this context, is Gogol's "The Lost Epistle" narrated by the grandson of a Cossack who often incorporates

Ukrainian idioms to comment on his grandfather's character. The young Cossack sets out on a mission to deliver a letter to the Tsarina and along the way must outwit the devil and his witches. While the tale cannot be reduced to a fairytale, it reveals multiple levels of narrative distance generated by the framed story, magical elements, heightened characters and plot, and linguistic and cultural elements.

Gogol's story highlights the playfulness of *skaz* tales. While much of Russian literature is based on realism, a literary tone and high culture, *skaz* stands in opposition to these. The narrative space created by *skaz* allows for humor and idiomatic language. The author speaks through a narrator using parody: "one speaker very often literally repeats the statement of the other speaker, investing it with new value and accenting it in his own way—with expressions of doubt, indignation, irony, mockery, ridicule and the like" (p. 194). Hence, *skaz* tends to revel in irony.

More importantly, perhaps, *skaz* privileges a narrator whose point of view is often ignored or unacknowledged. It's not a surprise that many of these authors came from marginalized positions themselves: Gogol and Dahl were Ukrainian; Bunin and Kuprin were born in the provinces; Shishkov and Shukshin spent much of their lives in Siberia; and Chekhov, Gorbunov and Leskov were from poor families. Even Tolstoy, a nobleman, composed out of a strong sympathy toward the peasants. *Skaz* allowed these authors to write about peoples they knew well and commiserated with, using their language to express themselves. Shishkov and Shukshin, for example, were not well educated in comparison to their literary contemporaries. "The Commune" and "The Oddball," though, are nuanced portrayals of the effects of communism on the rural communities, the tragedies of industrialization on the cities and, in particular, for the scores of migrants who moved from the villages to find work.

Neither the authors' sympathy for marginalized peoples nor the *skaz* format itself was always held in high regard by critics and censors, however. Many of the stories in this volume were either criticized for being disrespectful to clergy and leaders

during the Tsarist era or censored for not promoting the official doctrine of the Soviet state. In fact, *skaz* was often written as an outgrowth of the inability of an author to freely express himself: "Where there is not adequate form for the unmediated expression of an author's thoughts, he must resort to refracting them in someone else's discourse. Sometimes the artistic tasks themselves are such that they can be realized only by means of double-voiced discourse" (p. 192). For this reason, *skaz* is much more than a lively way to tell a story; it is an important means for expanding the already rich tradition of Russian literature.

The majority of the stories in this collection have not been translated into English previously, though their authors are well-known. Like poetry, *skaz* is difficult to translate because meaning so often exists outside of the concrete denotation of words in the texture of colloquial idioms, spoken speech rhythms, untranslatable metaphors, misspellings and jokes that appear in these stories. At times, the translators were able to substitute an English idiom for a Russian one, but often were forced to resort to footnote explanations. Regardless, it is our hope that this volume is a welcome addition to the oeuvre of Russian literature available in English and an introduction to the rich and manifold delights of *skaz*.

Nikolai Gogol

Nikolai Vasilievich Gogol (1809–1852) is known as one of Russia's greatest comic writers and master prose stylists. He was born in Ukraine, or Little Russia as it was then called, a descendant of Cossacks and the son of a small landowner. His real last name was Ianovskii, but the writer's grandfather had taken the name 'Gogol' to claim a noble Cossack ancestry. Gogol's father was also a writer and composed plays for the Ukrainian puppet theater. Though his ethnic and cultural background was Ukrainian, Gogol wrote in Russian.

Gogol started writing while attending Nezhin Lyceum. Although reserved about his personal feelings, Gogol was vocal about literature, both in public discussions and in private letters. He moved to St. Petersburg in 1828. After working as a minor civil servant and failing as an assistant lecturer of world history at the University of St. Petersburg, Gogol became a full-time writer. His first publication was a long poem published under a pseudonym; it failed dismally, and the embarrassed author bought the unsold copies and burned them.

Gogol turned to writing short stories, and *Evenings on a Farm near Dikanka* was published in 1831–32. These tales promoted him from obscurity to a position as one of the nation's leading young writers. In this collection, Gogol melded his Cossack background with the fantastic and macabre, ironically reflecting his ambivalence over his identity. Next, he published the collection *Mirgorod* (1835) which includes the novella *Old-World Landowners,* about the decay of the old way of life, and the famous historical tale *Taras Bulba* based on the Ukrainian Cossacks.

Gogol struggled financially in his early years in St. Petersburg, and his emotional turmoil often drove him to produce works of fantasy. The cycle of short stories that were collectively called *The St. Petersburg Tales* dealt with the grim realities and cor-

ruption of urban life. "The Nose" is a tale of a pompous official's desperate search for his missing appendage. "Nevsky Prospect" describes the famous boulevard where a hero sees an extraordinarily beautiful woman, only to discover that she is really a prostitute. "The Overcoat" is a doleful story of an impoverished government clerk who saves to buy a new winter overcoat, only to have it stolen the first day he wears it as he walks home from a party honoring his precious acquisition. The St. Petersburg Tales show Gogol as a mature writer shaping the outlandish fantastic elements of his earlier stories into a more subtle and effective depiction of the strangeness of an inhuman urban environment.

In 1836, Gogol composed the play The Inspector General, based upon an anecdote allegedly recounted to Gogol by Alexander Pushkin. The play tells the tale of a young civil servant, Khlestakov, whom provincial officials mistake for an incognito government inspector. Khlestakov happily adapts to his new role and exploits the situation. With this simple plot, Gogol masterfully creates a satirical phantasmagoria of Tsarist Russia. According to Gogol, his play was entirely misunderstood though highly praised by the liberal critics, and he fled Russia. Except for short visits, Gogol lived abroad for thirteen years. He visited Germany, Switzerland, and France, and then settled in Rome. There, he wrote the first part of his major work, Dead Souls.

Gogol claimed that the plot for Dead Souls (1842) was again suggested by Pushkin in a conversation in 1835. The novel depicts the adventures of Pavel Ivanovich Chichikov, who arrives in a provincial town to buy "dead souls"—serfs who had died but were still counted as living until the next census. Chichikov meets with local landowners and schemes to buy their deceased serfs from them so he can apply for a government bank loan using the "souls" as collateral. The novel brilliantly satirizes the greed, corruption, falsity and general banality of upper-class Russian provincial life. Gogol spent a few years fitfully working on part two of Dead Souls but, despite repeated efforts, he failed to complete it. In fact, he burned a nearly completed sequel just

before his death. During the last week of his life, he resorted to self-starvation and died in great pain in Moscow in February 1852.

"The Lost Epistle" is the fourth tale in the collection *Evenings on a Farm near Dikanka*. The effect of Gogol's *skaz* can be accredited to the artistry of his language and dramatic narrative. Gogol brilliantly impersonates a first-person narrator who tells about the strange and marvelous events to which he was a privileged if inept witness. The narrator's speech in this tale is ungrammatical, and his peculiar pronunciation reflects the phonemic nature of the regional language that Gogol embraced with misspelled words.

Gogol is not interested in telling things as they were, but rather in telling things as they could be told. The story is recounted by Foma Grigorievich, now an old man. He was told this same story by his grandfather. Hence, the tale is seen through the magical distortion of a story within a story in the fashion of the Ukrainian puppet theater. This fanciful story, dressed up in Ukrainian historical costumes, enacts an old tradition of the devil appearing when people speak of him with laughter. Gogol treats these mystical themes as if they were a puppet show and the narrator as a storyteller from the folk tradition.

Svetlana Malykhina

Пропавшая Грамота

Николай Гоголь

Быль, рассказанная дьячком ___ской церкви

Так вы хотите, чтобы я вам ещё рассказал про деда? Пожалуй, почему же не потешить прибауткой? Эх, старина, старина! Что за радость, что за разгулье падёт на сердце, когда услышишь про то, что давно-давно, и года ему и месяца нет, деялось на свете! А как ещё впутается какой-нибудь родич, дед или прадед, — ну, тогда и рукой махни: чтоб мне поперхнулось за акафистом великомученице Варваре, если не чудится, что вот-вот сам всё это делаешь, как будто залез в прадедовскую душу или прадедовская душа шалит в тебе...

Нет, мне пуще всего наши дивчата и молодицы; покажись только на глаза им: "Фома Григорьевич! Фома Григорьевич! а нуте яку-небудь страховинну казочку! а нуте, нуте!..." — тара-та-та, та-та-та, и пойдут, и пойдут... Рассказать-то, конечно, не жаль, да загляните-ка, что делается с ними в постеле. Ведь я знаю, что каждая дрожит под одеялом, как будто бьёт её лихорадка, и рада бы с головою влезть в тулуп свой. Царапни горшком крыса, сама как-нибудь задень ногою кочергу — и Боже упаси! и душа в пятках. А на другой день ничего не бывало, навязывается сызнова: расскажи ей страшную сказку, да и только.

Что ж бы такое рассказать вам? Вдруг не взбредёт на ум... Да, расскажу я вам, как ведьмы играли с покойным дедом в дурня. Только заране прошу вас, господа, не сбивайте

The Lost Epistle

Nikolai Gogol

An authentic story, as told by the Deacon of N___ Church

So, you want me to tell you another story about Grandfather? Well then, why not amuse you with some humorous adage? Ah, the old times, old times! What joy, what merriment falls on the heart when one hears what happened in the world so long, long ago that the year and month cannot even be remembered! And if some kind of relative, a grandfather or great grandfather, is involved—well, then, I'm done for: may I choke during the *akathist*[1] to the great martyr Varvara if I don't fancy that I am doing these things myself, as if I have crawled into my great-grandfather's soul or as if my great-grandfather's soul is acting up in me…

No, more than anything, it's the girls and maidens: if their eyes just light on me, "Foma Grigorievich! Foma Grigorievich! Come now, some scary Cossack story! Come now, come now!…" —tara-ta-ta, ta,-ta-ta, and they go on and on. I don't begrudge telling them a story, of course, but if you could see what it does to them in their beds. I know that every one of them trembles under her blankets as if she has a fever and would be glad to crawl into her sheepskin coat, head and all. If a rat scratches a pot, or she somehow brushes the poker with her foot—"May God have mercy!" and her heart is in her throat. But the next day, it's as if nothing happened; she implores me again to tell her another scary story, well, what will be, will be.

What should I tell you? At the moment, nothing comes to mind… Yes, I'll tell you how the witches played "Fools[2]" with my late grandfather. Only I ask you ahead of time, gentlemen, to

---

1   Prayers that must be listened to while standing, as opposed to the *Kathisma*, when listeners were allowed to sit.

2   A popular card game where the object is to get rid of all of one's cards. The last player left with cards in his hand is the fool.

с толку; а то такой кисель выйдет, что совестно будет и в рот взять. Покойный дед, надобно вам сказать, был не из простых в своё время козаков. Знал и твёрдо-он[1] — то, и слово-титлу поставить. В праздник отхватает Апостола, бывало, так, что теперь и попович иной спрячется. Ну, сами знаете, что в тогдашние времена если собрать со всего Батурина грамотеев, то нечего и шапки подставлять, — в одну горсть можно было всех уложить. Стало быть, и дивиться нечего, когда всякий встречный кланялся ему мало не в пояс.

Один раз задумалось вельможному гетьману послать зачем-то к царице грамоту. Тогдашний полковой писарь, — вот нелегкая его возьми , и прозвища не вспомню... Вискряк не Вискряк, Мотузочка не Мотузочка, Голопуцек не Голопуцек... знаю только, что как-то чудно начинается мудрёное прозвище, — позвал к себе деда и сказал ему, что, вот, наряжает его сам гетьман гонцом с грамотою к царице. Дед не любил долго собираться: грамоту зашил в шапку; вывел коня; чмокнул жену и двух своих, как сам он называл, поросёнков, из которых один был родной отец хоть бы и нашего брата; и поднял такую за собою пыль, как будто бы пятнадцать хлопцев задумали посереди улицы играть в кашу. На другой день ещё петух не кричал в четвёртый раз, дед уже был в Конотопе. На ту пору была там ярмарка: народу высыпало по улицам столько, что в глазах рябело. Но так как было рано, то всё ещё дремало, протянувшись на земле. Возле коровы лежал гуляка парубок с покрасневшим, как снегирь, носом; подале храпела, сидя, перекупка, с кремнями, синькою, дробью и бубликами; под телегою лежал цыган; на возу с рыбой — чумак; на самой дороге раскинул ноги бородач москаль с поясами и рукавицами... ну, всякого сброду, как водится по ярмаркам. Дед приостановился,

---

1 Твёрдо, он — two letters of the old Russian alphabet.

not interrupt me because such a *kissel*[1] will result that is not fit to be eaten. My late grandfather, I must tell you, was not a simple Cossack of his time. He knew his alphabet and how to write the Church Slavonic abbreviations. During a holiday, he'd read the Apostles so well that any deacon would hide. Well, and you know yourself, that back then if you gathered together all of the learned people of Baturin[2], no need to hold out your hat—you could put them all in the palm of your hand. So it's not surprising that anyone meeting Grandfather would bow well below his waist.

One time, the aristocratic Hetman[3] thought up the idea of sending an epistle for some reason to the Tsarina. The clerk of the regiment at that time—devil take him, I can't remember his name…Viskryak, not Viskryak; Motuzochka, not Motuzochka; Goloputsek, not Goloputsek… I know only that his name began wonderfully strange—summoned Grandfather and told him that the Hetman himself had assigned him as the messenger of the epistle to the Tsarina[4]. Grandfather didn't like to prepare long: he sewed the epistle into his hat; led out his horse; gave a peck to his wife and the two, as he called them, piglets, his sons—one of which was the very own father of yours truly; then, he raised such a dust behind him as if fifteen lads had decided to play kasha in the middle of the street. The next day, before the rooster could crow the fourth time, Grandfather was already in Konotop[5]. There was a fair there at that time: there were so many people scattered through the streets that it dazzled the eyes. But since it was early, everything yet slumbered, stretched out on the ground. Next to a cow lay a young reveler with a nose as red as a bullfinch; farther along snored, in a sitting position, a woman peddler with flints, bluing, buckshot and bagels, a gypsy lay under a cart, on a wagon full of fish—a *chumak*[6]; a bearded Muscovite who had belts and mittens to sell had flung his legs right in the middle of the road… Well, there was every kind of riffraff that always goes to a fair. Grandfather paused so he

1   Jelly-like sweet dessert made with fresh and dried fruits and berries.
2   Ukrainian city that was the Cossack capital in the 17-18th centuries.
3   Title of a Ukrainian Cossack military leader during the 17-18th centuries.
4   Catherine II.
5   Town in Sumy region of Ukraine
6   Ukrainian trader or merchant of the 18th and 19th century.

чтобы разглядеть хорошенько. Между тем в ятках начало мало-помалу шевелиться: жидовки стали побрякивать фляжками; дым покатило то там, то сям кольцами, и запах горячих сластен понёсся по всему табору. Деду вспало на ум, что у него нет ни огнива, ни табаку наготове: вот и пошёл таскаться по ярмарке. Не успел пройти двадцати шагов — навстречу запорожец. Гуляка, и по лицу видно! Красные, как жар, шаровары, синий жупан, яркий цветной пояс, при боку сабля и люлька с медною цепочкою по самые пяты — запорожец, да и только! Эх, народец! станет, вытянется, поведёт рукою молодецкие усы, брякнет подковами и — пустится! Да ведь как пустится: ноги отплясывают, словно веретено в бабьих руках; что вихорь , дёрнет рукою по всем струнам бандуры и тут же, подпершися в боки, несётся вприсядку; зальётся песней — душа гуляет!… Нет, прошло времечко: не увидать больше запорожцев!

Да, так встретились. Слово за слово, долго ли до знакомства? Пошли калякать, калякать так, что дед совсем уже было позабыл про путь свой. Попойка завелась, как на свадьбе перед Постом Великим. Только, видно, наконец прискучило бить горшки и швырять в народ деньгами, да и ярмарке не век же стоять! Вот сговорились новые приятели, чтоб не разлучаться и путь держать вместе. Было давно под вечер, когда выехали они в поле. Солнце убралось на отдых; где-где горели вместо него красноватые полосы; по полю пестрели нивы, что праздничные плахты чернобровых молодиц. Нашего запорожца раздобар взял страшный. Дед и ещё другой приплевшийся к ним гуляка подумали уже, не бес ли засел в него. Откуда что набиралось. Истории и присказки такие диковинные, что дед несколько раз хватался за

could look around well. In the meantime, slowly, very slowly people began moving among the tents: Jewesses began rattling bottles; smoke blew here and there in rings, and the smell of hot sweets drifted on the air around the whole gypsy encampment. It came to Grandfather's mind that he didn't have with him neither tinder nor tobacco, so he went trudging through the fair. He barely took twenty steps when he met a *Zaporozhets*[1]. Glancing at his face, it was clear he was a reveler! He wore red, like fire, *shalwars*[2], a blue *zhupan*[3], a bright-colored belt, a sabre at his side and a pipe with a copper chain that hung all the way to his heels—what a Cossack, that's all there is to say! Ah, what people! He'd stand, stretch, stroke his fine mustache, clink his iron heels together and—set off! And how he'd set off: his legs would dance just like a spindle in a woman's hands; his hands would tug on all the strings of a *bandura*[4] like a whirlwind and then, arms akimbo, he'd begin a squat-kicking jig, burst into song—the soul celebrates!… No, this time has passed: you don't see such *Zaporozhets* anymore!

So, Grandfather and the *Zaporozhets* met. One word after the other, how long do you need for an acquaintance? They began chatting, and chatted so long that Grandfather completely forgot about his mission. They went on a drinking bout as if at a wedding before Lent. Only, finally, they tired of breaking pots and flinging money at people, and after all, the fair doesn't go on forever! So the new friends agreed they would not separate but continue on their path together. It was nearing night when they rode out into the countryside. The sun set to rest; reddish stripes burned here and there in its stead; the distance was dappled with grain fields like a festival *plakhta*[5] worn by a black-browed beauty. The *Zaporozhets* began chatting frightfully. Grandfather and another reveler who had joined them already wondered if a devil had possessed him. Where did it all come from? His stories and humorous sayings were so outlandish that Grand-

1   A Ukrainian Cossack from the village of Zaporozhets.
2   Loose-fitting pants worn in South and Central Asia.
3   Long garment worn by Polish and Ukrainian men in the 16-18th centuries.
4   Ukrainian stringed folk instrument with an oval body and a short neck.
5   Traditional Ukrainian women's clothes belt worn over a long shirt (embroidered on the bottom) in the form of a skirt.

бока и чуть не надсадил своего живота со смеху. Но в поле становилось чем далее, тем сумрачнее; и вместе с тем становилась несвязнее и молодецкая молвь. Наконец рассказчик наш притих совсем и вздрагивал при малейшем шорохе.

— Ге-ге, земляк! да ты не на шутку принялся считать сов. Уже думаешь, как бы домой да на печь!

— Перед вами нечего таиться, — сказал он, вдруг оборотившись и неподвижно уставив на них глаза свои. — Знаете ли, что душа моя давно продана нечистому.

— Экая невидальщина! Кто на веку своем не знался с нечистым? Тут-то и нужно гулять, как говорится, на прах.

— Эх, хлопцы! гулял бы, да в ночь эту срок молодцу! Эй, братцы! — сказал он, хлопнув по рукам их, — эй, не выдайте! не поспите одной ночи, век не забуду вашей дружбы!

Почему ж не пособить человеку в таком горе? Дед объявил напрямик, что скорее даст он отрезать оселедец с собственной головы, чем допустит чёрта понюхать собачьей мордой своей христианской души.

Козаки наши ехали бы, может, и далее, если бы не обволокло всего неба ночью, словно чёрным рядном, и в поле не стало так же темно, как под овчинным тулупом. Издали только мерещился огонёк, и кони, чуя близкое стойло, торопились, насторожа уши и вковавши очи во мрак. Огонёк, казалось, нёсся навстречу, и перед козаками показался шинок, повалившийся на одну сторону, словно баба на пути с веселых крестин. В те поры шинки были не то, что теперь. Доброму человеку не только развернуться, приударить горлицы или гопака, прилечь даже негде было, когда в голову заберётся хмель и ноги начнут писать

father grabbed at his side time after time and almost strained his stomach from laughing. But the farther they walked into the distance, the darker it became, and at the same time the *Zaporozhets*' talk became more rambling. Finally, our story teller became altogether silent and jumped at the slightest rustle.

"Ha, ha, countryman! You've started counting owls[1] in earnest. You already wish you could be home asleep on the stove[2]."

"I have no need of hiding anything from you," he said suddenly and stared at them with unblinking eyes. "You know, long ago, I sold my soul to the unclean one."

"There's nothing special about that! Who in his time didn't associate with the unclean one? Sometimes you just have to revel, as they say, to the last drop."

"Oh, fellas! I'd revel, but this very night, I'll be called to account. Oh, brothers!" he said, slapping their hands. "Oh, don't sell me out! If you'll not sleep this one night, I won't forget your friendship for an eternity!"

Why not help a person in such deep sorrow? Grandfather announced at once that he'd sooner allow his forelock[3] to be cut from his head than to allow the devil's dog snout to sniff at a Christian soul.

Our Cossacks might have ridden further if the whole sky hadn't been enveloped by night as if in black sackcloth. The countryside became so dark that they seemed to be under a sheepskin. Only in the distance twinkled a light and the horses hurried, sensing a stable nearby, pricking up their ears and fixing their eyes into the gloom. The light seemed to fly towards them, and before the Cossacks appeared a tavern, leaning to one side like a woman coming home from a merry Christening. Taverns then were not what they are now. For a good person, there was not even a place to turn around much less strike up a *gorlitsa* or *gopak*[4] and there was nowhere at all to sleep when the drink hit your head and your legs

---

1 Counting owls: falling asleep

2 The warmest bed in a traditional Russian house was built above the stove.

3 Ukrainian Cossacks let long forelocks grow on the crowns of their shaved heads.

4 Ukrainian dances.

покой-он — по[1]. Двор был уставлен весь чумацкими возами; под поветками , в яслях, в сенях, иной свернувшись, другой развернувшись, храпели, как коты. Шинкарь один перед каганцом нарезывал рубцами на палочке, сколько кварт и осьмух высушили чумацкие головы. Дед, спросивши треть ведра на троих, отправился в сарай. Все трое легли рядом. Только не успел он повернуться, как видит, что его земляки спят уже мертвецким сном. Разбудивши приставшего к ним третьего козака, дед напомнил ему про данное товарищу обещание. Тот привстал, протёр глаза и снова уснул. Нечего делать, пришлось одному караулить. Чтобы чем-нибудь разогнать сон, обсмотрел он возы все, проведал коней, закурил люльку , пришёл назад и сел опять около своих. Всё было тихо, так что, кажись, ни одна муха не пролетела. Вот и чудится ему, что из-за соседнего воза что-то серое выказывает роги... Тут глаза его начали смыкаться так, что принужден он был ежеминутно протирать кулаком и промывать оставшеюся водкой. Но как скоро немного прояснились они, всё пропадало. Наконец, мало погодя, опять показывается из-под воза чудище... Дед вытаращил глаза сколько мог; но проклятая дремота всё туманила перед ним; руки его окостенели; голова скатилась, и крепкий сон схватил его так, что он повалился словно убитый.

Долго спал дед, и как припекло порядочно уже солнце его выбритую макушу, тогда только схватился он на ноги. Потянувшись раза два и почесав спину, заметил он, что возов стояло уже не так много, как с вечера. Чумаки, видно, потянулись ещё до света. К своим — козак спит, а запорожца нет. Выспрашивать — никто знать не знает; одна только верхняя свитка лежала на том месте.

Страх и раздумье взяло деда. Пошёл посмотреть коней — ни своего, ни запорожского! Что бы это значило? Положим, запорожца взяла нечистая сила; кто же коней? Сообразя всё, дед заключил, что, верно, чёрт приходил

---

1   The letters "Покой" and "Он," meaning П and О.

began to write P's and O's on the floor. The courtyard was filled with *chumak* wagons; under sheds, in mangers, in entryways, one curled up, another spread out—they snored like cats. Only the tavern keeper in front of a candle holder cut scars on a stick—how many quarts and ounces the *chumaks* had downed. Grandfather, asking for a third of a bucket for the three of them, went off to the barn. All three lay down next to each other. Grandfather didn't even have a chance to turn over when he saw that his countrymen were dead asleep. Waking the third Cossack that had joined them, Grandfather reminded him of their promise to their comrade. The Cossack sat up halfway, rubbed his eyes and again fell asleep. There was nothing to do: he'd have to stand guard by himself. To drive sleep away with something, he looked over all the carts, checked on the horses, lit a pipe, walked back and again sat near his friends. Everything was quiet, so quiet that it seemed like not even one fly buzzed by. Then it seemed to him, that from under the neighboring wagon something gray was showing its horns…. At this point, his eyes began to close so that he needed to rub them every minute with his fists and wash down the remainder of the vodka. But as soon as his eyes cleared a little, everything disappeared. Finally, a little while later, the fiend showed itself under the cart again… Grandfather stared as long as he could, but the cursed sleep clouded before him. His arms became numb, his head rolled to the side and he fell into such a deep sleep it was as if he were dead.

Grandfather slept for a long time, and only when the sun warmed well the top of his shaved head did he jump to his feet. Stretching a couple of times and itching his back, he noticed there were already fewer wagons compared to the night before. The *chumaks*, it seemed, had already pulled out before sunrise. He turned to his friends—the Cossack slept and the *Zaporozhets* was gone. He asked around—no one knew anything. Only his outer *svitka*[1] lay in his place.

Fear and doubt took hold of Grandfather. He went to look at the horses—his was gone and the *Zaporozhets*' was gone! What could it mean? Let's say an unclean power took the *Zaporozhets*, who, then, took the horses? Pondering it all, Grandfather con-

---

1   A traditional outer garment made from a long piece of homespun cloth.

пешком, а как до пекла не близко, то и стянул его коня. Больно ему было крепко, что не сдержал козацкого слова. "Ну, думает, нечего делать, пойду пешком: авось попадётся на дороге какой-нибудь барышник, едущий с ярмарки, как-нибудь уже куплю коня." Только хватился за шапку — и шапки нет.

Всплеснул руками покойный дед, как вспомнил, что вчера ещё поменялись они на время с запорожцем. Кому больше утащить, как не нечистому. Вот тебе и гетьманский гонец! Вот тебе и привёз грамоту к царице! Тут дед принялся угощать чёрта такими прозвищами, что, думаю, ему не один раз чихалось тогда в пекле. Но бранью мало пособишь: а затылка сколько ни чесал дед, никак не мог ничего придумать. Что делать?

Кинулся достать чужого ума: собрал всех бывших тогда в шинке добрых людей, чумаков и просто заезжих, и рассказал, что так и так, такое-то приключилось горе. Чумаки долго думали, подперши батогами подбородки свои, крутили головами и сказали, что не слышали такого дива на крещёном свете, чтобы гетьманскую грамоту утащил чёрт. Другие же прибавили, что когда чёрт да москаль украдут что-нибудь, то поминай как и звали. Один только шинкарь сидел молча в углу. Дед и подступил к наему. Уж когда молчит человек, то, верно, зашиб много умом. Только шинкарь не так-то был щедр на слова; и если бы дед не полез в карман за пятью злотыми, то простоял бы перед ним даром.

— Я научу тебя, как найти грамоту, — сказал он, отводя его в сторону. У деда и на сердце отлегло. — Я вижу уже по глазам, что ты козак — не баба. Смотри же! близко шинка будет поворот направо в лес. Только станет в поле примеркать, чтобы ты был уже наготове. В лесу живут цыганы и выходят из нор своих ковать железо в такую ночь, в какую одни ведьмы ездят на кочергах своих. Чем они промышляют на самом деле, знать тебе нечего. Много будет стуку по лесу, только ты не иди в те стороны, откуда заслышишь

cluded that probably the devil came by foot and since it was a long way back to hell, he took the horses. It was very painful for him that he had not kept his Cossack word. "Well," he thought, "there's nothing to do now, I'll have to walk. Perhaps, on the road, I'll meet some kind of horse trader coming from the fair and somehow be able to buy a horse." He just reached for his hat—and it was gone.

My late grandfather clasped his hands and remembered that he and the *Zaporozhets* had traded hats temporarily the previous day. Who had taken it, of course, but the fiend. Here's a Hetman's messenger for you! Here's a way to deliver an epistle to the Tsarina for you! Now, Grandfather began to treat the devil to such name-calling that, I think, the latter must have sneezed several times in hell. But curses don't get you very far. As much as Grandfather scratched his head, he couldn't come up with anything. What to do?

He ran to avail himself of the minds of others: gathered together all the good people at the tavern—*chumaks* and simple travelers—and told them all that had happened and how this misfortune came about. The *chumaks* thought for a long time, propping up their chins with their walking sticks, rolled their heads and said they'd never heard of such a wonder in Christendom as a devil stealing the Hetman's epistle. Others added that when the devil or a Muscovite steals something, good luck finding him. Only the tavern keeper kept silent in a corner. So Grandfather approached him. When a person is silent, it means a lot is knocking around in his head. But the tavern keeper wasn't too generous with his words; if Grandfather had not pulled out of his pocket five gold coins, he would have stood before him in vain.

"I will teach you how to find the epistle," the tavern keeper said, taking him aside. Grandfather's heart felt relieved. "I see by your eyes that you are a Cossack—not a woman. See now! Close to the tavern is a right turn into the forest. As soon as it grows dark, you must be ready. In the forest live gypsies, and they crawl out of their burrows to forge iron on the kind of a night when only witches fly around on their fire pokers. How they really make their living, you don't need to know. There will be much knocking in the forest, but don't go in those directions

стук; а будет перед тобою малая дорожка, мимо обожжён-
ного дерева, дорожкою этою иди, иди, иди… Станет тебя
терновник царапать, густой орешник заслонять дорогу —
ты всё иди; и как придёшь к небольшой речке, тогда только
можешь остановиться. Там и увидишь кого нужно; да не
позабудь набрать в карманы того, для чего и карманы сделаны… Ты понимаешь, это добро и дьяволы и люди любят.
— Сказавши это, шинкарь ушёл в свою конуру и не хотел
больше говорить ни слова.

Покойный дед был человек не то чтобы из трусливого десятка; бывало, встретит волка, так и хватает прямо за хвост;
пройдёт с кулаками промеж козаками — все, как груши, по-
валятся на землю. Однако ж что-то подирало его по коже,
когда вступил он в такую глухую ночь в лес. Хоть бы звёздочка на небе. Темно и глухо, как в винном подвале; только
слышно была, что далеко-далеко вверху, над головою, холод-
ный ветер гулял по верхушкам дерев, и деревья, что охме-
левшие козацкие головы, разгульно покачивались, шепоча
листьями пьяную молвь. Как вот завеяло таким холодом,
что дед вспомнил и про овчинный тулуп свой, и вдруг словно сто молотов застучало по лесу таким стуком, что у него
зазвенело в голове. И, будто зарницею, осветило на минуту
весь лес. Дед тотчас увидел дорожку, пробиравшуюся промеж мелкого кустарника. Вот и обожжённое дерево, и кусты
терновника! Так, всё так, как было ему говорено; нет, не об-
манул шинкарь. Однако ж не совсем весело было продирать-
ся через колючие кусты; ещё отроду не видывал он, чтобы
проклятые шипы и сучья так больно царапались: почти на
каждом шагу забирало его вскрикнуть. Мало-помалу вы-
брался он на просторное место, и, сколько мог заметить,
деревья редели и становились, чем далее, такие широкие,
каких дед не видывал и по ту сторону Польши.

Глядь, между деревьями мелькнула и речка, чёрная,
словно воронёная сталь. Долго стоял дед у берега, посма-
тривая на все стороны. На другом берегу горит огонь и,

where the knocking is coming from. In front of you will be a small path by a burnt tree. On this path, go, go, go... You will be scratched by blackthorns, a thick hazel tree will obscure the road—keep going until you come to a small river; only then can you stop. There you will see who you need to, and don't forget to fill your pockets with what pockets are made for... You understand, this 'good' is loved by devil and people alike." After saying this, the tavern owner went to his doghouse of a room and wouldn't say a word more.

My late grandfather was not the cowardly type: when he'd meet a wolf, he'd grab it straight by the tail; he'd walk right through a group of Cossacks with his fists—they'd all fall like pears to the ground. Still, something shivered on his skin when he stepped into such a dense night in the forest. If there were even a single star in the sky! It was dark and silent, like in a wine vault. The only sound was somewhere far, far above, overhead, the cold wind blowing in the tops of the trees, and the trees, like drunken Cossack heads, swayed wildly, the leaves whispering an intoxicated chatter. It blew so cold that Grandfather thought about his sheepskin *tulup*[1], and suddenly it seemed like one hundred hammers started knocking through the forest with such a sound that his head rang. Abruptly, as if from lightning, the whole forest became lit for a minute. Grandfather immediately saw the path that wound its way through the shrubs. There was the burnt tree and the blackthorn bushes! Everything was exactly as he had been told; the tavern keeper had not lied to him. However, it was not overly enjoyable to force himself through the prickly bushes. He'd never seen such vegetation with such cursed thorns and branches that so painfully scratched: at almost every step, he wanted to let out a scream. Slowly, slowly he made it to an open space and, as far as he could tell, the trees were beginning to thin out and the farther he went the bigger they got—the kind Grandfather had not even seen in Poland.

Suddenly, between the trees flashed a river, black, as if made of burnished steel. For a long time, Grandfather stood on the bank looking in all directions. On the opposite bank, a fire burned and

---

1   A long, loose fitting fur coat with a large collar, usually made of sheepskin.

кажется, вот-вот готовится погаснуть, и снова отсвечивается в речке, вздрагивавшей, как польский шляхтич в козачьих лапах. Вот и мостик! "Ну, тут одна только чертовская таратайка разве проедет." Дед, однако ж, ступил смело и, скорее, чем бы иной успел достать рожок понюхать табаку, был уже на другом берегу.

Теперь только разглядел он, что возле огня сидели люди, и такие смазливые рожи, что в другое время Бог знает чего бы не дал, лишь бы ускользнуть от этого знакомства. Но теперь, нечего делать, нужно было завязаться. Вот дед и отвесил им поклон мало не в пояс: "Помогай Бог вам, добрые люди!"

Хоть бы один кивнул головой; сидят да молчат, да что-то сыплют в огонь. Видя одно место незанятым, дед без всяких околичностей сел и сам. Смазливые рожи — ничего; ничего и дед. Долго сидели молча. Деду уже и прискучило; давай шарить в кармане, вынул люльку, посмотрел вокруг — ни один не глядит на него. "Уже, добродейство , будьте ласковы: как бы так, чтобы, примерно сказать, того… (дед живал в свете немало, знал уже, как подпускать турусы, и при случае, пожалуй, и пред царем не ударил бы лицом в грязь), чтобы, примерно сказать, и себя не забыть, да и вас не обидеть, — люлька-то у меня есть, да того, чем бы зажечь её, черт-ма."

И на эту речь хоть бы слово; только одна рожа сунула горячую головню прямёхонько деду в лоб так, что если бы он немного не посторонился, то, статься может, распрощался бы навеки с одним глазом. Видя, наконец, что время даром проходит, решился — будет ли слушать нечистое племя или нет — рассказать дело. Рожи и уши наставили, и лапы протянули. Дед догадался: забрал в горсть все бывшие с ним деньги и кинул, словно собакам, им в середину.

Как только кинул он деньги, всё перед ним перемешалось, земля задрожала, и как уже, — он и сам рассказать не

when it seemed it was going to go out, it would again light up the river, shaking like a Polish nobleman in the paws of Cossacks. And there's a little bridge! "Well, only the devil's *tarataika*[1] can cross here." Grandfather, however, stepped out courageously, and before another man would have been able to reach for his horn to smell his tobacco, he was already on the other bank.

Only now could he see that near the fire sat people, and with such pretty mugs that, at any other time, God knows, he would have given anything to slip away from meeting them. But now, there was nothing to do, he needed to make their acquaintance. So Grandfather made them a bow well below the waist, "God help you, good people!"

Not one of them nodded his head; they sat silently and sprinkled something into the fire. Seeing one place that was not taken, Grandfather without any hesitation took a seat for himself. The pretty mugs—said nothing; Grandfather said nothing also. They sat silently for a long time. Grandfather was already getting bored. He fumbled in his pocket, pulled out his pipe, looked around—no one looked at him. "Please, your honors, be so kind: in any event, in order to, in a manner of speaking..." (Grandfather lived on earth for a long time already and knew how to turn a phrase, and if it came to it, he could speak even before a Tsar without falling on his face) "...in a manner of speaking, to do right by myself, and to not offend you—I have a pipe, but something to light it with, I don't have."

To this speech, there was not one word; only one of the mugs thrust a hot brand straight toward Grandfather's forehead so that, had he not moved aside a little, he may have bid one of his eyes goodbye forever. Seeing, finally, that time was slipping away, he decided—whether or not the unclean tribe would listen to him—it was time to tell his story. The mugs pricked up their ears and stretched out their paws. Grandfather figured it out: he gathered in his hand all the money he had with him and threw it to them in their midst, as if to dogs.

As soon as he had thrown the money, everything before him got scrambled. The earth shook and somehow—he couldn't ex-

1   Two-wheeled carriage.

умел, — попал чуть ли не в самое пекло. "Батюшки мои!" — ахнул дед, разглядевши хорошенько: что за чудища! рожи на роже, как говорится, не видно. Ведьм такая гибель, как случается иногда на Рождество выпадет снегу: разряжены, размазаны, словно панночки на ярмарке. И все, сколько ни было их там, как хмельные, отплясывали какого-то чертов-ского тропака. Пыль подняли Боже упаси какую! Дрожь бы проняла крещёного человека при одном виде, как высоко скакало бесовское племя. На деда, несмотря на весь страх, смех напал, когда увидел, как черти с собачьими морда-ми, на немецких ножках, вертя хвостами, увивались около ведьм, будто парни около красных девушек; а музыканты тузили себя в щёки кулаками, словно в бубны, и свистали носами, как в валторны. Только завидели деда — и турну-ли к нему ордою. Свиные, собачьи, козлиные, дрофиные, лошадиные рыла — все повытягивались и вот так и лезут целоваться. Плюнул дед, такая мерзость напала! Наконец схватили его и посадили за стол длиною, может, с дорогу от Конотопа до Батурина.

"Ну, это ещё не совсем худо, — подумал дед, завидев-ши на столе свинину, колбасы, крошеный с капустой лук и много всяких сластей, — видно, дьявольская сволочь не держит постов". Дед таки, не мешает вам знать, не упускал при случае перехватить того-сего на зубы. Едал , покойник, аппетитно; и потому, не пускаясь в рассказы, придвинул к себе миску с нарезанным салом и окорок ветчины, взял вилку, мало чем поменьше тех вил, которыми мужик бе-рёт сено, захватил ею самый увесистый кусок, подставил корку хлеба и — глядь, и отправил в чужой рот. Вот-вот, возле самых ушей, и слышно даже, как чья-то морда жуёт и щёлкает зубами на весь стол. Дед ничего; схватил другой кусок и вот, кажись, и по губам зацепил, только опять не в своё горло. В третий раз — снова мимо. Взбеленился дед;

plain it himself—he fell right to the edge of hell itself. "Good heavens!" Grandfather gasped, after a good look around: what monsters! Each mug was worse than the next, as they say. Witches in such abundance as snow falls on Christmas: dressed in finery, makeup and hair done, just like lords' daughters at a fair. And all of them were dancing some kind of devilish *tropak*[1], as if drunk. The dust they raised, God save us! Shivers would have overcome a Christian person at just one glance of the wildly galloping bestial tribe. Grandfather, regardless of all his fear, began laughing when he saw the devils with dog snouts, on German legs, tails twirling, weaving around the witches like guys around beautiful maidens; and the musicians pummeled their cheeks with their fists as if they were tambourines and whistled through their noses like French horns. As soon as they saw Grandfather, they surged around him in a horde. Pig, dog, goat, bustard[2] and horse snouts all stretched out and clambered forward for a kiss. Grandfather spat, such abomination had fallen on him! Finally, they grabbed him and sat him at a table maybe as long as the road from Konotop to Baturin[3].

"Well, this is not all bad," thought Grandfather, seeing on the table pork, sausages, chopped onions and cabbage, and many kinds of sweets—clearly, this devilish rabble doesn't keep the fasts." Grandfather, it wouldn't hurt you to know, did not let a chance go by to grab something between his teeth. He ate, my late relative, with a good appetite and, without going into any stories, he reached for a bowl with chopped *salo*[4] and pieces of ham, took a fork just a little smaller than the pitchforks men use for hay, stabbed it into the heaviest piece, put it on a piece of bread and— suddenly, put it in another's mouth. Right there next to his ear, and it could even be heard around the whole table how someone's muzzle chewed and scraped its teeth. Grandfather wasn't bothered; he grabbed another piece, and this time almost brushed it with his lips, only again it didn't reach his throat. A third time—

---

1 Ukrainian folk dance.
2 Large omnivorous birds indigenous to dry prairies and steppes.
3 About 18 miles.
4 Traditional Russian staple: cured, salted fat, similar to lard but not rendered.

позабыл и страх, и в чьих лапах находится он. Прискочил к ведьмам:

— Что вы, Иродово племя, задумали смеяться, что ли, надо мною? Если не отдадите сей же час моей козацкой шапки, то будь я католик, когда не переворочу свиных рыл ваших на затылок!

Не успел он докончить последних слов, как все чудища выскалили зубы и подняли такой смех, что у деда на душе захолонуло.

— Ладно! — провизжала одна из ведьм, которую дед почёл за старшую над всеми потому, что личина у ней была чуть ли не красивее всех. — Шапку отдадим тебе, только не прежде, пока сыграешь с нами три раза в дурня!

Что прикажешь делать? Козаку сесть с бабами в дурня! Дед отпираться, отпираться, наконец сел. Принесли карты, замасленные, какими только у нас поповны гадают про женихов.

— Слушай же! — залаяла ведьма в другой раз, — если хоть раз выиграешь — твоя шапка; когда же все три раза останешься дурнем, то не прогневайся — не только шапки, может, и света более не увидишь!

— Сдавай, сдавай, хрычовка! что будет, то будет.

Вот и карты розданы. Взял дед свои в руки — смотреть не хочется, такая дрянь: хоть бы на смех один козырь. Из масти десятка самая старшая, пар даже нет; а ведьма всё подваливает пятёриками. Пришлось остаться дурнем! Только что дед успел остаться дурнем, как со всех сторон заржали, залаяли, захрюкали морды: "Дурень! дурень! дурень!"

— Чтоб вы перелопались, дьявольское племя! — закричал дед, затыкая пальцами себе уши.

Ну, думает, ведьма подтасовала; теперь я сам буду сдавать. Сдал. Засветил козыря. Поглядел на карты: масть хоть куда, козыри есть. И сначала дело шло как нельзя лучше; только ведьма — пятёрик с королями! У деда на руках одни

again he missed. Grandfather flew into a rage. He forgot his fear and whose paws he was in. He ran up to the witches.

"What's with you, Herod's[1] tribe, did you conspire to mock me, then? If you don't give me this very hour my Cossack hat, then may I be a Catholic if I don't twist your pig snouts to the back of your heads!"

Grandfather didn't have a chance to finish his last words when all the beasts bared their teeth and raised such a ruckus that Grandfather's soul went cold.

"Fine!" screeched one of the witches whom Grandfather thought to be in charge because her mug might have been the best of them all. "Your hat we will give back, but not before you play a game of 'Fools' against us three times!"

What was there to do? A Cossack to sit down with a bunch of women to play "Fools"! Grandfather refused and refused, but in the end sat to play. The cards were brought, greasy ones—the kind that only our priests' wives use to tell fortunes of future husbands.

"Listen up!" barked the witch again. "If you win even one time—it'll be your hat. If you become 'the fool' all three times, then don't hold it against us—not just your hat, but maybe this world you'll never see again!"

"Deal, deal, crone! What will be, will be."

So the cards were passed out. Grandfather took his in his hands—such rubbish that it was painful to look: as if to mock him, not a single trump. In the other suits, the highest was a ten, no pairs at all, while the witch kept heaping fives on him. He was stuck with becoming the fool! Just as Grandfather became the fool, snouts neighed, barked, oinked from all sides, "Fool! Fool! Fool!"

"May you all burst, you devil's tribe!" Grandfather screamed, plugging his ears with his fingers.

"Well," he thought, "the witch stacked the deck; now, I will deal myself." He dealt. He turned up the trump. He looked at his cards: his suits were not bad, he had trumps. And, at first, the game couldn't have gone better; only the witch had a five and some kings! In Grand-

1   Herod I (c. 73-4 BC), Roman client king of Judea, rumored to be cruel and power-hungry.

козыри; не думая, не гадая долго, хвать королей по усам всех козырями.

— Ге-ге! да это не по-козацки! А чем ты кроешь, земляк?

— Как чем? козырями!

— Может быть, по-вашему, это и козыри, только, по-нашему, нет!

Глядь — в самом деле простая масть. Что за дьявольщина! Пришлось в другой раз быть дурнем, и чёртаньё пошло снова драть горло: "Дурень, дурень!" — так, что стол дрожал и карты прыгали по столу.

Дед разгорячился; сдал в последний раз. Опять идёт ладно. Ведьма опять пятёрик; дед покрыл и набрал из колоды полную руку козырей.

— Козырь! — вскричал он, ударив по столу картою так, что её свернуло коробом; та, не говоря ни слова, покрыла восьмеркою масти.

— А чем ты, старый дьявол, бьёшь!

Ведьма подняла карту: под нею была простая шестёрка.

— Вишь, бесовское обморачиванье! — сказал дед и с досады хватил кулаком что силы по столу.

К счастью ещё, что у ведьмы была плохая масть; у деда, как нарочно, на ту пору пары. Стал набирать карты из колоды, только мочи нет: дрянь такая лезет, что дед и руки опустил. В колоде ни одной карты. Пошёл уже так, не глядя, простою шестёркою; ведьма приняла. "Вот тебе на! это что? Э-э, верно что-нибудь да не так!" Вот дед карты потихоньку под стол — и перекрестил: глядь — у него на руках туз, король, валет козырей; а он вместо шестерки спустил кралю.

— Ну, дурень же я был! Король козырей! Что! приняла? а? Кошачье отродье!… А туза не хочешь? Туз! валет!…

Гром пошёл по пеклу, на ведьму напали корчи, и откуда не возьмись шапка — бух деду прямехонько в лицо.

— Нет, этого мало! — закричал дед, прихрабрившись и надев шапку. — Если сейчас не станет передо мною моло-

father's hand were only trumps; without thinking and reasoning for a long time, he took the kings by their mustaches with his trumps.

"Ha-ha! That's not the Cossack way! What are you beating them with, countryman?"

"What do you mean with what? With trumps!"

"Maybe, by your reckoning, they are trumps, but, by ours, they are not!"

Suddenly—the cards really were another suit. What sort of devilry? He was stuck another time being the fool, and the devils went bawling again: "Fool! Fool!" so that the table shook and the cards jumped on it.

Grandfather flew into a rage. He dealt for the last time. Again things went fine. The witch played a five again; Grandfather beat them and took from the deck a full hand of trumps.

"Trump!" he cried out, pounding the table with a card so hard it spun around like a basket. The witch, not saying a word, covered it with the eight of another suit.

"With what, you old devil, are you beating me!"

The witch raised her card; underneath it was a plain six.

"Lookee here, what devil's sorcery!" Grandfather said and, vexed, pounded his fists with all his might on the table.

He was lucky, too, that the witch had a poor suit; Grandfather, as if on purpose, had a pair that time. He began to take cards from the deck but he couldn't bear it: it was such rubbish that Grandfather put his hands down. There was not one card left in the deck. He played a card without looking—a simple six; the witch took it. "Look at that! What's this? Ah, something's fishy here!" Here Grandfather put his cards slyly under the table and made the sign of the cross over them: suddenly, in his hand there was a trump ace, king and jack. And instead of the six he had put down, it was a queen.

"Well now, what a fool I was! King of trumps! What! Did you take it? Huh? Cat spawn!… And would you like an ace? Ace! Jack!…"

Thunder rolled in hell, the witch fell into convulsions, and out of nowhere his hat—slap—flew straight into Grandfather's face.

"No, this is not enough!" shouted Grandfather, growing courageous and putting on his hat. "If at this moment my good

децкий конь мой, то вот убей меня гром на этом самом нечистом месте, когда я не перекрещу святым крестом всех вас! — и уже было и руку поднял, как вдруг загремели перед ним конские кости.

— Вот тебе конь твой!

Заплакал бедняга, глядя на них, как дитя неразумное. Жаль старого товарища!

— Дайте ж мне какого-нибудь коня, выбраться из гнезда вашего!

Черт хлопнул арапником — конь, как огонь, взвился под ним, и дед, что птица, вынесся наверх.

Страх, однако ж, напал на него посереди дороги, когда конь, не слушаясь ни крику, ни поводов, скакал через провалы и болота. В каких местах он не был, так дрожь забирала при одних рассказах. Глянул как-то себе под ноги — и пуще перепугался: пропасть! крутизна страшная! А сатанинскому животному и нужды нет: прямо через неё. Дед держаться: не тут-то было. Через пни, через кочки полетел стремглав в провал и так хватился на дне его о землю, что, кажись, и дух вышибло. По крайней мере, что деялось с ним в то время, ничего не помнил; и как очнулся немного и осмотрелся, то уже рассвело совсем; перед ним мелькали знакомые места, и он лежал на крыше своей же хаты.

Перекрестился дед, когда слез долой. Экая чертовщина! что за пропасть , какие с человеком чудеса делаются! Глядь на руки — всё в крови; посмотрел в стоящую торчмя бочку с водою — и лицо также. Обмывшись хорошенько, чтобы не испугать детей, входит он потихоньку в хату; смотрит: дети пятятся к нему задом и в испуге указывают ему пальцами, говоря: "Дывысъ, дывысь , маты, мов дурна, скаче!" И в самом деле, баба сидит, заснувши перед гребнем, держит в руках веретено и, сонная, подпрыгивает на лавке.

Дед, взявши за руку потихоньку, разбудил её: "Здравствуй, жена! здорова ли ты?" Та долго смотрела, выпуча глаза, и, наконец, уже узнала деда и рассказала, как ей сни-

steed is not standing before me, then may a thunderbolt kill me in this most unclean place if I don't make the sign of the cross over all of you!" And he was already going to raise his hand when suddenly his horse's bones rattled in front of him.

"Here's your horse for you!"

Poor Grandfather cried, looking at him, like an unreasoning child. He was sorry for his old comrade!

"Give me some kind of other horse so I can get out of this nest of yours!"

A devil snapped his hunting whip—a horse shot up, like flame, and Grandfather was carried back up like a bird.

Fear, though, took hold of him midway through the journey as the horse, obeying neither shout nor bridle, galloped through dips and swamps. The kinds of places he travelled through threw him into a tremor to tell of it. He glanced down below his feet—and it scared him even more: an abyss! Terribly steep! But the satanic animal was not bothered: he went right over it. Grandfather tried to hold on: no such luck. Over stumps, over hummocks, he flew headlong into a depression in the earth and struck the bottom so hard it seemed to knock his spirit right out. Anyway, what happened to him after that he didn't remember at all. When he came to a little and looked around, it had already become completely light out. Familiar places flashed before him, and he lay on the roof of his hut.

Grandfather crossed himself as he climbed down. What devilry! What the hell! The kind of wonders they do to a man! He glanced at his hands; they were covered in blood. He looked into a barrel of water standing upright—his face was the same. Washing well so that he wouldn't scare the children, he slipped into his hut. He looked. The children stumbled backward toward him and in fear motioned with their fingers, saying, "Look, look, Mother's galloping like a crazy lady!" Indeed, the woman sat asleep in front of the weaving comb, holding in her hands a spindle, and bounced up and down on the bench in her sleep.

Grandfather, taking her by the hand carefully, woke her, "Hello, wife! Are you well?" She looked at him for a long time, staring wide-eyed, and finally recognized Grandfather. She told him she'd

лось, что печь ездила по хате, выгоняя вон лопатою горшки, лоханки, и чёрт знает что ещё такое.

"Ну, — говорит дед, — тебе во сне, мне наяву. Нужно, вижу, будет освятить нашу хату; мне же теперь мешкать нечего". Сказавши это и отдохнувши немного, дед достал коня и уже не останавливался ни днем, ни ночью, пока не доехал до места и не отдал грамоты самой царице. Там наглядился дед таких див, что стало ему надолго после того рассказывать: как повели его в палаты, такие высокие, что если бы хат десять поставить одну на другую, и тогда, может быть, не достало бы. Как заглянул он в одну комнату — нет; в другую — нет; в третью — ещё нет; в четвёртой даже нет; да в пятой уже, глядь — сидит сама, в золотой короне, в серой новёхонькой свитке , в красных сапогах, и золотые галушки ест. Как велела ему насыпать целую шапку синицами, как… всего и вспомнить нельзя.

Об возне своей с чертями дед и думать позабыл, и если случалось, что кто-нибудь и напоминал об этом, то дед молчал, как будто не до него и дело шло, и великого стоило труда упросить его пересказать всё, как было. И, видно, уже в наказание, что не спохватился тотчас после того освятить хату, бабе ровно через каждый год, и именно в то самое вреся, делалось такое диво, что танцуется, бывало, да и только. За что ни примется, ноги затевают своё, и вот так и дёргает пуститься вприсядку.

dreamt that the stove was sliding all around the hut, chasing out the pots, the washtubs and the devil knows what else with a shovel.

"Well," said Grandfather, "your dreams, my reality. I see we'll need to have our hut blessed; but I have no time to loiter now." Saying this and resting a little, Grandfather obtained a horse and, without stopping anywhere, day or night, until he arrived, he rode to his destination and gave the epistle to the Tsarina herself. There Grandfather saw such wonders that afterward he had much to tell about: how they escorted him to a palace so tall that ten huts stacked on one another probably wouldn't have reached the top. How he looked in one room—nothing; in the second—nothing; in the third—still nothing; in the fourth nothing either; and in the fifth finally he looked and there she sat herself, in a golden crown and new gray cloak and red boots, eating golden dumplings. How she ordered him to fill his whole hat with five-ruble notes, how… it's not possible to remember it all.

Grandfather forgot all about his haggling with the devils, and if someone reminded him of it, he was silent as if it hadn't happened to him, and it was very hard to talk him into telling all that had happened. And, apparently as punishment for not rushing to get his hut blessed, his old lady every year at exactly the same time did such wonders—she'd start dancing and no one could stop her. No matter what she'd do, her legs would have a mind of their own and jerk all by themselves into a Cossack jig.

Translated by Danielle Jones with Natalya Russkikh.

Questions for Discussion:

1. What effect do the Ukrainian words and references have on the story?
2. What people and things stand in opposition to each other? How does this affect the ending?
3. The Ukrainian Hetman has sent the Cossack messenger to deliver a letter to the Russian Tsarina. What other borders and boundaries are crossed in the story? What does this say about the messenger's role?

Vladimir Dahl

Vladimir Ivanovich Dahl (1801–1872) was the greatest Russian language lexicographer of the 19th century, as well as a folklorist and turkologist. He is best known for his work as the author of the *Explanatory Dictionary of the Living Russian Language* (1863–1866), which to this day is one of the best collections of regional idioms and dialectal expressions.

Born in the town of Lugansky Zavod, which is now Luhansk, Ukraine, to a mother of German and French descent and a Danish father who was a linguist, Dahl had an early and broad exposure to multiple languages and cultures. He studied at the Navy Cadet School in St. Petersburg, served in the Navy, and then studied surgery at the medical school in present day Tartu, Estonia. While in medical school, Dahl recognized that he, like his parents, had a keen interest in languages and linguistics.

He began his career as an army doctor and served in the Russo-Turkish War; then, he fought the plague and cholera in Ukraine. During his military service and extensive travels across various regions of Russia, he zealously collected fairy tales, proverbs and words. In 1832, he published *Russian Fairy Tales: The First Five* under the pseudonym Kazak Lugansky. Unlike most Russian writing at this time which was largely imitative of European tropes, Dahl's work was informed by Russian culture and speech particularly that of Russian folklore, legends, proverbs and superstitions. Pushkin immediately recognized Dahl's talent and gave the study on words much acclaim and encouraged him to create a dictionary of the live spoken Russian language. Dahl accepted this suggestion wholeheartedly. Subsequently Dahl and Pushkin became close friends, and it was Dahl who took care of Pushkin in the last days after Pushkin's fatal duel.

Dahl's dictionary eventually encompassed four large volumes. At that time in Orenburg, the region was populated with Russians, Bashkirs, Kalmyks, Tatars and Mordovians. Dahl collect ethnographic and linguistic material from these groups includ-

ing riddles, songs, fables, tongue-twisters and descriptions of ancient crafts and traditions. The extent to which Dahl edited and described the material that was collected is difficult to ascertain. He also considered it necessary to comment upon the words' and expressions' geographical backgrounds as well as their dialectical heritages in order to enable a comparison between various regions of Russia. Later when Dahl moved to St. Petersburg and then Nizhny Novgorod, he was greatly assisted in his search for material from the Russian Geographic Society. As his lexicographical mission became known, he received material from village teachers, provincial governors and army officers who had recorded local folklore.

By this time, he was known as an ardent collector of Russian fairy tales and proverbs; however, due to difficulties with censorship, he was forced to write prose tales for several years. Only in 1859, when he resigned from the service and moved to Moscow, was Dahl able to devote time to the completion of his dictionary, which in the end explained two hundred thousand words and sayings of the Russian people. By the time the dictionary came to print, Dahl's health had significantly deteriorated, and he died in 1872.

After publishing his first book, Dahl was criticized for his folktales many of which were considered to be coarse and abusive towards the clergy and nobility. Furthermore, they hailed the peasants' wit which was not in accordance with the official approach to literature. In his later prose tales, Dahl turned to "physiological sketches" which gave a more realistic, albeit romanticized, picture of life that relied on *skaz* narration to aide in expressing social commentary. *His Scenes from Russian Life* (1848) addressed such topics as village traditions, good and evil practices, superstitions and folk beliefs. The story "The Fugitive," with its main theme of nostalgia for a native land, is a good illustration of the author's knowledge of Russian folk types that mixes the mundane with the magical, and the feminine with the idea of the Russian soul. Dahl's writing is striking because of the personal nature of the story of his heroine, her distinct voice and the narrator's ability to show the woman's emotions and inner world through her recorded "oral" narration.

Svetlana Malykhina

Беглянка

Владимир Даль

Услужливый и толковый проводник по земле турецкой, привёз меня к ночлегу в русскую деревню. Поразительно было встретить тут все обычаи и весь быт русский, коренной, исконный, который даже не всегда и не везде можно найти в России. Изба и почти вся утварь русские, только посуда частию медная, лужённая внутри и снаружи, а частию глиняная, превосходной выделки и вида: не горшки, а античные кувшины, урны и вазы…

Хозяин мой был расторопный мужичина, который обрадовался русскому гостю, много расспрашивал и сам рассказывал и уверял, между-прочим, будто он уже родился в Турции, тогда-как, глядя на эту кулебяку с бородой, в красной рубахе, по неволе казалось, что она вот только-что перенесена за Дунай из-под Москвы.

Другой земляк вошёл в избу, перекрестился по-ихнему и позвал хозяина с собой. Осталась хозяйка, молодая, очень-видная женщина, в русском платье, которой голосу я дотоле ещё не слышал. Когда хозяин ушёл, я заговорил с нею, спросив её, куда его позвали. — Там какой-то старик приехал — отвечала она, — уставщик, так к нему; они теперь там всю ночь просидят." По первому слову её видно было, что синий сарафан носит она не с детства, и даже не слишком давно, променяв на него запаску или плахту. Я сказал ей смеючись, что она из Новороссийского края и чуть-ли не Херсонской губернии. Она тяжело вздохнула, как-будто не вывела вздоха, робко оглянулась кругом, хотя и знала, что тут никого более нет, вдруг зарыдала, упала

The Fugitive

Vladimir Dahl

My accommodating and clever guide of the Turkish land brought me to spend the night in a Russian village. It was amazing to encounter here all of the entirely native and original Russian customs and ways of life that couldn't even be found always and everywhere in Russia. The *izba*[1] and practically all the utensils were Russian. Only part of the dishes were copper, tin-plated inside and out, and a part of them were pottery of superior craftsmanship and type: not pots but antique jugs, urns and vases…

The master of the house was a capable stout who was delighted to have a Russian guest; he asked many questions, and he himself told many stories and seemed to be convinced, by the way, that he had been born in Turkey, but when looking at this stuffed pie with a beard, in a red shirt, I couldn't help feeling that it had just been brought in over the Danube from the outskirts of Moscow.

A fellow countryman came into the *izba*, crossed himself in their tradition and called the master of the house outside with him. That left the young, very good-looking woman who wore a Russian dress and whose voice I still had not heard. When the master left, I spoke with her, asking her where they had called him to. "Some kind of old man arrived over there," she answered, "an elder[2] to see him. They will sit there now the whole night." From her first word, it was apparent that she had not worn a blue sarafan[3] from childhood and even not very long ago had traded for it a *zapaska*[4] or *plakhta*. I said to her laughingly that she was from the Novorossiysk region and practically the Kherson province[5]. She sighed heavily and yet barely let out a breath, looked around timidly though she knew no one else was

1   A traditional Russian home, usually made of logs.
2   In this context, a supervisor, overseer, or church official.
3   Traditional Russian dress.
4   Traditional Ukrainian woman's garment worn instead of a skirt and made from two pieces of homespun wool.
5   An area in southern Ukraine, part of the territory of the Russian Empire.

мне в ноги и взмолилась: — Паночку , возьмите меня с собой, что хотите заставляйте делать, я буду вековечная работница ваша, только возьмите меня отсюда!…

— Несколько успокоив её с трудом, я стал её расспрашивать и, благодаря продолжительному отсутствию хозяина, без труда узнал всю жалкую и любопытную жизнь бедной Домахи, которую здесь перекрестили, не знаю по каким приметам и соображениям, в Улиту.

— Я точно херсонская, вот из такого–то места, выросла в деревне, — говорила она, — а пятнадцати лет взята была во двор. Барыня полюбила меня, и когда, года через три, стали просить меня добрые люди за сыновей своих, то барыня отказала и тому и другому, сказав мне, что для меня будет жених хороший. Ну, воля барская, подумала я: хороший так хороший; а мне ещё лучше посидеть в девках, не надокучило. На селе у нас был приказчик, из крестьян же, старик трезвый, хороший и таки не без добра: все знали, что у него, кроме полного хозяйства и двух плугов волов, есть ещё и хорошие деньги. За него ли барыня меня прочила — не знаю; но только как прошёл Покров[1], да старосты пошли с посошками по селу, так приказчик наш поклонился барыне в ноги и стал просить меня за второго сына, за Стецька. Барыня согласилась и стали меня готовить к свадьбе.

Стецько был человек хороший, в отца, а отец его богат, так мне все стали завидовать. Отца у меня не было, а мать плакала, радуясь моей доле. Глядя на людей, и я не тужила, и даже было поверила им, что вот Бог дает мне счастье. Сказать правду, Стецько был человек хороший и любил меня; без малого год жили мы своим хозяйством, как живут добрые люди. Хорошо мне было тогда; и теперь, припоминая былое, не верится, что было когда–то хорошо. Не в воле счастье, а в доле. Вдруг, откуда ни взялся недобрый человек… Бог ему судья… Он и погубил нас.

---

1 Покров encompasses the various meanings of "cloak," "shroud." "protection" and "intercession." The Feast of Intercession is celebrated exclusively in Russia.

there and suddenly starting to sob, fell at my feet and implored, "Sir, take me with you. Tell me what you want me to do. I will be your servant forever, just take me out of here!…"

With difficulty, I managed to quiet her down somewhat. I questioned her and, thanks to the extended absence of the master, was able to learn without trouble all of the pitiful and curious life of this poor Domakha who was here re-baptized, I don't know by what signs or reasons, as Ulita.

"I really am a Khersonite—I grew up in that province in a village," she said. "At fifteen years of age, I was taken into the court. The noblewoman loved me, and after about three years, when good people began to ask for me for their sons, the noblewoman refused first one and then another telling me that I would have a good groom. Well, it is the will of the noblewoman, thought I: good is good, but it would be even better for me to remain a maiden, I was not tired of it. In our village there was a supervisor, from the peasant class even, an old, sober, good man and not without kindness. Everyone knew that, in addition to his ample household and two yoke of oxen, he also had good money. Whether it was him or not that the noblewoman had in mind for me, I don't know. But just as soon as the Feast of the Intercession had passed and the elders began to walk about the village with their staffs, our supervisor bowed before the noblewoman on his knees and asked for me for his second son, Stetsko. The noblewoman agreed and they began to get me ready for the wedding.

"Stetsko was a good man, like his father, and his father was rich, so everyone began to be jealous of me. I didn't have a father and my mother cried, overjoyed by my good fortune. Comparing myself to others, I didn't grieve and even believed them that God would give me happiness. To tell the truth, Stetsko was a good man and loved me; we lived together a year on our land the way decent people live. Life was good for me then; and now, when reminded of my past, it's hard to believe that at one time it was so good. Happiness is not chosen at will, but granted according to fortune. Suddenly, out of nowhere appeared an evil man… God is his judge… He ruined us.

Муж мой, бывало, трезвый, тихий, работящий, воротился в один вечер с работы, как ровно сам не свой, и всю ночь прошатался либо в шинке, либо и сама не знаю где, а утром воротился и завалился спать; там опять куда-то ушел, а ночью сказал мне, что хочет на волю в Туречину, где нет ни некрутчины, ни податей; где винограда, мёда и молока вволю, и где наши, русские, живут как в раю. Много он ещё насказал мне, что там-де нет и работы, а все лежебоки и все от султана большое жалованье получают, а земля такая, что всё сама родит, а народу воля на все четыре стороны, ступай куда хочешь. Я так и ахнула, заплакала-было, но он на меня прикрикнул, как ещё со дня свадьбы нашей не случалось, и велел молчать, да собираться. Сам он пробегал ещё сутки двое, как бешеный, что и я в нем не могла узнать того человека, каким он был прежде; даже раза два страшно пригрозился на меня, когда я стала просить его, чтоб остался, да забыл бы Туречину, и стращал, что убьёт меня, если я кому хоть слово скажу.

У мужа своих денег было ста три; а как продавать всё хозяйство ему нельзя было, чтоб люди не догадались о недобром его замысле, то он только продал потихоньку пару волов, да в ту ночь, как уже совсем мы собрались, взял у отца двести рублей, да покинул ему записку, повинился во всём, просил, чтоб не искали его, что он-де ушёл на вольную сторону, чтоб отец не клепал за деньги на других людей, а взял бы за эти деньги всё наше хозяйство, и хлеб, и скотину. Там просил он в письме и отцовского благословения — да где уж на такое дело благословить отцу! Ох, не было тут его благословения! — сказала она и сама залилась опять слезами.

— Вот, о полуночи, забрав мешки с хлебом, которые припасли мы на дорогу, помолились мы и пошли. Я не знала куда и зачем мы идём, и только путём об этом услыхала от мужа. Давнишний бродяга — прости, Господи, моё согрешение! — который давно уже ушёл из-под

"My husband, who was usually sober, quiet, and hard-working, returned one evening from work completely not himself and staggered off either to the tavern or to I don't-know-where for the entire night. In the morning, he returned and collapsed in sleep; later he went out again somewhere. That night he told me it was his desire to become free by moving to Turkey where there was neither conscription nor taxes; where there were grapes, honey and milk aplenty and where our Russians lived like they were in heaven. He told me many things, how there was no work there, and everyone laid around and received large salaries from the Sultan, and the land was such that it grew crops on its own and people could go where they willed in all four directions. I gasped in amazement and would have cried, but he shouted at me as he'd never done before, from the day of our wedding, and commanded me to be silent and gather our things. He himself ran around for two days like a madman so that I couldn't see in him the person he'd been before. Two times, he even terribly frightened me when I began to ask him if we could stay and forget about Turkey; he threatened to kill me if I said even one word about it to anyone else.

"My husband had about three hundred rubles and, as it was impossible to sell all his holdings else people would guess his unwholesome plans, he secretly sold only a pair of oxen, and that very night when we'd already collected everything, he took from his father two hundred rubles. He left him a note confessing to everything, requested that they not look for him, that he had left to a supposedly free country, and so that his father would not accuse others of taking the money, asked that he would take all of our household, supplies and livestock as repayment. There, in his letter, he asked for the blessing of his father! How could his father bless him for such a situation! Oh, his blessing was not with us!" she said and again poured out tears.

"So, at midnight, having taken sacks with bread that we'd gathered for the road, we prayed and left. I didn't know to where and why we were going and only on the road heard about it from my husband. A long-time tramp—forgive me, God, my sins!—who had long ago left from the Moscow region came to us in the

Москвы туда к нам, в херсонскую, а оттоле вот сюда, в Туречину, пришёл с Дунаю на дубу[1], стоял в лиман[2], в камышах, и колобродил по шинкам и базарам, подбивая народ идти с ним в Туречину. Он-то, вишь, подбил мужа моего, Царство ему Небесное, и наговорил ему обманом про турецкую землю, что про рай земной. Не стерпела я, стала плакать ещё раз и просить мужа, чтоб раздумал, да не верил бы такому шатуну; так он, сердечный, инно меня ударил…

Ударил впервые и впоследние, и Бог ему это простит, и не для жалоб говорю я об этом, а к тому только, батюш-ка, что тихий, смирный был он человек, никогда никого не обижал, а меня даже словом никогда не тронул; а тут вот, как попала дурь эта в голову, так и сам не свой, и сам не знает, что делает…

Шли мы во всю ночь, со светом залегли в камышах, про-лежали опять до ночи, там пошли и пришли до света на это место, где, по приметам, должен был стоять за камышами дуб; тут ломились мы камышами по плавне, часа три; из сил выбились, так-что бросили-было и хлеб; отдохнув, од-нако, пошли ещё далее, по звёздам, потому-что идёшь по колени и по пояс в воде, а камыши лесом стоят, так-что свету Божьего не видать; ну, вышли мы, наконец, на самый берег лимана. Не услышал Бог молитвы моей; а я молчу, го-ворить не смею ничего, только молюсь: Господи, умилосер-дись над нами, дай нам Бог заплутаться тут, чтоб и до веку не найти ни дубка, ни хозяина его, а пошатавшись бы во-ротиться опять домой… Нет: как только стала заниматься заря, то увидали мы в стороне, под берегом, этот злыдар-ный дуб…

Хозяин принял нас ласково, обрадовался нам, поднес вина — и муж меня заставил выпить. "Вот, — сказал тот, — видишь ли, каково винцо? А и оно там вольное, хоть сам кури, хоть пей, хоть лей, хоть, пожалуй, шинкуй, ни на что

---

1   Дуб, долбушка — a boat.

2   Лиман — from the Medieval Greek term "bay" or "port." The term is usually used in Russian for the estuaries of the Black Sea and the Sea of Azov.

Kherson province and from there to here in Turkey. He floated down the Danube on a boat, stood at the mouth of the river in the estuary among the reeds and then, returning, wandered around taverns and bazaars exhorting people to go with him to Turkey. It was he who incited my husband, may he be in the Heavenly Kingdom, and talked him into believing lies about the Turkish land and that it was heaven on earth. I couldn't bear it and started to cry again and beg my husband to change his mind and not believe such a vagrant; so he, in his anger, even struck me…

"Struck me for the first and last time, God forgive him, and I'm not telling you about it because I'm complaining but only because, good Sir, he had been such a quiet, humble person and never offended anyone and never even hurt me with a word, and suddenly when this nonsense fell into his head, he was not himself, and he himself didn't know what he did…

"We walked all night and, at first light, lay in some reeds and rested there until it was again night and then left and came towards daylight to this place where by signs should have been moored a boat on the other side of the reeds; so we broke through the reeds in this flood plain for three hours. We were so exhausted that we threw away the bread. After resting, however, we went on farther following the stars. Then we crawled along in water up to our knees and waistbands with the forest of reeds around us so that the light of God was not visible; well, finally we exited onto the very shores of the estuary. God didn't hear my prayers, and I was silent. I didn't dare say anything, only pray: Lord be merciful to us, let us lose our way so that for eternity we cannot find the boat or its master, and we can wander back to our home again… No, just as the sun was beginning to rise, we saw to one side under a bank, this same cursed boat…

"The master received us warmly, happy to see us, brought us wine—and my husband forced me to drink it. 'Look,' the master said. 'Do you see what good wine? And there you can do what you will, be it smoke, or drink, or lie around, or if you will, go to

нет запрету! А что, — спросил он, когда поднес мужу, который, бывало, не пил вовсе, другой стакан, — а что, брат, скажи правду, собрал деньжонок сколько-нибудь? Ведь без денег нигде не живётся, везде плохо! Муж мой и похвались ему, что сот шесть будет, да и ударил себя рукой по груди, где лежали деньги в сумочке. Хозяин обрадовался, это-де хорошо; вот заживёшь, говорит, так заживёшь; там на эти деньги и двор и землю купишь, и сады и огороды, и всё, что твоей душе угодно… Вот заживёшь, так уж будешь век меня помнить… Ох! — продолжала она, — и точно, что заставил ты себя помнить, попутай и накажи тебя Бог!… Да нет, такие, как ты, живут; а вот мужа моего сердечного уж нет на свете.

На другую ночь, мы снялись с якоря и вышли в лиман. Таких же, как муж мой, что сманили от господ на волю, было ещё три человека; вот, что вы у нас работника видели, так это один из них — а молодица я одна только была: те, кто холостой, а кто жену покинул, да ушёл один. На дубу было с хозяином также три человека. Ночь прошла благополучно, как днём плыли мы недалеко; подошедши же под камыши, там притаились. Вечером опять снялись да пошли; и ветер и течение были попутные, так мы к свету и вышли в море. Настал опять вечер — и хозяин принялся поить гостей своих, будто радуясь, что благополучно ушли. Все перепились и уснули. Я долго сидела и плакала, муж на меня рассердился и прогнал меня; так я и свернулась и улеглась на другом конце дуба, на носу, а они спали в корме. С зарей я проснулась, поглядела туда — ещё спят все. Немного погодя, я опять поглядела — что-то больно жаль стало мне мужа — те проснулись: кто сидел, кто ходил, а Степана не видать. Сердце так во мне и заныло, словно тесно ему стало; что такое, по чем и по ком — и сама не знаю. Поглядела я ещё, пошла в корму, пересмотрела всех — нет моего муженька… я к одному, к другому —

the taverns and nothing is forbidden! So, brother,' he asked when he brought out a second glass to my husband who before never drank, 'tell me the truth, did you bring some money? After all, without money there is nowhere to live, everywhere it is bad!' My husband assured him that there would be six hundred and struck his hand on his chest where his money was tucked away in a purse. The master was glad: 'It's good; you, as they say, will live it up. For this money, you can buy a palace and land and gardens and vegetable plots and everything your soul desires…You will so live it up that you will forever remember me.' …Oh!" she continued, "and indeed you have forced me to remember, may you be tempted and punished by God!… Oh, no, those like you still live, and my beloved husband is already not on earth.

"The next night, we pulled up the anchors and sailed into the harbor. There were, besides my husband, three more men lured away from masters by their willfulness to become free. The worker that you saw here with us—he is one of them. I was the only young woman who was there. There was another who was a bachelor, and one left his wife and came alone. On the boat with the master, there were also three other people. Night passed without mishap and when day came, we didn't sail far; we gathered close to the reeds and hid there. At night, we again pulled the anchors and took off. The wind and the current were in our favor so that at first light, we came to the sea. Evening came again—and the master treated his guests to a feast as if glad that we were travelling so well. Everyone overdrank and fell asleep. I sat for a long time and cried. My husband became angry with me and drove me away, so I turned aside and slept on the other end of the boat, the bow; they slept in the stern. At sunrise, I woke up, glanced back—everyone was still sleeping. A little later, I looked again—I had begun to feel terribly sorry for my husband—they had awoken. One sat, another walked, but I didn't see Stepan[1]. My heart inside me ached so, as if it was too tight in my chest; what's going on, ached for whom or what—I didn't know myself. I looked again, walked to the stern, looked at everyone—my husband was

---

1   Another form of the husband's name, Stetsko.

все молчат... Господи, что такое сталось над нами грешными? Проклятые, что они над ним сделали? За тем-то и спрашивали они, много ли-де у тебя денег... Упоив его, хозяин снял с него кожаный карман, а самого и выкинул в море... Господи, успокой грешную душу его, прости и помилуй его, хоть за мученическую смерть!...

Она было замолчала, залившись слезами, а немного погодя опять взмолилась, чтоб я её увёз в Россию. Я просил её досказать, что же сталось потом с прочими и в особенности с нею самою. — Да что ж! — сказала она, подгорюнясь, — богатого-то мужика, сманив обобрали, да утопили, а бедных взяли в кабалу: насчитали на них за хлеб, за провоз, да просят ещё деньги, за то-де, что увезли на волю, да в вековечные работники и взяли их; вот тебе и воля. А им, бедным, тут куда деваться? Всё одна шайка, эти старые бродяги, все за одного стоят, пожалуй, ещё убьют, не что возьмёшь.

— Ну, а ты же, как живёшь?

— Да как, батюшка, — сказала она и опустила голову, будто не смела глядеть на меня прямо и тяжело вздохнула, — известно, наше дело сиротское, так вот и живу.

— Да у кого же ты живёшь?

— У хозяина.

— У какого хозяина?

— Да у того самого, что мужа-то сгубил, батюшка, что приходил за нами на дубу в лиман; это он самый и есть... (Она робко оглянулась и снова залилась слезами.)

Горькая участь моя, баринушка! и утопиться-то не дали мне, когда я хотела-было кинуться в море, туда же, где безбожники утопили бедного Степана; хозяин сперва обманывал меня, стал божиться, что муж мой пересел ночью на другой встречный дуб, и что мы его уже застанем здесь. Когда прибыли мы сюда, так стали утешать меня, что муж мой скоро будет, а после сказали, что он пьяный утопился. Да нет, не верила я им с самого начала: чуяло сердце моё, что они над ним сделали. Раз, один работник наш, как хозя-

gone... I looked at one, at another—they were all silent... Lord, what has become of us sinners? Cursed ones, what did they do to him? That is why they asked him if he had a lot of money... After making him drunk, the master took his leather wallet from him and threw him into the ocean... Lord, bring his sinful soul peace, forgive and have mercy on him, at least for a martyr's death!..."

She quit talking, poured out tears and a little later again begged me to take her away to Russia. I asked her to finish her story, to explain what else had happened and especially with her herself. "Yes, there's that!" she said in deep sorrow. "The rich man being lured away was robbed and drowned and the poor taken into captivity: they were charged for bread, for transportation, and asked for more money for bringing them into freedom while into eternal slavery they've been taken. There is your freedom. And the poor, where are they to go? They are all of one sort, these old tramps; they all stand up for each other and then, perhaps, kill you if you take anything from them."

"Well, and you yourself, how do you live?"

"Like so, good sir," she said and lowered her head as if she didn't even dare look straight at me and sighed heavily. "Our orphan's lot is well known, so that's how I live."

"But with whom do you live?"

"With the master."

"With what master?"

"The same one who killed my husband, good sir, who came after us on the boat to the estuary; he is the one and the same..." (She looked up timidly and again poured out tears.)

"My fate is bitter, sir! And I was not given the opportunity to drown myself in the sea like I wanted, to throw myself there where the godless drowned my poor Stepan. The master first deceived me, swore that my husband crossed over in the night onto another passing barge and that we would already find him here. When we arrived, they began to soothe me saying that my husband would come soon, and later, they said he'd drowned because he was drunk. But no, I didn't believe them from the very beginning; my heart sensed what they did to him. One time our

ина не было дома, стал тосковать да каяться, что зачем послушался недоброго человека, да ушёл сюда — и стал было он меня подговаривать бежать с ним, да и признался мне, что хоть и был сам в то время хмелен, а видел и помнит, что Степана обобрали и утопили.

— А ты как же тут живёшь? — продолжал я допытываться, — тоже работницей, или как?

— Да, отвечала она, будто нехотя, — и работаю, что в доме нужно, известно, по хозяйству… только-что греха много на душу приняла… Неволя, баринушка; сами знаете, нашей сестре одной куда деваться, когда своей воли нет!… — и зарыдала снова, и опять стала проситься со мной: — Он держит меня заместо хозяйки, продолжала она, успокоившись немного, — и что я перенесла побоев, когда я не соглашалась на волю его, так уж я и не знаю, как жива осталась…

Тут хозяин воротился, вошёл спокойно в избу, а Домаха, отворотившись, занялась хозяйством и скрыла тревожное свое положение. Хозяин подсел ко мне ласково и весело, стал беседовать и расспрашивать о всякой всячине и выпроводил меня утром с поклонами и пожеланиями, помянув несколько раз Бога, без Которого, по его словам, ни до порога, и от Которого он желал мне и сам себе ждал, коли Его святая воля будет, всякого благополучия…

hired hand, when the master wasn't home, became homesick and repented that he'd listened to an evil man and come here. He tried to talk me into running away with him and confessed to me, though he'd been himself at the time intoxicated, what he saw and remembered—that Stepan was robbed and drowned."

"So how, then, are you living here?" I continued to press her. "Also as a worker, or how else?"

"Yes," she answered reluctant to answer. "I work, do what needs to be done in the home, it's known, in the household… only, I've brought on my soul much sin… unwillingly, good sir. You know yourself, what happens with our sisters when they are alone and don't have their freedom!…" And she sobbed once more and again began to beg me. "He keeps me instead of a wife," she continued and calmed down a little. "And how I've lived through his beatings when I don't agree with his will, I myself don't know how I've remained alive…"

At this moment the master returned, entered the *izba* calmly, and Domakha, turning away, became busy with her tasks and hid her upset feelings. The master sat close to me affectionately and joyfully, talked and questioned me about every which thing and saw me off in the morning with bows and good wishes, reminding me several times of God, without whom, by his word, nothing can be done, and from whom, he wished me and himself, if His holy will would have it, all manner of goodwill…

Translated by Danielle Jones with Natalya Russkikh.

Questions for Discussion:

1. How does the setting affect the outcome of the narrated events and the telling of this story?
2. What rights, roles and expectations does this society have for women?
3. Why doesn't the narrator help the woman?

Ivan Gorbunov

Ivan Fyodorovich Gorbunov (1831–1895) was best known as a gifted actor and humor writer. He was also a key figure in the Russian performing arts in the Imperial Theater—the premier theatre in Russia, located in Moscow and now called the Bolshoi.

Born into the family of a house servant, the young Gorbunov studied at the Moscow Gymnasium, then attended university and studied Russian history, literature and folk music. Prior to the start of his career as a writer, he became an actor at the Imperial Maliy Theater. Gorbunov, like many comedy actors of the time, not only performed on the stage but also directed and produced plays. One of his most significant contributions to the stage was the introduction of multi-dimensional characters instead of using stock stereotypes. His popularity was widespread, and he was welcomed into Russia's highest literary circles where he became acquainted with playwright Alexander Ostrovsky, writer Ivan Turgenev and novelist Alexey Pisemsky.

In 1855, he joined the troupe of the prestigious Alexandrine Theater in St. Petersburg and remained a part of it until his death. In Petersburg, Gorbunov began performing improvised scenes from his earlier life living in Moscow which became extremely popular. Many of these improvisations he later published in collections of short stories. He was a master of humorous anecdotes, and crowds delighted in the keenness of his observations and the accuracy of his imitations. At times, his performances were backhanded praises of peculiarly Russian attributes, and at other times, they mocked or subverted common stereotypes.

After joining the editorial staff of Mikhail Pogodin's magazine, *The Muscovite*, where he published a series of articles, Gorbunov was prompted to record his observations on different types of urban classes, their experiences and cultural habits. His first book, published in 1861, was *Scenes from Folk Life*. These stories were distinguished by colorful dialogue, popular humor and their exposure

of the petite bourgeoisie's faults. Reflecting the experience of artisans, stewards and merchants, many of whom were first-generation urban dwellers, Gorbunov presented Russian life and Russian people in the most diverse combinations. Among his most well-known humorous characters is the retired general Ditiatin whose memorable quotes are incorporated into everyday Russian language. Although Gorbunov was apathetic and even hostile toward politics, his stories communicate a range of subtle messages about powerful authority figures in the repressive regime of Imperial Russia.

Equally brilliant were Gorbunov's articles about theater history. He was the author of the first biographical sketches about Russian actors in his book *The First Russian Court Comedians* (1892). His articles on the history of the Moscow Theater of the 18th–19th centuries, subsequently published in his Collected Works (1904), are also a reliable survey of theatrical life.

If Gorbunov's manner in the tales "Justice of the Peace" and "Traviata" seems somehow different from previous models of *skaz*, or more startling, this is perhaps most readily explained by his sense of humor that seems tragic today. His goal was to create stories that seemed to come alive on the page as if they were being acted out on the stage. To this end, he incorporated ethnographic details, colloquial language and expressive speech rhymes and patterns. Each character is presented as a living being, boasting an original voice, manners of gesturing and individuality. In these two stories, Gorbunov mimics the speech of peasant migrants who have recently moved to the city and are ignorant of cosmopolitan etiquette while in awe of it. The distance between the refined speech they are mimicking and their own ungrammatical pronouncements is both extremely humorous and a prime example of the strengths of the *skaz* format. While the peasants were often mocked by city dwellers, Gorbunov's protagonists display a sly knowledge of societal rules and particularly how they can be used to their advantage. Gorbunov shows a great awareness of urban-rural tensions in a culture where these tensions were the most pronounced and effectively employs them in his humorous anecdotes.

Svetlana Malykhina

От Мирового

Иван Горбунов

Какое вчерашнего числа с нами событие случилось... Просто, на удивленье миру! В нашем купеческом сословии много разных дел происходит, а ещё этакой операции, так думаю, никогда не бывало.

Зашли мы к Москворецкому мосту в погребок. Нам сейчас новый прейс-курант поднесли. "Давно желанное слияние интеллигенции с капиталом совершается. Интеллигенция идёт навстречу капиталу. Капитал, с своей стороны, не остаётся чужд взаимности. В этих видах наша фирма настоящего русского шампанского и прочих виноградных вин, к предстоящей масленице приготовила новую марку шампанского, не бывалую ещё в продаже и отличающуюся от других марок своею стойкостью и некторальным вкусом. Москворецкий монополь N1. Игристый N 2. Самый игристый, пробка с пружиной. При откупоривании просят остерегаться взрыва. N 3 Пли! свадебное. N4 Нижегородский монополь с красным отливом. Высокий. В нашем же складе продаются следующие иностранные вина: Борисоглебская мадера с утверждённым этикетом, местного разлива, Херес Кашинский в кувшинах — аликант, старый. Ром Ямайский — жестокий. Тенериф..."

На тенериф-то мы и приналегли и так свои лики растушевали, такие колера на них навели, что Иван Семеныч встал, да и говорит: "должен я, говорит, констатировать, что все мы пьяные и по этому прейс-куранту пить больше нам невозможно, а должны мы искать другого убежища". А у самого на глазах слёзы.

Мы испугались, а приказчик говорит — "не беспокойтесь: этот тенериф многие не выдерживают, потому, он в чувство вгоняет человека."

From the Justice of the Peace

Ivan Gorbunov

What an incident we had on yesterday's date… It would simply astonish the world! In our merchant class, many different occurrences take place, but this sort of venture, I think, has never happened before.

We stopped in at the tavern near the Moskvoretsky Bridge. Right away, they brought us a new pricelist: "For a long time, there has been a desire to merge the intelligentsia with capital. The intelligentsia is making advances towards economics. Economics, for its part, is not remaining a stranger to reciprocity. With this in view, our firm of authentic, Russian champagnes and other grape wines has prepared a new line of champagnes for the upcoming Maslenitsa[1] that has never before been sold and that is superior to other brands in its hardiness and fruitful flavor. Moskvoretsky Monopoly No. 1: Sparkling. No. 2: Most sparkling, spring cork. When opening, you are asked to take heed of explosions. No. 3: Pop! Wedding bubbly. No. 4: Nizhny Novgorod Monopoly with a rose tint—highfalutin. In our reserve, we also have for sale the following foreign wines: Borisoglebsky Madeira, official label—local pour; Kashinsky sherry in a jug—Alicante, old; Jamaican Rum—brutal; Tenerife[2]…"

We so laid into the Tenerife that our faces blushed, and such a color came over them that Ivan Semyonich stood and said: "I must establish," he said, "that we are completely sloshed and so we can no longer drink according to this pricelist and we must find another refuge." And the tears stood in his eyes.

We were scared but the server said, "Don't worry: many people do not have the fortitude for Tenerife because it provokes such strong feelings."

---

1   A Russian Orthodox holiday celebrated the week before Lent, Maslenitsa involves eating *blini* (Russian crepes) and enjoying activies forbidden during Lent.

2   The largest of the Canary islands, Tenerife is known for its high-quality wines.

Вышли мы, сели на тройку и полетели поперек всей Москвы. Народ по сторонам так и мечется, не может себе в понятие взять, что, может, вся наша жизнь решается.

Городовые свистят! Иван Семёныч плачет навзрыд. Яша кричит ямщику: "вези уж прямо к мировому: всё равно, завтра к нему силой потащат."

Приехали в Стрельну, сделали там что-то такое, должно быть, не хорошее. Помню, что шум был большой, песельница из русского хора плакала, участковый протокол писал. Через три дня — пожалуйте!

Вышел мировой, солидный человек, седой наружности. "Не угодно ли вам, господа, сюда к столу пожаловать?" Публика... срам!... "Швейцар, расскажите всё как было."

Тот сейчас показывает на меня: "ухо, говорит, они мне укусили."

— Не помню, говорю. Да ежели бы и помнил, так неприятно об этом рассказывать. В исступлении ума находился от тенерифу. Зачем начальство допускает такой тенериф? После него человека убить можно, а не то что ухо отгрызть.

"А он что делал?" показывает на Ивана Семёнова.

— "Не могу, говорит, при публике доложить. Все прочие, которые только шумели, а они... просто, говорит, выразить не могу."

Писал, писал этот мировой... "Прошу, говорит, встать." Все стали. По указу... там всё прочее... На две недели в казённом халате ходить!...

Иван Семёнов: "у меня, говорит, две медали на шее."

— Жалко, говорит, вы раньше не сказали: я бы вас на месяц посадил.

Вот тебе и тенериф! Из-за пустяков какой срам вышел...

We walked out, sat in a troika and flew across all of Moscow. People dashed every which way, unable to get a grasp on the fact that, maybe, our very lives were being decided.

Policemen are whistling! Ivan Semyonich sobs uncontrollably. Yasha screams to the coachman: "Take us straight to the Justice of the Peace; tomorrow, all the same, they will drag us to him by force."

We came to Strelna; we did some such thing there that had to be not good. I remember the noise was very great, the chanteuse from the Russian choir cried, the district militia officer wrote a summons. In three days—if you please!

The Justice of the Peace came out, solid fellow, gray appearance: "Would you be so kind, gentlemen to approach the bench here?" Public… shame!… "Doorman, tell us everything that happened."

He points straight at me, "Bit me," he says, "on the ear."

"I don't remember," I say. "Even if I had remembered, it would not have been pleasant to talk about it. Was in a state of delirium on account of the Tenerife. Why do the authorities allow such a Tenerife? It's possible to murder a man after it, not just bite off his ear."

"And what did he do?" the Justice motions to Ivan Semyonov.

"I cannot," he says, "before the public report such things. All the others only made noise, but this one… I simply," he says, "cannot even express."

Wrote and wrote the Justice of the Peace… "Please, stand," he says. Everyone stood. By the decree… and here many miscellaneous words… For two weeks, you will don a prison uniform.

Ivan Semyonov: "I have," he says, "two medals around my neck."

"Pity," he says, "you didn't say so earlier. I would have locked you up for a month."

That's Tenerife for you! From such a trivial thing originated such shame…

Translated by Danielle Jones with Anna Arustamova.

Questions for Discussion:

1. What is the significance behind the restaurant server's statements about the intelligentsia and economics?
2. What ironies are there in the text? How do these affect the outcome of the narrative?
3. Is Tenerife the real instigator of the misdeeds of the story or are there others?

Травиата

Иван Горбунов

А то раз мы тоже с приказчиком, с Иваном Фёдоровым, шли мимо каменного театру. Иван Фёдоров почитал-почитал объявление: — понять, говорит, невозможно, потому не нашими словами напечатано. Господин, что на афишке обозначено?

Прочитал. Говорит: Фру-фру.

В каком, говорим, смысле?

Это, говорит, на ихнем языке обозначает настоящее дело.

Так-с! Покорнейше благодарим... Господин городовой, вы человек здешний, может слыхали: как нам понимать эту самую Фру-фру?

Ступайте, говорит, в кассу — там всё отлепортуют.

Пришли в кассу.

Пожалуйте два билета, на самый на верх, выше чего быть невозможно.

— На какое представление?

— Фру-фру.

Здесь, говорит, опера.

— Всё одно, пожалуйте два билета, нам что хошь представляй. Иван Фёдоров, трогай! Ступай!

Пришли мы, сели, а уж тальянские эти самые актера действуют. Сидят, примерно, за столом, закусывают и поют, что им жить оченно превосходно, так что лучше требовать нельзя.

Сейчас г-жа Патти налила стаканчик красненького, подает г-ну Канцеляри:

— Выкушайте, милостивый государь.

Тот выпил, да и говорит: оченно я в вас влюблен.

— Не может быть!

Traviata

Ivan Gorbunov

This one time I was with the estate manager, with Ivan Fedorov, walking past the stone theatre. Ivan Fyodorov read and reread the billboard: "It can't be understood," he said, "because it is not written in our letters. Sir, what does this poster designate?"

He read it. Says: "Fru-fru[1]."

"In what sense?" we ask.

"It means," he says, "in their tongue, 'real deal.'"

"Well-l! We're most humbly thankful… Mister policeman, as you are a local, maybe you've heard: how are we to understand this particular Fru-Fru?"

"Step up," he says "to the ticket office, they will reporter[2] everything there."

We walked to the ticket office.

"Please two tickets, on the very top, so that it's not possible to be higher."

"For which show?"

"Fru-Fru."

"Here," he says, "is an opera."

"It's all the same to us, two tickets, for whatever will be showing. Ivan Fyodorov, let's go! Walk on!"

We come to our seats, sit down and already the 'Taliens[3], those very players, are acting. Sitting, roughly speaking, at a table, eating and singing that for them to live was verily superb—nothing better to ask for.

Now, Lady Patty poured a glass of red and gave it to Mr. Kantselari:

"Help yourself, my gracious Lord."

He drank and said to her: "I am so verily in love with you."

"It can't be!"

---

1 *La Traviata*, "The Strayed Woman," an Italian opera by Giuseppe Verdi.
2 The characters misuse and mispronounce a number of words.
3 Italians.

— Верное слово!

— Ну так, говорит, извольте идти куда вам требуется, а я сяду, подумаю об своей жизни, потому, говорит, наше дело женское, без оглядки нам невозможно…

— Сидит г-жа Патти, думает об своей жизни, входит некоторый человек…

— Я, говорит, сударыня, имени-отчества вашего не знаю, а пришёл поговорить насчёт своего парнишки: парнишка мой запутался и у вас скрывается — турните вы его отсюда.

— Пожалуйте, говорит, в сад, милостивый государь, на вольном воздухе разговаривать гораздо превосходнее.

Пошли в сад.

Извольте, говорит, милостивый государь, сейчас я ему такую привелегию напишу, что ходить ко мне не будет, потому я сама баловства терпеть не могу.

Тут мы вышли в калидор, пожевали яблочка, потому жарко оченно, разморило. Оборотили назад-то — я говорю: — Иван Фёдоров, смотри хорошенько.

— Смотрю, говорит.

— К чему клонит?

— А к тому, говорит, клонит, что парнишка пришёл к ней в своём невежестве прощенья просить: я, говорит, ни в чём не причинен, всё дело тятенька напутал.

А та говорит: хоша вы, говорит, меня при всей публике острамили, но, при всём том, я вас оченно люблю! Вот вам мой патрет на память, а я, между прочим, помереть должна… Попела ещё с полчасика, да Богу душу и отдала.

"True words!"

"Well, then" she said, "be so kind to go where you must, and I will sit and think about my life, because," she said, "we women cannot be hasty…"

Lady Patty sits, thinks about her life, and a particular gentleman comes in…

"I, madam, do not know your name or patronymic," he says, "but have come to talk to you about my boy: my boy is mixed up and is hiding here with you. Chase him out of there."

"Please, gracious Sir," she says, "in the free air of the garden is a more excellent place to talk."

They go to the garden.

"Allow me, gracious Sir," she said, "this moment to write him such a privilege that he won't want to come to me any longer because I myself cannot abide pampering."

Here, we went out into the collidor, munched on an apple and because it was verily hot, we got all drowsy. Returned again, and I say: "Ivan Fyodorov, watch carefully."

"I'm watching," he says.

"What will be the outcome?"

"The outcome will be," he says, "that the young man will come to her in all his ignorance to ask for forgiveness: he'll say, 'I am not guiltily of anything; my Pops mixed it all up.'"

And she says: "You disgraced me real goods in front of the whole public, but I love you verily all the same! Here's my partreit for a keepsake, and I, by the way, must die… Sang another half hour or so and, sure enough, gave up her soul to God.

Translated by Danielle Jones with Anna Arustamova.

Questions for Discussion:

1. What can you discern about the characters from their speech?
2. What effect do the various misspelled and mixed up words have on the text?
3. What is the tone of the opera, *Traviata*? The tone of the *skaz*? How do these play against each other in the text and to what purpose?

Fyodor Dostoyevsky

Fyodor Mikhailovich Dostoyevsky (1821–1881) is one of the most famous and widely translated writers in the world. Several of his novels—*Crime and Punishment, The Idiot,* and *The Brothers Karamazov*—are considered to be some of the greatest books written and an intimate portrayal of the psychological condition.

Dostoyevsky was born in Moscow in 1821, one of eight children of a staff doctor at the Mariinsky Hospital for the Poor. He was first educated at home, then at the age of seventeen, he was sent to the Academy for Military Engineers. After training as a draftsman, he embarked on a literary career.

He published his first book, *Poor Folk* (1846), and it was an instant success with the critics. His second work, however, *The Double,* written in the same year, was received coldly. Dostoyevsky joined a circle of young intellectuals and began attending meetings of the Petrashevsky Circle—a secret society accused by the government as being antimonarchical atheists. In April of 1849, the members of the group were arrested by the Tsarist police and taken to the Peter and Paul Fortress. For eight months, Dostoyevsky was questioned and kept in solitary confinement. After this, he was taken with other prisoners to a scaffold set up in a square and read a verdict. Shrouds were put on the prisoners' heads, but moments before they were shot, their sentences were commuted by a letter from the Tsar. This momentous experience, not surprisingly, strongly influenced Dostoyevsky, and he later wrote about it in his novels.

In place of execution, Dostoyevsky was sent to a hard labor camp in Siberia for four years. Later, in *The House of the Dead,* (1861–1862) he recounted the personal experiences he had living and working among convicts. Upon his release in 1854, he was assigned to service as a common soldier in Semipalatinsk. He was eventually promoted to the rank of an officer and met

his first wife Maria Isayeva, whom he married in 1857. In 1859, Dostoyevsky received amnesty and returned to live in St. Petersburg. Between the years 1861 and 1863, he occupied himself largely with journalistic work in collaboration with his brother Mikhail. He also published *Winter Notes on Summer Impressions* (1863), a book that describes his trip to Western Europe and in which he condemns what he considered to be an extravagant lifestyle. During this period his wife, Maria, and his brother Mikhail died. He was left with the financial responsibility for the magazine, *Epoch*, which he and his brother had been jointly running. Dostoyevsky was devastated, sank into deep depression and suffered from a gambling compulsion which resulted in massive debts. His epileptic seizures which he'd had for many years increased in frequency. In 1864, he returned to writing and published *Notes from the Underground* (1864).

In 1867, while working on the novel *The Gambler*, the most autobiographical of his novels, Dostoyevsky met and fell in love with Anna Grigoryevna Snitkina, his stenographer who was twenty-two. After marrying, they spent several years traveling through Germany, Italy and Switzerland. While abroad, Dostoyevsky wrote *The Idiot* (1868–69) and *The Possessed* (1872)— both dealing with deep philosophical and ethical matters such as what it would mean to live like Christ and what life would be like if he had not existed. When the latter book was well received, the couple returned to Russia. There, Dostoyevsky embarked upon another monthly publication, *The Diary of a Writer*, in which he gathered stories, polemics, replies to his critics and journalistic commentaries on Russian news items such as the latest sensational court cases.

His final book, *The Brothers Karamazov* (1879-80), is one of the world's greatest novels and reflects many of the elements of Dostoyevsky's personal life, blends detective elements and reflections on ideas, such as theodicy, presented from different angles. Though he was poor for much of his life, by the time *The Brothers Karamazov* was published, Dostoyevsky was known as one of Russia's great writers. The novel tells the story of the

unstable and passionate Karamazov family of three brothers and their father. It exemplifies Dostoyevsky's existential worries and his innovative literary style—polyphony—that was developed over the last decade of his career.

An epileptic all his life, Dostoyevsky died in St. Petersburg on February 9, 1881. He was buried in the Alexander Nevsky monastery in St. Petersburg. Anna Grigoryevna devoted the rest of her life to preserving the literary heritage of her husband.

"The Boy at Christ's Christmas Tree," which is admirable for its narrative form, was written in the last days of 1873 and published in the first issue of *The Diary of a Writer*. The tale is a part of the popular "Christmas Stories" tradition. This cycle originated in the folk practice of telling anecdotes involving encounters with the supernatural and, as with any literary genre, had a very restricted structure including a didactic component, a happy ending, a sentimental plot and a supernatural or fantastic component. Dostoyevsky contributes a plot surrounded by ambivalent, carnivalesque elements that offered a glimpse into the spiritual suffering of the main character. Meanwhile, the narrator often draws attention to himself and his own presence in the story and his deliberate manipulation of the text. Stylistically, it is an important contribution to the polyphonic *skaz* style that Bakhtin lauded.

At first glance, the story seems to be Dostoyevsky's contribution to the "Christmas Stories" tradition. On inspection, it was not created just for this occasion but rather mirrors the author's broader thematic concerns. While it seems that Dostoyevsky follows all the requirements of the genre (choice of religious subject, presence of a certain motif), this story has clearly non-religious and secular topics, and portrays the sad fate of an orphaned boy pushed aside by the people he encounters. The boy, the victim of the heartlessness of the world around him, is symbolic of the author's idea of emphasizing national unity.

Svetlana Malykhina

Мальчик у Христа на Ёлке

Федор Достоевский

I. Мальчик с Ручкой

Дети странный народ, они снятся и мерещатся. Перед ёлкой и в самую ёлку перед рождеством я всё встречал на улице, на известном углу, одного мальчишку, никак не более как лет семи. В страшный мороз он был одет почти по-летнему, но шея у него была обвязана каким-то старьём, — значит его всё же кто-то снаряжал, посылая. Он ходил "с ручкой;" это технический термин, значит — просить милостыню. Термин выдумали сами эти мальчики. Таких, как он, множество, они вертятся на вашей дороге и завывают что-то заученное; но этот не завывал и говорил как-то невинно и непривычно и доверчиво смотрел мне в глаза, — стало быть, лишь начинал профессию. На расспросы мои он сообщил, что у него сестра, сидит без работы, больная; может, и правда, но только я узнал потом, что этих мальчишек тьма-тьмущая: их высылают "с ручкой" хотя бы в самый страшный мороз, и если ничего не наберут, то наверно их ждут побои. Набрав копеек, мальчик возвращается с красными, окоченевшими руками в какой-нибудь подвал, где пьянствует какая-нибудь шайка халатников, из тех самых, которые, "забастовав на фабрике под воскресенье в субботу, возвращаются вновь на работу не ранее как в среду вечером." Там, в подвалах, пьянствуют с ними их голодные и битые жены, тут же пищат голодные грудные их дети. Водка, и грязь, и разврат, а главное, водка. С набранными копейками мальчишку тотчас же посылают в кабак, и он приносит ещё вина. В забаву и ему иногда нальют в рот косушку и хохочут, когда он, с пресёкшимся дыханием, упадет чуть не без памяти на пол:

The Boy at Christ's Christmas Tree

Fyodor Dostoyevsky

I. The Boy with the Outstretched Hand

Children are a strange breed; we conjure and dream about them. Before Christmas and during the holiday season itself, I would meet on the street in a well-known corner a lad not older than seven years. In the bitter cold, he was dressed almost like it was summertime, but around his neck was tied some kind of old rag. It means that someone was clothing him and sending him out after all. He went about with an "outstretched" hand; this is a technical term meaning—he was begging. These boys themselves thought up this term. There are numerous others like him, they circle your street and wail learned phrases, but this one didn't wail and talked somehow innocently, unpracticed as he looked trustingly into my eyes. It seems he was just starting his profession. When I asked, he said he had a sister who was without work, sick. And maybe it was true, but I only learned later that there were hordes of these boys. They are sent out with "outstretched hands" even in the most fierce cold, and if they don't bring in anything, a beating likely awaits them. Collecting enough kopecks, the boy returns with red, frozen hands to some cellar where a band of slapdash laborers booze—those same ones who go on strike at a factory on Saturday and return to work not earlier than Wednesday evening. There, in the cellar, their hungry and beaten wives binge with them while their hungry babies whimper. Vodka and dirt and debauchery and, most importantly, vodka. The boy is sent with his earned kopeck to the tavern right away, and he brings more wine. As entertainment, they sometimes pour a *kosushka*[1] in his mouth and laugh to see how he falls practically unconscious to the floor, gasping for air:

---

1 Russian unit of volume before the metric system was introduced, about a quarter of a liter.

…и в рот мне водку скверную
Безжалостно вливал…

Когда он подрастёт, его поскорее сбывают куда-нибудь на фабрику, но всё, что он заработает, он опять обязан приносить к халатникам, а те опять пропивают. Но уж и до фабрики эти дети становятся совершенными преступниками. Они бродяжат по городу и знают такие места в разных подвалах, в которые можно пролезть и где можно переночевать незаметно. Один из них ночевал несколько ночей сряду у одного дворника в какой-то корзине, и тот его так и не замечал. Само собою, становятся воришками. Воровство обращается в страсть даже у восьмилетних детей, иногда даже без всякого сознания о преступности действия. Под конец переносят всё — голод, холод, побои, — только за одно, за свободу, и убегают от своих халатников бродяжить уже от себя. Это дикое существо не понимает иногда ничего, ни где он живёт, ни какой он нации, есть ли бог, есть ли государь; даже такие передают об них вещи, что невероятно слышать, и, однакоже, всё факты.

I. Мальчик у Христа на Ёлке

Но я романист, и, кажется, одну "историю" сам сочинил. Почему я пишу: "кажется," ведь я сам знаю наверно, что сочинил, но мне всё мерещится, что это где-то и когда-то случилось, именно это случилось как раз накануне рождества, в каком-то огромном городе и в ужасный мороз.

Мерещится мне, был в подвале мальчик, но ещё очень маленький, лет шести или даже менее. Этот мальчик проснулся утром в сыром и холодном подвале. Одет он был в какой-то халатик и дрожал. Дыхание его вылетало белым паром, и он, сидя в углу на сундуке, от скуки нарочно пускал этот пар изо рта и забавлялся, смотря, как он вылетает. Но ему очень хотелось кушать. Он несколько раз с утра подходил к нарам, где на тонкой, как блин, подстилке

Into my mouth, the nasty vodka,
He poured without mercy…

When he grows up a little, they will send him as quickly as possible to a factory. But everything he earns, he is obliged again to bring to the band of laborers who will again drink it. But already, before they go to the factories, these children become complete criminals. They wander about the city and know certain places in different cellars that they can crawl into and spend the night unnoticed. One of them slept several nights in a row in some groundskeeper's wicker basket undetected even by him. Naturally, they become thieves. Even in an eight-year-old, larceny becomes a passion, sometimes even without any kind of understanding of their illegal actions. In the end, they suffer all things: hunger, cold, beatings—only for one thing, for freedom, they run away from their bands, wandering and begging now for themselves. These wild creatures at times know nothing: not where they live, not their nationality, if there is a God, if there is a government. You can hear unbelievable rumors about them which are nevertheless fact.

II.   *The Boy at Christ's Christmas Tree*

But I am a novel writer, and it seems I thought up one such "history" myself. Why do I write "it seems" when I know I thought it up myself, but it seems to me that somewhere, sometime, it took place and that it took place on none other than Christmas Eve in some enormous city in the bitter cold.

I envision a boy in a cellar, but he was still very small—six years old or even younger. This boy woke up in the morning in a damp and cold underground room. He was dressed in some kind of robe and he was shivering. His breath streamed out in a white steam, and he, sitting in a corner on a trunk, out of boredom, entertained himself by purposefully letting this steam out of his mouth and watching how it flew away. But he really wanted to eat. Several times since dawn, he'd walked over to the pallet

и на каком-то узле под головой вместо подушки лежала больная мать его. Как она здесь очутилась? Должно быть, приехала с своим мальчиком из чужого города и вдруг захворала. Хозяйку углов захватили ещё два дня тому в полицию; жильцы разбрелись, дело праздничное, а оставшийся один халатник уже целые сутки лежал мёртво пьяный, не дождавшись и праздника. В другом углу комнаты стонала от ревматизма какая-то восьмидесятилетняя старушонка, жившая когда-то и где-то в няньках, а теперь помиравшая одиноко, охая, брюзжа и ворча на мальчика, так что он уже стал бояться подходить к её углу близко. Напиться-то он где-то достал в сенях, но корочки нигде не нашёл и раз в десятый уже подходил разбудить свою маму. Жутко стало ему, наконец, в темноте: давно уже начался вечер, а огня не зажигали. Ощупав лицо мамы, он подивился, что она совсем не двигается и стала такая же холодная, как стена. "Очень уж здесь холодно," — подумал он, постоял немного, бессознательно забыв свою руку на плече покойницы, потом дохнул на свои пальчики, чтоб отогреть их, и вдруг, нашарив на нарах свой картузишко, потихоньку, ощупью, пошёл из подвала. Он ещё бы и раньше пошёл, да всё боялся вверху, на лестнице, большой собаки, которая выла весь день у соседских дверей. Но собаки уже не было, и он вдруг вышел на улицу.

Господи, какой город! Никогда ещё он не видал ничего такого. Там, откудова он приехал, по ночам такой чёрный мрак, один фонарь на всю улицу. Деревянные низенькие домишки запираются ставнями; на улице, чуть смеркнётся — никого, все затворяются по домам, и только завывают целые стаи собак, сотни и тысячи их, воют и лают всю ночь. Но там было зато так тепло и ему давали кушать, а здесь — господи, кабы покушать! И какой здесь стук и гром, какой свет и люди, лошади и кареты, и мороз, мороз! Мёрзлый пар валит от загнанных лошадей, из жарко дышащих морд их; сквозь рыхлый снег звенят об камни подковы, и все так толкаются, и, господи, так хочется поесть, хоть бы кусочек

where, on some mat as thin as *blini* his sick mother lay with a kind of a sack tied in a knot beneath her head instead of a pillow. How did she arrive here? She must have come with her boy from a different city and suddenly fallen ill. The owner of this corner was taken two days ago to the police; the tenants wandered off for the holiday, and the only one left was a single bum who, unable to wait for the holiday, had already been dead drunk for twenty-four hours. In another corner of the room, moaning from her rheumatism, an eighty-year-old grandmother who had, at one time, been a nanny somewhere, was now dying alone, groaning, cursing and muttering at the boy so that he already feared approaching her corner. He found something to drink somewhere in the mud room, but he couldn't find a crumb to eat anywhere and already tried to wake his mother ten times. Finally, he became afraid in the dark: night had already long ago fallen and no fire was lit. Feeling for his mother's face, he was surprised that she didn't move at all and was just as cold as the wall. "It's really cold here," he thought and stood for a little while, having unconsciously left his hand on the shoulder of the deceased, and then blew on his fingers to warm them. Suddenly, finding his cap on the bed, carefully, feeling his way along, he left the cellar. He would have left earlier, except he was scared of a large dog on the stairs who howled all day by the neighbors' doors. But the dog was already gone, and he abruptly walked out to the street.

Good lord, what a city! He'd never seen anything like it. There, where he was from, nights were a black gloom, only one light on the whole street. Low country hovels with locked shutters. When it became dusk, everyone disappeared from the street having hurried home except whole packs of dogs, by the hundreds and thousands, howling and barking all night. There, however, it was warm and he was given food to eat, and here—O Lord—if only there was something to eat! And such knocking and rumbling, such lights and people, horses and carriages, and frost, frost! Frozen steam billows from the whipped-up horses, from their hotly breathing snouts. Through the loose snow, horseshoes ring on the cobblestones, and everyone is shoving

какой-нибудь, и так больно стало вдруг пальчикам. Мимо прошёл блюститель порядка и отвернулся, чтоб не заметить мальчика.

Вот и опять улица, — ох какая широкая! Вот здесь так раздавят наверно; как они все кричат, бегут и едут, а свету-то, свету-то! А это что? Ух, какое большое стекло, а за стеклом комната, а в комнате дерево до потолка; это ёлка, а на ёлке сколько огней, сколько золотых бумажек и яблоков, а кругом тут же куколки, маленькие лошадки; а по комнате бегают дети, нарядные, чистенькие, смеются и играют, и едят, и пьют что-то. Вот эта девочка начала с мальчиком танцевать, какая хорошенькая девочка! Вот и музыка, сквозь стекло слышно. Глядит мальчик, дивится, уж и смеётся, а у него болят уже пальчики и на ножках, а на руках стали совсем красные, уж не сгибаются и больно пошевелить. И вдруг вспомнил мальчик про то, что у него так болят пальчики, заплакал и побежал дальше, и вот опять видит он сквозь другое стекло комнату, опять там деревья, но на столах пироги , всякие — миндальные, красные, жёлтые, и сидят там четыре богатые барыни, а кто придёт, они тому дают пироги, а отворяется дверь поминутно, входит к ним с улицы много господ. Подкрался мальчик, отворил вдруг дверь и вошёл. Ух, как на него закричали и замахали! Одна барыня подошла поскорее и сунула ему в руку копеечку, а сама отворила ему дверь на улицу. Как он испугался! А копеечка тут же выкатилась и зазвенела по ступенькам: не мог он согнуть свои красные пальчики и придержать её. Выбежал мальчик и пошёл поскорей-поскорей, а куда, сам не знает. Хочется ему опять заплакать, да уж боится, и бежит, бежит и на ручки дует. И тоска берёт его, потому что стало ему вдруг так одиноко и жутко, и вдруг, господи! Да что ж это опять такое? Стоят люди толпой и дивятся: на окне за стеклом три куклы, маленькие, разодетые в красные и зелёные платьица и совсем-совсем как живые! Какой-то старичок сидит и будто бы играет на большой скрипке, два других стоят

and—Lord, how he wants to eat, just a morsel of some kind, and how his little fingers suddenly began hurting. A guardian of the law walked by him and turned away so as to not notice the boy.

And here is another street—oh, how wide! Here, it would be easy to be crushed; how they all shout, run, and drive, and the light, the light! And what is that? Oh, some kind of large window, and behind the window a room, a room with a tree to the ceiling; it's a Christmas tree, and on the Christmas tree so many lights, so many gold wrappers and apples. And all around nearby are dolls, little horses. Children run around the room, all dressed-up, clean, laughing and playing, and eating and drinking something. There's a girl who began dancing with a boy, what a pretty girl! And music can be heard through the window. The boy watches in amazement and even laughs, but his toes are already hurting and his fingers have become completely red. They already won't bend and are painful to move. Suddenly, the boy remembered that his hands hurt so badly. He started to cry and ran on, but again, through another window, he sees a room. Again, there are trees, and on the table pies of all kinds—almond, red, yellow, and nearby sit four rich ladies. Whoever comes, they give him a pie. The door keeps opening every minute, many people keep coming from outside. The boy crept up, opened the door suddenly and stepped inside. Oh, how they screamed and waved at him! One lady quickly approached him and stuck a kopeck in his hand, then opened the door for him herself onto the street. He was so scared! The kopeck fell immediately and rang out on the steps; he couldn't make his red fingers bend and grasp it. He ran away as fast as he could, not even knowing where he was running to. He wants to cry again, but he is scared so he runs and runs and blows on his hands. Sadness overcomes him because he suddenly feels so alone and scared and suddenly, Lord! What is this again? A crowd of people is looking in amazement: in a window, behind the glass, are three tiny dolls dressed differently in red and green garments and completely, completely lifelike! Some kind of old man is sitting and seemingly playing on a large violin. The two others stand next to him playing on small violins,

тут же и играют на маленьких скрипочках, и в такт качают головками, и друг на друга смотрят, и губы у них шевелятся, говорят, совсем говорят, — только вот из-за стекла не слышно. И подумал сперва мальчик, что они живые, а как догадался совсем, что это куколки, — вдруг рассмеялся. Никогда он не видал таких куколок и не знал, что такие есть! И плакать-то ему хочется, но так смешно-смешно на куколок. Вдруг ему почудилось, что сзади его кто-то схватил за халатик: большой злой мальчик стоял подле и вдруг треснул его по голове, сорвал картуз, а сам снизу поддал ему ножкой. Покатился мальчик наземь, тут закричали, обомлел он, вскочил и бежать-бежать, и вдруг забежал сам не знает куда, в подворотню, на чужой двор, — и присел за дровами: "Тут не сыщут, да и темно."

Присел он и скорчился, а сам отдышаться не может от страху и вдруг, совсем вдруг, стало так ему хорошо: ручки и ножки вдруг перестали болеть и стало так тепло, так тепло, как на печке; вот он весь вздрогнул: ах, да ведь он было заснул! Как хорошо тут заснуть: "Посижу здесь и пойду опять посмотреть на куколок, — подумал мальчик и усмехнулся, вспомнив про них,— совсем как живые!…" И вдруг ему послышалось, что над ним запела его мама песенку. "Мама, я сплю, ах, как тут спать хорошо!"

— Пойдём ко мне на ёлку, мальчик, — прошептал над ним вдруг тихий голос.

Он подумал было, что это всё его мама, но нет, не она; кто же это его позвал, он не видит, но кто-то нагнулся над ним и обнял его в темноте, а он протянул ему руку и… и вдруг, — о, какой свет! О, какая ёлка! Да и не ёлка это, он и не видал ещё таких деревьев! Где это он теперь: всё блестит, всё сияет и кругом всё куколки, — но нет, это всё мальчики и девочки, только такие светлые, все они кружатся около него, летают, все они целуют его, берут его, несут с собою, да и сам он летит, и видит он: смотрит его мама и смеётся на него радостно.

nodding their heads to the beat, looking at each other, their lips moving and talking, really talking—only through the glass they can't be heard. At first, the boy thought they were alive and when he guessed at last that they were dolls—he suddenly burst out laughing. He'd never seen such dolls and didn't even know they existed! He still felt like crying but it was so funny, so funny to look at the dolls. Suddenly, he felt someone behind him grab his robe. A big, mean boy stood nearby and suddenly, he hit him on the head, ripped off his hat, and kicked him with his foot from below. The boy fell to the earth, people around him yelled, and this scared him. He jumped to his feet and ran, ran and suddenly ran in somewhere he didn't know where—into some kind of gateway, into someone else's courtyard—and sat behind a pile of wood. "Here they won't find me because it's so dark."

He sat and hunched over but couldn't catch his breath from fear and suddenly, all of a sudden, he felt so good. His hands and feet stopped hurting and became warm, so warm, like near a stove. He shivered; oh, he had been asleep! How wonderful to fall asleep: "I will sit here and then go back again to watch the dolls" the boy thought and smirked as he remembered them— "just like they were alive…!" Suddenly he heard his mother singing a song over him. "Mama, I am sleeping and how wonderful this sleep is!"

"Come to me at the Christmas tree, boy," whispered above him a quiet voice.

He thought that it was still his mother, but no, not her. He didn't see the one who was calling him, but someone leaned over him and hugged him in the darkness. He reached his hand out to him… and suddenly… oh, such light! Oh, what a Christmas tree! It didn't even seem to be a tree, he'd never seen such a tree before! Where is he now? Everything sparkles, everything shines, and all around him are little dolls. No, actually, they're boys and girls, only they are full of light. They all spin around him, fly around, kiss him, pick him up, carry him with them. And he himself is flying, and he sees how his mother is watching him and laughing with joy.

— Мама! Мама! Ах, как хорошо тут, мама! — кричит ей мальчик, и опять целуется с детьми, и хочется ему рассказать им поскорее про тех куколок за стеклом. — Кто вы, мальчики? Кто вы, девочки? — спрашивает он, смеясь и любя их.

— Это "Христова ёлка," — отвечают они ему. — У Христа всегда в этот день ёлка для маленьких деточек, у которых там нет своей ёлки… — И узнал он, что мальчики эти и девочки все были всё такие же, как он, дети, но одни замерзли ещё в своих корзинах, в которых их подкинули на лестницы к дверям петербургских чиновников, другие задохлись у чухонок, от воспитательного дома на прокормлении, третьи умерли у иссохшей груди своих матерей, во время самарского голода, четвертые задохлись в вагонах третьего класса от смраду, и все-то они теперь здесь, все они теперь как ангелы, все у Христа, и он сам посреди их, и простирает к ним руки, и благословляет их и их грешных матерей… А матери этих детей все стоят тут же, в сторонке, и плачут; каждая узнаёт своего мальчика или девочку, а они подлетают к ним и целуют их, утирают им слёзы своими ручками и упрашивают их не плакать, потому что им здесь так хорошо…

А внизу наутро дворники нашли маленький трупик забежавшего и замерзшего за дровами мальчика; разыскали и его маму… Та умерла ещё прежде его; оба свиделись у господа бога в небе.

И зачем же я сочинил такую историю, так не идущую в обыкновенный разумный дневник, да ещё писателя? А ещё обещал рассказы преимущественно о событиях действительных! Но вот в том-то и дело, мне всё кажется и мерещится, что все это могло случиться действительно, — то есть то, что происходило в подвале и за дровами, а там об ёлке у Христа — уж и не знаю, как вам сказать, могло ли оно случиться, или нет? На то я и романист, чтоб выдумывать.

"Mama! Mama! Oh, how wonderful it is here, Mama!" the boy shouts and begins kissing the others again, and he wants to tell them as quickly as possible about the dolls behind the glass. "Who are you boys? And you girls?" the boy asks, laughing and loving them.

"It is 'Christ's tree,'" they answer him. "Christ always has a tree on this day for those small children who don't have their own." And he learned that these boys and girls were just like him, children, only some froze to death still in their baskets, left on a stair in front of a door of a Petersburg official. Others died in the care of Finns who were given the children from the orphanage to feed[1]. Others still died at the dried-up breast of their mother during the time of the Samara famine, others suffocated in the stench of a third-class train compartment. Now all of them are here, all of them like angels, here with Christ. He himself stands among them, reaching out his hands to them, blessing them and their sinful mothers... All the mothers of the children stand nearby, to the side, and crying. Each recognizes her boy or girl. The kids fly up to them, kiss them, wipe their tears away with their hands and ask them not to cry because it is so wonderful here...

And down below, in the morning, groundskeepers found a small cadaver of the boy who had run into the yard and frozen behind the woodpile. They found his mother too. She had died before him. Both of them met before God in heaven.

Why did I think up such a story—a kind you couldn't find in an ordinary sensible diary, especially of a writer? And I even promised stories about predominantly realistic events! But here's the thing. It seems to me and I envision, that it all could really happen—that is, what happened in the cellar and behind the wood pile. What happened with the Christmas tree of Christ—I don't even know what to tell you, could it happen or not? That's why I am a novelist, to invent things.

Translated by Danielle Jones with Natalya Russkikh.

1   Large groups of ethnic Finns lived in the outskirts of St. Petersburg during this time, and it was customary to place orphans in their care.

Questions for Discussion:

1. Why do you think Dostoyevsky makes statements that draw attention to himself such as, "But I am a novel writer, and it seems I thought up one such 'history' myself?"
2. What parallels do the dolls have in the story? Why are they included?
3. How does the boy compare his home village to the city? How are the various settings in the story important?

Anton Chekhov

Anton Pavlovich Chekhov (1860–1904) was a playwright and one of the greatest masters of the modern short story. He was born in the Crimea in a town called Taganrog. One of six children, Chekhov's father was a poor grocer whose debts eventually caused the family to flee to Moscow, leaving Chekhov behind to finish school. When Chekhov rejoined his parents in Moscow three years later, he was able to earn a university scholarship to study medicine. In 1884, he graduated as a general practitioner. While still in school, he began writing, as his older brother had, for humorous magazines to earn money. His first published piece, "Letter to a Learned Neighbor" appeared in the St. Petersburg weekly *Dragonfly* in March, 1880. He published under various pseudonyms, the most common being "Antosha Chekhonte." After graduating, he continued to write quick and vivid prose that gained him not only money but also notoriety. His ability to entertain his friends and see the comic in life was probably the same source of his success with early readers who admired the farcical situations and emphasis on the incongruity between the serious and the trivial in his stories.

By 1886, Chekhov had become a well-known writer in St. Petersburg, and he was invited to write for the most respected papers including the *New Times*. He started publishing under his own name. Being a doctor allowed him to view people dealing with serious issues compassionately but also objectively and without sentimentality. He switched from his earlier mode of short sketches that incorporated stereotypes to ones that were longer, more serious and that portrayed the inner lives of unique characters. Notable stories from this time are "Death of an Official," "The Requiem" and "Vanka." Unlike many of his contemporaries, his stories didn't moralize, as is shown in "Verochka" and "The Two Volodyas." Meanwhile, Chekhov still wrote some stories in an ironically comic vein such as "Revenge," "The Work

of Art" and "Boys." Drawing on his own medical expertise, Chekov penned a few accounts of characters with psychosomatic illnesses and the psychological effects of physical disease: "Typhus" and "The Name-Day Party."

In Moscow in 1887, Chekov made his theatrical debut with the play *Ivanov* followed by *The Wood Demon*. Because of his fondness for dialogue, Chekhov felt drawn to the theatre and continued to write plays, however his early productions were dissatisfying to him artistically.

Chekhov's younger brother, Nikolai, died in 1889, and this seemed to influence his decision to visit the eastern Siberian penal colony of Sakhalin Island to report on the social, medical and economic conditions there. He paid for the trip by writing travel sketches for the *New Times*. The trip itself was arduous as there was not a railroad and the lives of those he observed living on the island—mostly inmates and natives—even more so. He conducted some 160 interviews a day, making careful observations that were eventually compiled into a book.

In 1895, he began work on a rather original play, *The Seagull*, that defied many of the traditional elements of stage productions of the time. It lacked plot and focused on many interesting yet emotionally static characters. Though *The Seagull* received a disastrous response on opening night, innovative directors Konstantin Stanislavski and Vladimir Nemirovich-Danchenko believed in Chekhov's work and continued to support him. Soon after, the Moscow Art Theatre produced *Three Sisters*, *Uncle Vanya* and *The Cherry Orchard* with great success. Though Chekhov was pleased by the plays' successful openings, he remained convinced that the audiences did not really understand them.

Chekhov was diagnosed with tuberculosis in 1897 at the age of thirty-seven; he had known he was sick long before then but refused to acknowledge or treat his illness. Despite his deteriorating health, Chekhov married actress Olga Knipper in 1901 whom he had met on the stage set of *The Seagull*. The stories that Chekhov wrote toward the end of his life, including "Lady

with a Lapdog" and his final story "The Betrothed," showed a transformation of his worldview into one that retained a flimsy optimism and dismal hope for spiritual fulfillment but which was sympathetic toward his characters. In May, 1904, Chekhov left Russia on his doctor's orders for a spa at Badenweiler, Germany, taking his wife Olga with him. In July, he suffered a heart attack and died. Chekhov's body was sent back to Russia in a refrigerator car, and he was buried in Moscow.

Chekhov's influence on the modern short story and the theatre is immense, but his contemporary readers did not always appreciate and pay attention to Chekov's artistic innovations which included lack of a traditional plot, concentration on mood and relationships rather than action, and impressionistic depictions of particular points of view. Moreover, Chekhov's critics did not receive well his subtle humor on life and on how foolishly people live.

The two stories in this anthology highlight Chekhov's playfulness. The narrators' voices are wry and sarcastic and this keeps these otherwise simple stories from being boring. In "Letter to a Learned Neighbor," Chekhov introduces a storyteller who, while naïve and unsophisticated, is gifted with an imagination which vividly evokes details. He also has the ridiculous trait of using 'approximate' words to counterfeit scholarly discourse. Thus, Chekhov—in the guise of a vernacular storyteller—superbly satirizes pretense and disguised ignorance.

In the story "Idyll—Alas and Oh!" Chekhov develops an intricate story-within-a-story framework which creates an unique atmosphere through the use of subtle devices such as the repetition of paired concepts and the oppositions between them. The narrator's tone becomes noticeably detached and neutral when he speaks with the young man. The detachment of the narrator in Chekov's works is always a signal that the issue at hand is one of special importance to the author himself.

Svetlana Malykhina

Письмо к Ученому Соседу

Антон Чехов

Село Блины-Съедены

Дорогой Соседушка.

Максим… (забыл как по батюшке, извените великодушно!) Извените и простите меня старого старикашку и нелепую душу человеческую за то, что осмеливаюсь Вас беспокоить своим жалким письменным лепетом. Вот уж целый год прошел как Вы изволили поселиться в нашей части света по соседству со мной мелким человечиком, а я всё еще не знаю Вас, а Вы меня стрекозу жалкую не знаете. Позвольте ж драгоценный соседушка хотя посредством сих старческих гиероглифоф познакомиться с Вами, пожать мысленно Вашу ученую руку и поздравить Вас с приездом из Санкт-Петербурга в наш недостойный материк, населенный мужиками и крестьянским народом т. е. плебейским элементом. Давно искал я случая познакомиться с Вами, жаждал, потому что наука в некотором роде мать наша родная, всё одно как и цивилизацыя и потому что сердечно уважаю тех людей, знаменитое имя и звание которых, увенчанное ореолом популярной славы, лаврами, кимвалами, орденами, лентами и аттестатами гремит как гром и молния по всем частям вселенного мира сего видимого и невидимого т. е. подлунного. Я пламенно люблю астрономов, поэтов, метафизиков, приват-доцентов, химиков и других жрецов науки, к которым Вы себя причисляете чрез свои умные факты и отрасли наук, т. е. продукты и плоды. Говорят, что вы много книг напечатали во время умственного сидения с трубами, градусниками и кучей заграничных книг с заманчивыми рисунками. Недавно заезжал в мои жалкие владения, в мои руины и развалины местный максимус понтифекс отец Герасим и

Letter to a Learned Neighbor

Anton Chekhov

Village of the Eaten Blinis

Dearest Neighbor,

Maxim… (Forgot how you're called by your patronymic. Pardin[1] me, magnanimously.) Pardin me and forgive me, an old geezer and farcical soul of humanity, for having the daring to bother you with my poor, prattling letter. Already a whole year has passed since you deigned to settle in our corner of the world next to me, a small person, and I still don't know you, and you don't know this scrubby dragonfly. Allow me, precious neighbor—if only with the help of these old man's hieroglyphics—to make acquaintance with you, to mentally shake your learned hand and congratulate you on your arrival from St. Petersburg to our unworthy land inhabited by workmen and peasants i.e. the plebian element. I have long looked for an opportunity to make an acquaintance with you, thirsted for it, because science in many ways is our own mother, just like civilization, and that is why I wholeheartedly respect those people whose significant names and titles, crowned with halos of popular glory, laurels, cymbals, medals, decorations and certificates, resound like thunder and lightning in every part of the visible and invisible universal world i.e. the sublunar realm.

I blazingly love astronomers, poets, metaphysicians, untenured university lecturers, chemists and other priests of science amongst whom you count yourself through your learned facts and field of science i.e. products and fruits. They say that you published many books during the tenure of your intellectual pursuits with tubes, thermometers and stacks of transnational books with enticing drawings. Not long ago, the local *maximus pontificate*, Father Geracim, visited my wretched estate,

1 The narrator consistently spells various words incorrectly.

со свойственным ему фанатизмом бранил и порицал Ваши мысли и идеи касательно человеческого происхождения и других явлений мира видимого и восставал и горячился против Вашей умственной сферы и мыслительного горизонта покрытого светилами и аэроглитами[1]. Я не согласен с о. Герасимом касательно Ваших умственных идей, потому что живу и питаюсь одной только наукой, которую Провидение дало роду человеческому для вырытая из недр мира видимого и невидимого драгоценных металов, металоидов и бриллиантов, но все-таки простите меня, батюшка, насекомого еле видимого, если я осмелюсь опровергнуть по-стариковски некоторые Ваши идеи касательно естества природы.

О. Герасим сообщил мне, что будто Вы сочинили сочинение, в котором изволили изложить не весьма существенные идеи на щот людей и их первородного состояния и допотопного бытия. Вы изволили сочинить что человек произошел от обезьянских племен мартышек орангуташек и т. п. Простите меня старичка, но я с Вами касательно этого важного пункта не согласен и могу Вам запятую поставить. Ибо, если бы человек, властитель мира, умнейшее из дыхательных существ, происходил от глупой и невежестпеннои обезьяны то у него был бы хвост и дикий голос. Если бы ми происходили от обезьян, то нас теперь водили бы по городам Цыганы на показ и мы платили бы деньги за показ друг друга, танцуя по приказу Цыгана или сидя за решеткой в зверинце. Разве мы покрыты кругом шерстью? Разве мы не носим одеяний, коих лишены обезьяны? Разве мы любили бы и не презирали бы женщину, если бы от нее хоть немножко пахло бы обезьяной, которую мы каждый вторник видим у Предводителя Дворянства? Если бы наши прародители происходили от обезьян, то их не похоронили бы на христианском кладбище; мой прапрадед например Амвросий, живший во время оно в царстве Польском, был погребен не как обезьяна, а рядом с абатом, католическим Иоакимом Шостаком, записки коего об умеренном климате и неумеренном употреблении

---

1 Аэроглит — stony meteorite (archaic).

my ruins and remains, and with his characteristic fanaticism berated and decried your thoughts and ideas regarding human origins and other phenomena of the visible world and rebelled and stormed against your intellectual spheres and philosophic horizons suffused with luminaries and meteors. I don't agree with Geracim regarding your intellectual ideas because I live and sustain myself on science alone which Providence gave the human species for digging out of the depths of the visible and invisible earth precious metals, metalloids and diamonds. But, all the same, forgive me, ole chap, I'm barely a visible insect, if I dare refute old-fashionably a few of your ideas regarding the nature of the world.

F. Geracim informed me that it seems you composed a composition in which you deigned to set forth the not extremely substantive idea aboot people and their original state and antediluvian existence. You deigned to fabricate that a person came from the monkey tribes of marmosets, orangutans and etc. Forgive me, an old man, but concerning this important point, I don't agree and you can put a comma here[1]. For, if man, the ruler of the world, the wisest of the respiratory creatures, came from the stupid and ignorant monkey, then he would have a tail and a savage voice. If we had originated from monkeys, then Gypsies would lead us around various cities for show, and we would be paying money to look at one another dancing at the Gypsy's orders or sitting behind bars at the zoo. Are we covered all over with fur? Do we not wear clothes that monkeys lack? Would we really love and not despise a woman if she smelled—even just a bit—like the monkey that we see every Tuesday at the chief of the noblemen's? If our ancestors originated from monkeys, then they would not have been buried in a Christian cemetery; my great, great grandfather, for example, Amvrosi, who lived during the time in the Polish Kingdom, was not buried at all like a monkey but near the Catholic Abot Isaac Shostak whose letters about a moderate climate and an immoderate usage of "firewater"

1   "Put a comma here" is an idiomatic expression meaning "supply one's own thoughts or ideas."

горячих напитков хранятся еще доселе у брата моего Ивана (Маиора). Абат значит католический поп.

Извените меня неука за то, что мешаюсь в Ваши ученые дела и толкую посвоему по старчески и навязываю вам свои дикообразные и какие-то аляповатые идеи, которые у ученых и цивилизованных людей скорей помещаются в животе чем в голове. Не могу умолчать и не терплю когда ученые неправильно мыслят в уме своем и не могу не возразить Вам. О. Герасим сообщил мне, что Вы неправильно мыслите об луне т. е. об месяце, который заменяет нам солнце в часы мрака и темноты, когда люди спят, а Вы проводите электричество с места на место и фантазируете. Не смейтесь над стариком за то что так глупо пишу.

Вы пишете, что на луне т. е. на месяце живут и обитают люди и племена. Этого не может быть никогда, потому что если бы люди жили на луне то заслоняли бы для нас магический и волшебный свет ее своими домами и тучными пастбищами. Без дождика люди не могут жить, а дождь идет вниз на землю, а не вверх на луну. Люди живя на луне падали бы вниз на землю, а этого не бывает. Нечистоты и помои сыпались бы на наш материк с населенной луны. Могут ли люди жить на луне, если она существует только ночью, и днем исчезает? И правительства не могут дозволить жить ни луне, потому что на ней по причине далекого расстояния и недосягаемости ее можно укрываться от повинностей очень легко. Вы немножко ошиблись.

Вы сочинили и напечатали в своем умном сочении, кик сказал мне о. Герасим, что будто бы на самом величайшем светиле, на солнце, есть черные пятнушки. Этого не может быть, потому что этого не может быть никогда. Как Вы могли видеть на солнце пятны, если на солнце нельзя глядеть простыми человеческими глазами, и для чего на нем пятны, если и без них можно обойтиться? Из какого мокрого тела сделаны эти самые пятны, если они не сгорают? Может быть по-вашему и рыбы живут на солнце?

Извените меня дурмана ядовитого, что так глупо съострил! Ужасно я предан науке! Рубль сей парус девятнадцатого

are stored to this day at my brother Ivan's (the Major's). "Abot" means Catholic priest.

Pardin me, an ignoramus, for meddling in your learned things and for prodding you old-fashionably and imposing upon you my wildly-formed and somewhat coarse ideas which scholars and civilized people would sooner find in a stomach than in a head. I cannot be silent and will not forebear when scholars incorrectly cogitate in their minds and I cannot not object to you. F. Geracim informed me that you incorrectly think on the moon, i.e. on the crescent that replaces for us the sun during the hours of gloom and darkness when people sleep and you conduct electricity from place to place and fantasize. Don't laugh at this old man for writing so foolishly.

You write that on the moon i.e. on the crescent live and dwell people and tribes. This could never ever be because if people lived on the moon then its magic and enchanted light would be obscured from us by their homes and lush pastures. Without rain, people cannot live, and rain falls down on the earth not up to the moon. People that lived on the moon would fall down to the earth, and this doesn't happen. Sweepings and slops would be sprinkled on our continent from an inhabited moon. Could people really live on the moon if it only exists at night and disappears in the daytime? And the authorities could not permit people to live on the moon because by reason of the great distance and inaccessibility, one could easily hide from their public duties. You are slightly mistaken.

You wrote and published in your learned essay, as F. Geracim told me, that there appears to be on our greatest light, the sun, black dots. This cannot be, because it could never ever happen. How could you see spots on the sun if it's impossible to look at the sun with unadorned human eyes? And why would the sun have spots if they can be done without? From what kind of a wet form could these same spots have been made if they do not burn up? Maybe, by your account, fish live on the sun as well?

Pardin me, a poisonous apple, for my imprudent jesting. I'm terribly devoted to science! The ruble—the sail of the 19th

столетия для меня не имеет никакой цены, наука его затемнила у моих глаз своими дальнейшими крылами. Всякое открытие терзает меня как гвоздик в спине. Хотя я невежда и старосветский помещик, а все же таки негодник старый занимаюсь наукой и открытиями, которые собственными руками произвожу и наполняю свою нелепую головешку, свой дикий череп мыслями и комплектом величайших знаний. Матушка природа есть книга, которую надо читать и видеть. Я много произвел открытий своим собственным умом, таких открытий, каких еще ни один реформатор не изобретал. Скажу без хвастовства, что я не из последних касательно образованности, добытой мозолями, а не богатством родителей т. е. отца и матери или опекунов, которые часто губят детей своих посредством богатства, роскоши и шестиэтажных жилищ с невольниками и электрическими позвонками.

Вот что мой грошовый ум открыл. Я открыл, что наша великая огненная лучистая хламида[1] солнце в день Св. Пасхи рано утром занимательно и живописно играет разноцветными цветами и производит своим чудным мерцанием игривое впечатление. Другое открытие. Отчего зимою день короткий, а ночь длинная, а летом наоборот? День зимою оттого короткий, что подобно всем прочим предметам видимым и невидимым от холода сжимается и оттого, что солнце рано заходит, а ночь от возжения светильников и фонарей расширяется, ибо согревается. Потом я открыл еще, что собаки весной траву кушают подобно овцам и что кофей для полнокровных людей вреден, потому что производит в голове головокружение, а в глазах мутный вид и тому подобное прочее. Много я сделал открытий и кроме этого хотя и не имею аттестатов и свидетельств.

Приежжайте ко мне дорогой соседушко, ей-богу. Откроем что-нибудь вместе, литературой займемся и Вы меня поганенького вычислениям различным поучите.

Я недавно читал у одного Французского ученого, что львиная морда совсем не похожа на человеческий лик, как

---

1   A short cloak worn by men in ancient Greece.

Century—holds for me no value whatsoever; science has darkened my eyes to it with its wide-spreading wings. Every discovery torments me like a nail in the spine. Though I am an ignoramus and old-world landowner, and yet, old wretch that I am, I busy myself with science and discoveries which I produce with my own hands and fill my ridiculous head, my barbarian skull, with thoughts and an array of great knowledge. Mother Nature is a book that must be read and seen. I have produced many discoveries with my own mind—the kind of discoveries that still not one reformer has invented. I tell you without boasting that I am not in last place concerning education—obtained through calluses and not from the riches of parents i.e. from a father and mother or guardians who often ruin children through wealth, luxury and six-floored homes with servants and electric buzzers.

Here is what my pennyworth brain discovered. I discovered that our great, fiery, robed-in-radiance sun once a year on Easter, early in the morning, amusingly and artistically plays with many-hued colors and produces a playful impression with its miraculous shimmering. Another discovery. Why are winter days short and nights long, while in the summer it's the other way around? Winter days are short, and likewise all other visible and invisible subjects, because the cold shrinks them and because the sun goes down early, and the night expands from the heat of the lamps and torches that warm it. And then I discovered, as well, that dogs eat grass in the summer like sheep and that coffee is harmful for people with high-blood pressure because it produces in the head a dizziness and in the eyes a blurriness and the like, so on and so forth. I've made many more discoveries besides these, though I don't have any diplomas and certificates.

Come visit me, dearest neighbor, for God's sake. We'll discover something together, study the literature and you can teach this foul fellow various calculations.

Not long ago, I read a French intellectual who said that lions' muzzles are not at all like human faces, as them scholar

думают ученый. И насщот этого мы поговорим. Приежжайте, сделайте милость. Приежжайте хоть завтра например. Мы теперь постное едим, но для Вас будим готовить скоромное. Дочь моя Наташенька просила Вас, чтоб Вы с собой какие-нибудь умные книги привезли. Она у меня эманципе, все у ней дураки, только она одна умная. Молодеж теперь я Вам скажу дает себя знать. Дай им бог! Через неделю ко мне прибудет брат мой Иван (Маиор), человек хороший но между нами сказать, Бурбон и наук не любит.

Это письмо должен Вам доставить мой ключник Трофим ровно в 8 часов вечера. Если же привезет его пожже, то побейте его по щекам, по профессорски, нечего с этим племенем церемониться. Если доставит пожже, то значит в кабак анафема заходил. Обычай ездить к соседям не нами выдуман не нами и окончится, а потому непременно приежжайто с машинками и книгами. Я бы сам к Вам поехал, да конфузлив очень и смелости не хватает. Извените меня негодника за беспокойство.

Остаюсь уважающий Вас Войска Донского отставной урядник из дворян, ваш сосед,

Василий Семи-Булатов.

thinks. About this, we can talk. Please come, do me this favor. Come tomorrow, for example. We are eating a Lenten diet now, but for you we'll cook meat. My daughter, Natashenka, requests you to bring some clever books. She is emancipated; she counts everyone around her a fool and only herself clever. Young people, I tell you, they show their nature. God grant it so! In a week, my brother Ivan (the Major) will arrive—a good man, though, between us, bourbon and sciences he does not love.

This letter should be delivered by my steward[1] Trofim at exactly eight o'clock in the evening. If he brings it later, then slap him in the face in a professorly manner—don't stand on ceremony with these people. If he brings it later, it means he, goddamn it, stopped at the bar. The custom to visit your neighbors was not thought up by our ancestors nor will it end with our offspring, so, without fail, come visit with your apparatuses and books. I would come to you but I'm embarrassed and don't have enough courage. Pardin me, a wretch, for the bother.

Respectfully yours, a retired sergeant of the Don Brigade[2] sent out from the nobles, your neighbor,

Vasily Semi-Bulatov.

Translated by Danielle Jones with Natalya Russkikh.

Questions for Discussion:

1. What do you learn about the narrator and his neighbor throughout the text?
2. List several sentences that are parodies of intellectual discourse. How might these be written in plain English? How might they be written in the intellectual manner that the narrator intended?
3. At what points can you hear Chekhov's voice or opinions slip through the narrator's? What is his view of the subjects that the narrator pontificates about?

---

1 The steward (literally, "key holder") was in charge of the estate's storehouses.
2 Noncommissioned officer in the Cossack army of the Russian Tsarist Empire.

Антон Чехов

— Дядя мой прекраснейший человек! — говорил мне не раз бедный племянник и единственный наследник капитана Насечкина, Гриша. — Я люблю его всей душой... Зайдемте к нему, голубчик! Он будет очень рад!

И слезы навертывались на глазах Гриши, когда он говорил о дядюшке. К чести его сказать, он не стыдился этих хороших слез и плакал публично! Я внял его просьбам и неделю тому назад зашел к капитану. Когда я вошел в переднюю и заглянул в залу, я увидел умилительную картину. В большом кресле среди залы сидел старенький, худенький капитан и кушал чай. Перед ним на одном колене стоял Гриша и с умилением мешал ложечкой его чай.

Вокруг коричневой шеи старичка обвивалась хорошенькая ручка Гришиной невесты... бедный племянник и невеста спорили о том, кто из них скорей поцелует дядюшку, и не жалели поцелуев для старичка.

— А теперь вы сами поцелуйтесь, наследники! — лепетал Насечкин, захлебываясь от счастья...

Между этими тремя созданиями существовала завиднейшая связь. Я, жестокий человек, замирал от счастья и зависти, глядя на них...

— Да-с! — говорил Насечкин. — Могу сказать: пожил на своем веку! Дай бог всякому. Одних осетров сколько поел! Страсть! Например, взять бы хоть того осетра, что в Скопине съели... Гм! И теперь слюнки текут...

— Расскажите, расскажите! — говорит невеста.

— Приезжаю это я в Скопин со своими тысячами, детки, и прямо... гм... к Рыкову.. господину Рыкову. Человек... уу! Золотой господин! Джентльмен! Как родного принял... Какая, кажись бы, надобность ему, а... как с родным! Ей-богу! Кофеем потчевал... После кофею закуска...

Idyll—Alas and Oh!

Anton Chekhov

"My uncle is a most amazing person!" Grisha, the poor nephew and only successor of Captain Nasechkin, said to me many a time. "I love him with all of my soul… Let's go to him, my dear friend. He would be very glad!"

And tears would well up in the eyes of Grisha when he talked about his uncle. To his credit, he was not embarrassed of these good tears and cried publicly! I heeded his request, and a week ago went to visit the captain. When I entered the front door and looked into the hall, I saw a touching sight. In a large chair in the middle of the hall sat the old, thin captain taking his tea. Before him, on one knee, knelt Grisha and tenderly stirred his uncle's tea with a spoon.

Around the brown neck of the old man was draped the fair arm of Grisha's fiancée… the poor nephew and his fiancée argued about which one of them could first kiss uncle, and they didn't spare any kisses for the old man.

"And now, kiss each other, my heirs," prattled Nasechkin, choking with happiness…

Between these three creatures existed an enviable connection. I, a brutal person, was transfixed with happiness and envy, looking at them…

"Yesss," said Nasechkin. "I can say that I lived well in my lifetime! May God grant this to everyone. I ate so much sturgeon! Bliss! For example, take at least the sturgeon we ate in Skopin[1]… Hm! And even now my mouth waters…"

"Tell us, tell us!" said the fiancée.

"I would arrive in Skopin with my thousands, my children, and I would go straight… hm… to Rykov… Mr. Rykov. A person… ooo! A golden lord! A gentleman! He would receive me like a family member… Not that he had to, but… like a family member! By God! Treated me to coffee… After coffee, snacks…

---

1   Skopin is a town in Ryazan Oblast, Russia, located on the Vyorda River.

Стол… На столе распивочно и на вынос… Осетр… от угла до угла… Омары… икорка. Ресторант!

Я вошел в залу и прервал Насечкина. Это было аккурат в тот день, когда в Москве было получено первое телеграфическое известие о том, что скопинский банк лопнул.

— Детками наслаждаюсь! — сказал мне Насечкин после первых приветствий и, обратясь к деткам, продолжал хвастливым тоном: — И общество благородное… Чиноначальники, духовенство… иеромонахи, иереи… После каждой рюмочки под благословение подходишь… Сам весь в орденах… Генералу нос утрет… Скушал осетрка… Подали другого… Съели… Потом уха с стерлядкой… фазаны…

— На вашем месте я теперь икал и страдал бы изжогой от этих осетров, а вы хвастаетесь… — сказал я. — Много у вас пропало за Рыковым?

— Зачем пропало?

— Как зачем? Да ведь банк лопнул!

— Шутки! Стара песня… И прежде пугали…

— Так вам еще неизвестно? Батенька! Серапион Егорыч! Да ведь это… это… это… Читайте!

Я полез в карман и вытащил оттуда газетину. Насечкин надел очки и, недоверчиво улыбаясь, принялся читать. Чем более он читал, тем бледнее и длиннее делалась его физиономия.

— Ло… ло… лллопнул! — заголосил он и затрясся всеми членами. — Бедная моя головушка!

Гриша покраснел, прочитал газету, побледнел… Дрожащая рука его потянулась за шапкой… Невеста зашаталась…

— Господа! Да неужели вы только теперь об этом узнали? Ведь уж об этом вся Москва говорит. Господа! Успокойтесь!

Час спустя стоял я один-одинешенек перед капитаном и утешал его:

— Полно, Серапион Егорыч! Ну что ж? Деньги пропали, зато детки остались.

— Это правда… Деньги суета… Детки… Это точно.

A set table… On the table, drinks and a buffet… Sturgeon… from corner to corner… Lobster… Caviar. A restaurant!"

I entered the hall and interrupted Nasechkin. It was exactly that very day when in Moscow the first telegrams were being received with the news that the bank in Skopin had busted.

"I am enjoying my children!" Nasechkin said to me after his first greetings and, turning to his children, continued in a boastful tone: "And the society was noble… Officials, clergy… Monks, priests… After every glass there would be a blessing… Rykov himself in all his medals… He could wipe a general's nose[1]… I ate up the sturgeon… They put another out… We ate it… Later, fish soup with sterlet[2]… Pheasant…

"In your place, I would now hiccup and suffer heartburn from all this sturgeon, and here you boast…" I said. "Did you lose a great deal to Rykov?"

"Why lose?"

"What do you mean why? After all, the bank is bust!"

"Jokes! An old tune… Earlier they scared us too…"

"So you do not yet know? My friend! Serapion Yegorych! But this is… It's… It's… Read!"

I reached into my pocket and pulled out a newspaper. Nasechkin put on his glasses and, smiling distrustfully, began to read. The more he read, the whiter and longer his face became.

"B…bbb…bust!" he wailed, and all of his limbs shook. "My poor head!"

Grisha turned red, studied the newspaper, turned white… His trembling hand reached for his hat… His fiancée staggered…

"Gentlemen! Did you really just learn about this now? All of Moscow is already talking about it. Gentlemen! Calm down!"

An hour later, I stood all alone in front of the captain and comforted him:

"Come now, Serapion Yegorich! Well, so what? You lost your money, but you still have your children."

"It's true… Money is vanity… Children… You're right."

---

1 An idiomatic expression meaning: "he could outdo the general."
2 A species of sturgeon found in Russia.

Но увы! Через неделю я встретился с Гришей.

— Сходите, батенька, к дядюшке! — обратился я к нему. — Отчего вы к нему не сходите? Совсем бросили старика!

— А ну его к чёрту! Очень он мне нужен, старый чёрт! Дурак! Не мог найти другого банка!

— Все-таки сходите. Ведь он ваш дядя!

— Он? Ха-ха!... Вы смеетесь? Откуда вы это взяли? Он троюродный брат моей мачехи! Десятая вода на киселе[1]! Нашему слесарю двоюродный кузнец!

— Ну хоть невесту пошлите к нему!

— Да! Чёрт вас дернул показывать газету до свадьбы! До свадьбы не могли подождать со своими новостями!... Теперь она рожу воротит. Тоже ведь на дядюшкин каравай рот разевала! Дура чёртова... Разочарована. Теперь.

Так, сам того не желая, разрушил я теснейшее трио... завиднейшее трио!

---

1   Literally, "tenth water to jelly," a very distant relative.

But alas! In a week, I met with Grisha. "Go, old friend, to your uncle's!" I entreated him. "Why don't you go to him? You have completely abandoned the old man!"

"And to hell with him! As if I really need him, the old devil! Fool! Couldn't have found a different bank!"

"All the same, go. He's your uncle after all!"

"He? Ha-ha!… Are you laughing at me? Where did you get that from? He's the cousin twice removed of my stepmother! A shoe-string relative! A kissing cousin!"

"Well, at least send your fiancée to him!"

"Yes! Damn you for showing that newspaper before the wedding! Your news couldn't have waited till after the wedding!… Now, she won't look at me. She, too, was casting her greedy eye on uncle's pie! Damn fool… She is disenchanted now."

Thus, without any intent, I managed to ruin such a close trio… a most enviable trio!

Translated by Danielle Jones with Natalya Russkikh.

Questions for Discussion:

1. What historical and social indicators are there in the text of social class and the era that the story takes place in?
2. The narrator claims that without "any intent" he ruined the relationships of this family. What indications are there that he is either being truthful or not?
3. Was this in fact "a most enviable trio?"

Nikolai Leskov

Nikolai Semyonovich Leskov (1831–1895), was an esteemed Russian writer remembered for the distinctive style of his short stories, exuberant novels and polemical journalistic articles. He was born in Oryol province and grew up on a small family estate. His father died when he was fifteen, and the same year, much of their property was destroyed by a fire. To help provide for the family, Leskov left school and found employment as a clerk in the Oryol criminal court chamber.

In 1849, invited by his mother's brother, Leskov moved to Kiev and worked as the deputy head of an army recruiting department, attended university lectures and began studying Polish, Ukrainian and Slavic cultures. He was also interested in religion and mingled not only with Christians, but also with Old Believers and cult followers.

In 1853, Leskov retired from public service and went to work for the private trading company Scott & Wilkins. He spent several years traveling to remote regions of Russia and gathering many sources and experiences that would later show up in his writing. After a brief and unhappy attempt at being a journalist, he settled in St. Petersburg and embarked on a career as a novelist. He produced work of increasing complexity and at an incredible rate including his first published story "The Case that was Dropped." This story includes a *skaz* narrator, who reports on the lively characters and events that take place in the provinces.

In 1862–63, he travelled to Eastern Europe and France. While staying in Prague, he finished *No Way Out*—a controversial novel that denied popular ideas of the time. His publisher and many other writers turned their backs on him. In 1865, he wrote *Lady Macbeth of the Mtsensk District*, one of his best-known works. In this novel, he depicts quintessentially Russian life in the provinces: its needs, its people, the details of their way of life, and the tragic fate of those who put their hopes in a

Russia unprepared for revolution. His book *At Daggers Drawn* (1870) presents a harsh criticism of society and garnered him heavy criticism from the progressive intelligentsia. In 1873, his stories "The Enchanted Wanderer" and "The Sealed Angel," earned Leskov a reputation as an exotic author. They incorporate a great variety of stylistic devices and linguistic peculiarities such as unexpected and picturesque idioms, various forms of professional and class language, slang and colloquial Church Slavonic which creates a comic effect.

After the success of *The Cathedral Folk* (1872), Leskov became a member of the education department in the Ministry of Government Property. In 1875, Leskov went abroad for a second time in the midst of a religious crisis, after publishing several stories which questioned Orthodox Christianity. Much of the work that Leskov published during this period conveys biting sarcasm and fierce social criticism. Leskov sympathized with those on the fringes—Jews, Old Believers, and gypsies. Affectionate as he would remain towards native superstitions, folk tales and provincialisms, Leskov came to hate the cruelty of the Russian regime. From 1874 to1883, he served on the Special Section of the Learned Committee of the Ministry of Public Education. Ironically, he was dismissed from the Learned Committee due to the unorthodox religious views expressed in his stories.

In 1881, he wrote one of his most famous works, *The Tale of Cross-Eyed Lefty from Tula*, renowned for its masterful *skaz*. In 1887, he met Leo Tolstoy and, under his influence, wrote several stories dealing with ancient church legends. Leskov died from an asthma attack in 1895 in St. Petersburg. His collected works were published posthumously in 1902–1903.

"The Makeup Artist" (1883) is notable for its close look at slavery, the Serf Theater and its especially horrifying aspect of coercive sexuality. The dedication of the story to "the sacred memory of that blessed day, February 19, 1861" is indicative of the writer's fundamental stance towards the Emancipation Act of 1861: he viewed it as the central event of the 19th century.

Amazingly, Leskov's portrayal of the characters and their feelings, which seem so real and relevant to contemporary readers, are nevertheless drawn from the peasantry of long ago. The topic of serf theaters as a playground for sexual power relationships was so widespread that it entered folklore and this plot was later reworked by literary writers. Leskov allegedly bases his story on accounts by his grandmother, a local merchant and a priest and, hence, creates a classic framed narrative.

Leskov's superb techniques as a painter of social landscape and setting and his ventriloquist's trick of letting provincial Russians appear to speak for themselves make up his distinctive *skaz* style. Leskov's language is full of rich nuances and overtones, such as the use of the painfully apt malapropism placon instead of flacon. Placon sounds like the Russian word "to cry" and replaces flacon, perfume bottle. Leskov adds yet another shade of meaning, however, because placon is the name Lubov gives to the bottle of alcohol on which she has come to rely.

Svetlana Malykhina

Тупейный[1] Художник

Николай Лесков

Рассказ на могиле
(Святой памяти благословенного дня 10-го февраля 1861 г.)
Души их во благих водворятся.

Погребальная Песнь

1

У нас многие думают, что "художники" — это только живописцы да скульпторы, и то такие, которые удостоены этого звания академиею, а других не хотят и почитать за художников. Сазиков и Овчинников для многих не больше как "серебряники." У других людей не так: Гейне вспоминал про портного, который "был художник" и "имел идеи," а дамские платья работы Ворт и сейчас называют "художественными произведениями." Об одном из них недавно писали, будто оно "сосредоточивает бездну фантазии в шнипе[2]."

В Америке область художественная понимается ещё шире: знаменитый американский писатель Брет Гарт рассказывает, что у них чрезвычайно прославился "художник," который "работал над мёртвыми." Он придавал лицам почивших различные "утешительные выражения," свидетельствующие о более или менее счастливом состоянии их отлетевших душ.

Было несколько степеней этого искусства, — я помню три: "1) спокойствие, 2) возвышенное созерцание и 3) блаженство непосредственного собеседования с богом." Слава художника отвечала высокому совершенству его работы, то

---

1 Comes from the word "тупей" or toupee.
2 Шнип — lower, pointed end of a woman's dress bodice.

The Makeup Artist

Nikolai Leskov

A story at a grave
(Holy memory of the blessed day of February 19th, 1861.)
May their souls return to the good place.

Burial Song

1

Many among us think that "artists" are only those who are painters or sculptors and those who have earned this title in the academy; others they don't want to consider artists. For many, Sazikov and Ovchinnikov[1] are only to be deemed "silversmiths." But some people would understand otherwise: Heine remembered a tailor who was an "artist" and "had ideas," and the women's dresses that were the works of Worth[2] are now called "artistic creations." About one of these dresses, it was written not long ago that it "focuses bottomless fantasies in its pointed bodice."

In America, the region of artistic understanding is even broader: the famous American writer Bret Harte[3] tells the story of an "artist" who became exceptionally famous "working on the dead." He applied to the faces of the deceased various "comforting expressions" attesting to a more or less happy state of their departed souls.

There were several degrees of this artistry—I remember three: "1. peacefulness, 2. sublime contemplation, and 3. blissful, unmediated communication with God." The artist's fame mirrored the perfection of his work, so it was

---

1   P. E. Sazikov (?–1868) and P. A. Ovchinnikov (1830–1888) lived in Moscow and were responsible for the minting of gold and silver coins.
2   Charles Frederick Worth (1825–1895), a famous early fashion designer.
3   The reference is to Harte's story "A Sleeping-Car Experience" (1877).

есть была огромна, но, к сожалению, художник погиб жертвою грубой толпы, не уважавшей свободы художественного творчества. Он был убит камнями за то, что усвоил "выражение блаженного собеседования с богом" лицу одного умершего фальшивого банкира, который обобрал весь город. Осчастливленные наследники плута таким заказом хотели выразить свою признательность усопшему родственнику, а художественному исполнителю это стоило жизни…

Был в таком же необычайном художественном роде мастер и у нас на Руси.

2

Моего младшего брата нянчила высокая, сухая, но очень стройная старушка, которую звали Любовь Онисимовна. Она была из прежних актрис бывшего орловского театра графа Каменского, и всё, что я далее расскажу, происходило тоже в Орле, во дни моего отрочества.

Брат моложе меня на семь лет; следовательно, когда ему было два года и он находился на руках у Любови Онисимовны, мне минуло уже лет девять, и я свободно мог понимать рассказываемые мне истории.

Любовь Онисимовна тогда была ещё не очень стара, но бела как лунь; черты лица её были тонки и нежны, а высокий стан совершенно прям и удивительно строен, как у молодой девушки.

Матушка и тётка, глядя на неё, не раз говорили, что она, несомненно, была в своё время красавица.

Она была безгранично честна, кротка и сентиментальна; любила в жизни трагическое и… иногда запивала.

Она нас водила гулять на кладбище к Троице, садилась здесь всегда на одну простую могилку с старым крестом и нередко что-нибудь мне рассказывала. Тут я от неё и услыхал историю "тупейного художника."

enormous, but, unfortunately, this artist died a victim of a brutal mob who did not respect the freedom of artistic creation. He was stoned to death for creating the "expression of blissful communication with God" on the face of a dead fraudulent banker who fleeced the whole city. With this expression, the happy inheritors of this swindler wanted to express their gratitude to the dead relative, but the artist's rendition cost him his life...

We had, in a similarly unusual artistic role, such a master among us in Rus[1].

2

My younger brother's nanny was a tall, dry but very slender old lady who was named Lubov Onisimovna. She was one of the old actresses of the former Oryol theatre of Count Kamensky, and everything that I will tell you also happened in Oryol during the days of my adolescence[2].

My brother was younger than me by seven years. Therefore, when he was two years old and in the arms of Lubov Onisimovna, I was already nine years old, and I could easily understand the stories told to me.

Lubov Onisimovna at the time was not yet very old, but white as a swan; the features of her face were thin and gentle and her tall carriage straight and amazingly built, like a young lady.

My mother and aunt, looking at her, said many times that she was undoubtedly a beauty in her time.

She was infinitely honest, meek and sentimental; she loved the tragic in life... and sometimes drank too much.

She'd take us for walks to the Cemetery of the Trinity, always sit there on the same simple tomb with an old cross and often would tell me a story. There, I heard from her the account of the "makeup artist."

---

1   Russia.
2   The story is inspired by actual events at a peasant theater in Oryol, run by Count Kamensky.

3

Он был собрат нашей няне по театру; разница была в том, что она "представляла на сцене и танцевала танцы," а он был "тупейный художник," то есть парикмахер и гримировщик, который всех крепостных артисток графа "рисовал и причесывал." Но это не был простой, банальный мастер с тупейной гребенкой за ухом и с жестянкой растёртых на сале румян, а был это человек с идеями, — словом, художник.

Лучше его, по словам Любови Онисимовны, никто не мог "сделать в лице воображения."

При котором именно из графов Каменских процветали обе эти художественные натуры, я с точностью указать не смею. Графов Каменских известно три, и всех их орловские старожилы называли "неслыханными тиранами." Фельдмаршала Михаиле Федотовича крепостные убили за жестокость в 1809 году, а у него было два сына: Николай, умерший в 1811 году, и Сергей, умерший в 1835 году.

Ребёнком, в сороковых годах, я помню ещё огромное серое деревянное здание с фальшивыми окнами, намалёванными сажей и охрой, и огороженное чрезвычайно длинным полуразвалившимся забором. Это и была проклятая усадьба графа Каменского; тут же был и театр. Он приходился где-то так, что был очень хорошо виден с кладбища Троицкой церкви, и потому Любовь Онисимовна, когда, бывало, что-нибудь захочет рассказать, то всегда почти начинала словами:

— Погляди-ка, милый, туда… Видишь, какое страшное?

— Страшное, няня.

— Ну, а что я тебе сейчас расскажу, так это ещё страшней.

Вот один из таких её рассказов о тупейщике Аркадии, чувствительном и смелом молодом человеке, который был очень близок её сердцу.

3

He had been a colleague of our nanny at the theatre; the difference was that she "performed on the stage and danced dances" and he was a "makeup artist," that is, a hairdresser and someone who applied makeup; he "painted and brushed" all of the Count's serf actresses. But he was not a simple, banal technician with a wig comb behind his ear and a tin of greased blush, but a person with ideas—in a word, an artist.

Better than him, by the word of Lubov Onisimovna, no one could "apply imagination to a face."

During which Count Kamensky's tenure these two artistic souls flourished, I dare not specify with precision. There were three known counts by the name of Kamensky, and all three of them were called by the elders of Oryol "unprecedented tyrants." Field Marshal Mikhail Fedotovich was killed by the serfs for his cruelty in the year 1809, and he had two sons: Nicolai, who died in the year 1811, and Sergei, who died in the year 1835.

A child in the forties, I still remember an enormous gray, wooden building with false windows, painted with soot and ocher and surrounded by an exceptionally long, falling-down fence. This was the accursed estate of Count Kamensky; and there too was the theatre. It was situated such that it could be seen very well from the cemetery of the Trinity Church and because of this, when Lubov Onisimovna was there and had some story she wanted to tell, she almost always started with these words:

"Look, my dear, over there... do you see how frightening it is?"

"Frightening, Nanny."

"Well, and what I will tell you now is even more frightening."

This is one of those stories, about Arkadii, the makeup artist, who was a sensitive and brave young man and who was very close to her heart.

4

Аркадий "причёсывал и рисовал" одних актрис. Для мужчин был другой парикмахер, а Аркадий если и ходил иногда на "мужскую половину," то только в таком случае, если сам граф приказывал "отрисовать кого-нибудь в очень благородном виде." Главная особенность гримировального туше этого художника состояла в идейности, благодаря которой он мог придавать лицам самые тонкие и разнообразные выражения.

— Призовут его, бывало, — говорила Любовь Онисимовна, — и скажут: "Надо, чтобы в лице было такое-то и такое воображение." Аркадий отойдёт, велит актёру или актрисе перед собою стоять или сидеть, а сам сложит руки на груди и думает. И в это время сам всякого красавца краше, потому что ростом он был умеренный, но стройный, как сказать невозможно, носик тоненький и гордый, а глаза ангельские, добрые, и густой хохолок прекрасиво с головы на глаза свешивался, — так что глядит он, бывало, как из-за туманного облака.

Словом, тупейный художник был красавец и "всем нравился." "Сам граф" его тоже любил и "от всех отличал, одевал прелестно, но содержал в самой большой строгости." Ни за что не хотел, чтобы Аркадий ещё кого, кроме его, остриг, обрил и причесал, и для того всегда держал его при своей уборной, и, кроме как в театр, Аркадий никуда не имел выхода.

Даже в церковь для исповеди или причастия его не пускали, потому что граф сам в бога не верил, а духовных терпеть не мог и один раз на пасхе борисоглебских священников со крестом борзыми затравил. (Рассказанный случай был известен в Орле очень многим. Я слыхал об этом от моей бабушки Алферьевой[1] и от известного своею непогрешительною правдивостью старика, купца Ивана Ив. Андросова, который сам видел, "как псы духовенство рвали," а спасся от графа только тем, что "взял греха на

1   Алферьева Акилина Васильевна, (1790–1860), the author's maternal grandmother.

4

Arkadii "brushed and painted" only actresses. For men, there was a different hairdresser, and if Arkadii sometimes went over to the "men's half," it was only in the case when the Count himself ordered "someone to be drawn up in the utmost noble look." The most important aspect of the makeup artist's touch was that he always had an idea and because of this he could apply to faces the most fine and varied expressions.

"It would happen," said Lubov Onisimovna, "that they would call him and say, 'This face needs to have this or that kind of an expression.'" Arkadii would step back, direct the actor or actress to stand or sit in front of him, and himself fold his hands on his chest and think. And at this time, he was more handsome than any looker, because his height was average but he was impossibly slim. His nose was fine and proud, his eyes angelic, kind, and his thick forelock draped beautifully over his eyes—making it seem like he was looking through a foggy cloud.

In a word, the makeup artist was handsome and "all were taken by him." "The Count himself" loved him and "treated him better than all others, clothed him stupendously, but also kept him under the most strict conditions." He didn't want Arkadii to shave, cut and comb anyone but him. Because of this, he always kept him near his personal dressing room, and, except for the theatre, Arkadii wasn't allowed to go anywhere else.

He wasn't even released to go to church for confession or communion because the Count didn't believe in God himself and had no patience for religious folk. One time on Easter, the Count hunted down with his borzois the *Borisigleb*[1] priests carrying a cross. (Many people knew about this event in Oryol. I heard about it from my grandmother Alferyeva and from the old merchant Ivan Iv. Androsov, who was famous for his infallible truthfulness. Androsov himself saw "how the dogs tore into the clergy" but escaped from the Count only by "taking sin on his soul." The Count

1   Boris and Gleb were the first saints canonized after Russia became a Christian nation. A number of towns, monasteries and churches are named after them.

душу." Когда граф его велел привести и спросил: "Тебе жаль их?" — Андросов отвечал: "Никак нет, ваше сиятельство, так им и надо: пусть не шляются." За это его Каменский помиловал.)

Граф же, по словам Любови Онисимовны, был так страшно нехорош, через своё всегдашнее зленье, что на всех зверей сразу походил. Но Аркадий и этому звероо́бразиго умел дать, хотя на время, такое воображение, что когда граф вечером в ложе сидел, то показывался даже многих важнее.

А в натуре-то графа, к большой его досаде, именно и недоставало всего более важности и "военного воображения."

И вот, чтобы никто не мог воспользоваться услугами такого неподражаемого артиста, как Аркадий, — он сидел "весь свой век без выпуска и денег не видал в руках отроду." А было ему тогда уже лет за двадцать пять, а Любови Онисимовне девятнадцатый год. Они, разумеется, были знакомы, и у них образовалось то, что в таковые годы случается, то есть они друг друга полюбили. Но говорить они о своей любви не могли иначе, как далёкими намёками при всех, во время гримировки.

Свидания с глаза на глаз были совершенно невозможны и даже немыслимы...

— Нас, актрис, — говорила Любовь Онисимовна, — берегли в таком же роде, как у знатных господ берегут кормилиц; при нас были приставлены пожилые женщины, у которых есть дети, и если, помилуй бог, с которою-нибудь из нас что бы случилось, то у тех женщин все дети поступали на страшное тиранство. Завет целомудрия мог нарушать только "сам," — тот, кто его уставил.

5

Любовь Онисимовна в то время была не только в цвете своей девственной красы, но и в самом интересном моменте

ordered that Androsov be brought to him and asked: "Do you feel sorry for them?" Androsov answered: "Not at all, your Excellency, that's what they deserved. They don't need to be loafing around." For this answer, Kamensky had mercy on him.)

The Count was, by Lubov Onisimovna's account, so terribly evil that with his habitual anger, he was like all beasts combined in one. But even to this brute being, Arkadii was able to impart—if only for a time—such an expression that when the Count sat in his box in the evenings he seemed even more important than many.

But in his natural state, the Count, to his large annoyance, was particularly lacking more than anything in importance and "military appearance."

So that nobody could take advantage of the services of such an imitable artist like Arkadii, the latter sat "his whole life without going out and money would never appear in his hand." He was at that time already twenty-five years old, and Lubov Onisimovna was nineteen. They, of course, were acquainted, and it happened to them what happens during those years, in other words, they fell in love with each other. But they couldn't speak about their love except as subtle hints in front of everyone while they were in the dressing room.

A meeting eye to eye was completely impossible and even unthinkable…

"Us, actresses," said Lubov Onisimovna, "were protected in the same fashion as noble gentlemen kept their wet nurses: older women, who had children, were paired with us and if, God have mercy, something happened to us then the children of these women were terribly tyrannized." The only one who could break our testament of chastity was "he" who set it.

5

At that time, Lubov Onisimovna was not only in the flower of her maidenly beauty, but also in the most interesting moment

развития своего многостороннего таланта: она "пела в хорах подпури," танцевала "первые па в "Китайской огороднице" и, чувствуя призвание к трагизму, "знала все роли наглядкою."

В каких именно было годах — точно не знаю, но случилось, что через Орёл проезжал государь (не могу сказать, Александр Павлович или Николай Павлович) и в Орле ночевал, а вечером ожидали, что он будет в театре у графа Каменского.

Граф тогда всю знать к себе в театр пригласил (мест за деньги не продавали), и спектакль поставили самый лучший. Любовь Онисимовна должна была и петь в "подпури," и танцевать "Китайскую огородницу," а тут вдруг ещё во время самой последней репетиции упала кулиса и пришибла ногу актрисе, которой следовало играть в пьесе "герцогиню де Бурблян."

Никогда и нигде я не встречал роли этого наименования, но Любовь Онисимовна произносила её именно так.

Плотников, уронивших кулису, послали на конюшню наказывать, а больную отнесли в её каморку, но роли герцогини де Бурблян играть было некому.

— Тут, — говорила Любовь Онисимовна, — я и вызвалась, потому что мне очень нравилось, как герцогиня де Бурблян у отцовых ног прощенья просит и с распущенными волосами умирает. А у меня у самой волосы были удивительно какие большие и русые, и Аркадий их убирал — заглядение.

Граф был очень обрадован неожиданным вызовом девушки исполнить роль и, получив от режиссёра удостоверение, что "Люба роли не испортит," ответил:

— За порчу мне твоя спина ответит, а ей отнеси от меня камариновые серьги.

"Камариновые же серьги" у них был подарок и лестный и противный. Это был первый знак особенной чести быть возведённою на краткий миг в одалиски владыки. За этим вскоре, а иногда и сейчас же, отдавалось приказание Аркадию убрать обречённую девушку после театра "в невинном

of the development of her manifold talents: she sang "Potpourri" in the choir, danced first position in the "Chinese Gardenness" and feeling a calling to tragedy, "knew all those roles by heart."

What years these were exactly, I don't know, but it happened that the Tsar travelled through Oryol (I can't say if it was Alexander Pavlovich or Nikolai Pavlovich) and spent the night there. Everyone expected that he would be in Count Kamensky's theatre that evening.

The Count invited all the nobles to his theatre (seats could not be purchased for money) and planned the very best production. Lubov Onisimovna was supposed to both sing "Potpourri" in the choir and dance in the "Chinese Gardenness," and moreover during the very last rehearsal, a drop cloth fell and injured the leg of the actress who was to play the lead role in the "Duchess de Burblyan."

Never and nowhere have I heard of a role by this name, but Lubov Onisimovna pronounced it exactly like this.

The carpenters who dropped the cloth were sent to the stable to be punished, and the wounded actress was carried to her dressing room, but there was no one to play the role of the Duchess.

"Then," said Lubov Onisimovna, "I volunteered, because I loved the way the Duchess de Burblyan begged for forgiveness at her father's feet and died with her hair streaming. My own hair was amazingly long and fair and, when Arkadii fixed it, a lovely sight."

The Count was very glad of this unexpected offer from a girl to fill the part and, receiving from the director an assurance that "Luba won't ruin the part," answered:

"Your spine will answer for any ruin, but bring her these aquamarine earrings from me."

These "aquamarine earrings" were a gift both flattering and repulsive. It was the first sign of the special honor of being elevated for a fleeting moment to the status of the ruler's concubine. Shortly thereafter, and sometimes right away, an order would be given for Arkadii to make up the doomed girl after the show "in

виде святою Цецилией," и во всём в белом, в венке и с лилией в руках символизированную *innocense* (невинность, франц.) доставляли на графскую половину.

— Это, — говорила няня, — по твоему возрасту непонятно, но было это самое ужасное, особенно для меня, потому что я об Аркадии мечтала. Я и начала плакать. Серьги бросила на стол, а сама плачу и как вечером представлять буду, того уже и подумать не могу.

6

А в эти самые роковые часы другое — тоже роковое и искусительное дело подкралось и к Аркадию.

Приехал представиться государю из своей деревни брат графа, который был ещё собой хуже, и давно в деревне жил, и формы не надевал, и не брился, потому что "всё лицо у него в буграх заросло." Тут же, при таком особенном случае, надо было примундириться и всего себя самого привести в порядок и "в военное воображение," какое требовалось по форме.

А требовалось много.

— Теперь этого и не понимают, как тогда было строго, — говорила няня. — Тогда во всём форменность наблюдалась и было положение для важных господ как в лицах, так и в причесании головы, а иному это ужасно не шло, и если его причесать по форме, с хохлом стоймя и с височками, то всё лицо выйдет совершенно точно мужицкая балалайка без струн. Важные господа ужасно как этого боялись. В этом и много значило мастерство в бритье и в причёске, — как на лице между бакенбард и усов дорожки пробрить, и как завитки положить, и как вычесать, — от этого от самой от малости в лице выходила совсем другая фантазия. Штатским господам, по словам няни, легче было, потому что на них внимательного призрения не обращали — от них только требовался вид посмирнее, а от военных больше

the innocent look of Saint Cecelia," and then, all in white, with a wreath and with lilies in her hand symbolizing *l'innocence* (innocence, Fr.), she would be brought to the Count's quarters.

"This," said Nanny, "isn't understandable at your age, but it was the most terrible thing, especially for me, because I dreamed about Arkadii. I began to cry. The earrings I threw on the table and cried. How I was going to play my role that evening, I couldn't even begin to think about."

6

During these most fatal hours another—also fatal and seductive—situation crept toward Arkadii.

The brother of the Count arrived from his village to introduce himself to the Tsar. He had long lived in the village and was even worse looking than his sibling: he didn't put on his uniform and didn't shave, because "his whole face had grown over with bumps." But here, with this special circumstance, he had to put on a military uniform and put his entire person in order and into a "military appearance," as custom required.

And much was required.

"Nowadays, it is not understood how strict everything was then," said Nanny. "Then, all formalities were observed, and there were regulations for important gentlemen regarding both facial appearance and hair style, but some people it didn't suit at all, and if one had his hair combed properly, with the topknot upright and with sideburns, then the whole face looked exactly like a peasant balalaika[1] without strings. Important men were terribly afraid of this. In this, a lot was determined by one's skill in shaving and fixing hair—how to shave small roads between the sideburns and the mustache, how to lay the curls and how to comb out the hair—from these smallest details a face acquired a completely different appearance. Civilian gentlemen, according to Nanny, had an easier time because no one looked at them too carefully. The only thing that was required of them was that they looked self-effacing, but from the military more

---

1   A triangular guitar-like instrument with three strings.

требовалось — чтобы перед старшим воображалась смирность, а на всех прочих отвага безмерная хорохорилась.

Это-то вот и умел придавать некрасивому и ничтожному лицу графа своим удивительным искусством Аркадий.

7

Деревенский же брат графа был ещё некрасивее городского и вдобавок в деревне совсем "заволохател" и "напустил в лицо такую грубость," что даже сам это чувствовал, а убирать его было некому, потому что он ко всему очень скуп был и своего парикмахера в Москву по оброку отпустил, да и лицо у этого второго графа было всё в больших буграх, так что его брить нельзя, чтобы всего не изрезать.

Приезжает он в Орел, позвал к себе городских цирульников и говорит:

— Кто из вас может сделать меня наподобие брата моего графа Каменского, тому я два золотых даю, а на того, кто обрежет, вот два пистолета на стол кладу. Хорошо сделаешь — бери золото и уходи, а если обрежешь один прыщик или на волосок бакенбарды не так проведёшь, — то сейчас убью.

А всё это пугал, потому что пистолеты были с пустым выстрелом.

В Орле тогда городских цирульников мало было, да и те больше по баням только с тазиками ходили — рожки да пиявки ставить, а ни вкуса, ни фантазии не имели. Они сами это понимали и все отказались "преображать" Каменского. "Бог с тобою, — думают, — и с твоим золотом."

— Мы, — говорят, — этого не можем, что вам угодно, потому что мы за такую особу и притронуться недостойны, да у нас и бритов таких нет, потому что у нас бритвы простые, русские, а на ваше лицо нужно бритвы аглицкие . Это один графский Аркадий может.

was required so that they looked humble in front of their superiors and for all others, had an immeasurably brave swagger.

This is precisely what Arkadii was able to convey with his incredible art on the ugly and insignificant face of the Count.

7

The village brother of the Count was even more unattractive than the city one. Moreover, in the village his hair had completely "grown over" and he "let into his expression such rudeness" that he realized all this himself, but no one could help him clean up because he was always very stingy with everyone and had sent his own hairdresser to Moscow for labor-rent. Also, the face of this second Count was so pockmarked that it was impossible to shave him without cutting up his whole face.

He arrived in Oryol and, summoning the city barbers to himself, said:

"To the one among you who can make me look like my brother, Count Kamensky, I will give two gold pieces and for the one who cuts me, I'll put two pistols on the table. If you do well, take the gold and leave, but if you knick one zit or if even one of the hairs on my sideburns are not cut correctly, then I'll kill you straight away."

Yet, he was just scaring them because the pistols were loaded with blanks.

In Oryol, at that time, there were few barbers, and the majority of these worked at *banyas*[1] with basins, putting poultices and leeches on people—they had neither taste nor imagination. They understood this themselves, and they all refused to "transform" Kamensky. "God be with you," they thought, "and with your gold."

"We," they said, "cannot do what you'd like because we are not worthy to touch such a highly placed person. Also, we don't have the right kind of razors because we have only simple, Russian ones, and for your face you need English ones. The only one who is capable of this is the Count's Arkadii."

---

1 Public bathhouse and steam bath.

Граф велел выгнать городских цирульников по шеям, а они и рады, что на волю вырвались, а сам приезжает к старшему брату и говорит:

— Так и так, брат, я к тебе с большой моей просьбой: отпусти мне перед вечером твоего Аркашку, чтобы он меня как следует в хорошее положение привёл. Я давно не брился, а здешние цирульники не умеют.

Граф отвечает брату:

— Здешние цирульники, разумеется, гадость. Я даже не знал, что они здесь и есть, потому что у меня и собак свои стригут. А что до твоей просьбы, то ты просишь у меня невозможности, потому что я клятву дал, что Аркашка, пока я жив, никого, кроме меня, убирать не будет. Как ты думаешь — разве я могу моё же слово перед моим рабом переменить?

Тот говорит:

— А почему нет: ты постановил, ты и отменишь.

А граф-хозяин отвечает, что для него этакое суждение даже странно.

— После того, — говорит, — если я сам так поступать начну, то что же я от людей могу требовать? Аркашке сказано, что я так положил, и все это знают, и за то ему содержанье всех лучше, а если он когда дерзнёт и до кого-нибудь, кроме меня, с своим искусством тронется, — я его запорю и в солдаты отдам.

Брат и говорит:

— Что-нибудь одно: или запорешь, или в солдаты отдашь, а в двою вместе это не сделаешь.

— Хорошо, — говорит граф, — пусть по-твоему: не запорю до смерти, то до полусмерти, а потом сдам.

— И это, — говорит, — последнее твоё слово, брат?

— Да, последнее.

— И в этом только всё дело?

— Да, в этом.

— Ну, в таком разе и прекрасно, а то я думал, что тебе свой брат дешевле крепостного холопа. Так ты слова

The Count ordered the city barbers to be thrown the hell out, and they were glad to escape to freedom. Then he went to his older brother and said:

"Well this is how it is, brother, I am coming to you with a great request: lend me your Arkashka[1] before the evening, so that he can get me into proper shape. I have not shaved for a long time, and the local barbers cannot help me."

The Count answered his brother:

"The local barbers, of course, are rubbish. I didn't even know there were barbers here, since even my dogs are clipped at home. As for your request, what you are asking of me is impossible because I gave an oath that Arkashka, while I am alive, would not groom anyone but me. What do you think—can I go back on my own word in front of my servant?"

The other said:

"And why not? You gave it, you can change it."

The Count-host answered that for him such reasoning was very strange.

"After all," he said, "If I begin to act like this, then what can I demand from other people? Arkashka was told that this was my decision, and everyone knows this, and in exchange I keep him better than anyone else, and if he dares to touch someone other than me with his art, I will flog him dead and send him off as a soldier."

His brother said:

"Choose one: flog him dead or send him off as a soldier, but you won't do both together at once."

"Fine," said the Count. "Let it be as you say: I will not flog him to death, just till he's half dead, and then send him off."

"And is this," he said, "your final word, brother?"

"Yes, final."

"And this is the only problem?"

"Yes."

"Well, in that case, wonderful, and here I thought that your brother was worth less than a peasant servant to you. So don't go

---

1   Diminutive of Arkadii.

своего и не меняй, а пришли Аркашку ко мне моего пуделя
остричь. А там уже моё дело, что он сделает.

Графу неловко было от этого отказаться.

— Хорошо, — говорит, — пуделя остричь я его пришлю.

— Ну, мне только и надо.

Пожал графу руку и уехал.

8

— А было это время перед вечером, в сумерки, зимою,
когда огни зажигают.

Граф призвал Аркадия и говорит: "Ступай к моему брату
в его дом и остриги у него его пуделя."

Аркадий спрашивает: "Только ли будет всего приказания?"

"Ничего больше, — говорит граф, — но поскорей воз-
вращайся актрис убирать. Люба нынче в трёх положениях
должна быть убрана, а после театра представь мне её святой Цецилией."

Аркадий Ильич пошатнулся.

Граф говорит: "Что это с тобой?"

А Аркадий отвечает: "Виноват, на ковре оступился."

Граф намекнул: "Смотри, к добру ли это?"

А у Аркадия на душе такое сделалось, что ему всё равно,
быть добру или худу. Услыхал, что меня велено Цецилией
убирать, и, словно ничего не видя и не слыша, взял свой
прибор в кожаной шкатулке и пошёл.

9

— Приходит к графову брату, а у того уже у зеркала
свечи зажжены и опять два пистолета рядом, да тут же уже
не два золотых, а десять, и пистолеты набиты не пустым
выстрелом, а черкесскими пулями.

Графов брат говорит: "Пуделя у меня никакого нет, а вот
мне что нужно: сделай мне туалет в самой отважной мине и
получай десять золотых, а если обрежешь — убью."

back on your word, but send Arkashka to me to clip my poodle. And what he does while he's there is already my responsibility."

It was embarrassing for the Count to refuse this request. "Fine," he said. "I will send him to you to clip your poodle."

"Well, that's all I need."

He shook the Count's hand and left.

8

It was the time before evening, at dusk, on a winter day, when they turn on the lights.

The Count called Arkadii and said: "Go to my brother's home and clip his poodle for him."

Arkadii asked, "Is this all that you command?"

"Nothing more," said the Count. "But return quickly to take care of the actresses. Luba, now, must be done up in three different guises and after the theatre, present her to me as the holy Cecilia."

Arkadii Ilyich staggered.

"What's with you?" the Count said.

And Arkadii replied: "My fault, I stumbled on the carpet."

"Watch yourself, if you trip for good or evil," the Count hinted.

But such was happening in Arkadii's soul that he didn't care if it was for good or evil. He heard that I was to be made up as Cecilia, and, seeing and hearing nothing else, he took his instruments in a leather box and left.

9

He arrived at the Count's brother's house, and the candles were already lit by the mirror, and again two pistols were nearby. This time, though, there were not two gold pieces but ten, and the pistols weren't loaded with blanks but with Circassian bullets.

The Count's brother said: "I don't have any poodle, and this is what I need: groom me so that I have the most courageous countenance and you'll receive ten gold coins, and if you knick me, I'll kill you."

Аркадий посмотрел, посмотрел и вдруг, — господь его знает, что с ним сделалось, — стал графова брата и стричь и брить. В одну минуту сделал всё в лучшем виде, золото в карман ссыпал и говорит: "Прощайте."

Тот отвечает: "Иди, но только я хотел бы знать: отчего такая отчаянная твоя голова, что ты на это решился?"

А Аркадий говорит: "Отчего я решился — это знает только моя грудь да подоплёка."

"Или, может быть, ты от пули заговорён, что и пистолетов не боишься?"

"Пистолеты — это пустяки, — отвечает Аркадий, — об них я и не думал."

"Как же так? Неужели ты смел думать, что твоего графа слово твёрже моего и я в тебя за порез не выстрелю? Если на тебе заговора нет, ты бы жизнь кончил."

Аркадий, как ему графа напомянули, опять вздрогнул и точно в полуснях проговорил: "Заговора на мне нет, а есть во мне смысл от бога: пока бы ты руку с пистолетом стал поднимать, чтобы в меня выстрелить, я бы прежде тебе бритвою всё горло перерезал."

И с тем бросился вон и пришёл в театр как раз в своё время и стал меня убирать, а сам весь трясётся. И как завьёт мне один локон и пригнётся, чтобы губами отдувать, так всё одно шепчет: "Не бойся, увезу."

10

— Спектакль хорошо шёл, потому что все мы как каменные были, приучены и к страху и к мучительству: что на сердце ни есть, а своё исполнение делали так, что ничего и не заметно.

Со сцены видели и графа и его брата — оба один на другого похожи. За кулисы пришли — даже отличить трудно. Только наш тихий-претихий, будто сдобрившись. Это у него всегда бывало перед самою большою лютостью.

Arkadii looked and looked at him and suddenly—God knows what happened to him—he began to shave and clip the Count's brother. In one minute, he made everything look the best it could, and he slipped the gold into his pocket. "Good-bye," he said.

The other answered: "Go, but only I want to know: what desperate notion made you decide to do this?"

Arkadii said: "What made me decide—only my breast and my shirt lining know this."

"Or, maybe you are charmed against bullets and you are not scared of the pistols?"

"Pistols—they're trifles," answered Arkadii. "I didn't even think about them."

"How so? Did you really dare think that the word of your Count is stronger than mine, and that I wouldn't shoot you for cutting me? If there's no spell over you, you would have ended your life."

Arkadii, when he was reminded of the Count again, shook and, as if half-dreaming, murmured: "There's no spell over me, but I do have common sense from God: while you raised your hand with a pistol to shoot me, I would have first slit your whole throat with my razor."

And with this he rushed away to the theatre and, arriving at his usual time, began to groom me and at the same time shook all over. While he was curling my locks and bent over me to blow away the steam, he whispered at the same time, "Don't worry, I'll take you away."

10

The show went well because we were all like stone, accustomed to both fear and torment. No matter what was on our hearts, we could perform so that nothing could be noticed.

From the stage, we could see the Count and his brother— they both looked like each other. They came to the backstage; it was difficult to even distinguish one from the other. Only ours was ever so quiet, as if he'd become kind. This was always how he was before his most extreme savagery.

И все мы млеем и крестимся: "Господи! помилуй и спаси. На кого его зверство обрушится!"

А нам про Аркашину безумную отчаянность, что он сделал, было ещё неизвестно, но сам Аркадий, разумеется, понимал, что ему не быть прощады, и был бледный, когда графов брат взглянул на него и что-то тихо на ухо нашему графу буркнул. А я была очень слухмёна и расслыхала: он сказал: "Я тебе как брат советую: ты его бойся, когда он бритвой бреет."

Наш только тихо улыбнулся.

Кажется, что-то и сам Аркаша слышал, потому что когда стал меня к последнему представлению герцогиней убирать, так — чего никогда с ним не бывало — столько пудры переложил, что костюмер-француз стал меня отряхивать и сказал: "Тро боку, тро боку!" - и щёточкой лишнее с меня счистил.

11

— А как всё представление окончилось, тогда сняли с меня платье герцогини де Бурблян и одели Цецилией — одно этакое белое, просто без рукавов, а на плечах только узелками подхвачено, — терпеть мы этого убора не могли. Ну, а потом идёт Аркадий, чтобы мне голову причесать в невинный фасон, как на картинах обозначено у святой Цецилии, и тоненький венец обручиком закрепить, и видит Аркадий, что у дверей моей каморочки стоят шесть человек.

Это значит, чтобы, как он только, убравши меня, назад в дверь покажется, так сейчас его схватить и вести куда-нибудь на мучительства. А мучительства у нас были такие, что лучше сто раз тому, кому смерть суждена. И дыба, и струна, и голову крячком скрячивали и заворачивали: всё это было. Казённое наказание после этого уже за ничто ставили. Под всем домом были подведены потайные погреба, где люди живые на цепях, как медведи, сидели. Бывало, если случится когда идти мимо, то порою слышно,

We all languished in fear and crossed ourselves: "Lord! Be merciful and save us. Who is he going to take his villainy out on?"

It was still not known to us what Arkadii had done in his crazy despair, but Arkadii, himself, understood, of course, that he would not be forgiven, and he was white when the Count's brother looked at him and quietly muttered something into our Count's ear. I had very good hearing and caught what he said. "I advise you, as a brother: be very wary of him when he takes a razor in hand."

Ours only smiled slightly.

It seems that Arkasha himself heard something because, when he began to prepare me for the last performance as the Duchess, he—as never happened with him—powdered me so much that the French costumer began to brush me off and said, "*Trop beaucoup, trop beaucoup!*" and cleaned the excess off me with a brush.

11

When all the performances had finished, they took the dress of the Duchess off of me and dressed me as Cecilia—in a particular white dress, simple, without sleeves, and only tied at the shoulders—we couldn't stand this outfit. Well, and then Arkadii came to me to do my hair in the innocent style, as pictured in the portrait of Saint Cecilia, and to fasten to it a thin wreath. Arkadii saw that at the door of my dressing room stood six people.

It meant that as soon as he finished grooming me and walked out of the door, then they would immediately seize him and take him somewhere to be tortured. And the kind of torture we had, it would have been a hundred times better to have been sentenced to death instead. There was a rack and strings and a thick rope around the head that was twisted and turned: we had all of those things. An official punishment after this was already useless. Under the whole house, secret cellars were laid, where living people sat chained like bears. Sometimes, if you happened to walk

как там цепи гремят и люди в оковах стонут. Верно, хотели, чтобы об них весть дошла или начальство услышало, но начальство и думать не смело вступаться. И долго тут томили людей, а иных на всю жизнь. Один сидел-сидел, да стих выдумал:

> Приползут, — говорит, — змеи и высосут очи,
> И зальют тебе ядом лицо скорпионы.

Стишок этот, бывало, сам себе в уме шепчешь и страшишься.

А другие даже с медведями были прикованы, так, что медведь только на полвершка[1] его лапой задрать не может.

Только с Аркадием Ильичом ничего этого не сделали, потому что он как вскочил в мою каморочку, так в то же мгновение сразу схватил стол и вдруг всё окно вышиб, и больше я уже ничего и не помню…

Стала я в себя приходить, оттого что моим ногам очень холодно. Дёрнула ноги и чувствую, что я завёрнута вся в шубе в волчьей или в медвежьей, а вкруг — тьма промежная, и коней тройка лихая мчится, и не знаю куда. А около меня два человека в кучке, в широких санях сидят, — один меня держит, это Аркадий Ильич, а другой во всю мочь лошадей погоняет… Снег так и брызжет из-под копыт у коней, а сани, что секунда, то на один, то на другой бок валятся. Если бы мы не в самой середине на полу сидели да руками не держались, то никому невозможно бы уцелеть.

И слышу у них разговор тревожный, как всегда в ожидании, — понимаю только: "Гонят, гонят, гони, гони!" — и больше ничего.

Аркадий Ильич, как заметил, что я в себя прихожу, пригнулся ко мне и говорит: "Любушка, голубушка! за нами гонятся… согласна ли умереть, если не уйдём?"

Я отвечала, что даже с радостью согласна.

---

1   A vershok is 4,445 cm

by, you could hear how the chains rattled and people moaned in their shackles. They must have wanted news about them to make it out or for the authorities to hear about them, but the authorities didn't even dare interfere. People there languished for a long time, some for their whole lives. One sat and sat and thought up a verse:

> The snakes will crawl and suck out your eyes,
> The scorpions will pour poison on your face[1].

We would sometimes whisper this verse silently to ourselves and fear.

And others had even been chained up next to bears, so that the bears were only half an inch away from tearing them to pieces.

Only they did no such thing with Arkadii Ilyich because he jumped into my room and, in the same split second, grabbed the table and then suddenly shattered the whole window, and after that I don't remember anything…

I came to myself because my legs were very cold. I jerked my legs and could feel that I was wrapped up completely in a fur coat—wolf or bear. All around me, it was pitch black and a troika[2] of horses briskly ran to where I didn't know. Near me, two people sat in a heap in the wide sleigh—the one holding me was Arkadii Ilyich and another with all of his might was driving the horses… Snow was flying from the horses' hooves so that the sleigh was one second leaning to one side, the next second to the other side. If we had not been sitting in the very middle of the sleigh on the floor and holding on, no one would have been able to survive.

I could hear their conversation, nervous as it always is when danger is pending. I understood only: "They're chasing us, hurry, hurry!" and nothing more.

When Arkadii Ilyich noticed that I'd come to, he leaned over me and said: "Lubushka[3], my darling, they are chasing us… do you agree to die if we can't outrun them?"

I answered that I agreed and even happily so.

---

1 Words from a Siberian song: "Marko Kralevich in Jail."
2 Traditional Russian horse arrangement, with three horses side by side.
3 Diminutive of Lubov.

Надеялся он уйти в турецкий Хрущук, куда тогда много наших людей от Каменского бежали.

И вдруг тут мы по льду какую-то речку перелетели, и впереди что-то вроде жилья засерело и собаки залаяли; а ямщик ещё тройку нахлестал и сразу на один бок саней навалился, скособочил их, и мы с Аркадием в снег вывалились, а он, и сани, и лошади, всё из глаз пропало.

Аркадий говорит: "Ничего не бойся, это так надобно, потому что ямщик, который нас вёз, я его не знаю, а он нас не знает. Он с тем за три золотых нанялся, чтобы тебя увезть, а ему бы свою душу спасти. Теперь над нами будь воля божья: вот село Сухая Орлица — тут смелый священник живёт, отчаянные свадьбы венчает и много наших людей проводил. Мы ему подарок подарим, он нас до вечера спрячет и перевенчает, а к вечеру ямщик опять подъедет, и мы тогда скроемся."

12

— Постучали мы в дом и взошли в сени[1]. Отворил сам священник, старый, приземковатый, одного зуба в переднем строю нет, и жена у него старушка старенькая — огонь вздула. Мы им оба в ноги кинулись.

"Спасите, дайте обогреться и спрячьте до вечера."

Батюшка спрашивает: "А что вы, светы мои, со сносом или просто беглые?"

Аркадий говорит: "Ничего мы ни у кого не унесли, а бежим от лютости графа Каменского и хотим уйти в турецкий Хрущук, где уже немало наших людей живёт. И нас не найдут, а с нами есть свои деньги, и мы вам дадим за одну ночь переночевать золотой червонец и перевенчаться три червонца. Перевенчать, если можете, а если нет, то мы там, в Хрущуке, окрутимся."

Тот говорит: "Нет, отчего же не могу? Я могу. Что там ещё в Хрущук везть. Давай за всё вместе пять золотых, — я вас здесь окручу."

1　Сени — The entry room of the *izba*, serving as a mud room, lobby, and storehouse.

He hoped to escape to the Turkish town of Hruschuk[1], where many of our people had fled from Kamensky in those times.

And suddenly we flew over some kind of iced-over river, and ahead something resembling a dwelling showed grayly, and dogs started barking. The driver whipped up the horses some more and immediately leaned onto one side of the sleigh, tilting it, and Arkadii and I fell into the snow, and the driver, sleigh and horses all slipped from sight.

Arkadii said: "Don't worry, this is how it must be, because I don't know the driver who drove us, and he doesn't know us. He was hired for three gold coins to bring you away, but he wants to save his own soul. Now, God's will is with us: this is the village of Dry Eaglehen—here, a brave priest lives. He performs desperate weddings and has helped many of our people on their way. We will give him a gift, he will hide us until evening, marry us and then at night, the driver will return, and we will vanish."

12

We knocked at the door of the house and entered the *seni*. The priest himself opened the door—old, bent earthward, missing a tooth in his front row. His wife, also an old grandmother, was blowing on the fire. We fell at their feet.

"Save us. Let us get warm and hide us until evening."

The father asked: "And who are you, my lights? Have you been thieving, or are you simply running away?"

"We have not taken anything from anyone. We are running from the savagery of the Count Kamensky and want to go to the Turkish town of Hruschuk, where many of our people already live. They won't find us either, and we have money with us. For one night's lodging, we will give you a gold coin and for marrying us three coins. Marry us if you can, and if not, then we'll tie the knot in Hruschuk," Arkadii said.

"No, why can't I? I can. Why do you need to get married in Hruschuk? For five coins altogether, I'll marry you here," he said.

---

1   Now the Bulgarian town of Rushuk.

И Аркадий подал ему пять золотых, а я вынула из ушей камариновые серьги и отдала матушке.

Священник взял и сказал: "Ох, светы мои, всё бы это ничего — не таких, мне случалось, кручивал, но нехорошо, что вы графские. Хоть я и поп, а мне его лютости страшно. Ну, да уж пускай, что бог даст, то и будет, — прибавьте ещё лобанчик хоть обрезанный и прячьтесь."

Аркадий дал ему шестой червонец, полный, а он тогда своей попадье говорит: "Что же ты, старуха, стоишь? Дай беглянке хоть свою юбчонку да шушунчик какой-нибудь, а то на неё смотреть стыдно, — она вся как голая."

А потом хотел нас в церковь свести и там в сундук с ризами спрятать. Но только что попадья стала меня за переборочкой одевать, как вдруг слышим, у двери кто-то звяк в кольцо.

13

— У нас сердца у обоих и замерли. А батюшка шепнул Аркадию: "Ну, свет, в сундук с ризами вам теперь, видно, не попасть, а полезай-ка скорей под перину."

А мне говорит: "А ты, свет, вот сюда."

Взял да в часовой футляр меня и поставил, и запер, и ключ к себе в карман положил, и пошёл приезжим двери открывать. А их, слышно, народу много, и кои у дверей стоят, а два человека уже снаружи в окна смотрят.

Вошло семь человек погони, все из графских охотников, с кистенями и с арапниками, а за поясами своры верёвочные, и с ними восьмой, графский дворецкий, в длинной волчьей шубе с высоким козырём.

Футляр, в котором я была спрятана, во всю переднюю половинку был пропиленный, решатчатый, старой тонкой кисейкой затянут, и мне сквозь ту кисею глядеть можно.

А старичок священник сробел, что ли, что дело плохо, — весь трясётся перед дворецким, и крестится, и кричит скоренько: "Ох, светы мои, ой, светы ясные! Знаю, знаю, чего

Arkadii gave him five gold coins, and I pulled from my ears the aquamarine earrings and gave them to his wife.

The priest took the coins and said: "Oh, my lights, all this is nothing—I have married every kind. Still it is not good that you are the Count's. Even though I am a priest, I am frightened of his savagery. Well, let it be whatever God wills. Add another gold piece, even if it's shaved down, and I'll hide you."

Arkadii gave him a sixth golden coin, and then the priest spoke to his spouse, "Well, old woman, why are you just standing there? Give our lady runaway at least a skirt and some sort of jacket, as its embarrassing to look at her, she's practically naked."

After that, he wanted to take us to the church and to hide us there in a chest with robes. But the priest's wife had just begun to give me a change of clothes, when suddenly we could hear someone jingle the ring on the door.

13

Both of our hearts froze inside of us. The Father whispered to Arkadii: "Well, my light, you won't make it to the chest with robes now, it looks like. Crawl quickly under the feather bed."

To me he said: "And you, my light, come here."

He took me to a clock case, put me in, locked it, put the key in his pocket, and went to open the door for the visitors. I could hear that there were many people, some stood at the door and two people were already looking in through the windows.

Seven pursuers entered. They were all from the Count's hunters and had bludgeons, hunting whips, and at their waists, rope leashes. The eighth person with them was the Count's butler, in a long wolf coat with a high collar.

All along the front half of the case where I was hidden there was gridded, sawn-through wood covered by old, thinly-stretched muslin; through this muslin I could see.

The old priest was timorous naturally, his situation was bad. He shook in front of the butler, crossed himself and yelled quickly: "Oh, my lights, oh, my clear lights! I know, I know what

ищете, но только я тут перед светлейшим графом ни в чём не виноват, ей-право, не виноват, ей, не виноват!"

А сам как перекрестится, так пальцами через левое плечо на часовой футляр кажет, где я заперта.

"Пропала я," — думаю, видя, как он это чудо делает.

Дворецкий тоже это увидал и говорит: "Нам всё известно. Подавай ключ вот от этих часов."

А поп опять замахал рукой: "Ой, светы мои, ой, ясненькие! Простите, не взыскивайте: я позабыл, где ключ положил, ей, позабыл, ей, позабыл." А с этим всё себя другою рукой по карману гладит.

Дворецкий и это чудо опять заметил и ключ у него из кармана достал и меня отпер.

"Вылезай, — говорит, — соколка, а сокол твой теперь нам сам скажется."

А Аркаша уже и сказался: сбросил с себя поповскую постель на пол и стоит. "Да, — говорит, — видно, нечего делать, ваша взяла, — везите меня на терзание, но она ни в чём не повинна: я её силой умчал."

А к попу обернулся да только и сделал всего, что в лицо ему плюнул.

Тот говорит: "Светы мои, видите, ещё какое над саном моим и верностию поругание? Доложите про это пресветлому графу."

Дворецкий ему отвечает: "Ничего, не беспокойся, всё это ему причтётся," — и велел нас с Аркадием выводить.

Рассадились мы все на трое саней, на передние связанного Аркадия с охотниками, а меня под такою же охраною повезли на задних, а на средних залишние люди поехали.

Народ, где нас встретит, всё расступается, — думают, может быть, свадьба.

14

— Очень скоро доскакали и как впали на графский двор, так я и не видала тех саней, на которых Аркашу везли, а меня взяли в свое прежнее место и всё с допроса на допрос брали: сколь долго времени я с Аркадием наедине находилась.

you are looking for. But only, before the luminous Count I am not guilty. By truth, not guilty, by truth, not guilty!"

And as he was crossing himself, his fingers over his left shoulder pointed to the clock case where I was locked.

"I'm done for," I thought, seeing this miracle of his.

The butler saw this also, and said: "We know everything. Give us the key to this clock."

The priest again waved his hand: "Oh, my lights, oh, clear ones! Forgive me, don't be hard on me. I forgot where I put the key. Oh, in truth, forgot, in truth, forgot." And with these words, his other hand stroked his pocket.

The butler noticed this miracle as well, took the key from his pocket and unlocked me.

"Come out, lady falcon," he said. "And now your falcon mate will himself tell us where he is."

Arkadii had already given himself up; he threw the priest's bed off him onto the floor and stood there. "Yes," he said. "It's clear, there's nothing to do, you win. Take me to be tortured, but she's not guilty of anything. I whisked her away by force."

And he turned to the priest, and all he did was spit in his face.

The latter said: "My lights, see, how my rank and fidelity is defiled? Report this to the most luminous Count."

The butler answered him: "It is nothing, don't worry. He will account for all of this," and ordered Arkadii and me to be taken out.

Everyone sat in three different sleighs: in the front one, Arkadii was tied up with the hunters, I was likewise put under guard in the rear one, and the others rode between us.

People who met us made way for us, thinking it may be a wedding.

14

Very soon we galloped up and, from the moment we fell into the Count's courtyard, I didn't see the sleigh that took Arkadii. I was brought to my former place and everyone asked me and asked me: had I been a long time with Arkadii alone.

Я всем говорю: "Ах, даже нисколечко!"

Тут что мне, верно, на роду было назначено не с милым, а с постылым, — той судьбы я и не минула, а придучи к себе в каморку, только было ткнулась головой в подушку, чтобы оплакать своё несчастие, как вдруг слышу из-под пола ужасные стоны.

У нас это так было, что в деревянной постройке мы, девицы, на втором жилье жили, а внизу была большая высокая комната, где мы петь и танцевать учились, и оттуда к нам вверх всё слышно было. И адский царь Сатана надоумил их, жестоких, чтобы им терзать Аркашу под моим покойцем...

Как почуяла я, что это его терзают... и бросилась... в дверь ударилась, чтоб к нему бежать... а дверь заперта... Сама не знаю, что сделать хотела... и упала, а на полу ещё слышней. И ни ножа, ни гвоздя — ничего нет, на чём бы можно как-нибудь кончиться... Я взяла да своей же косой и замоталась... Обвила горло, да всё крутила, крутила и слышать стала только звон в ушах, а в глазах круги, и замерло... А стала я уж опять себя чувствовать в незнакомом месте, в большой светлой избе... И телятки тут были... много теляточек, штук больше десяти, — такие ласковые, придёт и холодными губами руку лижет, думает — мать сосёт... Я оттого и проснулась, что щекотно стало... Вожу вокруг глазами и думаю, где я? Смотрю, входит женщина, пожилая, высокая, вся в синей пестряди[1] и пестрядинным чистым платком повязана, а лицо ласковое.

Заметила эта женщина, что я в признак пришла, и обласкала меня и рассказала, что я нахожусь при своём же графском доме в телячьей избе... "Это вон там было," — поясняла Любовь Онисимовна, указывая рукою по направлению к самому отдалённому углу полуразрушенных серых заграждений.

---

1   Пестрядь — coarse linen or cotton fabric of colored threads, usually homespun. Often it was checkered or striped.

I told everyone: "Ah, not even a little!"

Truly, it seems, my destiny was not assigned to be with my beloved but with the cruel one—I did not escape that fate and, after coming back to my room, I was just about to bury my head in my pillow to cry over my misfortune, when suddenly I heard under my floor terrible moans.

Our living quarters were such that we maidens lived in a wooden structure on the second-floor and below was a large, tall room where we trained for singing and dancing, and we could hear everything that happened there. And the infernal tsar Satan advised them, the cruel brutes, to torture Arkasha under my room...

As soon as I sensed that they were tormenting him... I flung myself... banged into the door, so I could run to him... but the door was locked... I myself didn't know what I wanted to do... and fell. On the floor, I could hear even better. Not a knife, not a nail—nothing I could use to end myself... I grabbed my braid and wrapped it around me... Weaved it around my neck, wrapped it and wrapped it until I could only hear the noise in my ears; in my eyes were circles, everything froze... I began to feel like myself again in an unknown place in a large, bright *izba*... And there were calves nearby... many calves, more than ten— so affectionate, they would come to me with their cold lips and lick my hand thinking they were sucking on their mother...I woke up from this, because it began to tickle... my eyes scanned around the room and I thought, "Where am I?" I saw a woman enter, a tall, old woman dressed all in blue motley and with a clean, motley kerchief tied on her head and with a caring face.

This woman noticed that I'd regained consciousness and was kind to me, told me that I was located in the calves' *izba* near the Count's home... "It was over there,"—explained Lubov Onisimovna, pointing with her hand to the farthest corner of a dilapidated, gray wall.

15

На скотном дворе она очутилась потому, что была под сомнением, не сделалась ли она вроде сумасшедшей? Таких скотам уподоблявшихся на скотном и испытывали, потому что скотники были народ пожилой и степенный, и считалось, что они могли "наблюдать" психозы.

Пестрядинная старуха, у которой опозналась Любовь Онисимовна, была очень добрая, а звали её Дросида.

— Она, как убралася перед вечером, — продолжала няня, — сама мне постельку из свежей овсяной соломки сделала. Так распушила мягко, как пуховичок, и говорит: "Я тебе, девушка, всё открою. Будь что будет, если ты меня выскажешь, а я тоже такая, как и ты, и не весь свой век эту пестрядь носила, а тоже другую жизнь видела, но только не дай бог о том вспомнить, а тебе скажу: не сокрушайся, что в ссыл на скотный двор попала, — на ссылу лучше, но только вот этого ужасного плакона[1] берегись…"

И вынимает из-за шейного платка беленький стеклянный пузырек и показывает.

Я спрашиваю: "Что это?"

А она отвечает: "Это и есть ужасный плакон, а в нём яд для забвения."

Я говорю: "Дай мне забвенного яду: я всё забыть хочу."

Она говорит: "Не пей — это водка. Я с собой не совладала раз, выпила… добрые люди мне дали… Теперь и не могу — надо мне это, а ты не пей, пока можно, а меня не суди, что я пососу, — очень больно мне. А тебе ещё есть в свете утешение: его господь уж от тиранства избавил!…"

Я так и вскрикнула: "умер!" да за волосы себя схватила, а вижу не мои волосы — белые… Что это!

А она мне говорит: "Не пужайся, не пужайся, твоя голова ещё там побелела, как тебя из косы выпутали, а он жив

---

1 Плакон — An intentional misspelling of "флакон" (flacon, vial).

15

She found herself in the livestock yard because they were wondering if she'd become crazy. Such people who behaved like animals were sent to the livestock yard to be evaluated; because the herders were aged and staid people, and it was thought that they could "observe" psychoses.

The motley old woman, in whose care Lubov Onisimovna came to, was very kind and was called Drosida.

"After she did her evening chores," continued Nanny, "she made a bed for me from fresh oat straw. She fluffed it up soft like a feather bed and said: 'I will explain everything to you, girl. What will be will be, if you rat me out, but I am also the same, like you. Not all of my time have I worn motley, but I also saw a different life, but only, God willing, I won't remember it. I will tell you this: don't be grieved that you've been exiled in a livestock yard. In exile, it is better, but only from this terrible vial beware...'"

And she took from her neckerchief a white glass vial and showed it to me."

"What is it?" I asked.

"This is the selfsame terrible vial and in it is poison for forgetting," she said.

"Give me forgetting poison: I want to forget everything," I said.

"Don't drink it," she said. "It's vodka. One time, I didn't keep myself under control and drank it... good people gave it to me... Now, I can't do without. I need it, but don't you drink it while you can. And don't judge me for sucking on it—I feel a great pain. And you still have in the world some comfort: God has delivered him from tyranny!..."

I screamed: "He died!" and grabbed my hair and saw that it wasn't my hair—it was all white... What is this?

She told me: "Don't be afraid, don't be afraid. Your head turned white back there, when they unwound you from your

и ото всего тиранства спасён: граф ему такую милость сделал, какой никому и не было — я тебе, как ночь придёт, всё расскажу, а теперь ещё пососу... Отсосаться надо... жжёт сердце."

И все сосала, все сосала и заснула.

Ночью, как все заснули, тётушка Дросида опять тихонечко встала, без огня подошла к окошечку и, вижу, опять стоя пососала из плакончика и опять его спрятала, а меня тихо спрашивает: "Спит горе или не спит?"

Я отвечаю: "Горе не спит."

Она подошла ко мне к постели и рассказала, что граф Аркадия после наказания к себе призвал и сказал: "Ты должен был всё пройти, что тебе от меня сказано, но как ты был мой фаворит, то теперь будет тебе от меня милость: я тебя пошлю завтра без зачёта в солдаты сдать, но за то, что ты брата моего, графа и дворянина, с пистолетами его не побоялся, я тебе путь чести открою, — я не хочу, чтобы ты был ниже того, как сам себя с благородным духом поставил. Я письмо пошлю, чтобы тебя сейчас прямо на войну послали, и ты не будешь служить в простых во солдатах, а будешь в полковых сержантах, и покажи свою храбрость. Тогда над тобой не моя воля, а царская."

"Ему, — говорила пестрядинная старушка, — теперь легче и бояться больше нечего: над ним одна уже власть, — что пасть в сражении, а не господское тиранство."

Я так и верила, и три года всё каждую ночь во сне одно видела, как Аркадий Ильич сражается.

Так три года прошло, и во всё это время мне была божия милость, что к театру меня не возвращали, а всё я тут же в телячьей избе оставалась жить, при тётушке Дросиде в младших. И мне тут очень хорошо было, потому что я эту женщину жалела, и когда она, бывало, ночью не очень выпьет, так любила её слушать. А она ещё помнила, как старого графа наши люди зарезали, и сам главный камердинер, — потому что никак уже больше не могли его адской лютости вытерпеть. Но я все ещё ничего не пила, и за тётушку

braid, and he is alive and saved from all of this tyranny. The count showed such mercy to him like he never has to anyone else. When night comes, I will tell you everything but now a little more to drink... I must drink my fill... my heart burns."

And she kept drinking and drinking and fell asleep.

At night, when everyone had fallen asleep, Aunty Drosida again quietly stood, without a light walked to the window and, I could see, stood and drank from her vial and again hid it. Then, she asked me quietly: "Is the sorrow sleeping or not?"

"The sorrow is not sleeping," I answered.

She came to my bed and told me that the Count summoned Arkadii after the punishment and said: "You had to endure everything that I said would happen to you, but since you were my favorite now you will receive mercy from me. I will send you tomorrow without an examination to become a soldier, but since you didn't fear my brother, a count and a nobleman, with his pistols, I will open for you a path of honor. I don't want you to be lower than the place where your own noble spirit has placed you. I will dispatch a letter so that you will be sent straight to war. You will not serve as a common soldier, but as a regimental sergeant, and show your courage. Then, it will not be my will over you but the Tsar's."

"For him," said the motley grandmother, "it is now easier and he has nothing to fear: there is only one power over him— that he'll fall in battle and not under a lord's tyranny."

I believed the same thing and every night for three years, I saw in my dreams one thing: how Arkadii Ilyich fought.

In this way, three years passed. And in all this time, it was God's mercy that I was not returned to the theatre but that I remained living in the calves' *izba* as a young helper to Aunty Drosida. It was very good for me there, because I felt sorry for this woman and when, it happened, that she didn't drink too much at night, I loved to listen to her. She still remembered how the old Count was killed by our people and even by the head valet himself—because they could no longer endure the Count's hellish savagery. I still didn't drink anything, and did

Дросиду много делала и с удовольствием: скотинки эти у меня как детки были. К теляткам, бывало, так привыкнешь, что когда которого отпоишь и его поведут колоть для стола, так сама его перекрестишь и сама о нём после три дня плачешь. Для театра я уже не годилась, потому что ноги у меня нехорошо ходить стали, колыхались. Прежде у меня походка была самая легкая, а тут, после того как Аркадий Ильич меня увозил по холоду без чувств, я, верно, ноги простудила и в носке для танцев уже у меня никакой крепости не стало. Сделалась я такою же пестрядинкою, как и Дросида, и бог знает, докуда бы прожила в такой унылости, как вдруг один раз была я у себя в избе перед вечером: солнышко садится, а я у окна тальки разматываю, и вдруг мне в окно упадает небольшой камень, а сам весь в бумажку завёрнут.

16

— Я оглянулась туда-сюда и за окно выглянула — никого нет.

"Наверно, — думаю, — это кто-нибудь с воли через забор кинул, да не попал куда надо, а к нам с старушкой вбросил. И думаю себе: развернуть или нет эту бумажку? Кажется, лучше развернуть, потому что на ней непременно что-нибудь написано? А может быть, это кому-нибудь что-нибудь нужное, и я могу догадаться и тайну про себя утаю, а записочку с камушком опять точно таким же родом кому следует переброшу."

Развернула и стала читать, и глазам своим не верю…

17

— Писано: "Верная моя Люба! Сражался я, и служил государю, и проливал свою кровь не однажды, и вышел мне за то офицерский чин и благородное звание. Теперь я приехал на свободе в отпуск для излечения ран и остановился

many things for Aunty Drosida, and with pleasure. The animals were already like children to me. With the calves, sometimes, I'd get so accustomed to them that when one had been fattened and was taken to be butchered for the table, I would cross him myself and cry about him for three days. I was already not suitable for the theatre because my legs had begun to walk poorly, they swayed. Earlier, my gait had been the lightest, but then, after Arkadii Ilyich took me into the cold, unconscious, my legs were likely frostbit, and I didn't have enough strength left in my toes for dancing. I made for myself the same kind of motley as Drosida had, and God knows how long I would have lived in such despondency, but then, one time, I was by myself in the *izba* near evening: the sun was setting and near the window I was spinning yarn, and suddenly through the window a small stone fell on me that was all wrapped up in paper.

16

I looked here and there and through the window I looked— no one.

"Probably," I thought, "it is some free person who threw it over the fence, and it didn't fall where he wanted it to but came to the old woman and me." I thought to myself: "Unwrap the paper or not? It seems, it would be better to unwrap it, because mustn't there be something written on it? And maybe it's something needed for someone and I can guess for who and keep the secret. Then, with the note tied on the rock again, I can throw it to whom it needs to go."

I unwrapped it and began to read and couldn't believe my eyes…

17

It said: "My faithful Lyuba! I fought and served my sovereign and spilled my blood more than once and was promoted to an officer's rank and noble title. Now, I come as a free man on leave for the healing of my wounds, and I am staying in the Pushkarska

в Пушкарской слободе[1] на постоялом дворе у дворника, а завтра ордена и кресты надену, и к графу явлюсь, и принесу все свои деньги, которые мне на леченье даны, пятьсот рублей, и буду просить мне тебя выкупить, и в надежде, что обвенчаемся перед престолом всевышнего создателя."

— А дальше, — продолжала Любовь Онисимовна, всегда с подавляемым чувством, — писал так, что "какое, — говорит, — вы над собою бедствие видели и чему подвергались, то я то за страдание ваше, а не во грех и не за слабость поставляю и предоставляю то богу, а к вам одно мое уважение чувствую." И подписано: "Аркадий Ильин."

Любовь Онисимовна письмо сейчас же сожгла на загнётке и никому про него не сказала, ни даже пестрядинной старухе, а только всю ночь богу молилась, нимало о себе слов не произнося, а всё за него, потому что, говорит, хотя он и писал, что он теперь офицер, и со крестами и ранами, однако я никак вообразить не могла, чтобы граф с ним обходился иначе, нежели прежде.

Просто сказать, боялась, что ещё его бить будут.

18

Наутро рано Любовь Онисимовна вывела теляток на солнышко и начала их с корочки из лоханок молочком поить, как вдруг до её слуха стало достигать, что "на воле," за забором, люди, куда-то поспеша, бегут и шибко между собою разговаривают.

— Что такое они говорили, того я, — сказывала она, — ни одного слова не расслышала, но точно нож слова их мне резали сердце. И как въехал в это время в вороты навозник Филипп, я и говорю ему: "Филюшка, батюшка! не слыхал ли, про что это люди идут да так любопытно разговаривают?"

А он отвечает: "Это, — говорит, — они идут смотреть, как в Пушкарской слободе постоялый дворник ночью сонного офицера зарезал. Совсем, — говорит, — горло

---

1 Слобода — A settlement inhabited by tradesmen or free peasants.

settlement at a caretaker's guest inn. Tomorrow, I will put on my medals and crosses and appear before the Count and bring with me all the money I was given for my medical treatment, five hundred rubles, and I'm going to ask that I can buy you, and in the hope that we can be wedded before the throne of the most high creator."

"And further," continued Lubov Onisimovna, always with suppressed feeling, "he wrote that 'with regard to the disasters you've seen and to what you've been submitted to, I don't count your suffering as sin or weakness, but leave that to God, and towards you I feel nothing but respect." And it was signed "Arkadii Ilyin."

Lubov Onisimovna immediately burned the note in the furnace and didn't tell anyone about it—even the motley grandmother. Instead, she prayed the whole night to God, not a word for herself, but for him because, she said, even though he wrote that he was an officer with crosses and wounds, she couldn't imagine that the Count would treat him any differently than he had treated him before.

Simply put, she was scared that he would be beaten again.

18

Early in the morning, Lubov Onisimovna brought the calves out into the sun and began to feed them crusts soaked in milk from a tub, when suddenly, it reached her hearing that, in the "freedom" on the other side of the fence, people were hurrying somewhere, running, and talking quickly among themselves.

"I didn't hear one word," she said, "of what they were saying, but it was as if those words were a knife that pierced my heart. At that time, the dung-hauler Philippe drove through the gate and I said to him: 'Filyushka, father, did you hear what the people who are walking are talking most curiously about?'"

"They are going," he said, "to the Pushkarska settlement to see how the caregiver at an inn murdered a sleeping officer. Cut," he said, "his throat completely and took from him five hundred

перехватил и пятьсот рублей денег с него снял. Поймали
его, весь в крови, — говорят, — и деньги при нём."

И как он мне это выговорил, я тут же бряк с ног долой…

Так и вышло: этот дворник Аркадия Ильича зарезал… и
похоронили его вот тут, в этой самой могилке, на которой
сидим… Да, тут он и сейчас под нами, под этой земелькой
лежит… А то ты думал, отчего же я всё сюда гулять-то с
вами хожу… Мне не туда глядеть хочётся, — указала она на
мрачные и седые развалины, — а вот здесь возле него посидеть и… и капельку за его душу помяну…

19

Тут Любовь Онисимовна остановилась и, считая свой
сказ досказанным, вынула из кармана пузыречек и "помянула," или "пососала," но я её спросил:

— А кто же здесь схоронил знаменитого тупейного художника?

— Губернатор, голубчик, сам губернатор на похоронах был. Как же! Офицер, — его и за обедней и дьякон
и батюшка "болярином" Аркадием называли и как опу-
стили гроб, солдаты пустыми зарядами вверх из ружей
выстрелили. А постоялого дворника после, через год,
палач на Ильинке на площади кнутом наказывал. Сорок
и три кнута ему за Аркадия Ильича дали, и он выдержал
— жив остался и в каторжную работу клеймёный пошёл.
Наши мужчины, которым возможно было, смотреть бегали, а старики, которые помнили, как за жестокого графа
наказывали, говорили, что это сорок и три кнута мало,
потому что Аркаша был из простых, а тем за графа так
сто и один кнут дали. Чётного удара ведь это по закону
нельзя остановить, а всегда надо бить в нечёт. Нарочно
тогда палач, говорят, тульский был привезен, и ему перед
делом три стакана рому дали выпить. Он потом так бил,
что сто кнутов ударил всё только для одного мучения, и
тот всё жив был, а потом как сто первым щелкнул, так

rubles. They caught him covered in blood, they say, and the money on him."

Right when he finished telling me this, I fell to the ground...

That was what happened: this caretaker killed Arkadii Ily-ich... and he was buried here in this very grave on which we sit... Yes, he is at this moment beneath us, beneath this earth he lies... And why do you think that I come here on a walk with you... It's not because I want to look over there," she said, gesturing to the gloomy and gray ruins, "But so I can sit close to him and... and remember his soul with a little drop..."

19

Here Lubov Onisimovna stopped and, considering her story told, took from her pocket a vial and "remembered" or "drank" but I asked her:

"And who was it that buried here this famous makeup artist?"

"The governor, my dear, the governor himself was at the funeral. How could he not be! An officer—and at the meal, both the deacon and the priest called Arkadii a "ballet dancer" and when they lowered him into the grave, soldiers shot their guns loaded with blanks into the air. After a year, an executioner punished the inn's caretaker with a whip in the square, in Ilyinka. Forty-three lashes for Arkadii Ilyich he was given, but he survived. He lived through it and was sent with a brand to a labor camp for convicts. Our men, whoever were able, ran to see this, and the old ones who remembered how severely they were punished for killing the old Count said that this forty-three lashes was too little, because Arkadii was of the common folk, but those who were punished for the Count received a hundred and one lashes. An even number of lashes was also against the law—there always had to be an uneven number. Back then, the executioner was brought specially from Tula, they said, and before the flogging, he was given three cups of rum to drink. He then hit in such a way that the first one hundred lashes were just for torture and he was still alive, but on

всю позвонцовую кость и растрощил. Стали поднимать с доски, а он уж и кончается... Покрыли рогожечкой, да в острог и повезли, — дорогой умер. А тульский, сказывают, всё ещё покрикивал: "Давай ещё кого бить — всех орловских убью."

— Ну, а вы же, — говорю, — на похоронах были или нет?

— Ходила. Со всеми вместе ходила: граф велел, чтобы всех театральных свести посмотреть, как из наших людей человек заслужиться мог.

— И прощались с ним?

— Да, как же! Все подходили, прощались, и я... Переменился он, такой, что я бы его и не узнала. Худой и очень бледный, — говорили, весь кровью истёк, потому что он его в самую полночь ещё зарезал... Сколько это он своей крови пролил...

Она умолкла и задумалась.

— А вы, — говорю, — сами после это каково перенесли?

Она как бы очнулась и провела по лбу рукою.

— Поначалу не помню, — говорит, — как домой пришла... Со всеми вместе ведь — так, верно, кто-нибудь меня вёл... А ввечеру Дросида Петровна говорит: "Ну, так нельзя, — ты не спишь, а между тем лежишь как каменная. Это нехорошо — ты плачь, чтобы из сердца исток был."

Я говорю: "Не могу, тёточка, — сердце у меня как уголь горит, и истоку нет."

А она говорит: "Ну, значит, теперь плакона не миновать."

Налила мне из своей бутылочки и говорит: "Прежде я сама тебя до этого не допускала и отговаривала, а теперь делать нечего: облей уголь — пососи."

Я говорю: "Не хочется."

"Дурочка, — говорит, — да кому же сначала хотелось. Ведь оно, горе, горькое, а яд горевой ещё горче, а облить уголь этим ядом — на минуту гаснет. Соси скорее, соси!"

the one hundred and first blow, he broke his spine completely. They began to pick him up from the board, and he was already dying… They covered him with hopsack and took him to jail—he died on the road. And the executioner, they say, was still yelling, "Give me someone else to beat—I'll kill everyone from Oryol."

"Well, and you," I said, "did you go to the funeral or not?"

"I went. With all the others, I went. The Count ordered that all of us from the theatre were taken to see how a person from our people could be honored."

"And did you say goodbye to him?"

"Yes, of course! Everyone approached, said goodbye, and I… He had changed so much that I wouldn't have known him. He was thin and very pale—they said all of his blood drained out because he was killed in the dead of the night… He poured out so much of his blood…"

She became silent and was lost in thought.

"And you," I said, "how did you, yourself, take all of this?"

She seemed to wake from a dream and put her hand to her forehead.

"I don't remember what happened at first," she said, "how I got home… with all the others, naturally. Someone must have led me… And in the evening Drosida Petrovna said: 'Well, you can't go on like this. You don't sleep and yet lie like a stone. It's not good. You should cry so that you can pour out your heart.'"

I said: "I can't, Aunty. My heart burns like a hot coal, and nothing comes out of it."

And she said: "Well, it means that now the vial won't pass you by."

She poured for me from her vial and said: "Before, I would not let you drink and discouraged it, but now, there is nothing to do: pour it on your coals—drink it down."

"I don't want to," I said.

"Foolish girl," she said. "Who wants it at first? After all, grief is bitter, and the grieving poison is more bitter still, and yet if you pour this poison over the coal, it will be extinguished for a moment. Drink it down, quickly, drink!"

Я сразу весь плакон выпила. Противно было, но спать без того не могла, и на другую ночь тоже… выпила… и теперь без этого уснуть не могу, и сама себе плакончик завела и винца покупаю… А ты, хороший мальчик, мамаше этого никогда не говори, никогда не выдавай простых людей: потому что простых людей ведь надо беречь, простые люди все ведь страдатели. А вот мы когда домой пойдём, то я опять за уголком у кабачка в окошечко постучу… Сами туда не взойдем, а я свой пустой плакончик отдам, а мне новый высунут.

Я был растроган и обещался, что никогда и ни за что не скажу о её "плакончике."

— Спасибо, голубчик, — не говори: мне это нужно.

И как сейчас я её вижу и слышу: бывало, каждую ночь, когда все в доме уснут, она тихо приподнимается с постельки, чтобы и косточка не хрустнула; прислушивается, встаёт, крадётся на своих длинных простуженных ногах к окошечку… Стоит минутку, озирается, слушает: не идет ли из спальной мама; потом тихонько стукнет шейкой "плакончика" о зубы, приладится и "пососёт…" Глоток, два, три… Уголёк залила и Аркашу помянула, и опять назад в постельку, — юрк под одеяльце и вскоре начинает тихо-претихо посвистывать — фю-фю, фю-фю, фю-фю. Заснула.

Более ужасных и раздирающих душу поминок я во всю мою жизнь не видывал.

I immediately drank the whole vial. It was terrible, but without it, I couldn't sleep and the next night as well... drank... and now, without it, I can't fall asleep. And now I have my own vial and buy wine... But you, my good boy, don't ever tell your mother, never give up the simple people. Because simple people need to be protected, simple people have, after all, endured so much. And when we go home, then I will again knock on the window of a tavern round the corner... We won't go there ourselves, but I will hand over my empty little vial, and a new one will be held out to me."

I was touched and promised to never for anything mention her "little vial."

"Thank you, my dear—don't tell. I need it."

And, as if it were now, I see and hear: every night, when everyone had fallen asleep, she would rise quietly in her bed, so that not even a bone crackled; she'd listen, get up, creep on her long, frostbitten legs to the window... Stand there a minute, look around, listen—was our mother coming from her bedroom? Then, lightly bump the rim of the "little vial" on her teeth, adjust it and "suck..." A gulp, two, three... Poured it over her coals and remembered Arkadii and again returned to her bed—slipped under the covers and soon began to whistle ever so quietly. Fu-fu, fu-fu, fu-fu. Asleep.

A more horrible and soul-rending memorial I never saw in my whole life.

Translated by Danielle Jones with Natalya Russkikh.

Questions for Discussion:

1. Describe the conditions that the peasant serfs were forced to endure. How did this shape their characters and choices?
2. Is the story changed by Leskov's assertion that it is based on fact and was conveyed to him by a real person?
3. Why do you think this narrative is told as a framed story from the man's point of view instead of straight from the nanny's perspective?

Aleksei Remizov

Aleksei Mikhailovich Remizov (1877–1957), both writer and artist, is now widely regarded as one of the most original authors of the 20th century. His works span the spectrum of short stories, novels, plays, criticism and graphic art. He also had a life-long fascination with dreams, folk tales and legends.

Remizov came from a family of Orthodox believers who lived in the old-world Moscow neighbourhood of Taganka, inhabited by poor workers and holy wanderers. As a child, Remizov frequently went on pilgrimages to monasteries and was exposed to the monastic tradition. He wrote his first illustrated story at the age of seven and developed an early interest in science and philosophy. At Moscow University, he became interested in sociology and politics, and read illegal books on Marxist theory. As punishment for involvement in a student demonstration, he was arrested and exiled to Siberia for eight years. There, Remizov developed a keen interest in Russian folklore and married Seraphima Pavlovna Dovgello, an exiled Social Revolutionary and specialist on ancient Russian scripts. His debut as a writer in 1902 with the folklore pastiche "A Maiden's Lament before Marriage" revealed his carnivalesque folk humor and refined writing style. In 1905, Remizov moved with his wife and daughter to St. Petersburg.

In the early part of his writing career, Remizov was occupied by experimental projects, where he, as a participant in the Russian symbolist movement, elaborated on ancient legends by retelling parts of the saints' lives and apocryphal narratives, riddles, incantations and "religious verses." Building on the *skaz* styles of Gogol and Leskov, he also wrote two novels, *Sisters of the Cross* and *The Indefatigable Cymbal*, and a variety of short stories and tales. The revolution moved Remizov to write laments and poetry for his war-torn country, and in 1921, the Remizovs left Russia, never to return again.

In Berlin, Remizov published reprints of earlier works and turned his attention to writing his unique form of hybrid memoir. His account of his attitude toward the revolution in *Russia in the Whirlwind* (1927) was one of the first works to be written as a montage of fragmentary anecdotes from the realms of revolutionary everyday life, authentic documents, tributes to fellow writers and imaginary recreations of a historically bygone past. Later in Paris, during the 1930s and 40s, he produced hundreds of handmade illustrated albums that combined texts with artwork in watercolor and India ink.

Remizov's writing has only recently received attention. This is surprising, since he was the author of more than eighty books. His lack of notoriety is partly explained by his writing style, which abounds in regional dialecticisms and archaisms that strike even many urban, educated Russians as difficult and mannered. The semantic difficulties of his stories, combined with Remizov's predilection for "surreal" narrative landscapes, hindered publication of his works during his lifetime and their translation into foreign languages. On the other hand, his immigration to the West and anti-Soviet views made him completely inaccessible to Soviet readers; his first volume of selected writings appeared in Russia only in 1978. Shortly before his death, he received USSR citizenship but died in Paris in 1957 before he could use it.

The story "Night on the Eve of Ivan Kupala" is written in Remizov's particular style of dream-like fairytale. It evokes one of the ancient and mysterious Christian holidays—Ivan Kupala. As in fairy tales, events in this story take place outside of logical norms. Many of the characters are Russian fairytale figures such as Baba Yaga, the bandit Kudeyar and Koshchey the Deathless. The *skaz* style of the story contains poetical diction, caricatures, the personification of nature, Remizov's inimitable humor, and comments on fantastic, tragic and anecdotal aspects of the Russian mind and life.

The short story "Pilgrimage" has neither moral lessons nor deep philosophical ideas, but rather is pervaded by the lyrical

worldview of a child. Told in simplest Russian, the naïve boy's point of view is adept at conveying the mystical sense of Russian religious feeling. Remizov's style incorporates the following *skaz* features: a primitivist sensibility that shatters the realist mode of writing, recourse to a "naive" point of view, the use of a complex mixture of narrative voices, substandard verbal forms and the use of elliptical phrases, diminutives, expletives and non-euphonic words.

Svetlana Malykhina

Богомолье

Алексей Ремизов

Петька, мальчонка дотошный, шаландать куда гораздый, увязался за бабушкой на богомолье.

То-то дорога была. Для Петьки вольготно: где скоком, где взапуски, а бабушка старая, ноги больные, едва дух переводит. И страху же натерпелась бабушка с Петькой и опаски, — пострел, того и гляди, шею свернёт либо куда в нехорошее место ткнётся, мало ли! Ну, и смеху было: в жизнь не смеялась так старая, тряхонула на старости лет старыми костями. Умора давай разные разности выкидывать: то медведя, то козла начнёт представлять, то кукует по-кукушечьи, то лягушкой заквакает. И озорничал немало: напугал бабушку до смерти.

— Нет, — говорит, — сухарей больше, я всё съел, а червяков, хочешь, я тебе собрал, вот!

"Вот тебе и богомолье, — полпути ещё не пройдено, Господи!"

А Петька поморочил, поморочил бабушку да вдруг и подносит ей полную горсть не червяков, а земляники, да такой земляники, все пальчики оближешь. И сухари все целы-целёхоньки.

Скоро песня другая пошла. Уморились странники. Бабушка всё молитву творила, а Петька "Господи помилуй" пел.

Так и добрались шажком да тишком до самого монастыря. И прямо к заутрене попали. Выстояли они заутреню, выстояли обедню, пошли к мощам да к иконам прикладываться.

Петьке всё хотелось мощи посмотреть, что там внутри находится, приставал к бабушке, а бабушка говорит:

Pilgrimage

Alexei Remizov

Pyetka[1], a meticulous boy, good at wandering away, followed his grandmother without an invitation on a pilgrimage.

So this is how the road was. For Pyetka, it was a lark: here skipping, there racing ahead and grandma was old, her legs hurt and she could barely catch her breath. And fear for Pyetka terrorized the grandmother, and caution, too. The rascal looked like he could break his neck at any time or climb into a rotten place—who knows! Well, and there was laughter: the old one never laughed like that before, shaking her brittle bones in her old age. The riot, he tried all manner of things: a bear, a goat he pretended to be, cuckooed like a cuckoo, croaked like a frog. And was naughty quite a bit: scared his grandmother to death.

"No," he said, "there's no more rusks[2]. I ate every crumb. But if worms you'd like, I collected some for you, here!"

"Here's a pilgrimage for you—half the road isn't even over, Lord!" she thought.

Pyetka, though, told a white lie, lied to grandmother and suddenly held up to her a full handful of—not worms—but wild strawberries. Moreover, the kind of strawberries that make you lick your fingers. And the rusks were still whole and intact.

Soon a different song began to play. The wanderers wearied. The grandmother read her whole prayer through, and Pyetka sang "God have mercy."

And so they shuffled quietly to the very monastery. And arrived right at the morning service. They stood through the morning service, stood through the afternoon service, walked to the relics[3] and knelt before the icons.

Pyetka so wanted to look at the relics, to see what was inside, he begged his grandmother who said:

---

1 Diminutive of Pyotr, or Peter.
2 Hard, dry biscuits or twice-baked bread.
3 In this context, the bodily remains of saints.

— Нельзя, грех!

Закапризничал Петька. Бабушка уж и так и сяк, крестик ему на красненькой ленточке купила, ну помаленьку и успокоился. А как успокоился, опять за свое принялся. Потащил бабушку на колокольню колокол посмотреть. Уж лезли-лезли, и конца не видно, ноги подкашиваются. Насилу вскарабкались.

Петька, как колокольчик, заливается, гудит, — колокол представляет. Да что — ухватился за верёвку, чтобы позвонить. Ещё, слава Богу, монах оттащил, а то долго ли до греха.

Кое-как спустились с колокольни, уселись в холодке закусить. Тут старичок один, странник, житие пустился рассказывать. Петька ни одного слова мимо ушей не проронил, век бы ему слушать.

А как свалила жара, снова в путь тронулись.

Всю дорогу помалкивал Петька, крепкую думу думал: поступить бы ему в разбойники, как тот святой, о котором странник-старичок рассказывал, грех принять на душу, а потом к Богу обратиться — в монастырь уйти.

"В монастыре хорошо, — мечтал Петька, — ризы-то какие золотые, и всякий Божий день лазай на колокольню, никто тебе уши не надерёт, и мощи смотрел бы. Монаху всё можно, монах долгогривый."

Бабушка охала, творила молитву.

"It's forbidden, a sin!"

Pyetka started acting up. Grandmother already tried this and that, bought him a cross on a red ribbon, and he settled down a little. Just when he'd quieted, he again set off on his own. Dragged his grandmother to the bell tower to see the bells. Climbed and climbed, still the end not in sight, their legs buckling. Barely crawled to the top.

Pyetka, like a bell, pealed, rang out—pretended to be a chime. Yes, even snatched at the rope to ring it. Not before, praise God, a monk pulled him away, or he wouldn't have been far from sin.

Some which way, they got down from the bell tower, sat in the shade and ate. There, one old man, a wanderer, started to tell about a saint's life. Pyetka didn't let one word slip by his ears; he could have listened for a century.

As soon as the heat dissipated, again they were on their way.

The whole road, Pyetka was quiet, mulling over thoughtful thoughts: should he become a bandit like that saint, about which the old wanderer told him—store up many sins on his soul and then turn to God—join a monastery.

"It's good in a monastery," Pyetka fantasized. "The icons are all golden, and every blessed day, you can climb the bell tower. No one pulls on your ears, and you can look at the relics. A monk can do anything; A monk can be long haired."

Grandmother sighed, saying her prayers.

Translated by Danielle Jones with Natalya Russkikh.

Questions for Discussion:

1. How would you describe the tone of the narrative? What words or phrases represent that?
2. What was the turning point of the story for Pyetka? Why?
3. What are the literal and figurative pilgrimages in the text?

Купальские Огни

Алексей Ремизов

Закатное солнце, прячась в тучу, заскалило зубы — брызнул дробный дождь. Притупил дождь косу, прибил пыль по дороге и закатился с солнцем на ночной покой.

Коровы, положа хвост на спину, не мыча, прошли. Не пыль — тучи мух провожали скот с поля домой.

На болоте болтали лягушки-квакушки.

И дикая кошка — жёлтая иволга унесла в клюве вечер за шумучий бор, там разорила гнездо соловью, села ночевать под чёрной смородиной.

Тёплыми звёздами опрокинулась над землёй чарая Купальская ночь.

Из тенистых могил и тёмных погребов встало Навье.

Плавали по полю воздушные корабли. Кудеяр-разбойник стоял на корме, помахивал красным платочком. Катили с погостов погребальные сани. Сами вёдра шли на речку по воду. В чаще расставлялись столы, убирались скатертями. И гремел в болотных огнях Навий пир мертвецов.

Криксы-вараксы скакали из-за крутых гор, лезли к попу в огород, оттяпали хвост попову кобелю, затесались в малинник, там подпалили собачий хвост, играли с хвостом.

У развилистого вяза растворялась земля, выходили из-под земли на свет посмотреть зарытые клады. И зарочные три головы молодецких, и сто голов воробьиных, и кобылья сивая холка подмаргивали зелёным глазом, — плакались.

Бросил Чёрт свои кулички, скучно: небо заколочено досками, не звонит колокольчик, — поманулось рогатому погулять по Купальской ночи. Без него и ночь не

Lights on the Eve of Ivan Kupala[1]

Alexei Remizov

The setting sun, hiding in a thundercloud, showed its teeth—sprinkled a misty rain. The rain blunted the scythes, settled the dust on the road and set with the sun for a quiet night.

Cows, their tails on their spines, not lowing, walked by. Not dust but a cloud of flies accompanied the cattle home from the field.

In the swamps chatted croaking frogs.

A yellow oriole, like a wild cat, carried the evening away in his beak beyond the rustling forest, there devastated the nest of a nightingale, and settled down to sleep under a blackcurrant bush.

The bewitched Kupala night tumbled over the earth with its warm stars.

From shadowy graves and dark tombs rose Naviers[2].

Airy boats swam along the fields. The bandit Kudeyar[3] stood at the stern, waving a red kerchief. Funereal sleighs rolled in from the village cemeteries. Buckets walked by themselves to the river for water. The tables were laid out in the thick woods and decorated with cloths. And the Naviers' feast of the dead blared in the fires of the swamps.

Kriksy-varaksy[4] came galloping from under steep mountains, crawled into the priest's garden, cut off his dog's tail, wormed their way into a raspberry bush, there set fire to the tail and played with it.

At the base of a forked elm, the earth dissolved; buried treasure came out from underground to look at the world. Arisen from the dead, three bold heads and one hundred sparrow heads and the forelock of an old mare winked its green eye, cried mournfully.

The Devil left his uprooted forest out of boredom: heaven is boarded up, the bells don't ring, so he, the horned one, was attracted to frolicking on the Kupala night. Without him, this

---

1   A pagan celebration of fertility held soon after summer solstice, later adopted by the Orthodox tradition as the Feast of St. John the Baptist.

2   Dead people emerging from the underworld; "Nava" is death.

3   In Russian folklore, a legendary bandit and elder brother of Ivan the Terrible.

4   Legendary creatures representing a child's cry.

в ночь. Забрал Чёрт своих чертяток, глянул на четыре стороны, да как чокнется обземь, посыпались искры из глаз.

И потянулись на чертов зов с речного дна косматые русалки; приковылял дед Водяной, старый хрен кряхтел да осочьим корневищем помахивал, — чтоб ему пусто!

Выползла из-под дуба-сорокавца, из-под ярого руна сама змея Скоропея.

Переваливаясь, поползла на своих гусиных лапах, лютые все двенадцать голов — пухотные, рвотные, блевотные, тошнотные, волдырные и рябая и ясная катились месяцем. Скликнула-вызвала Скоропея своих змей-змеёнышей. И они — домовые, полевые, луговые, лозовые, подтынные, подрубежные приползли из своих нор.

Зачесал Чёрт затылок от удовольствия.

Тут прискакала на ступе Яга. Стала Яга хороводницей. И водили хоровод не по-нашему.

— Гуш-гуш, хай-хай, обломи тебя облом! — отмахивался да плевал заплутавшийся в лесу колдун Фаладей, неподтыканный старик с мухой в носу.

А им и горя нет. Защекотали до смерти под ёлкой Аришку, втопили в болото Рагулю — пошатаешься! ненароком задавили зайчонка.

Пошла заюшка собирать подорожник: авось поможет!

С грехом пополам перевалило за полночь. Уцепились непутные, не пускают ночь.

Купальская ночь колыхала тёплыми звёздами, лелеяла.

Распустившийся в полночь купальский цветок горел и сиял, точно звёздочка. И бродили среди ночи нагие бабы — глаз белый, серый, жёлтый, зобатый, — худые думы, тёмные речи.

У Ивана-царевича в высоком терему сидел в гостях поп Иван. Судили-рядили, как русскому царству быть,

night is not a night. The Devil gathered his little devils, glanced at the four corners of the earth, and how he struck the ground, sprayed sparks from his eyes.

At the Devil's call, disheveled mermaids came dislodged from the river bottom. Bedridden Grandfather of the Water, the old buzzard, groaned and waved a sedge root—let him be empty!

From under an ancient oak, from under a bright rune, crawled the snake himself, Scorpio.

Waddling from side-to-side, he crept along on his webbed feet, all twelve fierce heads—shaggy, vomiting, puking, nauseous, blistered and speckled and translucent—rolling like a crescent moon. Scorpio whistle-called his snakey-snakes. And they—domestic, field, meadow, vine, under-the-fence, and near-the-boundary snakes—crawled out of their dens.

The Devil scratched the nape of his neck in pleasure.

Here, Yaga[1] came galloping in her mortar. She ran the circle dance. And she led the circle dance not as we would.

"Goosh-goosh, hai-hai[2], let the devil stop you from succeeding!" waved and spat the sorcerer Faladay, lost in the woods—an untouchable old man with a fly in his nose[3].

But they felt no grief. Under the pine, they tickled Arishka to death, drowned Ragulya in the swamp—that's what you get for loafing about! Crushed a little rabbit inadvertently.

The she-rabbit went collecting goose-grass: maybe t'would help!

They caroused just past midnight. The scamps clutched to the night, wouldn't let it go.

The Kupala night swayed its warm stars cherishingly.

Blooming at midnight, the Kupala flower burned and shone, just like a little star. And naked women wandered among the night—their eyes white, gray, yellow, pale blue—ill thoughts, dark speech.

Near Prince Ivan in the high tower was seated his guest, the priest Ivan. They judged-and-smudged the state of the Russian

---

1 Baba-Yaga is a familiar witch-like character in Slavic mythology and folklore. She is an old, ugly woman with magical charms and powers.
2 An exclamation to drive away the devil.
3 An indication of witchcraft.

говорили заклятские слова. Заткнув ладонь за семишёлковый кушак, играл царевич насыпным перстеньком, у Ивана-попа из-под ворота торчал козьей бородой чёртов хвост.

— Приходи вчера! — улыбался царевич.

А далёким-далеко гулким походом гнался серый Волк, нёс от Кощея живую воду и мертвую.

Доможил-Домовой толкал под ледящий бок — гладил Бабу-Ягу. Притрушенная папоротником, задрала ноги Яга: привиделся Яге на купальской заре обрада — молодой сон.

Леший крал дороги в лесу да посвистывал, — тешил мохнатый свои совьи глаза. За горами, за долами по синему камню бежит вода, там в дремливой лебеде Сорока-щектуха загоралась жар-птицей.

По реке тихой поплыней плывут двенадцать грешных дев, белый камень алатырь, что цвет, томно светится в их тонких перстах.

И восхикала лебедью алая Вытарашка, раскинула крылья зарёй, — не угнать её в чёрную печь, — знобит неугасимая горячую кровь, ретивое сердце, истомлённое купальским огнём.

kingdom, uttered many swear words. Tucking his hand into a seven-satin sash, the prince played with a ring with scattered jewels. From under the collar of Ivan the priest, a devil's tail stuck out, in the shape of a goat's beard.

"Come again yesterday!" smiled the prince.

While far, far away a gray wolf prowled, bringing living and dead waters from Koshchey[1].

The house spirit[2], nudging her icy side, stroked Baba Yaga. Strewn with a thin layer of ferns, Yaga lifted up her legs: at the Kupala dawn, she had a vision of the object of her desire—a young dream.

A wood goblin had been stealing roads in the forest and whistling—entertaining his owl's eyes, the shaggy one. Over the mountains, over the meadows, water ran over blue stone; there in a dreamy saltbush, a joker magpie was flaming up like a firebird.

On the river, quietly drifted twelve sinful maidens; the white stone Alatyr, like a flower, shone languidly in their fine fingers.

A scarlet Vitarashka[3] turned into a swan and threw open her wings like the dawn—she will not be chased into the black oven—the unquenchable one chills the hot blood, the zealous heart exhausted by the Kupala light.

Translated by Danielle Jones with Natalya Russkikh.

Questions for Discussion:

1. Which images to you are the most startling or effective? How do they inform the story?
2. Compare and contrast the two *skazes* by Remizov. How are they similar and different?
3. What are some of the idiosyncrasies of this holiday? Which other holidays share some of these traits?

---

1   A bony, evil sorcerer in Russian mythology.
2   A mythological figure, often in male form, closely related to the well-being of a home.
3   A bird representing a passionate love that drives one mad.

Lev Tolstoy

Lev Nikolayevich Tolstoy (1828–1910) is considered to be one of the world's greatest writers of realist fiction. Also known as Leo Tolstoy, he was the fourth and last son born to Princess Marie Volkonsky and Count Nicolas Tolstoy at Yasnaya Polyana, the Volkonsky manor house southwest of Tula. Eventually, Tolstoy would inherit this estate of some 4000 acres of land and 350 serfs. Tolstoy's mother died when he was a baby and his father when he was nine-years-old. Tolstoy's aunt, Pelageya Yushkova, became guardian of the orphaned Tolstoy children and took them to the city of Kazan. At age sixteen, Tolstoy joined the department of eastern languages, possibly thinking of future diplomatic service, then submitted an application to transfer to the department of law. After three years, dissatisfied with the university, he left Kazan without a degree, returned to his estate and educated himself independently.

Nikolai, Tolstoy's older brother, advised him to enlist in the army. Tolstoy trained for the military, became an army officer, moved to the Caucasus and lived a simple life for three years with Cossacks. There, he wrote the autobiographical trilogy *Childhood, Boyhood* and *Youth*. In the Crimean War (1854-55), Tolstoy served as an artillery commander in the Battle of Sevastopol, and was decorated for his courage. Between battles, he wrote "Sevastopol Sketches," which won him wide attention and a complement from Czar Alexander II.

After the war, Tolstoy returned to St. Petersburg, where he became friends with Ivan Turgenev, Nikolai Nekrasov, Ivan Goncharov and other writers. In the winter of 1857, Tolstoy traveled abroad to many locations and undertook a study of European culture and especially European schools. He returned to his estate and made it his aim to arrange his household and to make life for his peasants easier. He built over twenty schools for serfs and encouraged their education in many ways, including writing educational primers and material.

In 1862, he married Sofia Andreevna Bers, and they had thirteen children together. His wife was also his literary secretary and contributed to his best known works *War and Peace* (1863-69) and *Anna Karenina* (1873-77). Tolstoy battled depression on and off until he had the spiritual conversion he described in *A Confession* (1882). This book was banned by the censors but did not dissuade Tolstoy from continuing to write a series of religious works aimed at sharing his own version of Christianity blended with socialism and polemics against the Orthodox Church. He began to see himself more as a sage and moral leader than as an artist. In 1884, he gave up his estate to his family and tried to live as a poor, celibate peasant, though he eventually returned to his manor. Yasnaya Polyana was visited by hundreds of people from all over the world who were attracted to Tolstoy's writings. In addition to his religious tracts, Tolstoy continued to write fiction throughout the 1880s and 1890s. His most successful later works were *The Death of Ivan Ilyich*, *The Kreutzer Sonata* and *Father Sergius*.

Resurrection (1899) was Tolstoy's last major novel. After its publication, Tolstoy was accused of preaching immorality and eventually excommunicated from the church in 1901. In November of 1910, he left his home without an explanation, took a train on which he caught pneumonia, and died at the remote station of Astapovo. He was buried on the family estate.

The story "Kornei Vasilyev" (1905) is an attempt to explore the route of escape for the peasant. In many ways, the style is a combination of Tolstoy's earlier Cossack stories and his later realism. The *skaz* element utilizes a colorful local narrator, who employs sub-literary speech but also emphasizes Tolstoy's beliefs about non-resistance to evil by balancing the story of Kornei's exile from his family with his own idea of escape. It is clear that Kornei's silence resonates with the art of "blessed silence" which Tolstoy advocates. Kornei's magnetic silence is more powerful than any words or actions. If Kornei's silence could speak more powerfully than words, so too could his death generate a strong life force and assert the potential for cleansing. Thus, the end of the story turns out to be the beginning.

Svetlana Malykhina

Корней Васильев

Лев Толстой

I

Корнею Васильеву было пятьдесят четыре года, когда он в последний раз приезжал в деревню. В густых курчавых волосах у него не было еще ни одного седого волоса, и только в чёрной бороде у скул пробивалась седина. Лицо у него было гладкое, румяное, загривок широкий и крепкий, и всё сильное тело обложилось жиром от сытой городской жизни.

Он двадцать лет тому назад отбыл военную службу и вернулся со службы с деньгами. Сначала он завёл лавку, потом оставил лавку и стал торговать скотиной. Ездил в Черкасы за "товаром" (скотиной) и пригонял в Москву.

В селе Гаях, в его каменном, крытом железом доме, жила старуха мать, жена с двумя детьми (девочка и мальчик), ещё сирота племянник, немой пятнадцатилетний малый, и работник. Корней был два раза женат. Первая жена его была слабая, больная женщина и умерла без детей, и он, уже немолодым вдовцом, женился второй раз на здоровой, красивой девушке, дочери бедной вдовы из соседней деревни. Дети были от второй жены.

Корней так выгодно продал последний "товар" в Москве, что у него собралось около трех тысяч денег. Узнав от земляка, что недалеко от его села выгодно продаётся у разорившегося помещика роща, он вздумал заняться ещё и лесом. Он знал это дело и еще до службы жил помощником приказчика у купца в роще.

На железнодорожной станции, с которой сворачивали, в Гаи, Корней встретил земляка, гаевского кривого Кузьму. Кузьма к каждому поезду выезжал из Гаев за седоками на своей парочке плохоньких косматых лошадёнок. Кузьма

Kornei Vasilyev

Lev Tolstoy

I

Kornei Vasilyev was fifty-four years old the last time he travelled to the village. His thick, kinky hair still did not have one gray strand in it, and only the black beard along his jawline showed a little silver. His face was smooth and ruddy, his neck wide and strong, and his entire powerful body fattened from his well-fed city life.

Twenty years prior, he'd finished his military service and returned from the service with money. First, he ran a shop, and then he left the shop and began to trade livestock. He'd travel to Cherkasi for "merchandise" (livestock) and drive them to Moscow.

In the village of Gai, in his stone house, covered with an iron roof, lived his aged mother, wife and two kids (a girl and a boy) as well as an orphaned nephew—a mute not older than fifteen— and a hired hand. Kornei was twice married. The first wife was a weak, sickly woman who died without children and he, already an old bachelor, married a second time to a healthy, beautiful girl who was the daughter of a poor widow from the neighboring village. The children were from his second wife.

Kornei so profitably sold his last "merchandise" in Moscow that he had collected around three thousand bills. Hearing from a local that, not far from his village, a grove was being sold for a nominal price by a bankrupt landowner, he decided to take up forestry as well. He knew this trade, and, before the service, he was an assistant to a steward of a lumber merchant in a grove.

At the railroad station where the road turned to Gai, Kornei met a local: the cock-eyed Kuzma of Gai. Kuzma traveled from Gai to meet every train with a pair of poor, shaggy horses, looking for passengers. Kuzma was poor and, because of this, he had

был беден и оттого не любил всех богатых, а особенно богача Корнея, которого он знал Корнюшкой.

Корней, в полушубке и тулупе, с чемоданчиком в руке, вышел на крыльцо станции и, выпятив брюхо, остановился, отдуваясь и оглядываясь. Было утро. Погода была тихая, пасмурная, с легким морозцем.

— Что ж, не нашёл седоков, дядя Кузьма? — сказал он, — Свезёшь, что ли?

— Что ж, давай рублёвку. Свезу.

— Ну и семь гривен довольно.

— Брюхо наел, а тридцать копеек у бедного человека оттянуть хочешь.

— Ну, ладно, давай, что ль, — сказал Корней. И, уложив в маленькие санки чемодан и узел, он широко уселся на заднем месте.

Кузьма остался на козлах.

— Ладно. Трогай.

Выехали из ухабов у станции на гладкую дорожку.

— Ну, а что, как у вас, не у вас, а у нас на деревне? — спросил Корней.

— Да хорошего мало.

— А что так? Моя старуха жива?

— Старуха-то жива. Надысь в церкви была. Старуха твоя жива. Жива и молодая хозяйка твоя. Что ей делается. Работника нового взяла.

И Кузьма засмеялся как-то чудно, как показалось Корнею.

— Какого работника? А Петра что?

— Петра заболел. Взяла Евстигнея Белого из Каменки, — сказал Кузьма, — из своей деревни, значит.

— Вот как? — сказал Корней.

Ещё когда Корней сватал Марфу, в народе что-то бабы болтали про Евстигнея.

— Так-то, Корней Васильич, — сказал Кузьма. — Очень уж бабы нынче волю забрали.

no love for any of the rich and especially fat-cat Kornei, whom he knew when he was still Kornushka[1].

Kornei, in a half-length fur coat and *tulup* and with a case in his hand, walked out onto the porch of the station, stuck out his stomach, and stopped, exhaling loudly and looking around. It was morning. The weather was peaceful, cloudy and slightly chilly.

"Well, now, you haven't found any passengers, Uncle Kuzma?" he said. "Will you take me then?"

"Well, now, hand over a ruble. I'll take you."

"It seems seventy kopecks will do it."

"Potbelly, and he wants to pinch thirty kopecks from a poor man."

"Alright, that's fine, let's go," said Kornei. And, laying his handbag and bundle in the small sleigh, he sprawled out in the back seat.

Kuzma sat on the coachman's seat.

"All right, then. Giddy up."

They left behind the potholes by the station for a smooth lane.

"So, tell me, how are things in your—not your, but our—village?" asked Kornei.

"Not so much good."

"How's that? Is my old lady alive?"

"Alive, your old lady is. Yesternight, she went to church. Your old woman is alive. And alive, your young mistress is too. What has she been about? Hired a new worker."

And Kuzma laughed in an odd sort of way, as it seemed to Kornei.

"What kind of hired hand? What happened to Petra?"

"Petra got sick. She hired Yevstignei Beliy from Kamenka," said Kuzma, "from her own village, then."

"Is that so?" said Kornei.

When Kornei was still courting Martha, there was some talk among the women of the village about Yevstignei.

"It is, Kornei Vasilyich," said Kuzma. "Our women have become awful strong-willed lately."

---

1   Diminutive of Kornei.

— Что и говорить! — промолвил Корней. — А стара твоя сивая стала, — прибавил он, желая прекратить разговор.

— Я и сам не молод. По хозяину, — проговорил Кузьма в ответ на слова Корнея, постегивая косматого, кривоногого мерина.

На полдороге был постоялый двор. Корней велел остановить и вошёл в дом. Кузьма приворотил лошадь к пустому корыту и оправлял шлею, не глядя на Корнея и ожидая, что он позовёт его.

— Заходи, что ль, дядя Кузьма, — сказал Корней, выходя на крыльцо, — выпьешь стаканчик.

— Ну что ж, — отвечал Кузьма, делая вид, что не торопится.

Корней потребовал бутылку водки и поднёс Кузьме. Кузьма, не евши с утра, тотчас же захмелел. И как только захмелел, стал шёпотом, пригибаясь к Корнею, рассказывать ему, что говорили в деревне. А говорили, что Марфа, его жена, взяла в работники своего прежнего полюбовника и живёт с ним.

— Мне что ж. Мне тебя жалко, — говорил пьяный Кузьма. — Только нехорошо, народ смеётся. Видно, греха не боится. Ну, да погоди же ты, говорю. Дай срок, сам приедет. Так-то, брат, Корней Васильич.

Корней молча слушал то, что говорил Кузьма, и густые брови всё ниже и ниже спускались над блестящими чёрными, как уголь, глазами.

— Что ж, поить будешь? — сказал он только, когда бутылка была выпита. — А нет, так и едем.

Он расплатился с хозяином и вышел на улицу. Домой он приехал сумерками. Первый встретил его тот самый Евстигней Белый, про которого он не мог не думать всю дорогу. Корней поздоровался с ним. Увидав худощавое белобрысое лицо заторопившегося Евстигнея, Корней только недоуменно покачал головой. "Наврал, старый пёс, — подумал он на слова Кузьмы. — А кто их знает. Да уж я дознаюсь".

Кузьма стоял у лошади и подмигивал своим одним глазом на Евстигнея.

"No doubt about it!" muttered Kornei. "Your dappled gray has become ancient," he added, wanting to end the conversation.

"I myself am not young. Horse like master," said Kuzma in response to Kornei's words, whipping up his shaggy, bow-legged gelding.

Halfway home, there was a way station. Kornei ordered a stop and went inside. Kuzma led his horse to an empty trough and adjusted his breast collar, not looking at Kornei but expecting his summons.

"Why not come in, Uncle Kuzma," said Kornei, stepping out onto the porch. "Drink a glass."

"Why not," answered Kuzma, pretending he wasn't in a hurry.

Kornei demanded a bottle of vodka and brought it to Kuzma. Kuzma, who hadn't eaten all day, immediately became drunk. As soon as he was drunk, he began whispering, leaning into Kornei, and telling him what people were saying in the village. They were saying that his wife Martha had hired her former lover as a worker and was living with him.

"It's nothing to me. I pity you," said the drunken Kuzma. "Only it's not good, people laugh. Clearly, she doesn't fear sin. But I would say, 'Just you wait. In time, your husband will come.' So it's like that, brother, Kornei Vasilyich."

Kornei listened silently to what Kuzma was saying, and his thick brows descended lower and lower over his shining, black-as-coal eyes.

"Well, will you water your horses?" was the only thing he said when the bottle had been drained. "If not, let's go."

He paid the owner and went outside.

He arrived home at dusk. The first to meet him was the very same Yevstignei Beliy about whom he could not stop thinking the whole way. Kornei greeted him. Seeing the slim, pale face of the scurrying Yevstignei, Kornei only shook his head in confusion. "Lied, the old dog," he thought to himself about Kuzma's words. "But who knows. Soon enough I'll find out everything."

Kuzma was standing by his horse and winking his one good eye at Yevstignei.

— У нас, значит, живёшь? — спросил Корней.

— Что ж, надо где-нибудь работать, — отвечал Евстигней.

— Топлена горница-то?

— А то как же? Матвевна тама, — отвечал Евстигней.

Корней поднялся на крыльцо. Марфа, услыхав голоса, вышла в сени и, увидав мужа, вспыхнула и торопливо и особенно ласково поздоровалась с ним.

— А мы с матушкой уж и ждать перестали, — сказала она и вслед за Корнеем вошла в горницу.

— Ну что, как живёте без меня?

— Живём все по-старому, — сказала она и, подхватив на руки двухлетнюю дочку, которая тянула её за юбку и просила молока, большими решительными шагами вошла в сени.

Корнеева мать с такими же чёрными глазами, как у Корнея, с трудом волоча ноги в валенках, вошла в горницу.

— Спасибо проведать приехал, — сказала она, покачивая трясущейся головой.

Корней рассказал матери, по какому делу заехал, и, вспомнив про Кузьму, пошёл вынести ему деньги. Только он отворил дверь в сени, как прямо перед собой он увидал у двери на двор Марфу и Евстигнея. Они близко стояли друг от друга, и она говорила что-то. Увидав Корнея, Евстигней шмыгнул во двор, а Марфа подошла к самовару, поправляя гудевшую над ним трубу.

Корней молча прошёл мимо её согнутой спины и, взяв узел, позвал Кузьму пить чай в большую избу. Перед чаем Корней роздал московские гостинцы домашним: матери шерстяной платок, Федьке книжку с картинками, немому племяннику жилетку и жене ситец на платье.

За чаем Корней сидел насупившись и молчал. Только изредка неохотно улыбался, глядя на немого, который забавлял всех своей радостью. Он не мог нарадоваться на

"So, it seems, you live with us?" asked Kornei.

"Well, I have to work somewhere," answered Yevstignei.

"Is the fire stoked in the living room[1]?"

"Of course, why not? Matveyevna[2] is there," answered Yevstignei.

Kornei stepped onto the porch. Martha, hearing a voice, stepped into the *seni* and, seeing her husband, grew red. Quickly and with special affection, she greeted him.

"Your mother and I had already given up waiting for you," she said and followed Kornei into the living room.

"Well, and how are you living without me?"

"We live like always," she said and took into her arms her two-year-old daughter who was pulling on her skirt and asking for milk, and with large, decisive steps, she strode to the *seni*.

Kornei's mother, who had the same black eyes as Kornei, dragged her *valenki*-clad[3] feet with difficulty into the living room.

"Thank you for coming to check on us," she said, nodding her quivering head.

Kornei told his mother what business he had in town and, remembering Kuzma, stepped out to pay him. Just as he opened the door to the *seni*, he saw right in front of him Martha and Yevstignei at the door to the yard. They were standing close to each other, and she was saying something. Seeing Kornei, Yevstignei darted into the yard, while Martha walked over to the samovar and straightened the pipe that was humming above it.

Kornei walked silently past her bent back and, taking his bundle, invited Kuzma to drink tea in the large *izba*. Before tea, Kornei passed out to the household his presents from Moscow: for his mother a wool kerchief, for Fedya a book with pictures, for his mute nephew a vest, and for his wife some chintz for a dress.

During tea, Kornei sat grumpy and silent. Only a few times he unintentionally smiled as he watched the mute boy, who entertained everyone with his joy. He couldn't stop rejoicing over

---

1   The *izba* was typically divided into the cooking/sleeping quarters and a large open room, separated by the *seni*.
2   Kornei's mother is here addressed by her patronymic.
3   Traditional Russian winter footwear made out of wool felt.

жилетку. Он укладывал и развёртывал её, надевал её и целовал свою руку, глядя на Корнея, и улыбался.

После чая и ужина Корней тотчас же ушёл в горницу, где спал с Марфой и маленькой дочкой. Марфа оставалась в большой избе убирать посуду. Корней сидел один у стола, облокотившись на руку, и ждал. Злоба на жену всё больше и больше ворочалась в нём. Он достал со стены счеты, вынул из кармана записную книжку и, чтобы развлечь мысли, стал считать. Он считал, поглядывая на дверь и прислушиваясь к голосам в большой избе.

Несколько раз он слышал, как отворялась дверь в избу и кто-то выходил в сени, но это всё была не она. Наконец послышались ее шаги, дёрнулась дверь, отлипла, и она, румяная, красивая, в красном платке, вошла с девочкой на руках.

— Небось с дороги-то уморился, — сказала она, улыбаясь, как будто не замечая его угрюмого вида.

Корней глянул на нее и стал опять считать, хотя считать уж нечего было.

— Уж не рано, — сказала она и, спустив с рук девочку, прошла за перегородку.

Он слышал, как она убирала постель и укладывала спать дочку.

"Люди смеются, — вспомнил он слова Кузьмы. — Погоди же ты…" — подумал он, с трудом переводя дыхание, и медленным движением встал, положил обгрызок карандаша в жилетный карман, повесил счёты на гвоздь, снял пиджак и подошёл к двери перегородки. Она стояла лицом к иконам и молилась. Он остановился, ожидая. Она долго крестилась, кланялась и шёпотом говорила молитвы. Ему казалось, что она давно перечитала все молитвы и нарочно по нескольку раз повторяет их. Но вот она положила земной поклон, выпрямилась, прошептала в себя какие-то молитвенные слова и повернулась к нему лицом.

— А Агашка-то уж спит, — сказала она, указывая на девочку, и, улыбаясь, села на заскрипевшую кровать.

the vest. He folded it and unfolded it, put it on and kissed his hand, looking at Kornei, and smiled.

After tea and dinner, Kornei went immediately to the room where he slept with Martha and the little girl. Martha stayed in the large *izba* to clear the dishes. Kornei sat by himself at the table, leaning on his arm, and waited. His anger toward his wife pitched inside him more and more. He took the abacus from the wall, took his notebook from his pocket and, to distract his thoughts, began tallying. He tallied, glancing at the door and listening to the voices in the big *izba*.

Several times he heard how the door to the *izba* opened and someone walked out to the *seni* but it still wasn't her. Finally, he heard her steps. The door shook and came unstuck, and she walked in, red-cheeked, beautiful, in a red handkerchief, with the girl in her arms.

"I bet you're tired from the road," she said, smiling, as if she didn't notice his surly look.

Kornei looked at her and began counting again, though there was nothing left to count any more.

"It's already not early," she said and, putting down the girl in her arms, went behind the partition.

He heard how she turned down the bed and laid her daughter to sleep.

"People are laughing," he remembered Kuzma's words. "Just you wait…" he thought. It was difficult to breathe and, moving slowly, he stood up, put the stub of pencil in his vest pocket, hung the abacus on the nail, removed his jacket, and walked over to the door of the partition. She stood with her face to the icon and prayed. He stopped, waiting. She crossed herself for a long time, bowed and whispered her prayers. It seemed to him that she had long ago said all her prayers and was purposefully repeating them several times. But finally she bowed down to the ground, straightened, whispered to herself some prayerful words and turned to face him.

"And Agashka[1] is already asleep," she said, pointing to the girl, and, smiling, sat on the creaking bed.

---

1   Diminutive of Agafia, the girl's name.

— Евстигней давно здесь? — сказал Корней, входя в дверь.

Она спокойным движением перекинула одну толстую косу через плечо на грудь и начала быстрыми пальцами расплетать её. Она прямо смотрела на него, и глаза её смеялись.

— Евстигней-то? А кто его знает, — недели две али три.

— Ты живёшь с ним? — проговорил Корней.

Она выпустила из рук косу, но тотчас же поймала опять свои жёсткие густые волосы и опять стала плести.

— Чего не выдумают. Живу с Евстигнеем? — сказала она, особенно звучно произнося слово Евстигней, — Выдумают же! Тебе кто сказал?

— Говори: правда, нет ли? — сказал Корней и сжал в кулаки засунутые в карманы могучие руки.

— Будет болтать пустое. Снять сапоги-то?

— Я тебя спрашиваю, — повторил он.

— Ишь добро какоё. На Евстигнея польстилась, — сказала она. — И кто только наврал тебе?

— Что ты с ним в сенях говорила?

— Что говорила. Говорила, на бочку обруч набить надо. Да ты что ко мне пристал?

— Я тебе велю: говори правду. Убью, сволочь поганая.

Он схватил её за косу.

Она выдернула у него из руки косу, лицо её скосилось от боли.

— Только да то тебя и взять, что драться. Что я от тебя хорошего видела? От такого житья не знаю, что сделаешь.

— Что сделаешь? — проговорил он, надвигаясь на неё.

— За что полкосы выдрал? Во, так шмотами и лезут. Что пристал. И правда, что…

Она не договорила. Он схватил её за руку, сдернул с кровати и стал бить по голове, по бокам, по груди. Чем больше он бил, тем больше разгоралась в нём злоба. Она кричала, защищалась, хотела уйти, но он не пускал её. Девочка проснулась и бросилась к матери.

— Мамка, — ревела она.

"Has Yevstignei been here a long time?" said Kornei, coming through the door.

With a calm movement, she tossed one thick braid over her shoulder onto her breast and, with nimble fingers, began to undo it. She was looking straight at him, and her eyes were laughing.

"Yevstignei? Who knows... maybe, two or three weeks."

"Are you living with him?" Kornei asked.

She let the braid fall from her hand but immediately caught up again her coarse, thick hair and again began braiding it.

"What people will come up with. Living with Yevstignei?" she said, saying the name Yevstignei especially sonorously. "What they think up! Who told you that?"

"Tell me: is it true, or not?" said Kornei and the powerful hands in his pockets tightened into fists.

"Enough with speaking foolishness. Shall I take your boots off?"

"I'm asking you," he repeated.

"A real prize, he. As if I could be tempted by him," she said. "And just who lied to you?"

"What did you talk to him about in the *seni*?"

"What did I talk about. I talked about the metal band he needs to fasten onto the barrel. Why are you harassing me like this?"

"I command you: speak the truth. I'll kill you, you filthy swine."

He grabbed her by the braid.

She ripped the braid from his hand, her face twisted in pain.

"What can you do but fight? What good have I received from you? From this kind of a life, who knows what one can do."

"What one can do?" he said, looming over her.

"Why did you tear out half my braid? Whole clumps coming out. Why are you badgering me? And the truth is that..."

She didn't finish. He grabbed her by the arm, yanked her from the bed and began to hit her in the head, on her sides, on her chest. The more he hit her, the hotter the anger in him burned. She screamed, tried to protect herself, tried to leave, but he wouldn't let her. The girl woke up and flung herself on her mother.

"Mommy," she bawled.

Корней ухватил девочку за руку, оторвал от матери и, как котёнка, бросил в угол. Девочка визгнула, и несколько секунд её не слышно было.

— Разбойник! Ребёнка убил, — кричала Марфа и хотела подняться к дочери. Но он опять схватил её и как ударил в грудь, что она упала навзничь и тоже перестала кричать. Только девочка кричала отчаянно, не переводя духа.

Старуха, без платка, с растрёпанными седыми волосами, с трясущейся головой, шатаясь, вошла в каморку и, не глядя ни на Корнея, ни на Марфу, подошла к внучке, заливавшейся отчаянными слезами, и подняла её.

Корней стоял, тяжело дыша и оглядываясь, как будто спросонья, не понимая, где он и кто тут с ним.

Марфа подняла голову и, стоная, вытирала окровавленное лицо рубахой.

— Злодей постылый! — проговорила она. — И живу с Евстигнеем и жила. На, убей до смерти. И Агашка не твоя дочь; с ним прижила, — быстро выговорила она и закрыла локтем лицо, ожидая удара.

Но Корней как будто ничего не понимал и только сопел и оглядывался.

— Ты глянь, что с девчонкой сделал: руку вышиб, — сказала старуха, показывая ему вывернутую висящую ручку не переставая заливавшейся криками девочки. Корней повернулся и молча вышел в сени и на крыльцо.

На дворе было все так же морозно и пасмурно. Снежинки инея падали ему на горевшие щёки и лоб. Он сел на приступки и ел горстями снег, собирая его на перилах. Из-за дверей слышно было, как стонала Марфа и жалостно плакала девочка; потом отворилась дверь в сени, и он слышал, как мать с девочкой вышла из горницы и прошла через сени в большую избу. Он встал и вошёл в горницу. Завёрнутая лампа горела малым светом на столе. Из-за перегородки слышались усилившиеся, как только он вошёл, стоны Марфы. Он молча оделся, достал из-под лавки чемодан, уложил в него свои вещи и завязал его верёвкой.

Kornei grabbed the girl by the arm, tore her from her mother and flung her like a kitten into a corner. The girl squealed, and then for a few seconds nothing was heard from her.

"Bandit! You killed the child," screamed Martha and tried to lift herself to her daughter. But he again grabbed her and hit her in the chest so hard that she fell full length on her back and also stopped crying. Only the girl cried desperately, without catching a breath.

The old woman, without her kerchief, her gray hair disheveled, her head quivering, shuffled into the room, swaying, and, without looking at either Kornei or Martha, came over to her granddaughter, who was pouring out inconsolable tears, and picked her up.

Kornei stood breathing heavily and looking round as if he had just woken up, not understanding where he was and who was with him.

Martha lifted her head, moaned and wiped her bloody face with her shirt.

"Repulsive villain!" she said. "I live with Yevstignei and lived with him. Here, beat me to death. And Agashka is not your daughter; I had her with him," she shot off and hid her face in her arm, expecting another blow.

But Kornei didn't seem to understand anything and only wheezed and looked around.

"Look what you did to the girl: bashed her arm all out of joint," the old woman said and showed him the arm that hung at a crooked angle as the girl shrieked incessantly. Kornei turned and silently stepped out into the *seni* and then onto the porch.

The yard was still frozen and overcast. Frosty snowflakes fell on his burning cheeks and forehead. He sat on the bottom step and ate snow by the fistful, scooping it up from the handrails. Through the door could be heard how Martha moaned and the girl cried pitifully: later, the door to the *seni* opened and he heard how his mother left the bedroom with the girl and walked across the *seni* to the large *izba*. He stood up and went into the bedroom. The turned-down light burned dimly on the table. Across the partition he could hear Martha's moans grow louder as he entered. He dressed silently, took his suitcase from under the bench, laid his things in it and tied it with a rope.

— За что убил меня? За что? Что я тебе сделала? — заговорила Марфа жалостным голосом. Корней, не отвечая, поднял чемодан и понёс к двери. — Каторжник. Разбойник! Погоди ж ты. Али на тебя суда нет? — совсем другим голосом злобно проговорила она.

Корней, не отвечая, толкнул дверь ногой и так сильно захлопнул её, что задрожали стены.

Войдя в большую избу, Корней разбудил немого и велел ему запрягать лошадь. Немой, не сразу проснувшись, удивлённо — вопросительно поглядывал на дядю и обеими руками расчёсывал голову. Поняв, наконец, что от него требовали, он вскочил, надел валенки, рваный полушубок, взял фонарь и пошёл на двор.

Уж было совсем светло, когда Корней выехал с немым в маленьких пошевнях[1] за ворота и поехал назад по той же дороге, по которой с вечера приехал с Кузьмою.

Он приехал на станцию за пять минут до отхода поезда. Немой видел, как он брал билет, как взял чемодан и как сел в вагон, кивнув ему головой, и как вагон укатился из вида.

У Марфы, кроме побоев на лице, были сломаны два ребра и разбита голова. Но сильная, здоровая молодая женщина справилась через полгода, так что не осталось никаких следов побоев. Девочка же навек осталась полукалекой. У неё были переломлены две кости руки, и рука осталась кривая.

Про Корнея же с тех пор, как он ушёл, никто ничего не знал. Не знали, жив ли он, или умер.

II

Прошло семнадцать лет. Была глухая осень. Солнце ходило низко, и в четвёртом часу вечера уж смеркалось. Андреевское стадо возвращалось в деревню. Пастух, отслужив срок, до заговенья ушёл, и гоняли скотину очередные бабы и ребята.

---

1 Пошевни — wide peasant sleigh trimmed with bast or wood.

"For what did you beat me? For what? What did I do to you?" said Martha in a pitiful voice. Kornei, not answering, lifted the suitcase and brought it to the door. "Convict. Bandit! Just you wait. Or do you think you won't be judged for this?" she said in a completely different, evil voice.

Kornei, not answering, kicked the door with his foot and slammed it close with such force that the walls shook.

Walking into the big *izba*, Kornei woke his mute nephew and told him to harness the horse. The mute, not waking immediately, looked at his uncle with a surprised and questioning look as he combed his head with both hands. Understanding at last what was demanded of him, he jumped up, put on *valenki* and a tattered fur coat, grabbed the lamp and went to the yard.

It was already daylight when Kornei left with his nephew in the small sleigh through the gate and went back along the same road that he arrived on yesterday with Kuzma.

He arrived at the station five minutes before the departure of the train. The nephew saw how he bought his ticket, how he took his suitcase, how he sat in the car, nodding his head at him, and how the car rolled out of view.

In addition to the bruises on her face, Martha also had two broken ribs and a battered head. But the strong, healthy young woman healed up in half a year, so that there was no trace of the beating. The girl, however, was half-crippled forever. Two of her bones were broken, and the arm remained crooked.

As for Kornei, after he left, no one knew anything about him. No one knew if he was alive or dead.

II

Seventeen years went by. It was a quiet autumn. The sun moved low on the horizon, and by the fourth hour in the afternoon it was already dusk. The Andreyevka herd was returning to the village. The shepherd had finished his term and left before the fast began, so the herd was being driven in turn by women and children.

Стадо только что вышло с овсяного жнивья на грязную, испещрённую раздвоено — копытными следами чернозёмную, взрытую колеями большую грунтовую дорогу и с непрестающим мычанием и блеянием подвигалось к деревне. По дороге впереди стада шёл в потемневшем от дождя, заплатанном зипуне[1], в большой шапке, с кожаным мешком за сутуловатой спиной высокий старик с седой бородой и курчавыми седыми волосами; только одни густые брови были у него чёрные. Он шёл, тяжело двигая по грязи мокрыми и разбившимися грубыми хохлацкими сапогами и через шаг равномерно подпираясь дубовой клюкой. Когда стадо догнало его, он, опёршись на клюку, остановился. Гнавшая стадо молодайка, покрывшись с головой дерюжкой, в подтыкан-ной юбке и мужских сапогах, перебегала быстрыми ногами то на ту, то на другую сторону-дороги, подгоняя отстающих овец и свиней. Поравнявшись с стариком, она остановилась, оглядывая его.

— Здорово, дедушка, — сказала она звучным, нежным, молодым голосом.

— Здорово, умница, — проговорил старик.

— Что ж, ночевать, что ль?

— Да видно так. Уморился, — хрипло проговорил старик.

— А ты, дед, к десятскому[2] не ходи, — ласково проговорила молодайка. — Иди прямо к нам, — третья изба с краю. Странных людей свекровь так пущает.

— Третья изба. Зиновеева, значит? — сказал старик, как-то значительно поводя чёрными бровями.

— А ты разве знаешь?

— Бывал.

— Ты чего, Фёдюшка, слюни распустил, — хромая-то вовсе отстала, — крикнула молодайка, указывая на ковылявшую позади стада трёхногую овцу, и, взмахнув правой рукой хворостиной и как-то странно, снизу, кривой левой рукой перехватив дерюжку на голове, побежала назад за отставшей хромой мокрой чёрной овцой.

---

1   Зипун — homespun peasant's coat.

2   Десятский — an elected peasant official in charge of law enforcement and various social functions.

The herd had just left the oat stubble fields for the large, dirty, humus-and-gravel road, peppered with cloven footprints and dug up in furrows, and, with incessant mooing and bleating, moved toward the village. On the road in front of the herd walked a tall old man in a patched coat darkened by rain, a large hat, and with a leather bag on his slouched back. His beard was silver, and his hair gray and curly; only his thick eyebrows were black. He walked with difficulty over the dirt in wet, worn-out, crude Ukrainian boots, propping himself up evenly after every other step on his oak walking stick. When the herd caught up to him, he leaned on his stick and stopped. The herder was a young lass; her head was covered in burlap and she wore a tucked-up skirt and men's boots. She darted on quick legs from one side of the road to the other, pushing up the lagging sheep and pigs. Drawing even with the old man, she stopped and looked at him.

"Greetings, grandfather," she said in a soft, resonant, youthful voice.

"Greetings, clever girl," said the old man.

"Well, what do you think, time to sleep?"

"It looks that way. I'm worn out," rasped the old man.

"You, grandfather, don't go to the village supervisor," the young woman said affectionately. "Come straight to us… the third *izba* from the edge of town. My mother-in-law takes in strangers."

"Third *izba*. Zinoveyev's, then?" the old man said, raising his black eyebrows in a meaningful sort of way.

"You know it, then?"

"I've been."

"Quit slobbering, Fedyushka—the crippled one's fallen completely behind," cried the young woman, pointing at a three-legged sheep that was hobbling behind the others. Waving her rod with her right hand and grasping the burlap on her head awkwardly, from below, with her crooked left hand, she ran back for the straggling lame and wet black sheep.

Старик был Корней. А молодайка была та самая Агашка, которой он выломал руку семнадцать лет тому назад. Она была выдана в Андреевку, в богатую семью, за четыре версты от Гаев.

III

Корней Васильев из сильного, богатого, гордого человека стал тем, что он был теперь: старым побирушкой, у которого ничего не было, кроме изношенной одежи на теле, солдатского билета и двух рубах в сумке. Вся эта перемена сделалась так понемногу, что он не мог бы сказать, когда это началось и когда сделалось. Одно, что он знал, в чём был твердо уверен, это то, что виною его несчастия была его злодейка жена. Ему странно и больно было вспоминать то, что он был прежде. И когда он вспоминал про это, он с ненавистью вспоминал про ту, кого он считал причиной всего того дурного, что он испытал в эти семнадцать лет.

В ту ночь, когда он избил жену, он поехал к помещику, где продавалась роща. Рощи не довелось купить. Она была уже куплена, и он вернулся в Москву и там запил. Он и прежде пивал, но теперь пьянствовал без просыпу две недели, и когда опомнился, уехал на низ за скотиной. Покупка была неудачная, и он понес убыток. Он поехал в другой раз. И вторая покупка не задалась. И через год у него из трех тысяч осталось двадцать пять рублей и пришлось наниматься к хозяевам. Он и прежде пил, а теперь стал выпивать чаще и чаще.

Сначала он прожил год приказчиком у скотопромышленника, но дорогой запил, и купец расчёл его. Потом он нашёл по знакомству место торговца вином, но и тут прожил недолго. Запутался в расчётах, и ему отказали. Домой ехать и стыдно было, и злоба брала. "Проживут и без меня. Может, и мальчишка-то не мой," — думал он.

Всё шло хуже и хуже. Без вина он не мог жить. Стал наниматься уж не в приказчики, а в погонщики к скотине, потом и в эту должность не стали брать.

The old man was Kornei. The young woman was the very Agashka whose arm was broken by him seventeen years ago. She had been married into a rich family in the Andreyevka village, four versts from Gai.

III

From a strong, rich, proud person, Kornei became what he was now: an old beggar who had nothing except the threadbare clothes on his body, a soldier's pass and two shirts in his purse. This great change happened slowly so that he couldn't say when it started or when it finally came to pass. One thing he knew and was absolutely sure of: all of the blame for his misfortune rested solely on his villainous wife. It was strange and painful to remember what he'd been before. And when he remembered this, he also remembered with hatred the one he considered to be the cause of all the suffering he had endured over these seventeen years.

The night he beat his wife, he travelled to the estate where the grove was being sold. He was unable to buy the grove. It had already been bought by someone else, and he returned to Moscow and there began to drink. He had binged before, but now he drank incessantly for two weeks in a row and, when he came to his senses, he left for the south for livestock. His purchase was unlucky, and he lost money. He travelled a second time. And his second purchase didn't turn out well. And a year later, he only had twenty-five rubles left of his three thousand; he was forced to hire himself out to a landlord. He drank before but now started to drink more and more often.

At first he spent a year as a supervisor for a livestock trader, but he drank on the road and the trader fired him. Then he found through an acquaintance a place as a wine seller, but he didn't live there long either. He mixed up his accounts, and they let him go. It was embarrassing to think about going home, and anger overtook him. "They can live without me. Maybe the boy isn't even mine," he thought.

Everything became worse and worse. Without wine, he couldn't live. He started to hire himself out not as a supervisor but as a herder and then, even for this responsibility, they wouldn't take him.

Чем хуже ему становилось, тем больше он обвинял её, и тем больше разгоралась его злоба на неё.

В последний раз Корней нанялся в погонщики к скотине к незнакомому хозяину. Скотина заболела. Корней не был виноват, но хозяин рассердился и рассчитал и приказчика и его. Наниматься некуда было, и Корней решил идти странствовать. Состроил себе сапоги хорошие, сумку, взял чаю, сахару, денег восемь рублей и пошёл в Киев. В Киеве ему не понравилось, и он пошёл на Кавказ, в Новый Афон. Не доходя Нового Афона, его захватила лихорадка. Он вдруг ослабел. Денег оставалось рубль семьдесят копеек, знакомых никого не было, и он решил идти домой к сыну. "Может, она и померла теперь, злодейка моя, — думал он. — А жива, так хоть перед смертью выскажу ей всё; чтоб знала она, мерзавка, что со мной сделала," — думал он и пошёл к дому.

Лихорадка трепала его через день. Он слабел всё больше и больше, так что не мог уходить больше десяти, пятнадцати верст в день. Не доходя двухсот верст до дому деньги все вышли, и он шел уж Христовым именем и ночевал по отводу десятского. "Радуйся, до чего довела меня!" — думал он про жену, и, по старой привычке, старые и слабые руки сжимались в кулаки. Но и бить некого было, да и силы в кулаках уже на было.

Две недели шёл он эти двести верст и, совсем больной и слабый, добрёл до того места, в четырёх верстах от дома, где встретился, не узнав ее и не быв узнан, с той Агашкой, которая считалась, но не была его дочерью и которой он выломал руку.

IV

Он сделал, как сказала ему Агафья. Дойдя до Зиновеева двора, он попросился ночевать. Его пустили.

Войдя в избу, он, как и всегда делал, перекрестился на иконы и поздоровался с хозяевами.

The worse things became, the more he blamed her, and the hotter burned his anger toward her.

For the last time, Kornei hired out as a herder for a flock of an owner unknown to him. The flock became ill. Kornei was not at fault, but the owner was outraged and fired both him and the supervisor. There was nowhere else he could get hired, and Kornei decided to wander. He made himself a good pair of boots and a purse, took some tea, sugar and eight rubles and left for Kiev. He didn't like Kiev, and started toward New Athos in the Caucasus. Before he reached New Athos, he was taken with a fever. He rapidly weakened. He only had seventy kopecks left, didn't know anyone, and decided to go home to his son. "Maybe she has died, my villainess," he thought. "And if she is alive, then I can before my death tell her everything; so she knows, the scalawag, what she has done to me," he thought and started for home.

The fever wore him out every other day. He became weaker and weaker so that he couldn't walk more than ten or fifteen versts a day. Before he came within two hundred versts of his home, his money disappeared, and he walked on already "in Christ's name[1]" and slept where the village supervisor took him. "Take joy in what you've made me stoop to!" he thought to his wife and, according to his old habit, his old and weak hands clenched into fists. But there was no one to beat, and already no strength left in his fists.

Two weeks he walked those two hundred versts and, completely sick and weak, he made it to this place four versts from his home. There he met—without recognizing her or being recognized by her—Agashka who was considered (though she was not) his daughter and whose arm he had broken.

IV

He did like he was told by Agafia. Coming to Zinoveyev's yard, he asked to stay the night. They let him in.

Coming into the *izba*, he did as he always did: crossed himself in front of the icon and greeted the owners of the house.

---

1   As a beggar.

— Застыл, дед! Иди, иди на печь, — сказала сморщенная весёлая старушка хозяйка, убиравшаяся у стола.

Муж Агафьи, моложавый мужик, сидел на лавке у стола и заправлял лампу.

— И мокрый же ты, дед! — сказал он. — Да что станешь делать. Сушись!

Корней разделся, разулся, повесил против печки онучи и влез на печь.

В избу вошла и Агафья с кувшином. Она уже успела пригнать стадо и убраться с скотиной.

— А не бывал старик странный? — спросила она. — Я велела к нам заходить.

— А вон он, — сказал хозяин, указывая на печь, где, потирая мохнатые костлявые ноги, сидел Корней.

К чаю хозяева кликнули и Корнея. Он слез и сел на краю лавки. Ему подали чашку и кусок сахара.

Разговор шёл про погоду, про уборку. Не дается в руки хлеб. У помещиков проросли копны в поле. Только начнут возить — опять дождь. Мужички свезли, а у господ так дуром преет. А мыша в снопах — страсть.

Корней рассказал, что он видел по дороге целое поле полно копен. Молодайка налила ему пятую чашку жидкого, чуть жёлтого чаю и подала.

— Ничего. Пей, дедушка, на здоровье, — сказала она на его отказ.

— Что ж это рука у тебя неисправная? — спросил он у нее, осторожно принимая от нее полную чашку и пошевеливая бровями.

— С мальства ещё сломали, — сказала говорливая свекровь. — Это её отец нашу Агашку убить хотел.

— С чего ж это? — спросил Корней. И, глядя на лицо молодайки, ему вспомнился вдруг Евстигней Белый с его голубыми глазами, и рука, державшая чашку, так задрожала, что он разлил половину чая, пока донес её до стола.

"You must be frozen, grandfather! Come, come to the stove," said the wrinkled, cheerful elderly woman who was clearing the table.

Agafia's husband, a young peasant, was sitting on a bench at the table and refueling the lamp.

"And so wet you are, grandfather!" he said. "What is there to do but dry off!"

Kornei undressed, took off his shoes, hung his foot rags across from the stove and crawled on top of it[1].

Agafia came into the *izba* with a jug. She'd already managed to herd in the flock and take care of them.

"Did the strange old man come?" she asked. "I ordered him to come to us."

"He's there," said the master, pointing at the stove where Kornei sat, rubbing his shaggy, bony legs.

At tea time, the masters of the house also invited Kornei. He climbed down and sat on the corner of the bench. He was given a cup and a piece of sugar.

The conversation was about the weather, about work. Bread doesn't come easy. The sheaves were sprouting in the landowners' field. Right as they began to bring them in—rain again. The peasants managed to bring theirs in, but in the landowners' fields they were decaying in vain. And mice in the grain—without number!

Kornei told them how he saw along the road an entire field full of sheaves. The young woman poured him a fifth cup of thin, barely yellow tea and gave it to him.

"It's nothing. Drink, grandfather, to your health," she said when he tried to refuse.

"What's with your faulty hand?" he asked her, carefully taking the full cup and twitching his eyebrows.

"Broken way back in childhood," said the chatty mother-in-law. "The father of our Agashka wanted to kill her."

"What for?" asked Kornei. And, looking at the face of the young woman, he remembered suddenly Yevstignei Beliy and his blue eyes. His hand that held his cup shook so hard that he spilled half of his tea while he set it on the table.

---

1   Stoves in *izbas* were typically made out of stucco and had a bed above them. This was the warmest place to sleep in the house.

— А такой был в Гаях у нас человек, отец ей, Корней Васильевым звали. Богатей был. Так возгордился на жену. Её избил и её вот испортил.

Корней молчал, взглядывая из-под не переставая шевелившихся чёрных бровей то на хозяина, то на Агашу.

— За что же? — спросил он, откусывая сахар.

— Кто их знает. Про нашу сестру всякое сболтнут, а ты отвечай, — говорила старуха. — Из-за работника что-то у них вышло. Работник малый хороший был из нашей деревни. Он и помер у них в доме.

— Помер? — переспросил Корней и откашлялся.

— Давно помер... У них мы и взяли молодайку. Жили хорошо. Первые на селе были. Пока жив был хозяин.

— А он что же? — спросил Корней.

— Тоже помер, должно. С того раза пропал. Лет пятнадцать будет.

— Больше, никак, мне мамушка сказывала, меня она только кормить бросила.

— Что ж, ты на него не обижаешься на то, что он руку... — начал было Корней и вдруг захлюпал.

— Разве он чужой — отец ведь. Что ж, ещё пей с холоду-то. Налить, что ль?

Корней не отвечал и, всхлипывая, плакал.

— Чего ж ты?

— Ничего, так, спаси Христос.

И Корней дрожащими руками ухватился за столбик и за полати и полез большими худыми ногами на печь.

— Вишь ты, — сказала старушка сыну, подмигивая на старика.

V

На другой день Корней поднялся раньше всех. Он слез с печи, размял высохшие подвёртки; с трудом обул заскорузшие сапоги и надел мешок.

"We had a man in Gai, her father; his name was Kornei Vasilyev. He was rich. He became so jealous of his wife, he beat her and ruined this one here."

Kornei looked out silently from under his twitching black eyebrows, now at the old woman, now at Agasha.

"What for?" he asked, nibbling on the sugar.

"Who knows. About our sister, there's all kinds of gossip. And she has to answer," the old woman said. "Because of a hired hand something was stirred up between them. The hired hand was a good young man from our village. He died there in their house."

"Died?" repeated Kornei and coughed.

"Died a long time ago… It was from them we took in this young lass. They lived well. First in the village they were. While the master was alive."

"And what's the story with him?" asked Kornei.

"He must have died too. He disappeared back then. It's been about fifteen years."

"I bet it's more, my mother used to tell me that she'd just weaned me."

"Why aren't you upset at him about your arm…?" Kornei began to say, and suddenly he started sobbing.

"Well he's no stranger – my father, after all. Well now, drink some more, since you came in from the cold. Pour some more, should I?"

Kornei didn't answer and, sniffling, began to cry.

"What's wrong?"

"Nothing, God have mercy."

With shaking hands, Kornei clutched at the post on the bed and climbed onto the stove with his long, skinny legs.

"Now look at that," the old woman said to her son, winking at the old man.

V

The next day, Kornei rose before anyone else. He climbed down from the stove and kneaded his dried foot rags. With difficulty, he pulled on his stiffened boots and slung his purse over his shoulder.

— Что ж, дед, позавтракал бы? — сказала старуха.

— Спаси бог. Пойду.

— Так вот возьми хоть лепёшек вчерашних. Я тебе в мешок положу.

Корней поблагодарил и простился.

— Заходи, когда назад пойдёшь, живы будем…

На дворе был тяжёлый осенний туман, закрывающий всё. Но Корней хорошо знал дорогу, знал всякий спуск и подъем, и всякий куст, и все ветлы по дороге, и леса направо и налево, хотя за семнадцать лет одни срубили и из старых стали молодыми, а другие из молодых стали старыми.

Деревня Гаи была всё та же, только построились с краю новые дома, каких не было прежде. И из деревянных домов стали кирпичные. Его каменный дом был такой же, только постарел. Крыша была давно не крашена, и на угле выбитые были кирпичи, и крыльцо покривилось.

В то время как он подходил к своему прежнему дому, из скрипучих ворот вышла матка с жеребёнком, старый мерин чалый и третьяк. Старый чалый был весь в ту матку, которую Корней за год до своего ухода привёл с ярмонки.

“Должно, это тот самый, что у неё тогда в брюхе был. Та же вислозадина и та же широкая грудь и косматые ноги,” — подумал он.

Лошадей гнал поить черноглазый мальчишка в новых лаптотках. “Должно, внук, Федькин сын значит, в него черноглазый,” — подумал Корней.

Мальчик посмотрел на незнакомого старика и побежал за заигравшим по грязи стригуном. За мальчиком бежала собака, такая же чёрная, как прежний Волчок.

“Неужели Волчок?” — подумал он. И вспомнил, что тому было бы двадцать лет.

Он подошёл к крыльцу и с трудом взошёл на те ступеньки, на которых он тогда сидел, глотая снег с перил, и отворил дверь в сени.

"What, grandfather, won't you breakfast?" said the old woman.

"God save us. I will go."

"Then take at least some of yesterday's flatbread. I'll put it in your sack."

Kornei thanked her and took his leave.

"Stop in on your way back, so long as we are alive…"

In the yard, a heavy autumn fog covered everything. But Kornei knew the road well, knew every descending slope and rise, knew every bush, knew every willow along the road, knew the woods to the right and to the left, although in seventeen years some had been chopped down and from the old growth grew young trees, while other young trees had become old.

The village of Gai was the same, only there were new homes built on the outer edge that hadn't been there before, and they now had brick homes instead of log ones. His stone house was the same, only older. The roof had not been painted for a long time, the bricks on the corners were broken, and the porch sagged.

While he was walking up to his former home, out of the squeaking gate walked a mare and foal, an old roan gelding and a three-year old colt. The old roan was the spitting image of the mare that Kornei had brought back from the market a year before he'd walked out.

"It has to be the same horse that was in her belly then. He is just as lopsided, has the same wide chest and shaggy legs," he thought.

A black-eyed boy in new bark shoes was driving the horses to water. "That has to be my grandson. Fedya's son, judging by his black eyes," thought Kornei.

The boy looked at the unknown old man and ran after the colt that was frolicking in the mud. After the boy ran a dog, the same black color as the former Wolfie.

"Could that really be Wolfie?" he thought. And then remembered that the dog would already be twenty years old.

He walked up to the porch and, with difficulty, raised himself up on the same steps where he sat once and swallowed snow from the handrail. He opened the door to the *seni*.

— Чего лезешь не спросишь, — окликнул его женский голос из избы. Он узнал её голос. И вот она сама, сухая, жилистая, морщинистая старуха, высунулась из двери. Корней ждал той молодой красивой Марфы, которая оскорбила его. Он ненавидел её и хотел укорить, и вдруг вместо неё перед ним была какая-то старуха. — Милостыни — так под окном проси, — пронзительным, скрипучим голосом проговорила она.

— Я не милостыни, — сказал Корней.

— Так чего же ты? Чего ещё?

Она вдруг остановилась. И он по лицу её увидал, что она узнала его.

— Мало ли вас шляется. Ступай, ступай. С богом.

Корней привалился спиной к стене и, упираясь на клюку, пристально смотрел на неё и с удивлением чувствовал, что у него не было в душе той злобы на неё, которую он столько лет носил в себе, но какая-то умиленная слабость вдруг овладела им.

— Марфа! Помирать будем.

— Ступай, ступай с богом, — быстро и злобно говорила она.

— Больше ничего не скажешь?

— Нечего мне говорить, — сказала она. — Ступай с богом. Ступай, ступай. Много вас, чертей, дармоедов, шляется.

Она быстрыми шагами вернулась в избу и захлопнула дверь.

— Чего ж ругать-то, — послышался мужской голос, и в дверь вошёл с топором за поясом черноватый мужик, такой же, как был Корней сорок лет тому назад, только поменьше и похудее, но с такими же чёрными блестящими глазами.

Это был тот самый Федька, которому он семнадцать лет тому назад подарил книжку с картинками. Это он упрекнул мать за то, что она не пожалела нищего. С ним вместе вошёл, и тоже с топором за поясом, немой племянник. Теперь это был взрослый, с редкой бородкой, морщинистый, жилистый человек, с длинной шеей, решительным

"Why are you sneaking in without asking?" a woman's voice hailed him from the *izba*. He recognized her voice. Then she herself—a dry, wiry, wrinkled old woman—leaned out the door. Kornei expected the same young, beautiful Martha who had insulted him. He hated her and wanted to rebuke her and suddenly, in her place, stood before him some old woman. "Ask for handouts under the window," she said in a shrill, raspy voice.

"I'm not begging," he said.

"What then? What else could you want?"

She suddenly stopped. And he could see in her face that she recognized him.

"Too many of you gadding about. Leave, leave. God be with you."

Kornei leaned his back against the wall and, holding himself up with his walking stick, looked at her closely. He was surprised to feel that his soul was devoid of the hatred he'd felt toward her and carried with him these many years, but instead some kind of tender weakness suddenly came over him.

"Martha! We will die soon."

"Leave, leave, God be with you," she said quickly and angrily.

"You won't say anything else?"

"There's nothing else for me to say," she said. "God be with you. Leave, leave. There's so many of you devils and spongers gadding about."

With quick steps, she returned to the *izba* and slammed the door.

"Why yell like that," a man's voice could be heard, and a dark peasant with an axe tucked in his waist stepped through the door. He was the spitting image of Kornei forty years ago, only shorter and thinner but with the same black, shining eyes.

It was the very same Fedya to whom, seventeen years ago, he had given a book with pictures. It was him who rebuked his mother for not pitying a poor man. Along with him, also with an axe at his waist, came the mute nephew. Now he was a grown, sinewy man with a long neck, sparse beard, wrinkles and a determined and attentively piercing look.

и внимательно пронизывающим взглядом. Оба мужика только позавтракали и шли в лес.

— Сейчас, дедка, — сказал Федор и указал немому сначала на старика, а потом на горницу и показал рукою, как режут хлеб.

Федор вышел на улицу, а немой вернулся в избу. Корней всё стоял, опустив голову, прислонившись к стене и опираясь на клюку. Он чувствовал большую слабость и с трудом удерживал рыдания. Немой вышел из избы с большим пахучим ломтем свежего чёрного хлеба и, перекрестившись, подал Корнею. Когда Корней, приняв хлеб, тоже перекрестился, немой обратился к двери в избу, провёл двумя руками по лицу и начал делать вид, что плюет. Он выражал этим неодобрение тётке. Вдруг он замер и, разинув рот, уставился на Корнея, как будто узнавая. Корней не мог больше удерживать слёзы и, вытирая глаза, нос и седую бороду полою кафтана, отвернулся от немого и вышел на крыльцо. Он испытывал какое-то особенное, умилённое, восторженное чувство смирения, унижения перед людьми, перед нею, перед сыном, перед всеми людьми, и чувство это и радостно и больно раздирало его душу.

Марфа смотрела из окна и спокойно вздохнула только тогда, когда увидала, что старик скрылся за углом дома.

Когда Марфа уверилась, что старик ушёл, она села за стан и стала ткать. Она ударила раз десяток бердом, но руки не шли, она остановилась и стала думать и вспоминать, каким она сейчас видела Корнея, — она знала, что это был он — тот самый, который убивал её и прежде любил её, и ей было страшно за то, что она сейчас сделала. Не то она сделала, что надо было. А как же надо было обойтись с ним? Ведь он не сказал, что он Корней и что он домой пришёл.

И она опять взялась за челнок и продолжала ткать до самого вечера.

Both men had just breakfasted and were on their way to the forest.

"Just a minute, grandfather," said Fedya and gestured to the mute nephew. He pointed first at the old man and then at the room and showed with his hand a motion as if cutting bread.

Fedya stepped into the yard and the mute nephew returned to the *izba*. Kornei still stood there, head lowered, leaning against the wall and on his walking stick. He felt extremely weak and held back his tears with great difficulty. The mute nephew came out of the *izba* with a large, fragrant chunk of fresh black bread and, crossing himself, gave it to Kornei. When Kornei, taking the bread, also crossed himself, the mute nephew turned toward the door of the *izba*, passed his hands over his face, and pretended to spit. He was expressing his disapproval of his aunt. Suddenly, he froze and, opening his mouth, stared at Kornei as if he recognized him. Kornei couldn't hold back his tears any longer and, wiping his eyes, nose and gray beard with his sleeve, he turned away from the mute and stepped out on the porch. He felt a kind of special, tender, ecstatic feeling of peace and humility before folk, before her, before his son, before all people, and this feeling tore at his soul with both joy and pain.

Martha watched through the window and breathed a sigh of relief only when she saw the old man disappear behind the corner of the house.

When Martha made sure the old man had left, she sat at her loom and began to weave. She struck the thread board ten times or so, but her hands wouldn't work, so she stopped and began to think and to recall how Kornei had looked just now. She knew that it had been him—the same who had beat her and had earlier loved her—and she was terrified by what she had just done. She had not done what needed to be done. But how was she to treat him? After all, he didn't say that he was Kornei and had come home.

She again sat at the shuttle and continued to weave until evening.

VI

Корней с трудом добрёл к вечеру до Андреевки и опять попросился ночевать к Зиновеевым. Его приняли.

— Что ж, дед, не пошёл дальше?
— Не пошел. Ослаб. Видно, назад пойду. Ночевать пустите?
— Место не пролежишь. Иди сушись.

Всю ночь Корнея трепала лихорадка. Перед утром он забылся, а когда проснулся, домашние все разошлись по своим делам, и в избе оставалась одна Агафья.

Он лежал на хорах на сухом кафтане, который подостлала ему старуха. Агафья вынимала хлебы из печи.

— Умница, — позвал он её слабым голосом, — подойди ко мне.

— Сейчас, дед, — отвечала она, высаживая хлебы. — Напиться, что ль? Кваску?

Он не отвечал.

Высадив последний хлеб, она подошла к нему с ковшиком кваса. Он не поворотился к ней и не стал пить, а как лежал кверху лицом, так и стал говорить, не поворачиваясь.

— Гаша, — сказал он тихим голосом, — время моё доспело. Я помирать хочу. Так вот ты прости меня Христа ради.

— Бог простит. Что ж, ты мне худого не делал…

Он помолчал.

— А ещё вот что: сходи ты, умница, к матери, скажи ей… странник, мол, скажи… вчерашний странник, скажи…

Он стал всхлипывать.

— А ты разве был у наших?

— Был. Скажи, странник вчерашний… странник, скажи… — опять он остановился от рыданий и, наконец,

VI

With difficulty, Kornei made it back to Andreyevka by evening and again asked to stay the night with the Zinoveyevs. They took him in.

"What's up, grandfather, you didn't go any further?"

"Didn't go. Too weak. It seems, I'll go back. Will you let me stay the night?"

"You won't wear out the bed. Come get dry."

All night, Kornei fought a fever. Before morning, he dozed off, and when he woke all the inhabitants had gone about their business. Only Agafia had stayed at home.

He lay on the shelf above the stove on a dry kaftan that the old woman had spread under him. Agafia was taking bread out of the oven.

"Clever girl," he called to her in a weak voice. "Come here to me."

"Coming, grandfather," she answered, setting aside the loaves. "Thirsty probably? Kvass[1]?"

He didn't answer.

Setting down the last loaf, she brought him a dipper of kvass. He didn't turn to her nor start to drink. Just as he lay with his face to the ceiling, so he began speaking without turning toward her.

"Gasha," he said in a quiet voice, "my time is over. I want to die. Forgive me, for Christ's sake."

"God will forgive you. What of it, you've done no wrong to me…"

He was silent.

"And also: go, clever girl, to your mother and tell her… the stranger says, tell her… the stranger from yesterday, says…

He began sniffling.

"You mean you were at our home?"

"I was. Tell her, the wanderer from yesterday… the wanderer, tell her…" again his words were cut off by sobs, but finally,

---

1   Fermented drink made from black bread, a staple beverage of peasants.

собравшись с силами, договорил: — попрощаться к ней приходил, — сказал он и стал шарить у себя около груди.

— Скажу, дед, скажу. А ты чего ищешь? — сказала Агафья.

Старик, не отвечая, сморщившись от усилия, достал своей худой волосатой рукой бумагу из-за пазухи и подал ей.

— А это вот отдай, кто спросит. Билет мой солдатский. Слава богу, развязались все грехи, — и лицо его сложилось в торжественное выражение. Брови поднялись, глаза уставились в потолок, и он затих.

— Свечку, — проговорил он, не шевеля губами.

Агафья поняла. Достала от икон обгоревшую восковую свечку, зажгла и подала ему. Он прихватил её большим пальцем.

Агафья отошла убрать в сундучок его билет, и когда подошла к нему, свеча валилась у него из руки, и остановившиеся глаза уже не видели, и грудь не дышала. Агафья перекрестилась, задула свечу, достала полотенце чистое и закрыла его лицо.

Во всю ночь эту Марфа не могла заснуть и все думала о Корнее. Наутро она надела зипун, накрылась платком и пошла узнавать, где вчерашний старик. Очень скоро она узнала, что старик в Андреевке. Марфа взяла из плетня палку и пошла в Андреевку. Чем дальше она шла, тем всё страшнее и страшнее ей становилось. "Попрощаемся с ним, возьмем домой, грех развяжем. Пускай хоть помрет дома при сыне," — думала она.

Когда Марфа стала подходить к дочернему двору, она увидала большую толпу народа у избы. Одни стояли в сенях, другие под окнами. Все уж знали, что тот самый знаменитый богач Корней Васильев, который двадцать лет тому назад гремел по округе, бедным странником помер в доме дочери. Изба тоже была полна народа. Бабы перешёптывались, вздыхали и охали.

gathering his strength, he finished, "came to her to bid her farewell." He began fumbling at his chest.

"I will tell her grandfather, I will. What are you looking for?" asked Agafia.

The old man, not answering and grimacing from his efforts, pulled a document out of his bosom with his thin, hairy hand and gave it to her.

"Give this to those who ask. It's my soldier's pass. Praise God, I've gotten rid of all my sins." His face composed a solemn expression. His eyebrows lifted, eyes gaped at the ceiling, and he quieted.

"Candle," he said without moving his lips.

Agafia understood. Taking from the icon a waxy, partially-burned candle, she lit it and gave it to him. He grasped it with his thumb.

Agafia stepped away to put his pass in a box. When she came back to him, the candle was falling out of his fingers, his motionless eyes were already not seeing anything, and his chest wasn't rising. Agafia crossed herself, blew out the candle, took a clean cloth and covered his face.

All that night, Martha could not get to sleep and thought the whole time about Kornei. In the morning, she put on a homespun coat, covered her head in a scarf and went to find out where yesterday's old man was. Very soon, she found out that the old man was in Andreyevka. Martha took a stick out of the lath fence and walked to Andreyevka. The farther she walked, the more and more frightened she felt. "We will forgive him, take him home and undo this sin. Let him, at least, die at home near his son," she thought.

When Martha neared her daughter's yard, she saw a large crowd at the *izba*. They stood in the *seni* and others under the windows. They all knew already that the famous rich man, Kornei Vasilyev—who twenty years ago made such a stir in their district—had died a poor wanderer in his daughter's home. The *izba* was also full of people. Women whispered, sighed and exclaimed.

Когда Марфа вошла в избу и народ расступился, пропуская её, она под снятыми увидала обмытое, убранное, прикрытое полотном мёртвое тело, над которым грамотный Филипп Кононыч, подражая дьячкам, читал нараспев славянские слова Псалтыря.

Ни простить, ни просить прощенья уже нельзя было. А по строгому, прекрасному, старому лицу Корнея нельзя было понять, прощает ли он или ещё гневается.

When Martha went into the *izba*, the people parted and let her through. She saw a dead body laid out, washed, cleaned, covered with a cloth, and above it the educated Philippe Kononich, imitating a deacon, read in a sing-song voice the holy words of the Psalter.

It was no longer possible to ask forgiveness or to forgive. And by the strict, beautiful, old face of Kornei it was impossible to tell if he had forgiven or if he was still angry.

Translated by Danielle Jones with Anna Arustamova.

Questions for Discussion:

1. Why does Kornei return to the village in the beginning of the story? Why does he return at the end? Compare and contrast these visits and the parallels or dissimilarities between them.
2. How is Agashka a product of both of her parents and of her upbringing?
3. Do you think that Kornei forgave Martha at the end of the story? Do you think that Martha forgave him? What is the moral of the story?

Alexander Kuprin

Alexander Ivanovich Kuprin (1870–1938) was born in a small town in the Penza Province into a noble family. At the age of six, Kuprin's father died of cholera, and he was sent to the Razumovsky Pension for orphans of the gentry. Later, he attended the Second Moscow Military High School and Alexander Military School, spending a total of ten years in these elite military institutions where teachers were rigid and physical punishment was common. During this time, Kuprin wrote approximately thirty poems and published his first short story, "The Last Debut" (1889) in a Moscow newspaper. Kuprin's unauthorized publication caused a scandal and cost him several days in the guardroom.

Kuprin loathed serving in the military, but, by his mother's request, upon graduating from the military academy, he joined the infantry near Zhitomir, Ukraine as a sub-lieutenant. During his military service in Ukraine, Kuprin started to publish in local Kiev newspapers both as a journalist and as a writer, gradually developing his style and the scope of his themes. Only an absurd incident involving a forced apology from a police officer prompted him to resign from the army in 1894, and he then moved to Kiev.

He worked a variety of jobs: dentist, land surveyor, actor, circus performer, church singer, doctor and hunter—all of which served as the sources of an endless stream of stories. His first essays were published in Kiev in two collections entitled *Kiev Types* and *Miniatures*. He was not an intellectual writer and didn't pretend to express any "great ideas," but his life was an active and varied one, and he was an astute observer of the curious and exotic. He was willing to adopt and give expression to any point of view and wanted vernacular voices to be heard in literature. His first consideration as a writer was to tell a lively tale.

Kuprin's writing style is an attempt to synthesize artistic and documentary devices. He wrote several stories about the human consciousness, among them "Psyche," "On a Moonlit Night" and "In the Dark." After witnessing the plight of railroad workers, he wrote *Moloch and The Pit*, which narrates the daily routine of prostitutes in the city of Odessa. *The Duel*, his first well-known work, portrays the cruelty of life in a Russian military garrison, and *The Garnet Bracelet* deals with unrequited love, melancholy and suicide.

In 1905, at a time of overall social unrest in Russia, Kuprin was a correspondent in Sevastopol and wrote an essay describing the Ochakov cruiser mutiny. This article resulted in a lawsuit and banishment from the city. In 1909, however, Kuprin was awarded the Pushkin prize alongside Ivan Bunin. With the start of World War I, Kuprin became a military instructor and his house, located in a suburb of St. Petersburg, was transformed into a small military hospital. He left Soviet Russia for Paris after the Bolshevik uprising in 1917, and most of his publications denounced Bolshevik ideology and condemned the decay of Russian culture and the Russian intelligentsia. He lived abroad until falling ill in 1937, when, nostalgic for his homeland, he returned to Leningrad and died of cancer less than a year later.

"The Last Word" (1908) is a compressed psychological study of mankind's intolerance, envy and desire to diminish any genius's creative achievement. Killing an incurable skeptic, the narrator who confesses to the murder, conveys the message that believing skeptics is a choice that will always belong to everyone. In many ways, the *skaz* seems to be a monologue of a man nearing insanity, yet, Kuprin's own voice creeps in along with the moments of humor and irony in the piece. In abstract but effective terms, Kuprin's tale condemns not only skepticism but also the distrust that is perpetrated by man upon his fellow citizen.

Svetlana Malykhina

Последнее Слово

Александр Куприн

Да, господа судьи, я убил его!

Но напрасно медицинская экспертиза оставила мне лазейку, — я ею не воспользуюсь.

Я убил его в здравом уме и твердой памяти, убил сознательно, убежденно, холодно, без малейшего раскаяния, страха или колебания. Будь в вашей власти воскресить покойного — я бы снова повторил мое преступление.

Он преследовал меня всегда и повсюду. Он принимал тысячи человеческих личин и даже не брезговал — бесстыдник! — переодеваться женщиной. Он притворялся моим родственником, добрым другом, сослуживцем и хорошим знакомым. Он гримировался во все возрасты, кроме детского (это ему не удавалось и выходило только смешно). Он переполнил собою мою жизнь и отравил ее.

Всего ужаснее было то, что я заранее предвидел все его слова, жесты и поступки.

Встречаясь со мною, он всегда растопыривал руки и восклицал нараспев:

— А-а! Ко-го я вижу! Сколько ле-ет... Ну? Как здоровье?

И тотчас же отвечал сам себе, хотя я его ни о чем не спрашивал:

— Благодарю вас. Ничего себе. Понемножку. А читали в сегодняшнем номере?...

Если он при этом замечал у меня флюс или ячмень, то уж ни за что не пропустит случая заржать:

— Что это вас, батенька, так перекосило? Нехоро-шо-о-о!

Он наперед знал, негодяй, что мне больно вовсе не от флюса, а от того, что до него еще пятьдесят идиотов предлагали мне тот же самый бессмысленный вопрос. Он жаждал моих душевных терзаний, палач!

The Last Word

Alexander Kuprin

Yes, Gentlemen of the Court, I killed him!

And in vain did the forensic report leave me a loophole—I will not take advantage of it.

I killed him in sound mind and clear memory, killed him conscientiously, with conviction, cold-heartedly, without a shred of remorse, fear or doubt. If it was in your power to raise him from the dead—I would repeat my crime again.

He followed me everywhere all the time. He took on a thousand human disguises and was not even ashamed—the brazen lout!—to dress like a woman. He pretended to be my relative, good friend, coworker and close acquaintance. He feigned all ages except a child's (this didn't succeed for him and only came out comically). He overflowed my life with himself and poisoned it.

The most terrible part was that I foresaw all of his words, gestures and activities.

When we'd meet, he'd always fling out his arms and exclaim in a sing-song voice:

"Ahhh! Whoo doo I see? How many yeears... Well? How's your health?"

And then he'd immediately answer for himself, though I hadn't asked about anything:

"My deepest thanks. Not bad. Little by little. And did you read today's issue?..."

If, during this, he noticed that I had a gumboil or sty, then he would never miss an opportunity to chortle:

"What do you have, old boy, that is disfiguring you so? Not too gooooooood!"

He already knew, the scoundrel, that I was suffering not so much from the gumboil as from the fifty idiots who'd already asked me this same meaningless question. He thirsted for my spiritual agony, the torturer!

Он приходил ко мне именно в те часы, когда я бывал занят по горло спешной работой. Он садился и говорил:

— А-а! Я тебе, кажется, помешал?

И сидел у меня битых два часа со скучной, нудной болтовней о себе и своих детях. Он видел, как я судорожно хватаю себя за волосы и до крови кусаю губы, и наслаждался видом моих унизительных мучений.

Отравив мое рабочее настроение на целый месяц вперед, он вставал, зевая, и произносил:

— Всегда с тобой заболтаешься. А меня дела ждут.

На железной дороге он всегда заводил со мною разговор с одного и того же вопроса:

— А позвольте узнать, далеко ли изволите ехать?

И затем:

— По делам или так?

— А где изволите служить?

— Женаты?

— Законным? Или так?

О, я хорошо изучил все его повадки. Закрыв глаза, я вижу его, как живого. Вот он хлопает меня по плечу, по спине и по колену, делает широкие жесты перед самым моим носом, от чего я вздрагиваю и морщусь, держит меня за пуговицу сюртука, дышит мне в лицо, брызгается. Вот он часто дрожит ногой под столом, от чего дребезжит ламповый колпак. Вот он барабанит пальцами по спинке моего стула во время длинной паузы в разговоре и тянет значительно: "Н-да-а," и опять барабанит, и опять тянет: "Н-да-а." Вот он стучит костяшками пальцев по столу, отхаживая отыгранные пики и прикрякивая: "А это что? А это? А это?…" Вот в жарком русском споре приводит он свой излюбленный аргумент:

— Э, батенька, ерунду вы порете!

— Почему же ерунду? — спрашиваю я робко.

— Потому что чепуху!

Что я сделал дурного этому человеку, я не знаю. Но он поклялся испортить мое существование и испортил.

He visited me exactly at those hours when I was up to my neck in pressing work. He'd take a seat and say:

"Ahhh! It seems I may be bothering you?"

Then he'd sit and pack me for two hours with his boring, tedious blather about himself and his children. He could see how I frantically pulled at my hair and bit my lips till they bled, and he relished the sight of my humiliating torment.

Having poisoned my working concentration for the whole month ahead, he'd stand, yawn and declare:

"You always make me stay and chat. But I have things to do."

On the train, he'd strike up a conversation with me with the one and same question:

"Allow me to ask, are you planning to travel far?"

And then:

"Are you on business or pleasure?"

"Where do you serve?"

"Are you married?"

"Is it a legal marriage? Or, you know?"

Oh, how well I learned all of his habits. Closing my eyes, I can see him as if he was alive. How he'd slap me on the shoulder, on the back and on the knee; how he'd make broad gestures right in front of my nose that would make me shudder and shiver; how he'd grab me by the buttons of my jacket, breathe in my face, spray spittle on me. How he'd frequently bump his leg under the table so that the glass in the lamp would rattle. How he'd drum his fingers on the back of my chair during a long pause in one of his tirades and draw out an evocative, "Welllll," and again drum his fingers and again draw out: "Welllll;" how he would rap his knuckles on the table when he discarded spades and croak: "And what is this? And this? And this?…" How, into the heat of a Russian dispute, he'd bring his favorite argument:

"Ah, old man, you're driveling nonsense."

"Why is it nonsense?" I'd ask timidly.

"Because it's rubbish!"

How I wronged this man, I don't know. But he vowed to ruin my existence and succeeded. Thanks to him, I now feel a

Благодаря ему я чувствую теперь глубокое отвращение к морю, луне, воздуху, поэзии, живописи и музыке.

— Толстой? — орал он и устно, и письменно, и печатно. — Состояние перевел на жену, а сам... А с Тургеневым-то он как... Сапоги шил... Великий писатель земли русской... Урра!...

— Пушкин? О, вот кто создал язык. Помните у него: "Тиха украинская ночь, прозрачно небо..." А жена то его, знаете, того... А в Третьем отделении, вы знаете, что с ним сделали? А помните... тсс... здесь дам нет, помните, как у него эти стишки:

> Едем мы на лодочке,
> Под лодочкой вода...

— Достоевский?... Читали, как он однажды пришел ночью к Тургеневу каяться... Гоголь — знаете, какая у него была болезнь?

Я иду на выставку картин и останавливаюсь перед тихим вечерним пейзажем. Но он следил, подлец, за мною по пятам. Он уже торчит сзади меня и говорит с апломбом:

— Очень мило нарисовано... даль... воздух... луна совсем как живая... Помнишь, Нина, у Типяевых приложение к "Ниве?" Есть что-то общее...

Я сижу в опере, слушаю "Кармен." Но он уже тут как тут. Он поместился сзади меня, положил ноги на нижний ободок моего кресла, подпевает очаровательному дуэту последнего действия, и я с ненавистью чувствую каждое движение его тела. И я также слышу, как в антракте он говорит умышленно громко, специально для меня:

— Удивительные пластинки у Задодадовых. Настоящий Шаляпин. Просто и не отличить.

deep revulsion toward the sea, the moon, the air, poetry, painting and music.

"Tolstoy?" he'd cry out loud, in writing and in print, "he
gave his wealth away to his wife and for himself… And with
Turgenev, well, he… was a bootmaker… The great writer of the
Russian land. Hurrah!"

"Pushkin? Oh, now he created language. Remember his line:
'The Ukrainian night was quiet, the sky transparent[1]…' and his
little wifey, you know, was one of those… And in the Third Department[2], you know what they did with him? And remember…
shh… there are no ladies here, remember how these rhymes go:

> Floating along in a boat,
> Under the boat, water…

"Dostoyevsky? Did you read how one night he came to Turgenev's to repent… Gogol, you know, what kind of a sickness
he had?"

I'd go to a painting exhibition and stop in front of a quiet evening landscape. But he followed me, the rogue, on my heels. He
was already peering over my shoulder and saying with aplomb:

"Very sweetly painted… the distance… the air… the moon
seems to be alive… Remember, Nina, the Tipyaevs' addendum
to the *Niva*[3]? There seems to be something similar…"

I sit at the opera listening to Carmen. But he's already right
there. He took a place behind me, put his feet on the lower rung
of my chair and sings along with the charming duet of the last
act—and I, with loathing, feel every movement of his body. I
also hear during the interlude, how he speaks intentionally
loudly, especially for me:

"Zadodadovs have marvelous records. A real Shalyapin[4].
Simply can't tell the difference."

1   From Pushkin's "Poltava," second song.
2   The Third Department of the Tsar's Chancellery was responsible for political
crimes, censorship and religious sects.
3   *Niva* was a literary magazine of the time.
4   Fyodor Ivanovich Shalyapin (1873–1938), renowned Russian bass singer who
performed in the Bolshoi and Mariinsky theaters.

Да! Это он, не кто, как он, изобрел шарманку, граммофон, биоскоп, фотофон, биограф, фонограф, ауксето-фон, патефон, музыкальный ящик монопан, механического тапера, автомобиль, бумажные воротники, олеографию и газету.

От него нет спасения! Иногда я убегал ночью на глухой морской берег, к обрыву, и ложился там в уединении. Но он, как тень, следовал за мною, подкрадывался ко мне и вдруг произносил уверенно и самодовольно:

— Какая чудная ночь, Катенька, не правда ли? А облака? Совсем как на картине. А ведь попробуй художник так нарисовать — ни за что не поверят.

Он убил лучшие минуты моей жизни — минуты любви, милые, сладкие, незабвенные ночи юности. Сколько раз, когда я брел под руку с молчаливым, прелестным, поэтичным созданием вдоль аллеи, усыпанной лунными пятнами, он, приняв неожиданно женский образ, склонял мне голову на плечо и произносил голосом театральной инженю:

— Скажите, вы любите природу? Что до меня — я безумно обожаю природу.

Или: — Скажите, вы любите мечтать при луне?

Он был многообразен и многоличен, мой истязатель, но всегда оставался одним и тем же. Он принимал вид профессора, доктора, инженера, женщины-врача, адвоката, курсистки, писателя, жены акцизного надзирателя, помещика, чиновника, пассажира, посетителя, гостя, незнакомца, зрителя, читателя, соседа по даче. В ранней молодости я имел глупость думать, что все это были отдельные люди. Но он был один. Горький опыт открыл мне, наконец, его имя. Это — русский интеллигент.

Если он не терзал меня лично, то повсюду он оставлял свои следы, свои визитные карточки. На вершине Бештау и Машука я находил оставленные им апельсинные корки, коробки из-под сардинок и конфетные бумажки. На камнях

Yes! It was him, no one but him, who invented the barrel organ, gramophone, bioscope, photophone, biographer, record player, auxetophone, portable phonograph, music box, mechanical piano, automobile, paper collar, oleograph and newspaper.

From him, there's no salvation! Sometimes, I would run away at night to a soundless ocean shore, to a cliff, and lie there in solitude. But he, like a shadow, followed after me, snuck up behind me and spoke suddenly with confidence and self-satisfaction:

"What a wondrous night, Katenka, isn't it? And the clouds? Just like in a picture. Although if an artist was to try to paint them like that—no one would believe him for anything."

He killed the best minutes of my life—moments of love, the precious, sweet, unforgettable nights of my youth. However many times, I walked along with a silent, adorable, poetic creature on my arm along an alley sprinkled with moonlight, he would take on an unexpected female figure who laid her head on my shoulder and said with the voice of a theatrical ingénue:

"Tell me, do you love nature? As for me, I madly adore nature."

Or: "Tell me, do you love to dream under the moon?"

He took on many forms and figures, my tormentor, but always stayed the one and the same. He took the likeness of a professor, doctor, engineer, female doctor, lawyer, female student, writer, wife of an excise tax officer, landowner, official, passenger, visitor, guest, stranger, audience member, reader and dacha neighbor. In my early youth, I had the foolishness to believe that they were all different people. But he was one. Bitter experience revealed to me, finally, his name. It is—the Russian intellectual.

If he didn't torture me personally, then he left his traces everywhere, his business cards. On the peaks of Beshtau and Mashuk[1], I found where he left orange peels, sardine tins and candy wrappers. On the stones of Alupka[2], at the top of

---

1 Two mountains near the city of Pyatigorsk in the Northern Caucasus.
2 A resort city in Crimea in southern Ukraine.

Алупки, на верху Ивановской колокольни, на гранитах Иматры, на стенах Бахчисарая, в Лермонтовском гроте — я видел сделанные им надписи:

"Пуся и Кузики, 1903 года, 27 февраля."

"Иванов."

"А. М. Плохохвостов из Сарапула."

"Иванов."

"Печорина."

"Иванов."

"М. Д... П. А. Р... Талочка и Ахмет."

"Иванов."

"Трофим Живопудов. Город Самара."

"Иванов."

"Адель Соловейчик из Минска."

"Иванов."

"С сей возвышенности любовался морским видом С. Никодим Иванович Безупречный."

"Иванов."

Я читал его стихи и заметки во всех посетительских книгах; и в Пушкинском доме, и в Лермонтовской сакле, и в старинных монастырях. "Были здесь Чику-новы из Пензы. Пили квас и ели осетрину. Желаем того же и вам." "Посетил родное пепелище великою русского поэта, учитель чисто-писания Воронежской мужской гимназии Пистоль."

> "Хвала тебе, Ай-Петри великан,
> В одежде царственной из сосен!
> Взошел сегодня на твой мощный стан
> Штабс-капитан в отставке Просин."

Ivan's bell tower[1], on the granite of Imatra[2], on the walls of Bakhchysarai[3], in Lermontov's grotto, I saw the scribbles he wrote:

"Pusya and Kuziki, February 27, 1903."

"Ivanov."

"A.M. Plokhohvostov of Sarapul[4]."

"Ivanov."

"Pechorina."

"Ivanov."

"M.D... P. A. R... Talochka and Akhmed."

"Ivanov."

"Trofim Zhivopudov. City of Samara[5]."

"Ivanov."

"Adele Soloveitchik from Minsk[6]."

"Ivanov."

"From this elevated position, the sea view was enjoyed by S. Nicodim Ivanovich Bezuprechniy."

"Ivanov."

I read his poems and notes in all the guest books: in Pushkin's home, in Lermontov's *saklya*[7], and in ancient monasteries. "Here were Chiku-novy from Penza[8]. We drank *kvass* and ate sturgeon. We wish the same for you." "Visited the native hearth and home of the great Russian poet. Teacher of handwriting at the Voronezh men's school Pistole."

"Praise to you, Oh, Peter the Great
In the regal clothes of pines!
Prosin, the retired captain of the quarters
Walked today upon your powerful figure."

---

1 The Bell Tower of Ivan the Great is located in the Kremlin in Moscow.
2 A town in eastern Finland near the Finnish–Russian border.
3 A city in central Crimea in southern Ukraine.
4 A river port city on the Kama River in the Udmurt Republic.
5 A city located in the southeastern part of European Russia on the Volga River.
6 The capital and largest city of Belarus.
7 A type of stone monument erected by inhabitants of the Caucasus.
8 A city on the Sura River, southeast of Moscow.

Стоило мне только раскрыть любую русскую книгу, как я сейчас же натыкался на него. "Сию книгу читал Пафнутенко." "Автор дурак." "Господин автор не читал Карла Маркса." Или вдруг длинная и безвкусная, как мочалка, полемика карандашом на полях. И, конечно, не кто иной, как он, загибал во всех книгах углы, вырывал страницы и тушил книгой стеариновые свечки.

Господа судьи! Мне тяжело говорить дальше... Этот человек поругал, осмеял и опошлил все, что мне было дорого, нежно и трогательно. Я боролся очень долго с самим собою... Шли года. Нервы мои становились раздражительнее... Я видел, что нам обоим душно на свете. Один из нас должен был уйти.

Я давно уже предчувствовал, что какая-нибудь мелочь, пустой случай толкнет меня на преступление. Так и случилось.

Вы знаете подробности. В вагоне было так тесно, что пассажиры сидели на головах друг у друга. А он с женой, с сыном, гимназистом приготовительного класса, и с кучей вещей занял две скамейки. Он на этот раз оделся в форму министерства народного просвещения. Я подошел и спросил:

— Нет ли у вас свободного места?

Он ответил, как бульдог над костью, не глядя на меня:

— Нет. Тут еще один господин сидит. Вот его вещи. Он сейчас придет.

Поезд тронулся. Я нарочно остался стоять подле. Проехали верст десять.

Господин не приходил. Я нарочно стоял, молчал и глядел на педагога. Я думал, что в нем не умерла совесть.

Напрасно. Проехали еще верст с пятнадцать. Он достал корзину с провизией и стал закусывать. Потом они пили чай. По поводу сахара произошел семейный скандал.

— Петя! Зачем ты взял потихоньку кусок сахару?

— Честное слово, ей-богу, папаша, не брал. Вот вам ей-богу.

I only needed to open a favorite Russian book to immediately stumble upon him: "This book was read by Pafnutenko." "The author is a fool." "Mr. Author has not read Karl Marx." Or suddenly a long and tasteless—like a sponge—polemic written in pencil in the margin. And, of course, it was none other than him bending every corner of every book, tearing out pages, and using the book to extinguish waxy candles.

Gentlemen of the Court! It is difficult for me to speak further... This person desecrated, ridiculed and vulgarized all that was to me valuable, gentle and touching. I fought for a long time with myself... The years went by. My nerves frayed... I saw it was too cramped in the world for both of us. One would have to go.

Already, long ago, I had a premonition that some kind of trifle, some meaningless incident, would force me into a crime. That's exactly what happened.

You know the details. The train was so crowded that passengers sat on one another's heads. And he with his wife and son—a high school preparatory student—took up two benches with their pile of belongings. This time he was dressed in the uniform of the Ministry of Public Education. I walked up and asked:

"Is there an empty spot here?"

He answered like a bulldog on a bone, not looking up at me:

"No. One other gentleman is sitting here. Here are his things. He'll soon come."

The train started moving. I purposefully stood nearby. We travelled about ten versts.

No gentleman came. I stood there on purpose, without speaking, and stared at the pedagogue. I thought that his conscience must not have died.

In vain. We travelled another fifteen versts or so. He took out his basket of food and began to eat. Then they drank tea. A family scandal arose because of the sugar.

"Petya, why did you sneak a lump of sugar?"

"Word of honor, by God, Papa, I didn't take one. Here you go, I swear by God."

— Не божись и не лги. Я нарочно пересчитал утром. Было восемнадцать кусков, а теперь семнадцать.

— Ей-богу!

— Не божись. Стыдно лгать. Я тебе все прощу, но лжи не прощу никогда. Лгут только трусы. Тот, кто солгал, тот может убить, и украсть, и изменить государю и отечеству...

И пошло, и пошло... Я эти речи слыхал от него самого еще в моем бедном детстве, когда он был сначала моей гувернанткой, а потом классным наставником, и позднее, когда он писал публицистику в умеренной газете.

Я вмешался:

— Вот вы браните сына за ложь, а сами в его присутствии лжете, что это место занято каким-то господином. Где этот господин? Покажите мне его.

Педагог побагровел и выкатил глаза.

— Прошу не приставать к посторонним пассажирам, когда к вам не обращаются с разговорами. Что это за безобразие, когда каждый будет приставать? Господин кондуктор, заявляю вам. Вот они все время нахально пристают к незнакомым. Прошу принять меры. Иначе я заявлю в жандармское управление и занесу в жалобную книгу.

Кондуктор пожурил меня отечески и ушел. Но педагог долго не мог уняться...

— Раз вас не трогают, и вы не трогайте. А еще в шляпе и в воротничке, по-видимому, интеллигент... Если бы это себе позволил мужик или мастеровой... А то интеллигент!

Интел-ли-гент! Палач назвал меня палачом! Кончено... Он произнес свой приговор.

Я вынул из кармана пальто револьвер, взвел курок и, целясь педагогу в переносицу, между глаз, сказал спокойно:

— Молись.

Он, побледнев, закричал: — Карррау-у-ул!

Это слово было его последним словом. Я спустил курок.

"Don't take the Lord's name in vain and don't lie. I counted them on purpose this morning. There were eighteen pieces, and now there are seventeen."

"I swear by God!"

"Don't take the Lord's name in vain. It's shameful to lie. I will forgive you everything, but lies I will never forgive. Only cowards lie. The one who lies is the one who could murder and steal and betray his sovereign and fatherland…"

And on and on… These speeches I'd already heard from him in my miserable youth when he was first my governess, and then my classroom teacher, and later when he wrote editorials in a moderate journal.

I interrupted:

"Look, you berate your son for lying, and you yourself in his presence lied that this place was taken by some gentleman. Where is this gentleman? Show him to me."

The pedagogue turned purple and his eyes bulged.

"I'll ask you to not badger unknown passengers when they have not included you in their conversation. What is this outrage when everyone can be so badgered? Mr. Conductor, I am reporting to you. Look, he keeps on rudely infringing on strangers. I ask you to take measures. Otherwise, I will report to the police station and lodge a grievance in the complaint book."

The conductor chided me paternally and left. But, for a long time, the pedagogue wouldn't calm down…

"Since no one is disturbing you, don't disturb them. And by your hat and collar, it seems you're an intellectual. If a peasant or mechanic had allowed himself to… but an intellectual!"

In-tel-lect-ual! The hangman called me an executioner! It was over… He had pronounced his own sentence.

I pulled from the pocket of my coat a revolver, cocked the trigger, aimed it at the bridge of the pedagogue's nose and said calmly:

"Pray."

Paling, he screamed: "Guaaaaard!"

That word was his last word. I pulled the trigger.

Я кончил, господа судьи. Повторяю: ни раскаяния, ни жалости нет в моей душе. Но одна ужасная мысль гложет меня и будет глодать до конца моих дней — все равно, проведу я их в тюрьме или в сумасшедшем доме: "У него остался сын! Что, если он унаследует целиком отцовскую натуру?"

I've finished, Gentlemen of the Court. I repeat: no repentance, no pity is in my soul. But one terrible thought eats at me and will gnaw me until the end of my days—no matter whether I spend them in prison or in the crazy house: He has left a son! What if he inherits completely his father's nature?

Translated by Danielle Jones with Natalya Russkikh.

Questions for Discussion:

1. What can you surmise about the role of the Russian intellectual in society at the time this story was written? What was Kuprin's attitude toward him?
2. This *skaz* is written as a monologue addressed to the "Gentlemen of the Court." How does this inform the story? The *skaz* format?
3. If you were a member of the jury, how would you respond to the narrator's defense?

Andrei Bely

Andrei Bely was the pen name of Boris Nikolaevich Bugaev (1880–1934), a prominent intellectual, novelist, poet and critic. Born into the family of a well-known professor of mathematics at Moscow University, Bely showed an early talent for mathematics and music and earned a degree in natural science. He realized, however, that his real interest lay in poetry and writing. His poetry collections and prose "symphonies" began to appear in print in 1902. Critical response to his first novel and his earlier stories generally acknowledged his significant talents as a leading poet among the Russian "young" symbolists.

An erudite, Bely had both a deep and broad familiarity with philosophy and also read widely in the fields of linguistics, Greek mythology, Old and New Testaments and was knowledgeable in contemporary mystical literature. He was also well versed in classical Greek and Latin, as well as modern languages like German and French. In his works, he frequently referred to several literary and philosophical schools which he was influenced by and deeply interested in such as Symbolism and neo-Kantianism and the notion of entropy. Hence, his writings make enormous demands on his readers as he was convinced they would understand the references.

The October Revolution in 1905 did not change his interest in mysticism but added the focus of life under revolutionary conditions. The following year, when the political situation worsened along with his complicated relationship with the writer Aleksander Blok and his unrequited love for Blok's wife, Lyubov, he left Russia for Munich. His travels opened his eyes and mind in new ways and this period can be considered the beginning of his true literary career. He became acquainted with Rudolf Steiner, the founder of the doctrine of anthroposophy, who became his spiritual mentor for many years. When he returned to Russia, he started his first novel, *The Silver Dove* (1909), a

tale about a town's religious sect and an outsider's reaction to it. Next, he concentrated on the individual's idiosyncratic perceptions of the enigmatic artistic capital of Russia which led to his blockbuster novel, *Petersburg* (1913)—a montage of experiences about the October Revolution and the turn-of-the-century atmosphere in St. Petersburg. It was conceived as a sequel to *The Silver Dove* and became one of the greatest novels of the 20th century and the work for which Bely is best remembered. The novel is known for its synesthesia (correspondence between sounds and colors) and highly personal yet symbolic narrative. While poetry remained the Symbolists' preferred vehicle of expression, *Petersburg* quickly became accepted as a Symbolist masterpiece.

This period of writing, approximately 1908-1922, produced Bely's most stylistically complex works which were characterized by fragmentation, genre-mixing, asynchronous plotless narratives, wordplay, allusiveness, mixed lexicons and other ornamental devices. During this time, Bely also wrote *Kotik Letaev,* which is a thinly-veiled autobiography of the author. The novel's chaotic form reflects a child's consciousness saturated with language sounds that echo his existence and identity. Perhaps the most intriguing aspect of the work was how Bely interrelated images and concepts from a child's viewpoint using language that could not realistically be that of a young child.

As Stalin consolidated his power in the Soviet Union, restrictive cultural policies and increased political censorship continued to limit artistic diversity of expression and content. Bely became a target of criticism from Marxist critics who accused more expressive writers of trying to escape the rationalistic Communist reality by withdrawing into the unconscious. Criticism focused not only on the aesthetics of Bely's works, but also on him personally and his creative processes. While many writers embraced the new government after the downfall of the tsarist regime, Bely found it impossible to adapt and chose to emigrate to Berlin in 1922.

In Germany, he immersed himself in a whirlwind of intellectual activities, taking part in the Klub Pisatelei (Writers' Club)

and attending with fellow expatriates meetings of the Free Philosophical Society (Vol'fila) and the House of Arts. He put an end to his affection with anthroposophy and divorced his wife Asya Turgeneva. He published *Notes of an Eccentric*, the autobiographical account of the years he spent in Europe with Asya and Steiner, nine other new works, several reprints of older works and a revised version of *Petersburg*. Curiously, he found himself an apologist and interpreter of the revolution, and his own experiences in different cultures engendered new perceptions of his homeland. Disillusioned with life abroad, he renounced his emigration and returned to Russia. His works written in the early 1930's during the last years of his life included greater emphasis on rhythm in poems while continuing his exploration of the aesthetic and substantive qualities of the writing process. He died in 1934 in Moscow.

"Our Village" is the first chapter of the novel *The Silver Dove*, which was intended to be the first part of a trilogy based on an East-West dichotomy. The backwoods village of Tselebeyevo is located to the east of westernized Gugolevo. As the first-person narrative unfolds, the reader realizes that the author and the protagonist are not the same person. We hear the cheerful voice of a narrator from Tselebeyevo, whose rich and nuanced descriptions create an exceptional viewpoint of a pseudo-author. The perspective of the narrator is the most interesting aspect of Bely's genre. What is crucial in this perspective is the repetition of key words or of sounds in different words. For example, the reader can hear the repetition of the root 'dukh,' which in Russian can be rendered as spirit, mind, ghost, spectre, and shade, appear in words like 'vozdukh' (air), 'dushnyi' (stuffy), 'dushit' (to stifle) at significant points of the narration throughout the story. These turn Bely's prose into verse. Additionally, the text is full of dialect, onomatopoeia, idiosyncratic usages and made-up words.

Svetlana Malykhina

Наше Село

Андрей Белый

Ещё, и ещё в синюю бездну дня, полную жарких, жестоких блесков, кинула зычные клики целебеевская колокольня. Туда и сюда заёрзали в воздухе над нею стрижи. А душный от благовонья Троицын день обсыпал кусты лёгкими, розовыми шиповниками. И жар душил грудь; в жаре стеклянели стрекозиные крылья над прудом, взлетали в жар в синюю бездну дня, — туда, в голубой покой пустынь. Потным рукавом усердно размазывал на лице пыль распаренный сельчанин, тащась на колокольню раскачать медный язык колокола, пропотеть и поусердствовать во славу Божью. И ещё, и ещё клинькала в синюю бездну дня целебеевская колокольня; и юлили над ней, и писали, повизгивая, восьмёрки стрижи. Славное село Целебеево, подгородное; средь холмов оно да лугов; туда, сюда раскидалось домишками, прибранными богато, то узорной резьбой, точно лицо заправской модницы в кудряшках, то петушком из крашеной жести, то размалёванными цветиками, ангелочками; славно оно разукрашено плетнями, садочками, а то и смородинным кустом, и целым роем скворечников, торчащих в заре на согнутых мётлах своих: славное село! Спросите попадью: как приедет, бывало, поп из Воронья (там свёкор у него десять годов в благочинных[1]), так вот: приедет это он из Воронья, снимет рясу, облобызает дебелую свою попадьиху, оправит подрясник, и сейчас это: "Схлопочи, душа моя, самоварчик". Так вот: за самоварчиком вспотеет и всенепременно умилится: "Славное наше село!" А уж попу, как сказано, и книги в руки; да и не таковский поп: врать не станет.

В селе Целебееве домишки вот и здесь, вот и там, и там: ясным зрачком в день косится одноглазый домишка, злым косится зрачком из-за тощих кустов; железную свою

1 Priests performing administrative oversight over a number of churches.

Our Village

Andrei Bely

Again and again into the bottomless blue day filled with hot, cruel brilliance, the Tselebeyevo bell tower cast its sonorous cries. Here and there flitted in the air above it swifts; the stifling-from-incense Pentecost day strew bushes with light, pink wild rose petals. And the heat smothered the chest. Glassy dragon-fly wings flew in the heat above the pond, into the heat of the blue bottomless day—there, into the blue peace of the deserts. A perspiring villager trudging to the bell tower to ring the copper tongue of the bell diligently smeared the dust on his face with a sweaty sleeve—sweltering work and assiduously done for the glory of God. And again and again, tinkled into the blue, bottomless day the Tselebeyevo bell tower; and flitting over it, the swifts, cheeping, wrote figure-eights in the air. A glorious village: Tselebeyevo. Not far from the city, it sits among hills and meadows. Here and there are scattered cottages richly decorated either with gingerbread around the windows, just like the face of a true genuinely-stylish dame with curls, or with roosters cut from colored tin or with painted flowers, little angels. Known for wicker fences, gardens and the occasional blackberry bush and a whole cloud of birdhouses jutting into the sunrise on their bent broom handles: a glorious village! Ask the priest's wife how it is when her husband returns from Voronye (his father-in-law has been the rural dean there for ten years). This is how: he arrives from Voronye, removes his robe, smooches his plump wife, straightens his undergarments and then, "Fire up, my soul mate, the samovar." And so, at the samovar, he sweats and is necessarily moved to say, "Glorious—our village!" And this priest, as they say, is "books in hand[1];" he is not one of *those* priests: he won't stand for lies.

In the village of Tselebeyevo, cottages are here and there. And over there, the clear pupil of a one-eyed cottage squints into the day, another pupil squints evilly from under scraggly bushes; the

---

1 Idiomatic expression meaning: knowledgeable and therefore respectable.

выставит крышу — не крышу вовсе: зелёную свою выставит кику гордая молодица; а там робкая из оврага глянет хата: глянет, и к вечеру хладно она туманится в росной своей фате.

От избы к избе, с холма да на холмик; с холмика в овражек, в кусточки: дальше — больше; смотришь — а уж шепотный лес струит на тебя дрему; и нет из него выхода.

Посередь села большой, большой луг; такой зелёный: есть тут где разгуляться, и расплясаться, и расплакаться песенью девичьей; и гармошке найдётся место — не то, что какое гулянье городское: подсолнухами не заплюёшь, ногами не вытопчешь. А как завьётся здесь хоровод, припомаженные девицы, в шелках, да в бусах, как загикают дико, а как пойдут ноги в пляс, побежит травная волна, заулюлюкает ветер вечерний — странно и весело: не знаешь, что и как, как странно, и что тут веселого… И бегут волны, бегут; испуганно побегут они по дороге, разобьются зыбким плеском: тогда всхлипнет придорожный кустик, да космáтый вскочет прах. По вечерам припади ухом к дороге: ты услышишь, как растут травы, как поднимается большой жёлтый месяц над Целебеевом; и гулко так протарарыкает телега запоздалого однодворца.

Белая дорога, пыльная дорога; бежит она, бежит; сухая усмешка в ней; перекопать бы её — не велят: сам поп намедни про то разъяснял… "Я бы, — говорит и сам от того не прочь, да земство…" Так вот проходит дорога тут, и никто её не перекапывает. А то было дело: выходили мужики с заступами…

Смышлёные люди сказывают, тихо уставясь в бороды, что жили тут испокон веков, а вот провели дорогу, так сами ноги по ней и уходят; валандаются парни, валандаются, подсолнухи лущат — оно как будто и ничего сперва; ну, а потом как махнут по дороге, так и не возвратятся вовсе: вот то-то и оно.

metal on its roof—it can't even really be called a roof, sticking up like the green *keeka*[1] of a proud young peasant woman. And over there, timidly, a hut looks out from the ravine. Looks out, and near evening, when it cools off, becomes fogged in a dewy veil.

From *izba* to *izba*, from hill to hill, from knoll to ravine, to shrubs: farther, larger. Keep looking and already the whispering forest murmurs you into a reverie and from there, there is no exit.

The middle of the village is a large, large meadow: so green! It has places for merrymaking, to dance and for maidens to wail songs. And the accordion can find its place there too. Our celebrations can't be compared to city gatherings where you can't spit sunflower seeds and can't trample down anything with your feet. And how our bedecked maidens circle here for folk dances, dressed in silk and beads. How they wildly chirp and how their legs take up the dance, the grass itself runs in a wave and the evening wind yodels—strange and merry. No one knows what or how, how strange this is and what the merriment is about… and run, the waves, run; terrified, they run down the road and break into tremulous splashes. Then the roadside bushes whimper and the disheveled dust jumps. In the evenings, put your ear to the road. You will hear how grows the grass, how rises the large yellow moon over Tselebeyevo and the loud bang of a bouncing cart of a late smallholder[2].

White road, dusty road: runs, she runs. There's a dry sneer in her. Some would dig her up, but it's not allowed. The priest himself explained it not long ago… "I would not," he said, "be against it, but the district council…" So that's how the road passes here, and no one is going to dig it up. Once there was an occurrence: men with spades came out…

Clever people say, quietly staring into their beards, that they've lived this way since the beginning of time and the road has always been this way, and once the road appeared, the legs walked away all by themselves. Wander, the lads, wander, chewing on sunflower seeds—it's fine in the beginning. Later, they hit the road and never come back, this is how it is.

---

1   A scarf with ends tied up like horns, traditionally worn by married women.
2   Literally "one-yard men," smallholders usually owned one household with some land and were positioned socially between peasants and nobility.

Врезалась она сухой усмешкой в большой зелёный целебе-
евский луг. Всякий люд гонит мимо неведомая сила — возы,
телеги, подводы, нагруженные деревянными ящиками с бу-
тылями казёнки для "винополии;" возы, телеги, народ подо-
рожный гонит: и городского рабочего, и Божьего человека,
и "сицилиста" с котомкой, урядника, барина на тройке —
валом валит народ; к дороге сбежались гурьбой целебеевские
избёнки — те, что поплоше да попоганее, с кривыми крыша-
ми, точно компания пьяных парней с набок надвинутыми
картузами; тут и двор постоялый, и чайная лавка — вон там,
где свирепое пугало шутовски растопырило руки и грязную
свою из тряпок кажет метёлку — вон там: ещё на нём каркает
грач. Дальше — шест, а там — поле пустое, большое. И бежит,
бежит по полю белая да пыльная дороженька, усмехается на
окрестные просторы, — к иным полям, к иным сёлам, к слав-
ному городу Лихову, откуда всякий народ шляется, а иной раз
такая весёлая компания прикатит, что не дай Бог: на машинах
— городская мамзель в шляпёнке да стрекулист, или пьяные
иконописцы в рубашках фантазиях с господином шкубентом
(чёрт его знает!). Сейчас это в чайную лавку, и пошла потеха;
к ним это парни целебеевские подойдут и, ах, как горланят:
"За гаа-даа-ми гоо-дыы... праа-хоо-дяя-т гаа-даа... пааа-аа-
гиб яяя маа-аа-ль-чии-ии-шка, паа-гии-б наа-всии-гдаа..."

With dry laughter, she cuts right through the large, green Tselebeyevo meadow. Every person is driven past by an unknown force—carts, wagons, carriages weighted down by wooden crates with bottles of *kazenka*[1] for the "vinopoly;" carts, wagons, travelers are propelled onward—the city worker and the person of God, the "sitsilist[2]" with a knapsack, the police sergeant, the nobleman behind a troika—crowds of people. To the road rush throngs of little Tselebeyevo *izbas*—those that are bad and those that are shoddier with crooked roofs like a group of drunk lads with crunched caps askew on their heads. Nearby is the way station and tea shop— over there, where the fierce scarecrow spreads his arms clownishly and shows his dirty broom made of rags, over there: there's a rook crowing on him too. Farther—a pole, and over there, a field, empty and large. And runs, runs through the field, the white and dusty road laughing at the spaces it crosses to unknown fields, to unknown villages, to the divine city of Likhov from which all kinds of people wander. Sometimes, even that kind of merry company rolls in—God forbid—on wheels: a city mademoiselle in a bonnet and a *strekulist*[3], or drunken icon painters in fantastic blouses with a gentleman student (the devil only knows!). Straight to the tea shop and then the merriment ensues; Tselebeyevo lads go up to them and oh, how loudly croon: "Yea—arrr aft-eeerrr ye-eeear... goesssss byyyy... Di-eeeed I, a boooooy, di-eed for-rrrrever more!"

Translated by Danielle Jones with Anna Arustamova.

Questions for Discussion:

1. What figures of speech are included in the text? How do these affect the story?
2. How is the village of Tselebeyevo contrasted with larger cities?
3. How is the road described and personified? According to the narrator, what is the road responsible for? Guilty of?

---

1   Vodka sold in state-owned liquor stores. "Vinopoly" refers to the state-owned monopoly on vodka sales, introduced in Russia in 1895.
2   Distortion of "socialist."
3   Junior officer, with the double meaning of someone who is a trickster.

Ivan Bunin

Ivan Alekseyevich Bunin (1870 – 1953), the first Russian author to win the Nobel Prize for Literature, was born in Voronezh into an impoverished noble family and spent his early life in the Russian provinces. Bunin's mother introduced him to literature and poetry, and, at the age of eight, he wrote his first poem. In 1881, he entered the gymnasium, but four years later he decided to leave it without receiving a diploma. He began publishing poems and short stories, and, in 1889, he started working for the newspaper *The Orlovsky Herald*. His book *Poetry* (1887–1891) was first published as a supplement to that newspaper. His older brother encouraged him to travel to Moscow and St. Petersburg to meet prominent writers, and Bunin became an ardent admirer of Tolstoy and Chekhov. Although he was drawn to the traditions of 19th century classical Russian literature, his book of poetry *Falling Leaves* testifies to his association with the Symbolist poet Valery Bryusov. In 1903, he was given Russia's highest literary award, the Pushkin Prize, for his translations of Longfellow's *Hiawatha* and Byron's *Manfred* and *Cain*.

Bunin first married Anna Tsakni but met and fell in love with Vera Muromtseva at the house of the writer Boris Zaitsev in 1906. After receiving a divorce, Bunin married Vera in 1922, and they remained inseparable until his death. These years were rich in literary production for the author and saw the publication of a number of successful novels such as *The Village* (1910) and *Dry Valley* (1911), which propelled Bunin to fame.

In his youth, Bunin showed indifference to political problems and was detached from all forms of political activities. The October Revolution, however, jolted Bunin out of his political detachment. Russia became incomprehensible and frightening to him, and he left Moscow for Odessa soon after the Bolshevik state was formed. After a few years in Odessa, where he edited a newspaper that supported the White Army against the

Bolsheviks, Bunin fled to Constantinople and then to France. He moved between Grasse, Paris and the Cote d'Azur, where continued his relentless anti-Soviet campaign.

In his writing, Bunin usually depicts his characters at moments of intense emotion—for example, nostalgia for home and childhood, or yearning for an elusive lover. He also has a poet's ear for mimicry and capturing the nuances of dialect and regional speech. After spending the winters of 1912-1914 with Maxim Gorky on the Italian resort island of Capri, Bunin wrote his most famous short story "The Gentleman from San Francisco." This story is known for its cool, sardonic narration. It deals with the dramatic death of a retired, hard-working, middle-aged U.S. businessman at a pompous Capri hotel. His short stories, the novella *Mitya's Love,* and the autobiographical novel *The Life of Arsenev* were recognized by critics and Russian readers abroad as testimony of the independence of Russian émigré culture. Bunin himself became one of the most famous Russian émigré writers and was recognized in Europe for the scale of his talent, culminating in the Nobel Prize for Literature in 1933.

When World War II broke out, Bunin lived in the south of France and, refusing all contact with the Nazis, hid Jews in his villa. *Dark Avenues and Other Stories* (1943) was written during this time. While it was one of his last great works, most of the Russian émigrés (Bunin's main audience) had dispersed or died off, and Bunin was financially destroyed by the failure of this volume.

After the end of the war, Bunin was invited to return to the Soviet Union, but he remained in France. *Memories and Portraits* appeared in 1950, and an unfinished book, *About Chekhov: The Unfinished Symphony* (1955), was published posthumously. Bunin died of a heart attack in 1953 and was one of the first Russian émigré writers whose works were published in the Soviet Union after the death of Joseph Stalin.

In "A Good Life," Bunin experiments with the narrative form of *skaz* as a part of his representative mode of prose fiction. The narrator's voice is personal and yet in concert with cosmopolitan

attitudes toward ethics and justice, thus it creates a tale that is both intimate and global. The story is a series of seemingly inconsequential images and evocations recounted by a narrator, a woman who is telling the story of her own life. While Bunin presents her dreams and hopes as deceptively primitive, he suggests that the simplest, most insignificant experiences are the ones that become the building blocks of a life, good or otherwise.

Svetlana Malykhina

Хорошая Жизнь
(отрывки)

Иван Бунин

Моя жизнь хорошая была, я, чего мне желалось, всего добилась. Я вот и недвижным имуществом владаю, — старичок-то мой прямо же после свадьбы дом под меня подписал, — и лошадей, и двух коров держу, и торговлю мы имеем. Понятно, не магазин какой-нибудь, а просто лавочку, да по нашей слободе сойдёт. Я всегда удачлива была, ну только и характер у меня настойчивый.

Насчёт занятия всякого меня ещё батенька заучил. Он хоть и вдовый был, запойный, а, не хуже меня, ужасный умный, дельный и бессердечный. Как вышла, значит, воля, он и говорит мне:

— Ну, девка, теперь я сам себе голова, давай деньги наживать. Наживём, переедем в город, купим дом на себе, отдам я тебя замуж за отличного господина, буду царевать. А у своих господ нам нечего сидеть, не стоят они того.

Господа-то наши, и правда, хоть добрые, а бедные-пребедные были, просто сказать побирушки. Мы и переехали от них в другое село, а дом, скотину и какое было заведение продали. Переехали под самый город, сняли капусту у барыни Мещериной.

. . .

Сняли мы, значит, у ней луга, сели, честь честью в салаш[1]. Стыдь, осень, а нам и горя мало. Сидим, ждём хороших барышей и не чуем беды. А беда-то и вот она, да ещё какая беда-то! Дело наше уж к развязке близилось, вдруг — скандал ужасный. Напились мы чаю утром — праздник был, — я и стою так-то возле салаша, гляжу, как по лугу народ от церкви идёт. А батенька по капусте пошёл.

---

1 Corruption of шалаш — hut.

A Good Life
(excerpts)

Ivan Bunin

My life was good; I have achieved everything I could have wished for. I even own real estate—my old man, right after our wedding, signed the house over to me: horses, two cows and merchandise we have. Of course, we don't have any kind of a store, just a small shop, but for our settlement it is enough. I was always lucky, and then I have a very tenacious character.

As far as every lesson, my pater himself taught me. Though he was a widower and drunkard, he was not worse than me, terribly smart, hard-working and heartless. When we became free[1], he said to me:

"Well, girl, now I am a head for myself, let's make money. Let's make a fortune, move to the city, buy ourselves a house. I'll give you as a wife to some excellent gentleman, and I will rule. No point sitting here by our lords, they are not worth it."

Our masters, it is true, were kind, but they were poorer than poor—simply put—beggars. We sold our house, livestock, and whatever had belonged to us and moved away from our masters to a different village. We moved right to the edge of the city and rented a cabbage patch from Lady Mescherina.

. . .

So, we rented a meadow and settled into a hut in a suitable manner. Frost, fall, but we had little sadness. We sat and waited for a good profit and didn't feel calamity coming our way. But trouble there was and what kind of trouble! Our situation was already moving toward a resolution, suddenly—a terrible scandal. We drank tea one morning—it was a holiday—I stood near the hut, looked, and saw the people leaving from church walking through the meadow.

1 Refers to the emancipation of the serfs in 1861.

День светлый такой, хоть и ветреный, я и загляделась, и не вижу, как подходят вдруг ко мне двое мужчин: один священник, высокий этакий, в серой рясе, с палкой, лицо всё тёмное, землистое, грива, как у лошади хорошей, так по ветру и раздымается, а другой — простой мужик, его работник. Подходит к самому салашу. Я оробела, поклонилась и говорю:

— Здравствуйте, батюшка. Благодарим вас, что проведать нас вздумали.

А он, вижу, злой, пасмурный, на меня не смотрит, стоит, калмышки палкой разбивает.

— А где, — говорит, — твой отец?

— Они, — говорю, — по капусте пошли. Я, мол, если угодно, покликать их могу. Да вон они и сами идут.

— Ну, так скажи ему, чтоб забирал он всё своё добришко вместе с самоварчиком этим паршивым и увольнялся отсюда. Нынче мой караульщик сюда придёт.

— Как, — говорю, — караульщик? Да мы уж и деньги, девяносто рублей, барыне отдали. Что вы, батюшка? (Я, хоть и молода, а уж продувная была.) Ай вы, — говорю, — смеётесь? Вы, говорю, бумагу нам должны предъявить.

— Не разговаривать, — кричит. — Барыня в город переезжает, я у неё луга эти купил, и земля теперь моя собственная.

А сам махает, бьет палкой в землю, — того гляди в морду заедет.

Увидал эту историю батенька, бежит к нам, — он у нас ужасный горячий был, — подбегает и спрашивает:

— Что за шум такой? Что вы, батюшка на неё кричите, а сами не знаете, чего? Вы не можете палкой махать, а должны откровенно объяснить, по какому такому праву капуста вашей сделалась? Мы, мол, люди бедные, мы до суда дойдём. Вы, — говорит, — духовное лицо, вражду не можете иметь, за это вашему брату к святым дарам нельзя касаться.

Батенька-то, выходит, и слова дерзкого ему не сказал, а он, хоть и пастырь, а злой был, как самый обыкновенный серый мужик, и как, значит, услыхал такие слова, так и

And my pater walked out to the cabbage patch. The day was bright though windy, and though I was looking, I didn't see that two men were suddenly approaching me: one was the priest, tall man in a gray cassock, with a stick and a completely dark face, earthen and with a mane like that of a good horse whipping in the wind like smoke, and the other—a simple fellow, his workman. They walked right up to the hut. I became frightened, bowed and said:

"Welcome, Father. We thank you that you took it into your head to visit us."

He was, I could see, angry, stormy, he didn't look at me but stood and broke up hummocks with his stick.

"And where," he said, "is your father?"

"He," I said, "went to the cabbage patch. I can, as they say, yell for him if you'd like. Why, there, he is coming himself."

"Well, then, tell him to gather together all of his belongings along with this lousy samovar and get out. My guard will be coming here soon."

"What do you mean," I said, "guard? We already paid money, ninety rubles, to the Lady Mesherina. What's with you, Father?" (Though I was still young, I was already sharp.) "Ah," I said, "are you joking? You must present us with a paper."

"Don't backtalk," he screamed. "The lady is moving to the city. I bought these meadows and lands from her. Now they are my own."

At the same time, he pounded his stick in the ground—almost hitting my face.

Seeing this little episode, my pater ran up to us; he could be terribly hot-tempered. He ran up and asked:

"What's all the noise about? Father, you don't even know what you are screaming at her. You cannot just wave your stick; you must explain frankly by what right the cabbage has become yours. We are, as they say, poor; we're not afraid to go to court. You," he continued, "are a spiritual personage. You cannot have enmity against us, otherwise you cannot touch the holy things."

My pater, it turned out, didn't even say a saucy word to him. But he, though he was a pastor, was angry like a completely ordinary peasant. And when he heard these words, he turned completely

побелел весь, слова не может сказать, альни ноги под рясой трясутся. Как завизжит, да как кинется на батеньку, чтобы, значит, по голове палкой огреть! А батенька увернулся, схватился за палку, вырвал её у него из рук вон, да об коленку себе — раз! Тот было — на грудь, а батенька пересадил её пополам, отшвырнул куда подале и кричит:

— Не подходите, за ради бога, ваше священство! Вы — кричит, — чёрный, жуковатый, а я ещё жуковатей!

Да схвати его за руки!

Суд да дело, сослали батеньку за это за самое, за духовное лицо, на поселенье. Осталась я одна на всём белом свете и думаю себе: что ж мне делать теперь? Видно, правдой не проживёшь, надо, видно, с оглядочкой. Подумала годок, пожила у тётки, вижу, — деться мне некуды, надо замуж поскорей. Был у батеньки приятель хороший в городе, шорник, — он и посватался. Не сказать, чтоб из видных жених, да всё-таки выгодный. Нравился мне, правда, один человек, крепко нравился, да тоже бедный не хуже меня, сам по чужим людям жил, а этот всё-таки сам себе хозяин. Приданого за мной ни копейки не было, а тут, вижу, берут без ничего, как такой случай упустить? Подумала, подумала и пошла, хоть, конечно, знала, что был он пожилой, пьяница, всегда разгорячённый человек, просто сказать — разбойник... Вышла и стала, значит, уж не девка простая, а Настасья Семёновна Жохова, городская мещанка...

. . .

С этим мужем я девять лет мучилась. Одно званье, что мещане, а бедность такая, что хоть и мужикам впору! Опять же дрязги, скандалы каждый божий день. Ну, да пожалел меня господь, прибрал его. Дети от него помирали все, остались только два мальчика, один Ваня, по девятому году, другой младенец на руках.

white and couldn't say a word and, yes! even the legs beneath his cassock where shaking. How he screeched and jumped at my pater to whack his head with his stick! But my pater stepped aside, grabbed the stick, yanked it from his hand and broke it over his knee, like that! The priest was going to jump on his chest, but pater folded the stick in half, flung it away from himself as far as he could and yelled:

"Don't come close, for God's sake, your holiness! You are," he yelled, "black and a villain, and I am even more villainous!"

Then, he grabbed him by the arms!

The verdict came in; they exiled my pater to a settlement[1] for his altercation with the spiritual personage. I was left alone by myself in the world and thought to myself—now what will I do? It's clear I won't make it by living right, I must, it seems, look over my shoulder. I thought about it for a year, lived with my aunt, saw that there was nothing left for me but to get married as soon as possible. My pater had a good friend in the city, a harness maker— he proposed to me. You wouldn't say that he was from amongst prominent men, but all the same, he was a good prospect. I liked, though, one other person—really liked him, also a poor person but not worse than me, though he lived in someone else's house. At least this one was his own master. I didn't have a kopeck for a dowry, and the harness maker, I could see, would still take me. How could I pass up such an opportunity? I thought and thought about it, and I got married, though of course I knew that he was already old, a drunkard, always a wrathful person, simply put—a thug... I got married and became, then, not just a simple maiden but Nastasya Semenovna Zhokhova, city petit-bourgeois.

. . .

I was tormented by this husband for nine years. All we had was the bourgeois title, and we lived in such poverty as befitted common peasants. Again, there were squabbles, scandals every single day. But then, God had mercy on me and took him. The children I had with him all died except two boys; one, Vanya, nine years old and the other a baby in my arms.

1   Refers to a punitive work camp.

Так и похоронила, остался один Ваня. Остался один, да ведь, как говорится, и один — господин. Невелик человек, а всё не меньше взрослого съест, сопьёт. Стала я ходить к воинскому полковнику Никулину полы мыть.

Думаю себе — надо случаем пользоваться. А случай такой, что сам полковник ужасный здоровый был и видеть меня покойно не мог, а полковничиха у него была немка, толстая, больная, старе его годов на десять. Он не хорош, грузный, коротконогий, на кабана похож, а она того хуже. Вижу, стал он за мной ухаживать, в кухне у меня сидеть, курить меня заучать. Как жена со двора, он и вот он. Прогонит денщика[1] в город, будто по делу, и сидит. Надоел мне до смерти, а, понятно, прикидываюсь: и смеюсь, и ногой сижу-мотаю, — всячески, значит, разжигаю его... Ведь что ж поделаешь, бедность, а тут, как говорится, хоть шерсти клок, и то дай сюда. Раз как-то в царский день всходит в кухню во всем своем мундире, в эполетах, подпоясан этим своим белым поясом, как обручем, в руках перчатки лайковые, шею надул, застегнул, альни синий стал, весь духами пахнет, глаза блестят, усы чёрные, толстые... Всходит и говорит:

— Я сейчас с барыней в собор иду, обмахни мне сапоги, а то пыль дюже — не успел по двору пройтись, запылился весь.

Поставил ногу в лаковом сапоге на скамейку, чисто тумбу какую, я нагнулась, хотела обтереть, а он схватил меня за шею, платок даже сдёрнул, потом затиснул за грудь и уж за печку тащит. Я туда, сюда, никак не выдерусь от него, а он так жаром и обдает, так кровью и наливается, старается, значит, одолеть меня, поймать за лицо и поцеловать.

— Что вы, — говорю, — делаете! Барыня идёт, уйдите за ради Христа!

— Если, — говорит, — полюбишь меня, я для тебя ничего не пожалею!

---

1 Денщик — a soldier assigned to a commissioned officer as a personal servant.

That one too I buried, and Vanya was the only one left. The only one, but, as they say, though he was one—he was lord. My boy was still not grown, yet ate and drank not less than an adult. I began to go to Colonel Nikulin's to wash floors.

I thought to myself, I need some kind of a situation I can take advantage of. The situation was that the Colonel himself was a terribly healthy man and couldn't stand to look benignly at me. His wife was a German woman, large, sick, older than him by ten years. He was not attractive—scowling, bow-legged, resembled a wild boar, and she was even worse. I saw how he began to take notice of me, sit with me in the kitchen and teach me to smoke. Whenever his wife was away, he was nearby. He'd send his servant to town, as if on errands, and sit. He bored me to death, but you understand, I had to pretend: I would laugh, sit and dangle my legs, and in every way, turn him on. Well, what else is there to do? Poverty, and here, as they say, was a chance to make the best of a bad situation. One time on a royal holiday, he came into the kitchen all attired in his uniform, in epaulettes, on his waist a white belt like a ring, on his hands kid gloves, his neck puffed out, buttoned up—yes, he was even turning blue, smelling strongly of cologne, eyes shining, mustache black and thick… walked in and said:

"I'm going now with the mistress to the cathedral, brush off my boots as they are very dusty—I barely walked through the yard and still got all grimy."

He put his foot in its lacquered boot on the bench, on a clean cabinet; I bent over to wipe them and he grabbed me by the neck, even pulled off my kerchief and then squeezed me around the chest and was going to drag me behind the stove. I, this way and that way, tried to pull away from him; there was such heat coming from him, blood rushing to his face, trying, then, to overpower me, catch my face and kiss me.

"What are you doing!," I said, "The mistress is coming. Go now for Christ's sake!"

"If," he said, "you will love me, I will not spare anything for you!

— Как же, мол, знаем мы эти посулы!

— С места не сойтить, умереть мне без покаяния!

Ну, понятно, и прочее тому подобное. А, по совести сказать, что я тогда смыслила? Очень просто могла польститься на его слова, да, слава богу, не вышло его дело. Зажал он меня опять как-то не вовремя, я вырвалась, вся растрёпанная разозлилась до смерти, а она, барыня-то, и вот она: идёт сверху, наряжённая, вся жёлтая, толстая, как покойница, стонет, шуршит по лестнице платьем… А как уехал полковник в Киев, она и прогнала меня.

• • •

Сошла я с этого места и опять думаю: пропадёт задаром мой ум, ничего я не могу себе нажить, прилично замуж выйти и своё собственное дело иметь, обидел меня бог. Запрягусь, думаю, сызнова и уж жива не буду, а добьюсь своего, будет у меня свой капитал! Подумала, подумала так-то, отдала Ваню в учение к портному, а сама в горничные, к купцу Самохвалову определилась, да и отдежурила цельных семь лет… С того и поднялась.

• • •

Купила дом этот, открыла кабак. Торговля пошла ужасная хорошая, — стану вечером выручку считать: тридцать да сорок, а то и всех сорок пять в кассе, — я и надумай ещё лавочку открыть, чтоб уж, значит, одно к одному шло… А тут как раз и Ваня из ученья вышел. Советуюсь с умными людьми, куда, мол, его устроить.

— Да куда, — говорят, — его устраивать, у тебя и дома работы девать некуды.

И то правда. Сажаю Ваню в лавку, сама в кабак становлюсь. Пошла жожка в ход!

• • •

"I've already," I said, "heard all these promises."

"I swear, otherwise I will die without repentance!" he said and, of course, many other things like that. By my conscience, I must say what I thought then! I could have easily been flattered by his words, but praise God, his plans didn't come to pass. He grabbed at me another time but inopportunely, and I pulled away all disheveled and angry to death. And then she, the mistress, there she was: coming from upstairs, in her best clothes, all yellow, obese, corpse-like, moaning, rustling her dress on the stairs... And as soon as the Colonel left for Kiev, she threw me out.

• • •

I left that place and again thought: my brains will be wasted in vain. I can't make any money, can't get a good marriage and can't start my own business. God has deprived me. I'll start all over again, and I will achieve my goals. I'll have some capital of my own even if I die. I thought and thought about it; gave Vanya to a tailor as an apprentice and myself became a maid at the merchant Samokhvalov's and worked there for a whole seven years... From that, I raised myself up.

• • •

I bought this house, opened a tavern. Business went terribly well—in the evenings, I would count my earnings: thirty, even forty, and sometimes a whole forty-five in the till. I thought up the idea of also opening a shop, so it happened that one thing led to another. And just then, Vanya left his apprenticeship. I asked the advice of smart people, as they say, where he could set up.

"Where else," they said, "would you set him up, when you have work at home to spare."

And this was the truth. I placed Vanya in the shop, worked at the tavern myself. Everything went according to plan!

• • •

Две горницы в доме я под квартеру сдала, одну наш постовой городовой снял, отличный, серьёзный, порядочный человек, Чайкин по фамилии, в другую барышня-проститутка переехала. Белокурая такая, молоденькая, и с лица ничего, красивая, Феней звали. Ездил к ней подрядчик Холин, она у него на содержанье была, ну, я и пустила, понадеялась на это. А тут, глядь, вышла промеж них расстройка какая-то, он её и бросил. Что тут делать? Платить ей нечем, а прогнать нельзя — восемь рублей задолжала.

— Надо, — говорю, — барышня, с вольных добывать, у меня не странноприимный дом.

— Я, — говорит, — постараюсь.

— Да вот, мол, что-й-то не видно вашего старанья. Вместо того, чтоб стараться, вы каждый вечер дома да дома. На Чайкина, говорю, нечего надеяться.

— Я постараюсь. Мне даже совестно слушать вас.

— А-ах, — говорю, — скажите, пожалуйста, совесть какая!

Постараюсь-постараюсь, а старанья, правда, никакого.

Стала пуще округ Чайкина увиваться, да он и глядеть на неё не захотел. Потом, вижу, за моего принялась. Гляну, гляну — всё он возле ней. Затеял вдруг новый пинжак шить.

— Ну, нет, — говорю, — перегодишь! Я тебя и так одеваю барчуку хорошему впору, что сапожки, что картузик. Сама, мол, во всем себе отказывала, каждую копейку орлом ставила, а тебя снабжала.

— Я, — говорит, — хорош собою.

— Да что ж мне, на красоту твою дом, что ль, продать?

Замечаю, пошла торговля моя хуже. Недочёты, ущербы пошли. Сяду чай пить — и чай не мил. Стала следить. Сижу в кабаке, а сама всё слушаю, — прислонюсь к стенке, затаюсь и слушаю. Нынче, послышу, гудят, завтра гудят... Стала выговаривать.

— Да вам-то, — говорят, — что за дело? Может, я на ней жениться хочу.

I rented out two rooms in our house. One to the city sentry, a superb, serious, respectable person, Chaikin by surname. The other to a young lady-prostitute. A blonde, very young and with a decent face—beautiful. Fenya, she was called. A contractor came to visit her, Kholin. He had been keeping her, well and I let him; put my hope in it. And suddenly, it seems, some kind of misunderstanding sprung up between them, and he broke up with her. What to do? She had no money and to chase her away, impossible—she still owed me eight rubles.

"My lady," I said, "you can ply your trade on the street. This is not a homeless shelter."

"I will try," she said.

"Well, then, as they say, I don't see much in your "trying." Instead of trying, every night you are at home. On Chaikin," I said, "you cannot depend."

"I will try hard. I'm even ashamed to hear you say this."

"Oh!" I said. "Tell me, please, what kind of shame do you have!"

Try-try, but the trying, in truth, did not happen at all.

She started to dangle after Chaikin, but he didn't even want to glance at her. Then, I saw, she started after mine. I'd check and check, and he was always near her. Suddenly, he decided to sew a new suit coat.

"Oh, no," I said. "Forget it! I dress you in well-tailored clothes like a *barchuk*[1] in boots and a little *kartuz*[2]. For myself, as they say, I turned down everything, used every kopeck to take care of you.

"I," he said, "am looking good."

"And what should I do? Sell the house for your looks, or what?"

I noticed that my sales were worse. Bills, damages occurred. I'd sit to tea, and the tea wasn't good. I began to look into things. I sit in the tavern and listen to everything myself. I lean against the wall, hold my breath and listen. Now, as I listen, they are partying, tomorrow they are partying... I try to talk my son out of it.

"What is it to you?" he says. "Maybe, I want to marry her."

1   Young nobleman, with the double connotation of a spoiled child.
2   Peaked cap.

— Вот тебе раз, матери родной дела нету! Замысел твой, — говорю, — давно вижу, только не бывать тому во веки веков.

— Она без ума меня любит, вы не можете её понимать, она нежная, застенчивая.

— Любовь хорошая, — говорю, — от поганки всякой распутной! Она тебя, дурака, на смех подымает. У ней, — говорю, — дурная, все ноги в ранах.

Он было и окаменел: глядит себе в переносицу и молчит. Ну, думаю, слава тебе, господи, попала по нужному месту. А всё-таки до смерти испугалась: значит, видимое дело — врезался, голубчик. Надо, значит, думаю, как ни мога, поскорей её добивать. Советуюсь с кумом[1], с Чайкиным. Надоумьте, мол: что нам с ними делать? Да что ж, говорят, прихватить надо и вышвырнуть её, вот и вся недолга. И такую историю придумали. Прикинулась я, что в гости иду. Ушла, походила сколько-нибудь по улицам, а к шести часам, когда, значит, смена Чайкину, тихим манером — домой. Подбегаю, толк в дверь — так и есть: заперто. Стучу — молчат. Я в другой, в третий — опять никого. А Чайкин уж за углом стоит. Зачала я в окна колотить — альни стёкла зудят. Вдруг задвижка — стук: Ванька. Белый, как мел. Я его в плёчо со всей силы — и прямо в горницу. А там уж чистый пир какой: бутылки пивные пустые, вино столовое, сардинки, селёдка большая очищена, как янтарь розовая, — всё из лавки. Фенька на стуле сидит, в косе лента голубая. Увидала меня, привскочила, глядит во все глаза, а у самой аж губы посинели со страху. (Думала, бить кинусь.) А я и говорю этак просто, хоть по правде сказать, даже продохнуть не могу:

— Что-й-то у вас, — говорю, — ай сговор? Ай именинник кто? Что же не привечаете, не угощаете?

Молчат.

— Что ж, — говорю, — молчите? Что ж молчишь, сынок? Такой-то ты хозяин-то, голубчик? Вот куда, выходит, денежки-то мои кровные летят!

---

1 Кум — besides a godfather can mean a very good friend, in this case Chaikin.

"What do you mean, what is it to your own mother? Your plan," I said, "I could see long ago. Only it won't come to pass for all eternity."

"She is out of her mind in love with me. You can't understand her. She is tender, bashful."

"That's a fine kind of love," I said, "from some wanton scum! She is laughing at you, the fool. She has syphilis," I said. "There are sores all over her legs."

He became like a stone: looked at the bridge of his nose and was silent. Well, I thought, praise you Lord that I hit upon the right spot. But all the same, I was scared to death: it was a clear deal that he had fallen for her, my dear one. It means that, as quickly as I could, I needed to get rid of her. I asked the advice of my friend Chaikin. "Think," I said, "What are we going to do with them?" "It's easy," he said. "Grab her and throw her out and do it quickly." We thought up this plan. I pretended to be going on a visit. I left, walked a bit along the roads, and at six o'clock, when Chaikin was off his shift, I came home all quiet-like. I ran up to the door, knocked, and, just like I thought: locked. Knocked some more—silence. I knocked a second time, a third—again nothing. And Chaikin is already standing at the corner. I started banging on the windows—how the glass clanged. Suddenly, a bolt—click: Vanka[1]. White as chalk. I hit him in the shoulders with all my might—and straight into the room. In there, it was already a real feast: empty bottles of beer, table wine, sardines, a large cleaned herring, like red amber—everything from the shop. Fenka sitting on a chair, a blue ribbon in her braid. Seeing me, she jumped to her feet, looked with wide eyes and her lips turned blue from fear. (Thought I'd run in to beat her.) But I simply said, though truthfully, I could barely draw a breath:

"Whaaat-do-we-have-here," I said. "Some kind of a conspiracy? Ai, whose birthday is it? Why didn't you invite us, treat us?"

Silence.

"Why," I said, "are you silent? Why are you silent, sonny? Is this the kind of master of the house you are, my sweet? Now I see where my hard-earned money is flying to!"

---

1 Diminutive of Vanya.

Он было шерсть взбудоражил: — Я сам в лета взошёл!

— Та-ак, — говорю, — а мне-то как же? Мне, значит, от твоей милости с сучкой с этой из своего собственного дома выходить? Так, что ль? Пригрела я, значит, змейку на свою шейку?

Как он на меня заорёт!

— Вы не можете её обижать! Вы сами молоды были, вы должны понимать, что такое любовь!

А Чайкин, услыхавши такой крик, и вот он: вскочил, ни слова не сказавши, сгрёб Ваньку за плечи, да в чулан, да на замок. (Человек ужасный сильный был, прямо гайдук[1]!) Запер и говорит Феньке:

— Вы барышней числитесь, а я вас волчком могу сделать! Хотите вы, говорит, этого, ай нет? Нонче же комнату нам ослобонить , чтоб и духу твоего здесь не пахло!

Она — в слёзы. А я ещё поддала:

— Пусть, — говорю, — денежки мне прежде приготовит! А то я ей и сундучишко последний не отдам. Денежки готовь, а то на весь город ославлю!

Ну, и спровадила в тот же вечер. Как сгоняла-то я её, страсть как убивалась она. Плачет, захлёбывается, даже волосы с себя дерёт. Понятно, и её дело не сладко. Куда деться? Вся состоянье, вся добыча при себе. Ну, однако, съехала. Ваня тоже притих было на время. Вышел на утро из-под замка — и ни гугу: боится очень, и совесть изобличает. Принялся за дело. Я было и обрадовалась, успокоилась, — да ненадолго. Стало опять из кассы улетать, стала шлюха эта мальчишку в лавку посылать, а он-то и печёным и вареным снаряжает её! То сахару навалит, то чаю, то табаку… И винцо стал потягивать, да всё злей да злей. Наконец того, и совсем лавку забросил: дома и не живет, почесть, только поесть придет, а там и опять поминай как звали. Каждый вечер к ней отправляется, бутылку под поддевку[2] — и марш. Я мечусь как угорелая — из кабака в лавку, из лавки в кабак — и уж слово боюсь ему сказать: совсем босяк стал!

---

1 Гайдук — Footman during the days of serfdom. This term was also used to describe guards of the aristocracy.
2 Поддёвка — long men's coat that is fitted at the waist.

His hair stood on end: "I am already an adult!"

"We-ell," I said. "And what about me? It seems that by your grace with this little bitch, I should have to leave my own house? Is that how it is? I warmed a snake on my neck, then?"

How he screamed at me.

"You can't insult her! You were young once; you must understand what love is!"

Chaikin heard all this yelling and there he was: he jumped up, not saying a word, raked Vanka by the shoulders into the storage room and locked him in. (He was a terribly strong fellow, a regular bodyguard.) He locked the door and said to Fenya:

"You are counted as a lady, but I can give you a wolf's ticket[1]. Do you want that or not? Now, clear out of this room so that there's not even a trace of you here!"

She was in tears. I added further:

"First, let her get the money she owes me. As I'm not about to give her my last chest of goods. Get your money ready, or I'll defame you before the whole city!"

Well, I saw her off that very evening. As I chased her out, she was grieving awfully. Cried, choked, even tore at her hair. Understandably, her situation was not exactly sweet. Where to go? All of her sustenance, all her earnings were with her. But, finally, she left. Vanya also quieted down for a time. He exited in the morning from under the lock and key—not a sound: he was very scared, and his conscience was pricked. He began his work. I was very glad and calmed down—though not for long. Things began to disappear from the cash register again. The slut began to send the boy to the shop, and he, he provided her with everything baked and boiled. He'd load her up with sugar, or tea, or tobacco... And he began to sip wine and became meaner and meaner. In the end, he quit the shop altogether. He didn't live at home like an honorable person, only came to eat and then he'd disappear again. Every evening he goes to her with a bottle under his coat—and forward, march! I dash around like a crazy woman—from the tavern to the shop, from the shop to the tavern. But I'm already scared to say a word to him: he's become a complete tramp!

1   In Imperial Russia, an internal passport with restrictions, barring the holder from government service, higher education, and residence in certain cities.

— Вы меня не тревожьте теперь, — говорит, — я могу каторжных дел натворить.

А захмелеет, расслюнявится, смеётся ничему, задумывается, на гармонье "Невозвратное время" играет, и глаза слезами наливаются. Вижу, плохо моё дело, надо мне поскорей замуж. Сватают мне тут как раз вдовца одного, тоже лавочника, из пригорода. Человек пожилой, а кредитный, состоятельный. Самый раз, значит, то самое, чего и добивалась я. Разузнаю поскорее от верных людей об его жизни — беды, вижу, никакой: надо решиться, надо поскорее знакомство завесть, — нас друг другу только в церкви сваха перед тем показала, — надо, значит, предлог найтить, побывать друг у друга, вроде как смотрины сделать. Приходит он сперва ко мне, рекомендуется: "Лагутин, Николай Иваныч, лавочник." — "Очень приятно, мол." Вижу, совсем отличный человек, — ростом, правда, невеличек, седенький весь, а приятный такой, тихий, опрятный, политичный: видно, бережной, никому, говорят, гроша[1] за всю жизнь не задолжал... Потом и я к нему будто по делу затеялась. Вижу, ренсковый погреб и лавка со всем, что к вину полагается: сало там, ветчина, сардинки, селёдки. Домик небольшой, а чистая люстра. На окнах гардинки, цветы, пол чисто подметен, даром что холостой живет. На дворе тоже порядок. Три коровы, лошади две. Одна матка, трёх лет, пять сот, говорит, уж давали, но не отдал. Ну, я прямо залюбовалась на эту лошадь — до чего хороша! А он только тихонько посмеивается, ходит, семенит и всё рассказывает, как прейскурант какой читает: вот туг-то то-то, там-то то-то... Значит, думаю, мудрить тут нечего, надо дело кончать...

Понятно, это я теперь-то так вкратце рассказываю, а что я в ту пору прочувствовала — одна моя думка знает. Ног под собой от радости не чую, — мол, таки добилась своего, нашла свою партию! — а молчу, боюсь, дрожу вся: а ну-ка расстроится вся моя надежда?

---

1 Грош — half a kopeck, the smallest coin.

"Don't you bother me now," he says. "I could commit some kind of crime."

When he gets tipsy, he slobbers, laughs at nothing, ponders, plays "Irrecoverable Time" on the accordion and his eyes fill with tears. I see that my situation is bad and that I need to get married as quickly as possible. Just in time, a match was offered with a widower—also a shop owner from the outskirts of town. He was an older man but had credit and was well-to-do. Just the thing, then, he was exactly what I was looking for. I found out quickly from trustworthy people about his life—didn't see any kind of trouble. Need to decide and strike up an acquaintance quickly—the matchmaker had only pointed us out to one another in church. It means I needed to find some kind of an excuse to be together, arrange a kind of bride-viewing. He came to me first and formally introduced himself, "Lagutin, Nicolai Ivanych, shop owner. It's very nice to meet you," he said. I could see he was an excellent person—not tall, it's true, completely gray but quite nice, quiet, neat and diplomatic. He leads a careful life, they say, has never owed anyone a penny… Next time, I undertook to come to him as if on business. I saw he had both a wine cellar and a shop and that he carried everything to go with wine: *salo*, ham, sardines, herring. His cottage was not large but had a clean chandelier. There were curtains on the windows, flowers, the floor was fresh-swept—even though he was a widower. In the courtyard, everything was also in order. Three cows and two horses. One was a three-year-old mare. Five hundred would have been given for her, they said, but he didn't sell. Well, I simply fell in love with this horse—how lovely she was! And he just snickered quietly, walked with mincing steps and told me everything like reading from a price list: here is this and here is that. So then, I thought, there's no reason to complicate matters unnecessarily, I need to close the deal…

Clearly, I'm telling the story briefly now, but what I then felt is known only to my own mind. I couldn't feel my legs beneath me from joy, as they say. I'd attained my goal, found my match! I am silent, frightened, quivering head to toe: well, what if all my dreams are frustrated?

•••

Готовлюсь к свадьбе, дело своё спешу прикончить, распродать, что можно, без убытку — вдруг опять беда-горе. И так с ног сбилась в хлопотах, спеклась вся от жары, — жара в тот год прямо непереносная стояла, да с пылью, с ветром горячим, особливо у нас, на Глухой улице, на косогорах-то этих, — вдруг ещё новость — Николай Иваныч обиделся. Присылает сваху эту самую нашу, какая нас сводила-то, — лютая псовка была, небось сама же, востроглазая , и настрочила его, Николай-то Иваныча, — передаёт через неё Николай Иваныч, что свадьбу он до первого сентября откладает — дела будто есть — и об сыну, об Ване, наказывает; чтобы, значит, я об нём получше подумала, определила его куда ни на есть, потому как, говорит, в дом я его к себе ни за какие благи не приму. Хоть он, говорит, и сын твой родной, а он нас вчистую разорит и меня будет беспокоить. (И его-то, правда, положение. Как он никогда никакого шуму не знал, никаких скандалов не подымал, понятно, боялся волноваться: как разволнуется, у него всегда всё в голове смешается, слова не может сказать.) Пускай, говорит, она его с рук сбывает. А куда мне его определять, куда сбывать? Малый совсем от рук отбился, в чужих людях, думаю, и сама-то с ним на нет сошла с самых этих пор, как ознакомился он с Фенькой: прямо околдовала, сука! День дрыхнет, ночь пьянствует, — ночь за день сходит… Что я тут горя вытерпела — сказать невозможно! До того добил — стала как свечка таять, ложки держать не могу, руки трясутся. Как стемнеет, сяду на скамейку перед домом и жду, пока с улицы вернётся, боюсь, ребята слободские умолотят. Раз было убилась до смерти, побежала посмотреть в слободу: слышу шум, крик, думала, его холят, да в овраг и зашуршала…

Ну, получивши такое решенье от Николай Иваныча призываю его к себе: так и так, мол, сынок, терпела я тебя долго ну, а ты совсем ослаб и заблудился, на всю округу

• • •

I began to get ready for the wedding, to finish quickly my affairs, to sell what I could without a loss—suddenly, again, problems and troubles. I was exhausted from bustling around and melting from the heat. The heat that year was absolutely unbearable and there was dust and a hot wind, especially here on Deaf street, on these slopes. Suddenly, there was news: Nikolai Ivanych was offended. He sent the matchmaker, the same one who matched us—a fierce mongrel she was. I bet she herself, all hawkeyed, set him up. So, Nikolai Ivanych asked her to tell me he was delaying the wedding until the first of September; claiming he was busy, and he ordered that, as for my son, Vanya, I should, then, think about him more carefully and arrange any sort of place for him, because, as Nikolai Ivanych said, he would not take him into his home under any circumstance. "Though," he said, "he is your own flesh and blood, he'll ruin us completely and will bother me." (And it's true, such were his circumstances. Seeing how he'd never heard any kind of noise, never heard of any scandals, it was clear, he was a worry wart; once he began to worry, everything in his head would get mixed up and he couldn't say a word.) Let her, he said, get him off of her hands. And where was I to get rid of him, how to get him off my hands? My little one had completely strayed away from me and into the hands of strangers, I thought, and I myself broke off with him from the time he became acquainted with Fenya: she bewitched him, the bitch! Daytime he sleeps, night he boozes—night after day goes by… What grief I have had to withstand, I can't even tell you! I came to this end—I started to melt away like a candle, I can't hold a spoon, my hands shake. When it becomes dark, I sit on the bench in front of my house and wait for him to return from the streets, worried the villagers will thrash him. Once, I was scared to death; I ran around the village looking for him. I heard a noise, a yell, thought: "they're beating him," and went rustling into the ravine…

Well, after receiving such a decision from Nicolai Ivanych, I called Vanya to myself: "This is how it is, son," I said. "I was patient with you for a long time but you have become completely weak

меня ославил. Привык ты нежиться и блаженствовать, — наконец того совсем босяк, пьяница стал. Такого дарования, как я, ты не имеешь, сколько раз я падала, да опять подымалась, а ты ничего нажить себе не можешь. Я вот и почёту добилась и недвижное имущество у меня есть, и ем, пью не хуже людей, душу свою не морю, а всё оттого, что всем мой хрип спокон веку заведовал. Ну, а ты, как был мот, так, видно, и хочешь остаться. Пора тебе с шеи моей слезть...

Сидит, молчит, клеенку на столе ковыряет.

— Что ж ты, — спрашиваю, — молчишь? Ты клеенку-то не дери, — наживи прежде свою, — ты отвечай мне.

Опять молчит, голову гнет и губами дрожит.

— Вы, — говорит, — замуж выходите?

— Это, мол, выду ли, нет ли, неизвестно, а и выду, так за хорошего человека, какой тебя в дом не пустит. Я, брат, не Фенька твоя, не шлюха какая-нибудь.

Как он вскочит вдруг с места, да как затрясётся весь:

— Да вы ногтя её не стоите!

Хорошо, ай нет? Вскочил, заорал не своим голосом, дверью хлопнул — и был таков. А я, уж на что не плаксива была, так слезами и задалась. Плачу день, плачу другой, — как подумаю, какие слова он мог мне сказать, так и зальюсь. Плачу и одно в уме держу — до веку не прощу ему такой обиды, со двора долой сгоню... А его всё нету.

•••

Потом слышу — уработали таки его слободские ребята! Еле живого на извозчике привезли — пьян без памяти, голова мотается, волосы от крови слиплись, все с пылью перебиты, сапоги, часы сняли, новый пинжак весь в клоках — хоть бы где орех целого сукна остался... Я подумала, подумала — принять его приняла и даже за извозчика заплатила, но только в тот же день посылаю Николай Иванычу поклон и твёрдо наказываю сказать, чтоб он больше ничего

and have lost your way, defamed me across the whole region. You have grown accustomed to coddling and bliss—in the end, you've become a tramp and drunkard. The kind of talent that I have, you do not. So many times I have fallen and gotten up again, while you can't make any profit for yourself. See, I have gained respect for myself, and I own real estate, and I eat and drink no worse than others and don't wear out my soul. All because my wheezing voice was ruling over everything since the very beginning of time. Well, but you are a spendthrift, it can be seen, and that's the way you want to stay. It's time for you to get off my neck…"

He sat silently, picked at the oilcloth on the table.

"What's with you?" I asked. "Silent? Don't put a hole in the oilcloth—earn your own first. Answer me."

Again he was silent, his head hung and his lips quivered.

"You," he said, "want to get married?"

"It is," I said, "not clear whether or not I will. If I do, it will be to a good person—the kind who won't let you into his home. I, brother, am not your Fenka, not some kind of slut."

How he suddenly jumped up from his place and shook all over: "You're not even worthy of one of her fingernails!"

Good, no? He jumped up, yelled in a voice not his own, slammed the door—and off he went. And I, never the crying sort, gave myself over to sobbing. I cried a day, cried another. Whenever I'd think about what he said to me, I'd burst into tears. I cried but held one thought in my mind—for eternity, I'll not forgive him such insults. I'll chase him far away from my yard… All the same, he was gone.

• • •

Later I heard—how he was worked over by the village boys! A driver brought him back barely alive—drunk beyond memory, head bobbing, hair stuck together by blood, and all covered in dust, boots and watch removed, new jacket in such shreds that there wasn't a scrap of cloth left whole… I thought and thought if I should take him in. I did and even paid the driver, but on that same day I sent word to Nikolai Ivanich greeting him with a bow and commanded he be told that he would not be troubled

не беспокоился: с сыном, мол, я порешила, — прогоню его безо всякой жалости прямо же, как проспится. Отвечает тоже поклоном и велит сказать: очень, говорит, умно и разумно, благодарю и сочувствую... А через две недели и свадьбу назначил. Да...

Ну, да будет пока, тут и сказке моей конец. Больше-то, почесть, и рассказывать нечего. С этим мужем до того я ладно век свековала, — прямо редкость по нонешнему времю. Что я, говорю, прочувствовала, как этого рая добивалась, — сказать невозможно! Ну, и наградил меня, правда, господь, — вот двадцать первый год живу как за каменной стеной за своим старичком и уж знаю — он меня в обиду не даст: он ведь это с виду только тихий! А, понятно, нет-нет, да и заноёт сердце. Особливо великим постом. Умерла бы теперь, думается, — хорошо, покойно, по всем церквам акафисты читают... Опять же иной раз и об Ване соскучусь. Двадцать лет ни слуху ни духу об нём. Может, и помер давно, да не знаю о том.

Был слух, жил будто в Задонске при монастыре, потом на Царицын подался, а там небось и голову сломил... Да что об этом толковать — только сердце своё тревожить! Воду варить — вода будет...

further; "I have," I said, "cut off my son—I will send him away without any remorse as soon as he wakes up." He answered as well with a bow and commanded I be told: "It is very smart and wise. I thank you and sympathize…" And two weeks later, he set a wedding date. Yes…

This is the end of my story for now. There's nothing more, honestly, to tell. With this husband, I've lived fine for a lifetime—a real rarity for our present time. Everything I felt, what it took to obtain this paradise is impossible to say. Well, so God rewarded me, it's true. For twenty-one years now, I live behind my old man as if shielded by a stone wall, and I already know he won't let any harm come to me. He only seems like the quiet sort! Still, it is understandable that from time to time my heart aches. Especially during the time of the great fast. I could die now, I think—everything is good, quiet, in all the churches the litany is being read… But every now and again, I miss Vanya. Twenty years and not one word or breath about him. Maybe he died long ago, and I don't know it.

There was a rumor that he lived in Zadonsk in a monastery and then found his way to Tsaritsyn, and there, I suppose, broke his head… But what is the use in wondering about it—it'll only trouble my heart. Whether or not you boil water, water it will be…

Translated by Danielle Jones with Anna Arustamova.

Questions for Discussion:

1. How would you describe the narrator's character? In what situations are her personality traits especially prominent?
2. What were three of Vanya's most important decisions? Why do you think he made these choices?
3. The narrator contends that she has lived a good life. How would you describe the tone of this assertion (sarcastic, truthful)? Would you agree?

Yevgeny Zamyatin

Yevgeny Ivanovich Zamyatin (1884–1937) was a dissident and one of the twentieth century's most innovative and influential writers of science fiction and political satire. He is best known as the author of the dystopian novel *We* which was the first work banned by Soviet censors.

Born and raised in Lebedyan, south of Moscow, Zamyatin had a special fondness for literature as a child and his parents, a Russian Orthodox priest and a musician, encouraged him to read widely. Zamyatin's formative college years coincided with the Russian Revolution of 1905. This stressful and chaotic political environment profoundly affected his thinking and, eventually, his literary works. While studying at the St. Petersburg Polytechnic Institute, he developed an interest in social and political problems. He became a Bolshevik agitator against the Tsar, was arrested for his left-wing political sympathies, and later escaped from exile.

In 1908, he graduated as a naval engineer and published his first story, "Alone." Following graduation, he wrote and lectured, travelling in Russian and abroad. The major works of his early literary career are *A Provincial Tale* (1913) and *Out in the Sticks* (1914) which dwell on the tragedy of human existence in invariably gloomy provincial Russian settings.

During World War I, Zamyatin lived in England for a year and a half while he supervised the construction of ice-breakers for Russia's naval fleet. Although he was already a promising fiction writer, it was his novellas *Islanders* (1918) and *A Fisher of Men* (1922), which he wrote while there, that really marked the beginning of his literary career. Zamyatin's interest in British culture influenced not only his dress and social comportment but also his literary style.

The following decade in Zamyatin's life marked the years of his greatest fame as a highly public literary and philosophic

personage in Petrograd (Leningrad). He lectured on writing at the House of Arts and the House of Writers, taught workshops at the studios of the World Literature publishing house and edited translations, especially those of H. G. Wells, who was for Zamyatin the prototype of the revolutionary modern artist. Zamyatin was much admired during this era for his fierce individualism and literary resistance to collectivism and conformity.

We, which was undoubtedly inspired by the novels of H. G. Wells and Anatole France and which anticipated George Orwell's *1984* and Aldous Huxley's *Brave New World*, is an indictment of post-revolutionary life in the Soviet Union and a reflection of Zamyatin's own political disenchantment. The novel paints a grim picture of society governed by One State which intends to carry its principles and ways of life into other places in the universe in a spaceship called the "Integral" (the all-encompassing doctrine of Marxism-Leninism). Though the book was banned from publication by Soviet censors, it was circulated in literary circles. Its first official publication was in English in 1924, after the book was smuggled out of the Soviet Union. Zamyatin was accused of consenting to translations of *We*, and his position became increasingly precarious throughout the 1920s. *We* was conceived, in fact, with a foreign audience in mind, and Western readers were attracted to the Soviet dissident and his novel as a source on the dark side of a harshly repressive society. Curiously enough, though the book wasn't published in Russia until 1988, well over sixty years after it was written, it is now on school syllabi.

In 1931, Zamyatin made a courageous appeal directly to Stalin to be allowed to emigrate. Surprisingly, he was allowed to join his wife in Paris where he held himself aloof from the Russians who had emigrated earlier to escape the Revolution, worked with the film director Jean Renoir, and died in poverty in 1937 at the age of fifty-three.

Despite the thematic and stylistic variety of the two short stories "Chief of *Volost*" (1914) and "Hardy Folk" (1916), they are both satiric depictions set in a symbolic environment. Zamyatin

brings into sharp focus the forms of provincial absurdity and ignorance, gloomy primal forces and bestiality, all of which are latent in the characters and capable of disrupting the existing order. His cruel and ruthless Konich and sturdy Ivan and Marya are villagers who blend into their epic surroundings like ancient folk figures into a mythological environment. Although both stories depict negative aspects of provincial life, there is a shift in emphasis. Konich is endowed with human qualities that raise him above the level of the surrounding environment. He symbolically represents the power of a provincial, animal-like inhabitant amidst others who are like him. Whatever human feelings he may have had at the beginning of his adult life are completely atrophied during the course of his career as the Chief of *Volost*.

In the story of Ivan and Marya, an old stone heathen idol is endowed with symbolic significance: that of a cruel, ossified, provincial Russia. The characters are described in their daily activities, at the feasts or setting out on a mission with exaggerated details and hyperbole. Zamyatin prefers to reveal his characters through action or by focusing on a few well-chosen features that would best convey the narrator's impression and reveal the essence of the characters depicted. He makes special use of the grotesque through exaggeration of certain features at the expense of others. For example, Marya is portrayed as strong and dominant—both negatively, such as during the tyrannical scene on the road and positively, such as when she catches the catfish with her bare hands. Ivan, by contrast, falls short and displays a variety of weaknesses, such as shyness and lack of self-esteem. Not only does Zamyatin shown a pattern of strong women and weak men—a reversal of "traditional" roles—more importantly, he dwells on the problems in an oppressive society where primitive animal force is indicative of power.

Svetlana Malykhina

Старшина

Евгений Замятин

Конона Тюрина сын Ванятка — больно к науке негож был. Всё, бывало, молился:

— Господи, да пошли ж ты, штоб училишша[1] сгорела и мне ба туда не итить...

Сгореть — училище не сгорело, целёхонько стояло, а всё из Ванятки толку не вышло. В солдаты пошёл Иван — зазнали и там с ним горя. Сиволапый, громадный, косный, ходит не в ногу. Бей его — спину подставит, не крякнет, да что из того проку? Последнее дело — винтовку кликать, как след, и тому Тюрин Иван не обучился.

— Трёхлинейная[2], понял? Трёх-ли-нейная.

— Т-трёх-лилейная, — старательно выговаривал Иван.

Спрашивали Ивана:

— Что такое выстрел? Ну, живо?

Иван отвечал:

— Этта... когда... пуля из ружа лезя...

Так безграмотным и домой вернулся Иван — в село Ленивку. Обженили его — на Степаниде, из богатого двора — Свисткёвых, стали величать Иван Коныч. И зажил Иван Коныч большим мужиком, сеял хлеб, убирал, всё — как надо. Без дела языка не чесал, ну и Степанида — помалу молчать приобыкла: боялась своего мужика — добре уж тяжёл. Когда, случится, дома Ивана нет — тут Степанида наплачется всласть, у окошечка на лавке сидя.

Днём рыскали по избе тараканы, ночью жиляли блохи, ели Тюрины грязно. А Иван приговаривал: — Ни-ча-во! Бык вон помои пивал, а и то — здоров бывал.

Три года было урожайных: сколотил себе Иван деньжат, новую избу поставил. Ночью, наране новоселья, вышел на

---

1 Corruption of училище — a technical, vocational or military school.
2 Model 1891 3-line rifle, adopted by Imperial Russia in 1891.

Chief of Volost

Yevgeny Zamyatin

Vanyatka[1], the son of Konon Turin, was awfully unfit for learning. At times, he'd keep praying:

"Lord, make it so that the school would burn down, and I wouldn't need to go…"

Burn—the school didn't burn down, it stood whole, and everything that Vanyatka did had little success. Ivan entered the army—it was said that he was a grief there too. Lopsided, huge, stupid, couldn't march in step. Beat him all you want—he'll present you his back and not make a sound, only what's the use? The simplest lesson—what to call a rifle, but Ivan Turin couldn't learn even that.

"Weapon, understand? Wea-pon."

"We-pun," Ivan diligently enunciated.

They'd ask Ivan:

"What is a shot? Answer quickly, now."

Ivan answered:

"It is… when… a bullet come from a guhn…"

So, still illiterate, Ivan returned home to the village of Lenivka. They married him off to Stepanida, from the wealthy Svistkioviy household, and started calling him Ivan Konich. Ivan Konich lived like an important man, sowed his bread, harvested it, everything as it should be. Without a reason, he didn't wag his tongue, and so Stepanida slowly gained the habit of being silent too. She feared her man—he was hard, he was. When it happened that Ivan wasn't home, then Stepanida would have her fill of crying as she sat on a bench by the window.

By day, the cockroaches roamed the *izba*, by night the fleas stung them, since the Turins ate dirtily. But Ivan said: "It's nathing! The bull there drinks dishwater and is still healthy for it."

For three years, there was a good harvest. Having made himself some cash, Ivan built a new *izba*. The night before the move,

---

1 Diminutive of Ivan.

двор. Громадный, косматый, силища — согнулся в три погибели, до земли поклонился старой избе:

— Батюшка домовой, пожалуй в новый покой.

И так — до трёх раз. Но вышло новоселье к лиху: сидели без хлеба, по людям хворь какая-то ходила, от животов — вот как мерли. Приехал тут земский, Тишка Мухортов, и с ним — доктор. Объявили холеру: того-то, мол, не пейте, того-то не ешьте. Собрали сход мужики, загалдели:

— Да это что ж нам — помирать, стало быть, не пимши, не емши?

— Подсыпали в воду-то, а потом на попятный: не пей...

— Да что там, выкупать их в этой воде, оно и...

Земский и доктор сидели на съезжей, слушали — и дрожмя дрожали. Староста туда-сюда: "Что вы, братцы, что вы, рази можно..." А сход — ему уж не верит: видимое дело, староста с господами заодно.

Тут-то Иван Коныч могутным плечом распихал народ и лоб нагнувши, как бык, влез на крыльцо. Шапку снял, перекрестился:

— А Бога-то, братцы, забыли, а? Опахивать надо, вот что!

Доктора и земского отпустили, опахали Ленивку в ту же ночь. Стали теперь и докторовы снадобья пить: потому — опахали, ну стало быть — и снадобья не страшны. И что же: ушла ведь холера-то.

Земский Ивану Конычу по гроб жизни был благодарен — за то, что его с доктором выручил тогда Коныч; а мужики кланялись Ивану Конычу — за то, что Ленивку опахать надоумил. Так оно и вышло, что стал ходить в старостах Коныч, а малость погодя — в старшинах волостных.

he went out into the courtyard. Huge, shaggy, forceful, he bent over double and bowed to the ground in front of the old *izba*:

"House spirit, please, welcome to the new home."

Like that, three times. But the move brought trouble: they sat without bread and a malady of some kind passed among the people, in their stomachs—that's how it killed them. A local official arrived, Tishka Mukhortov, and with him a doctor. They announced it was cholera: and so, they said, don't eat this and don't drink that. The men gathered a meeting together and raised a racket.

"What are we to do—die, it seems, not drinking, not eating?"

"They poisoned the water, and now they want to go back on their word: don't drink…"

"So, let's give them a swim in their own water…"

The official and the doctor sat at the meeting and listened—trembling terribly. The village elder said this and that: "What's with you, brothers, how can you…" But the assembly wouldn't believe him: it was a clear situation—the elder and the masters were in cahoots.

At this moment, Ivan Konich shoved his way through the crowd with his mighty shoulders and, bowing his forehead like a bull, climbed onto the porch. He took off his hat and crossed himself:

"And God, brothers, have you forgotten about him? We need to plow around the village, that's what we need to do![1]"

They let the doctor and the official go and plowed around Lenivka that very night. They began to drink the doctor's potions as well. Because after they plowed, even the potions didn't seem frightening. And what of it: the cholera actually left.

The local official was thankful to the point of death to Ivan Konich for rescuing him and the doctor, and the men gave their regards to Ivan Konich for having the presence of mind to plow around Lenivka. That's how it happened that Konich became an elder and a bit later the Chief of *Volost*[2] himself.

---

1 In times of plague and cholera, a furrow would be plowed around the village as a superstitious rite to stop the spread of infection.

2 A traditional administrative subdivision in Russia; after the abolition of serfdom in 1861, a unit of peasant local self-rule. Abolished under Soviet rule.

Отпустил себе Коныч брюхо и — бороду. К бумагам прикладывал по безграмотству печать, накопчённую на свечке. Всю волю начальскую исполнял Коныч справно; и дали ему за то золотую Царскую медаль.

С той поры писарю волостному Пал Палычу дан был от Коныча приказ ставить на бумагах подпись: "Волостной старшина и кавалер, а по безграмотству его именная печать." Мужиков после медали Коныч зачал теснить, податя сбирал раньше сроку, — всё чтоб на отличку перед начальством. Ну ничего, терпели, а уж стало вконец непереносно — это когда Коныч повесил приказ: "Сего числа старшина Иван Коныч Тюрин приказал проживающим семечек по праздникам и высокоторжественным дням не лускать отнюдь." Тут уж стали поговаривать, что пора бы Коныча и сменить.

Пока то да се — ан, глядь, уж тот самый год пришёл, когда царь новую волю объявил. Первая была воля — от господ половину земли получили: ясно дело, насчёт остатней земли указ теперь вышел. С первой-то воли народ, поди, расплодился, не хватает землишки, ну царь-то в это вошёл и, значит, — дал указ.

Так вот точно странник Гавриил (хрипучий который) — всё и обсказал по селу Ленивке. А уж Гавриилу всё дочиста известно, трижды в Ерусалиме странник был, как же неизвестно, а японскую войну Гавриил в точности за три года предсказал.

Стал Коныч ждать бумаги насчёт земли — от земского, от Тишки от Мухортова, а только нет бумаги и нет. Ну, спасибо, тут кучер мухортовский ихний приехал: прознал от него Коныч, что земский в городе засел и сюда носа не кажет.

Покумекал Коныч — покумекал: "Нет, мол, указ надо сполнять в аккурате, потому медаль. Мало бы что, земский в городу — неизвестно что, а я сложимши руки и сиди? Этак нагорит".

Konich let his belly and his beard grow out. Because of his illiteracy, he stamped papers with a wax seal melted over a candle. He fulfilled all of his superiors' orders justly, and they gave him a gold Tsar's medal for it.

From then on, the scribe, Pal Palich, was ordered by Konich to write on all papers a signature: "The Chief of *Volost* and cavalier, and due to his illiteracy, this is his stamp." After the medal, Konich began to press the men—collected taxes before they were due—anything to distinguish himself before the superiors. Well, it was nothing, they endured, until in the end it was unbearable—this is when Konich hung up the order: "On this day, Ivan Konich Turin orders that those who gnaw seeds are not to be allowed to join holidays and sacred days." Then talk began that it was about time to replace Konich.

While all this was happening, suddenly came that very year when the Tsar announced a new freedom[1]. The first freedom was when they received half of the land from the landlords. Now, sure enough, the decree came out concerning the remainder of the land. Since the first freedom, the people, it seems, went and multiplied, there was not enough land anymore. The Tsar figured this out and, so, gave the order.

And that's exactly what the wanderer Gavril (the hoarse one) said around the whole village of Lenivka. All of this was already clearly known to Gavril, who'd been a pilgrim to Jerusalem three times (no one knew how) and who foretold exactly the Japanese War[2] three years before it began.

Konich waited to receive the papers regarding the land—from the local official, from Tishka, from Mukhortov but no paper, no. Well, thank you, then Mukhortov's coachman arrived; Konich learned from him that the official had set up in the city and that he would not show his nose now.

Konich pondered and pondered. "No—the order, as they say, must be done right, that's why I have a medal. So what if the official is in the city—for some unknown reason, and am I supposed to sit on my hands? For that, I'll catch hell."

1   Refers to new reforms whereby the serfs gained more freedoms.
2   Russo-Japanese War, 1904–1905.

И велел Коныч писарю бумагу писать к Русину-старику: от Русиных, мол, в первую волю нарезана была земля, ну, стало быть, и теперь…

Коныч диктовал, писарь писал:

"Бумага господину Русину. Как обществу надлежаще стало ведомо, и не имея существования к жизни, пришёл указ надлежаще землю господскую, крестьянам, то и прошу. Ваше Превосходительство, господин Русин, надлежаще расписаться в слушании; Волостной старшина и кавалер, а по безграмотству его именная печать."

А Русин — не только, надлежаще не расписался, но на сотского ногами топал и жалобу грозил послать. Жа-алобу! А указ-то для кого, а? Не-ет, Коныч службу знает, у Коныча — недаром медаль.

У господ в те поры стражников по имениям понаставили, а у Русиных не было. Не то чтобы забыли или что, а просто становой на Коныча — как на каменную гору:

— У Тюрина? У Коныча? Ну, брат, у него и не пикнут…

И не пикнули, верно. Собрал Коныч сход, писарю велел бумагу объявить, какую Русину-то писали, и всех нарядил на завтра с сохами идти — лехи запахивать, русинскую землю по указу переделять. И пошли, все до единого, разве старики какие недужные остались.

Хоть и перевалил октябрь за середину, а ещё погожие были дни, сухмень, теплынь. Гурьбой шли чрез село к Русину мужики, а бабы на токах цепами стучали, и таково было весело всем, — беда!

Русинский белый с зубцами забор; над забором — листья на древах уцелели, где золотенькие, где красные, а на дому на русинском — крыша ясная, как жар горит…

Вышел к воротам генерал сам. Кра-асный, ну, чисто сейчас вот из бани, с полка.

Стал ему Иван Коныч произъяснять — вяк-вяк, а толку не выходит, не внятно:

So, Konich directed the scribe to write a document to old man Rusin. From Rusin, it was said, the first piece of land was given during the first freedom, and so it follows that now…

Konich dictated, the scribe wrote:

"A document for Mr. Rusin. As society has properly come to know, and not having a bearing on life, an order has come properly for the land from the master to the peasants, which I thereto request. Your excellency, Mr. Rusin, please properly sign at this hearing. From the Chief of *Volost* and cavalier, and due to his illiteracy, this is his stamp."

But Rusin not only did not properly sign, but stamped his feet at the *sotskiy*[1] and threatened to send a complaint. Com—plaint! And who then is this order for? No-o, Konich knows his duty. He doesn't have a medal for nothing.

The masters at this time had placed guards on their estates, but at Rusin's there were none. Not because they'd forgotten, but simply because the district trusted Konich—like a stone mountain.

"At Turin's? At Konich's? Well, brother, you won't hear a peep from the peasants under him…"

And not a peep they made, it's true. Konich gathered a meeting, directed the scribe to read the document they wrote to Rusin, and arranged that everyone should go out tomorrow with their plows to plow their double furrows on Rusin's land, by the decree. And they went out as one, only a few old men who were ill didn't go.

Though it was already past the middle of October, the days were still nice, dry, temperate. The men walked in a crowd to Rusin's, and the women pounded on the barn-floors with threshers, and everyone was very merry—trouble!

Rusin had a white picket fence; over the fence, leaves on the trees still survived, some golden, some red. And on Rusin's home, the roof was red—glowing like heat…

The general himself walked out to the gate. All re-ed, as if straight from the bench in his banya.

Ivan Konich began to explain to him—yak, yak, but nothing comes out, it's not clear:

---

1   A pre-revolutionary local leader from the peasant class, with police duties.

— Надлежаще… Хотя-хоть и конешно, мы…

Ну ладно: велел старшина писарю говорить, а писарь говорит — как красна точёт . Писарь — сначала про Минина-Пожарского, потом про окружной суд, про Наполеона, потом про какого-то брухучего быка… Этакой ловкач!

Слушал генерал — слушал, да ка-ак зяпнёт:

— П-пашли все вон!

Ну, тут что же, конечно: пошли, землю поделили, всё честно-благородно. Бумагу написали, Коныч приложил печать: делу, стало быть, конец. Двух стариков приставили новые наделы сторожить, а Русину — усадьбу отвели, все сараи и всякие там причиндалы, и живности ему половину отдали. Всё по совести, по указу, а он взял — да и нажалился, старый хрен. Ну, нынче и народ!

Через три дня — исправник приехал, стражников видимо-невидимо, а ещё — малый молодой какой-то из города, с кокардой: из окружного, что ли. Забрали и Коныча, и писаря, и мужиков, кого погорластей. На телеги посажали — и эх… Бабы выли, а телята без хозяйского глазу, хвосты задрав, — по улице вскачь, телятам — веселье.

Судили мужиков из Ленивки не скоро, через год, почитай. И из острога на суд — всё такой же пришёл Коныч: ядрёный мужик, ведьмедь, и медаль свою на шею вздел.

Говорили-говорили на суде — дня три без передышки, ну и языки же крепкие. А что к чему — неизвестно. Под конец и Коныча спросили. Коныч вскочил, руку приложил к сердцу, от сердца им стал говорить:

— Ваши превосходительства. Как по указу ведь я, надлежаще… Вот она — вот, от начальства медаль-то! А меня… Нешто так возможно?

Уж вечер, уж лампы зажгли, а судьи всё не выходили. Уморился Коныч так, зря сидеть: "Что, мол, их на ключ, что ли, кто замкнул, не идут-то чёго?"

"It is properly… though, at least and of course, we…"

Well, all right: the elder directed the scribe to speak, and the scribe spoke very eloquently. The scribe first spoke about Minin and Pozharsky[1], then about the district court, about Napoleon, then about some kind of a cantankerous bull… what a clever fellow!

The general listened and listened, and then how he yelled:

"E-everyone, get lost!"

Well, here's what happened, of course: they went, divided up the land, all fair and noble. They wrote a document, and Konich put his stamp on it: an end to the whole thing, then. Two old men were placed to guard the new plots. Rusin was given his manor, all barns and other possessions, and half of his livestock was given to him. Everything was done in good conscience, by order, and he went and complained, the old miser. The way people are these days!

In three days, the superintendent arrived along with numerous guards and also some kind of small man from the city with a badge, from the district probably. They arrested Konich, the scribe, and the more loudmouthed of the men. Sat them in a wagon and, oh… The women howled. The calves, without an owner's watchful eye, galloped through the streets, tails whipping—joy!

They didn't judge the men of Lenivka quickly, only after a year, almost. And from the jail to the court they brought Konich: a robust man, a bear grizzly, and he hung his medal around his neck.

They talked and talked in the courtroom—three days without a respite, some strong tongues they have. But who was for what, it was unknown. At the end, they questioned Konich. Konich jumped up, put his hand on his heart, and from his heart began to talk:

"Your excellences. I was just following orders properly… Look here, see the medal from my superiors! And then I… How can this be?"

Already evening, already the lamps have been lit, and the judges still haven't come out. It exhausted Konich so to be sitting there pointlessly. "What now, as they say, are they locked behind a key, who locked them up, why don't they come?"

---

1   In 1611 in Nizhny Novgorod, a group of militia was formed by merchant Kuzma Minin and Prince Dmitry Pozharsky to fight Polish invaders.

Вышли, бумагу читали; сказали — тоже, мол, и они по указу судили, ну да кто их знает. Кто-то объяснил Конычу: оправдали, мол, можно домой.

Заторопился Коныч идти: надо ещё до ночи управиться — новый хомут купить. Не то с господами-то проститься надо, не то нет? Остановился Коныч, к судьям повернулся — и ещё попрекнул напоследок:

— Ну, вот то-то и оно-то: оправдали, домой. Я — знаю, я — по указу, надлежаще. Меня не собьёшь.

They came out, read a paper, said that they too judged by the decree, anyway, who knows? Someone explained to Konich: he was acquitted, as they say, and could go home.

Konich hurried to leave. He still needed to get ready before nightfall—needed to buy a new horse collar. But what about taking his leave from the gentlemen, he must do this, right? Konich paused, turned to the judges—and added a reprimand at the end:

"Well, that's just that: acquitted, going home. I know I follow orders properly. You won't knock me off my feet!"

Translated by Danielle Jones with Natalya Russkikh.

Questions for Discussion:

1. The beginning of the story says that Konich was "awfully unfit for learning." What does he learn or not learn throughout the story?
2. What is the narrator's attitude toward the new social order? What words/phrases does the narrator use to show his view of the social and political situation?
3. What is the narrator's final perspective on Konich, villagers in general, and the communist government based on the ending of the story?

Кряжи

Евгений Замятин

1

Не перевелись ещё крепкие, дремучие леса на Руси.
Вот кто в Пожоге бывал — тот знает: хоть целый день
иди, в какую сторону хочешь, всё из лесу не выйдешь, всё
будут сосны шуметь, зеленошубые, важные, мудрые. А
в Пожогу вернёшься — у прясла встретит такой же му-
дрый, ту же думу думающий каменный бог: в запрошлом
году рыли овин у попа — и откопали старое идолище. Там
— Никола себе Николой, а всё-таки и к нечисти надо с
опаской: кабы какой вереды не вышло. И тайком от попа,
с почётом, вынесли нечисть за прясло, там и поставили у
дороги.

Через эту самую нечисть и пошла вражда между Иваном да Марьей. Вёз Иван с базару лузги воз: послал поп
за лузгой, вся вышла, не из чего курам месятки делать. А
Марья везла дерева на продажу: сосны трёхчетвертные[1]. У
околицы у самой и встретились.

— Эй ты, с лузгой, вороти!

Эх, хороша девка, брови-то как нахмурила соболи-
ные! Может, кабы не такая была, не свернул бы Иван, а
тут…

— А ну-ка, красавица, сама вороти: видишь, я с возом.

Ожгла искрой из глаз, стеганула по лошади Марья, хотела проскочить — да не спопашилась: зацепила осью за
идолище, крякнула ось, покатились сосны трёхчетвертные.

— Ах ты, заворотень, шаромыга! Я тебе покажу, как оси
ломать…

Уж вскочила к Ивану на грядушку, уж замахнулась. Да
на грех тут оборвалась, пуговица у баски, разошлась на

---

1   Logs trimmed square on three sides so they could be hauled easily.

Hardy Folk

Yevgeny Zamyatin

1

Strong, dense forests yet exist in Rus. Whoever has been to Pozhoga knows this: even if you walk a whole day, in whichever direction you like, you still won't leave the forest. All around the pines will rustle, green-robed, haughty, wise. And when you return to Pozhoga—at the boundary, you will meet the same kind of wise stone god, thinking his thoughts; the year before last, they were digging for the priest's drying-house—and dug up an old idol. There, Nikola is Nikola, and all the same, one must be careful with evil spirits: lest some harm come to you. So, secretly from the priest, with respect, they carried the evil spirit beyond the boundary and put him there by the road.

Because of this same idol, a feud arose between Ivan and Marya[1]. Ivan was driving a cartload of shucks home from the bazaar: the priest had sent for the shucks, he'd run out and didn't have anything to make feed with for his chickens. And Marya was hauling rough-sawn firewood for sale. At the outskirts of the village, they met.

"Hey, you, with the shucks, turn aside!"

Ah, a fine maiden, how she frowns with her sable eyebrows. Maybe, if she hadn't been that kind of a maiden, Ivan would not have swerved from the road, but…

"Well, now, beautiful. Turn aside yourself, you see I have a load."

Singeing him with sparks from her eyes, Marya whipped up her horse and tried to whisk past—but couldn't fit. Her axle caught on the idol, groaned, and the rough-sawn logs went rolling.

"Oh, you evil spirit, charlatan! I'll show you how to break an axle…"

She was already leaping toward Ivan who was standing on the cart bed; she took a swing. At this point, unfortunately, a button on

1   Russian equivalents of John and Mary, common names in folk tales.

груди баска — и отзынула Марья.

У Ивана дух перехватило — от злости или ещё отчего, Бог его знает. А только ни слова не сказал, слез, у воза своего вынул ось и ей поставил: подавись, мол, н-а! Потом на руки поплевал, понатужился — силы и так довольно, а тут вдвое прибавилось: положил ей брёвна на место, и поехала Марья.

Вот с той поры и пошло. Оба — кряжи, норовистые: встретятся где, в лесу ли на по-грибах, у речки ли на по-воде — и ни вполглаза не глянут. Почерпнут по ведрушке и разойдутся, всяк по своей дороге.

Уж далеко отойдут, уж запутается между рыжих стволов белая баска Марьина, тут-то шишига и толкнет: "А ну, оглянуться теперь? Наверно, далеко уж…"

И вот на тебе: как нарочно, оглянутся оба вместе. И отвернулись сейчас же, и побежали ещё прытче, только плещется из ведер вода.

В Пожоге народ на счету, на веду живёт: скоро проведали, какая пошла раздеряга между Иваном да Марьей. Стали про них языки точить, стали их подзуживать, — ну просто так, для потехи.

— Эх, Марья, работник-то попов, Иван-то, богатырь какой: сам-один, своим рукам, всю попову делянку срубил. Ды кудрявый, ды статный: вот бы тебе такого в мужья! Не пойдёшь, говоришь? Не хочет, братцы, а?

А потом — Ивану:

— …А встретили мы сейчас Марью: про тебя, Иван, говорила. И зазря , говорит, он на меня зарится, я сама у матери всем хозяйством правлю, мужиков этих самых мне не надобно. А уж, мол, таких, как Иван, без кола без двора, и подавно…

И разгасятся они оба, Иван да Марья, и обносят за глаза друг дружку словами разными: тем-то скоморохам, конечно, потеха.

the ruffle on her chest popped off, and Marya jumped back.

Ivan couldn't catch his breath—whether from anger or something else, God knows. Only he didn't say a word, got off, and pulled an axle from his own cart and replaced hers: choke on it, as they say, ha! He spit on his hands, stretched—he had plenty of strength, and here it doubled: put the wood in its place for her, and Marya drove away.

Since then, it went like this. Both of them were hardy folk, restive. If they meet somewhere, in the forest picking mushrooms or at the river when it overflows—they barely glance at each other. They'll pull up their buckets and walk away, each on his own path.

And after already walking far way, when Marya's white lace was already getting lost in the red trunks, a *shishiga*[1] would prod: "Should you look back now? It's probably far enough…"

And here's what happened: as if on purpose, they both glanced back at the same time. And looked away again immediately and ran even more quickly, the water splashing from the buckets.

In Pozhoga, everyone can see everything, nothing can be hidden: the quarrel between Ivan and Marya was soon discovered. People began wagging their tongues, began to provoke them—just like that, for fun.

"Hey, Marya, the priest's hired hand, Ivan, is some kind of hero. By himself, with his own hands, he chopped down all the trees on the priest's plot. How curly-haired, how well built: what a good husband he'd make for you! You wouldn't marry him, you say? She doesn't want to, huh brothers?"

And then to Ivan:

"…We just ran into Marya; she was talking about you. In vain, she said, he is looking at me. I, myself, rule over my mother's household. I don't need any kind of a man. And I certainly don't need someone, she said, like Ivan, without a house or home…"

Both Ivan and Marya were inflamed, and they called each other various things behind each other's back—which was all the more amusing, of course, to their provokers.

---

1 Small female creatures of Russian folklore, they lived in reeds, creeks, and ponds, dragging careless passersby into the water.

А ночью… Да что: ночью человек ведь один сам с собой, да и не видит ночь ничего, состарилась, глаза потеряла.

2

Петров день скоро, великий праздник летний. Уж и погуляют же в Пожоге, похлебают вина до дна мужики, накорогодятся девки да парни.

Свой медный гребень — от деда достался — начищает песком попов работник Иван. Уж как жар горит гребень, а Ивану всё мало, всё лощит. Ох, выбрал, должно быть, Иван, кому гребень отдать! Есть откуда выбрать в Пожоге: пригожих много…

Наране Петрова дня уехали мужики невод ставить на Лошадий остров, где понож лошадиная каждый год. А день — красный, солнце костром горит, растомились сосны, смола течёт. И случилось, побежали в челне на тот же Лошадий остров девки пожожские, в Унже купаться: нет купанья лучше, как тут.

Вылезли, глядь-поглядь: мужики в тени дрыхнут — солнцем сморило, Унжа лежит недвижима, поплавки от невода — спят.

— Подружки, а давайте невод тянуть?

Кому же это сказать, как не Марье: она везде коновод, заводило.

— Да тут глыбь, омутья. Ишь ты какая бойченная!

Пошептались, пожались — да и полезли: уж больно лестно мужиков обойти. Взялись за тягла, тянут-потянут: нет, нейдёт.

— Ой, сестрицы: утоплый! Страсть, ей-Богу! Бросим, а?

Под вечер будь дело — бросили бы, а сейчас оно не так уж и страшно. Марья-заводило сбросила одёжу, вошла в воду поглубже.

— Налегни-ка, девонька, налегай.

But at night... here's what: at night, a person is alone with himself, and night doesn't see anything, she's too old, gone blind.

2

Peter's Day[1] is soon, the great celebration of summer. They're already merry making in Pozhoga, men drink their wine glasses to the bottom, maidens and fellows join the dancing and singing.

Ivan, the priest's hired hand, is using sand to clean his copper comb—the one left by his grandfather. Already it burns with fire, but it's not enough for Ivan, he keeps polishing. Ah, Ivan must have chosen to whom he is going to give the comb! There are many to choose from in Pozhoga: many pretty ones...

Early on Peter's Day, the men left to set a large fishing net on Horse Island, where they spend a night every year. The day was beautiful, the sun burned like a fire, the pines languished, the resin dripped. It happened that a group of Pozhoga maidens raced to this very Horse Island in a canoe to swim in the Unzha[2]; there's no better swimming than there.

They crawled out, looked, looked around: the men slumbered in the shadows—the sun had overpowered them. The Unzha lay unmoving, the floats of the net were asleep.

"Girls, why don't we pull in the net?"

Who else would say this but Marya: she is always the ringleader, the instigator.

"It's deep there, and whirlpools. You're awfully energetic!"

They whispered, dillydallied, but climbed into the water. It was terribly pleasing to show up the men. They gripped the handle of the net, pulled and pulled, but, no, it wouldn't budge.

"Oh, sisters! It's drowned! Oh, good Lord. Let's forget it, eh?"

If it would have happened in the evening, they would have let it go, but now it was not so frightening. Marya, the ringleader, threw off her clothes and stepped deeper into the water.

"Put your shoulder into it, lass, pull."

---

1   Celebration of the saints Peter and Paul, June 29th.
2   A tributary of the Volga River.

Подался невод, пошёл. Зачернелось под водой что-то, а что зачернелось — не понять. Пригляделись: усы и морда чёрная, и всё обличье сомовье.

— Сом, сомяка! Батюшки, ну и страшенный! Ой, беги, Марья, в воду утянет.

Открыл сом ленивые буркалы, трепыхнулся — сигает сейчас в воду, и поминай как звали...

— Ну, нет, не уйдешь... — кинулась Марья на сома, животом легла и держится, а сама благим матом: тяни-тяни-тяни!

И вытянули девки сома — и Марью с сомом, обступили: смех, воп, визг. Проснулись мужики, прибежали, подивились на сомяку страшенного. В затылках поскребли.

— Дыть, сонный он. Поди, лошадь его в воде копытом брыкнула. Эка мудрость такого-то выловить?

— Со-онный, говоришь? — как соскочит Марья с сома, рыбина как сиганет, мужики как попятятся...

— Ну будя баловать-то, давай. Наша рыбина, нашим неводом выняли, — галдели мужики. — Да оделись бы, оглашённые! Пошли-ка, пошли...

— А-а, так-то? А ну, девки, в воду сома.

Вот тебе, здравствуй. Экая оторвяжница, а? Надо, видно, миром кончать.

Сторговались за два рубля. Отсчитали девкам — чтоб их нелегкая! — два рубля, забрали невидалого сома мужики.

На Петров день гостинцев-то накупили девки на Марьины деньги: жамок, козуль, орехов, мёду пьяного. Только и разговору в Пожоге, что про Марью, как Марья сома обротала: ну и богатыриха, ну и бой-девка.

Садилось солнце за Унжу, как дед на завалину, поглядывало на молодых стариковски-ласково. Под соснами зеленошубыми кружился-перевивался весёлый корогод:

The net yielded and began to move. Something black appeared under the water, but it was unclear what the black thing was. They looked closer: a mustache and a black snout, and its whole appearance was feline.

"Catfish, catfishy! Good lord, how scary he is! Oh, run, Marya, it will drag you into the water."

The catfish opened his lazy eyes, thrashed once — about to dive into the water and be gone forever.

"Oh no, you won't get away," Marya threw herself over the catfish. She lay on her stomach and held on and cursed: "Pull, pull, pull!"

And the maidens pulled out the catfish—and Marya along with it. They stood round: laughter, shouting, squealing. The men woke up, ran over, marveled at the fearsome catfish. Scratched their heads.

"Well, he's sleepy. Bet a horse kicked him with his hoof in the water. Is it so amazing to catch such a sleepy fish?"

"Slee-eepy, you say?" how Marya jumped up from the catfish, how the catfish leaped, how the men sprang backward...

"Well, enough of this mischief, let's go! Our fish, pulled up with our net," the men clamored. "You ought to get dressed, baptism candidates! Let's go, let's go..."

"Ah, like that, is it? Well, maidens, put the fish back in the water."

There, chew on that. Some troublemaker, huh? It was clear they had to end things peacefully.

They agreed on two rubles. The men counted off two rubles for the girls – curse them! – and took the incredible catfish.

On Peter's Day, the maidens bought goodies with Marya's money: *zhamoks*[1], gingerbread, nuts and honey beer. The only talk in Pozhoga was about Marya; how Marya overcame the catfish: now there's a female *bogatyr*[2], now there's a fighting girl.

The sun sank over the Unzha, like a grandfather onto an earth mound, watching over the young people in an affectionate, elderly way. Under the green-robed pines, twirled and weaved the merry dancing troupe:

---

1   Small traditional pastries made by Russian peasants.
2   In Russian tradition, *bogatyrs* are heroes or knights memorialized in epic songs, known for their valor, skill in battle, and good character.

> Как по травке — по муравке
> Девки гуляли…

Только и славили, что Марью одну, только и выбирали все Марью да ту же, "ой Машеньку высошеньку, собой хорошу."

Приметил кой-кто: что-то не видать Ивана, работника попова. Посмеялись:

— Ну и зёл , ну и зёл же он, братцы! И что это ему Марья не мила так: чудно.

А Иван тут же стоял, недалёчко, за соснами вековыми. Всё гребень свой в руках мусолил, всё на круг весёлый смотрел, а в кругу Марья ходила, весёлая, червонная, пышная: только брови собольи — строгие, да губы тонкие — строгие…

Уж стали весёлыми ногами разбредаться мужики, уж находили покой похмелые головы на жилистых руках — корневищах сосновых. Выплыл месяц, медным рогом Ивана боднул — и побежал Иван к Унже. Размахнулся — раз! — и блеснул гребень, булькнул в Унжу.

3

Поп пожожский, отец Семён, в старое время на всю округу славился своей премудростью. Травками лечил: от винного запойства у него своя травка была, от блудной страсти — своя. Из ботвы из картофельной какие-то хлебы умудрялся печь. Индюки у него по двору ходили чисто собачищи лютые, никаких собак и не надо. А теперь уж на убыль пошло, стал отец Семён хилеть, забытое у него началось. Газету прочтёт — расписывается на газете: "Прочитано. С. Платонов." А забудет расписаться — в другой раз ту же газету читает, и третий — пока не распишется.

Каждый день Ивана расспрашивать начинал отец Семён сначала:

Among the meadow grasses,
the maidens danced…

Everyone praised Marya alone, she alone was the one everyone chose, "Oh, Mashenka[1], tall girl, oh so lovely."

Someone noticed that Ivan, the priest's hired hand, wasn't to
be seen. They laughed:

"How angry he is, how angry, brothers! And why doesn't he
like Marya? Incredible."

But Ivan stood there, not far away, under the ancient pines.
Kept twirling the comb in his hands, kept watching the merry
circle, and in the circle Marya walked, merry, flushed, magnifi-
cent. Only her brows were sables—strict—and her lips thin—
also strict…

Already the men were beginning to wander away on merry
feet, already the drunken heads were finding peace on brawny
hands—the roots of the pine trees. The moon swam out, butted
Ivan with a bronze horn—and he ran to the Unzha. He swung his
arm back—hey!—and the comb flashed, splashed into the Unzha.

3

In the old times, the Pozhoga priest, Father Semyon, was
praised everywhere in the region for his exceptional wisdom. He
cured people with herbal medicines: for alcoholic addiction he had
one kind of herb, for sexual impurity another. From potato tops,
he came up with a way to bake bread. Turkeys wandered around
his yard like genuine guard dogs—no need for the real thing. But
now that his time was beginning to wane, Father Semyon began to
decline and to forget things. When he would read a newspaper, he
would sign it, "Read by S. Platonov." But if he forgot to sign it, then
he would read it again and a third time—until he signed.

Every day, Father Semyon began by questioning Ivan all over
again:

---

1   Diminutive of Marya.

— И чтой-то, Иван, примечаю я нынче, невесёлый ты ходишь?

И каждый день Иван всё так же встряхивал кудлами русыми:

— Я? Я ничего будто…

А сам скорей топор на плечо да куда-нибудь в лес подальше, на поповых делянках сосны валить. Хекал-свистел топор, брызгали щепки, сёк со всего плеча — будто не сосна это была, а Марья да та же всё. И сейчас подкосится, сломится, падёт на коленочки и жалостно скажет:

— Ой, покорюсь, ой, Иванюша, помилуй…

С кузьминок — бабьего, девичьего да куричьего праздника — дождь пошёл, на мочежинках повыскочили грибы. Рассыпался народ грибы собирать. Два дня сбирали, а на третий, возле Синего Лога, клюнула мальчонку змея, и к вечеру помер мальчонка. С того дня стала расти змея, и уж не змея это — змей страшный: Синий Лог стали за три версты обегать. А Иван — змею обрадовался, стал каждый день ходить в Синий Лог: никому другому — Ивану надо змея убить, и тогда…

Раз под вечер вернулся Иван из Синего Лога, глядь, на порядке[1] — народ, шум. Подошёл: в кругу на земле — лежит змей тот самый. Уж голову ему оттяпали, а он всё ещё шевелится. Медленно режут по кускам, вытягивают головы из-за плеч:

— Копается-шша? Ну, и живуч, омрак страшный!

Эх! И топор бросил Иван, и на порубку ходить перестал, и на улицу не показывался: всё опостылело.

Забелели утренники, зязябла земля, лежала неуютная, жалась: снежку бы. И на Михайлов день — снег повалил. Как хлынули белые хлопья — так и утихло все. Тихим колобком белым лай собачий плывет. Молча молятся за людей старицы-сосны в клобуках белых.

---

1   Порядок — literally, "the order," refers to a sequence of structures or huts standing in line on a street.

"I see, Ivan, that you are not carrying yourself very joyfully for some reason?"

And every day, Ivan would all the same shake his blond curls.

"Me? There's no problem with me…"

And he'd quickly disappear, the axe on his shoulder, deep into the forest to fell pine trees on the priest's land. Whistle-whined the axe, chips flew, he chopped with his whole shoulder—as if it wasn't a pine but Marya, the one and only. And soon she'll give in, break, fall on her knees and say pitifully:

"Oh, I am conquered, oh, Ivanushka, have mercy…"

On Kuzminki[1]—the holiday of women, maidens, and fowls—it rained, and the mushrooms began to grow in the swamps. The people scattered to collect mushrooms. For two days they gathered, and on the third day, near the Blue Ravine, a snake bit a young boy and in the evening, he died. From that day, the snake began to grow until it wasn't even a snake but a frightful serpent. People began to bypass around Blue Ravine a full three versts. But Ivan took joy in the serpent and began to walk every day to Blue Ravine. He knew that he and none other had to kill the serpent, and then…

One time in the evening, Ivan returned from Blue Ravine, and look! In the street—people, noise. He walked up. In the middle of the crowd on the ground lay this very serpent. His head had already been chopped off, but he still twisted. Some slowly cut him into pieces, others craned their necks to see:

"Still moving? Now that's a tough bastard, the hideous dark thing!"

Oh! Ivan threw down his axe and quit going out to chop down trees and didn't show his face in town: everything was hateful to him.

The mornings whitened, the ground froze and lay uncomfortable and shriveled as if waiting for snow. And on Michael's Day[2], snow fell. As the white flakes rushed down, everything became quiet. The bark of a dog floats in a quiet, white, snowball. Silently, the old women-pines in their white habits pray for the people.

---

1   This November 14th holiday was considered the day between fall and winter.

2   Michael's Day (November 8th), the last autumn holiday, is a cheerful and hearty feast associated with the end of the wedding season and the start of winter.

От тишины от этой ещё пуще сердце щемило. Морозу бы теперь лютого, так чтоб деревья трескались! Да выбежать бы в одной рубахе, окунуться в мороз, как в воду студёную, чтоб продёрнуло всего, чтоб ногами притопнуть — живо бы всю дурь из головы вон...

А морозы не шли, всё больше ростепель. Небывалое дело: зимнего пути ещё нет по Унже. А ведь святки уж на дворе.

Первый тому знак — стал отец Семён о гусях каждый день говорить. Напретил одно:

— Гусятинки бы, мать, а? За гусями-то ехать — время, мать, а?

Гусятинку любил отец Семён до смерти, без гусятины — и праздник не в праздник. А за гусями — вон куда ехать, в Варегу, за сорок вёрст. Ну да уж заодно — изюму купить для кутьи, муки подрукавной: стал Иван розвальни снаряжать.

— К середе-то, Иван, управишься?

— Я-то? Управлюсь.

— Ну, то-то. Ты гляди, к ночи чтоб не попасть. Волки ведь. Как это со мной-то вышло... — И уж в какой раз принимался отец Семён рассказывать: из той же Вареги он ехал, и волки увязались, и как он им по гусю выкидывал — так ни одного и не довёз.

А Иван из Вареги нарочно в ночь выехал: волки так волки, хоть что-нибудь, развернуться бы в чём, одолеть бы что.

И как на смех — хоть бы один. Может, оттого на охоту не вышли волки, что ночь была ясная, месячная. Другие сутки стоял мороз.

К Пожоге приехал Иван в полдень. До перевоза доехал — у перевоза народ, шум: паром-то не ходит. Унжа — стала. Вот те и раз!

Унжа тут не широкая, видно, как на том боку машут руками. Бабы кричат — дразнятся:

Out of this silence, a heart aches even more. If only the frost would be so severe that the trees would fracture! If one could run out in just a single shirt, dip oneself in the frost like into freezing water, be hit by the chill enough to stamp one's feet—then all the nonsense would vanish swiftly from the head...

The chill didn't deepen though but began to thaw. An unheard of situation: there was still no winter path on the Unzha and Yuletide was already at the door.

The first sign was that Father Semyon began to talk about geese every day. He kept harping:

"How about some goose meat, damn it, huh? Isn't it time to go fetch some geese, damn it, huh?"

Father Semyon loved to death to eat goose; without a goose, a holiday was not a holiday. And to get a gander, one had to go to Varega, forty versts away. But at the same time, he could buy raisins for *kutya*[1] and cheap flour: therefore, Ivan began to get the sled ready.

"Ivan, will you make it back by Wednesday?"

"Me? I'll make it."

"Well, fine. See that you don't travel at night. There are wolves, after all. Like it happened with me one time..." And for the umpteenth time, Father Semyon began to tell the story about how he was coming back from the selfsame Varega and wolves took after him and how he threw them goose after goose—so that he didn't bring back even one.

But Ivan left Varega deliberately at night: wolves, so be it, at least something to dominate and overcome.

As if on purpose, there wasn't even one. Perhaps the wolves didn't come out for hunting because the night was bright and moonlit. The next night it was freezing.

Ivan arrived in Pozhoga at midday. He rode up to the river crossing. At the crossing, there was a crowd and noise. The boat wasn't running. The Unzha had frozen over. There you are!

In that spot, the Unzha wasn't wide, they could see people waving their arms on the other side. Women yelled, teased:

---

1   A dish made out of boiled rice with raisins and honey.

— Эй, вы, заунженские! А ну-ко, по первопутку-то к нам?

— Ты, зевластая , помолчи! А то как вот перееду да как почну мутыскать...

— А ну, переедь! А переедь, переедь-ка, я погляжу!

И показалось Ивану: на том боку, среди увязанных платками — мелькнула Марьина голова. Закипело в нём, ударил он лошадь — и стал спускаться на лёд. Только спаянный лёд — гнулся, булькали под ним пузыри, кругами шёл треск.

— А переедет ведь, дьявол! Как Бог свят — переедет...

Иван на лёд не глядел, ехал на санях стоймя, крутил вожжами над головой. Только когда уж к тому боку стал подъезжать, вдруг — всё кругом в глазах — и куда-то вниз тихонько пошёл, пошёл, пошёл...

Пока это опамятовались, да за ум взялись, да слег накидали на лед, пока вытащили Ивана и лошадь. Лошадь-то, должно быть, передними ногами цеплялась: лошадь только тряслась вся. А Иван — жив ли, нет ли, кто его знает.

— Качай, ребята, качай!

И когда галдеть перестали и начали на свитке качать — стало слышно: выл, причитал чей-то бабий звонкий голос. Поглядели: Марья.

— Качай, ребята! Отживё-ё-ёт ещё, у нас народ крепкой, кряжистой...

Отживё-ё-ёт! Ну хоть бы послушать Марьины причеты — отживё-ё-ёт.

"Hey, you, other-siders! Well, who's going to make the first crossing to us?"

"You shut up, loudmouth! Or I'll come across and start pounding you..."

"Well, then, come over! Come over, come over, now, I'll watch!"

And it seemed to Ivan that on the other side, in the middle of tied-up kerchiefs, Marya's head flashed. He burned with rage, whipped his horse and began to go down to the ice. The ice had just frozen over—it bowed, bubbles gurgled below him, cracks ran out all around.

"He'll cross, he will, the devil! As God is holy, he'll cross."

Ivan didn't look at the ice. He rode standing in the sleigh, spinning the reins over his head. Just as he was about to reach the other side, suddenly—everything went floating in front of his eyes—he sank quietly down, down, down...

It took a while for them to collect themselves, come to their senses, throw some snow on the ice and pull out Ivan and his horse. The horse must have caught onto the ice with his front legs: came out fine, just shaking all over. But Ivan—alive or not, who knows.

"Revive him, fellows, revive him!"

And when the noise quieted down, and they began to revive him on an overcoat, they could hear a woman's ringing voice. They looked: Marya.

"Revive him, people! He'll li-i-i-ve. Our kind are strong, hardy..."

Li-i-ive! Why, just to hear Marya's lamentations—he'll li-i-ive.

Translated by Danielle Jones with Natalya Russkikh.

Questions for Discussion:

1. Why are Ivan and Marya at such odds with each other throughout the story? What do you think their future might be?
2. What elements common to folk tales are apparent in the *skaz*? What effect do these have on the narrative?
3. What Christian and Pagan components are there in this story? Why do you think they are included?

Vyacheslav Shiskov

Vyacheslav Yakovlevich Shishkov (1873–1945) was a short story writer and novelist who first attracted attention for his travel sketches and was later known for his writing about Siberia and his colorful novels about life after the revolution.

He was born in the provincial town of Bezhetsk into a merchant family. After graduating from a civil engineering college, he went to work in the Tomsk region of Siberia for twenty years. While in Siberia, he travelled around the region, made maps of various districts and supervised many geodetic expeditions studying Siberian rivers. These regions would serve as the settings of many of his literary works. His first published story, "The Cedar," appeared in the newspaper *Siberian Life* in 1908 and showed his talent for writing. He began an active literary career when he moved to Petrograd in 1915 and was encouraged by Maxim Gorky to make his living as an author. He published his first collection of short stories, *Siberian Skaz,* in 1916. In 1923, he published the novel *The Gang*, about revolutionary partisans.

His next book, *The Wanderers*, was a sympathetic account of the young delinquents who were secondhand casualties of the Revolution and the Civil War. These orphaned and homeless children were forced into a life of crime, drug-taking and general debauchery. They formed their own communities which were a mockery of the communes envisaged and encouraged by the Soviet authorities.

After the revolution, Shishkov began writing full time and completed the novel *Gloomy River*. Using the turbulent events of the search for gold in Siberia as a backdrop, Shishkov created a saga about wealthy Siberian merchants at the turn of the century. The novel contrasts the life the peasants lived before and after the revolution. While most influential intellectual figures of Russian literature before the revolution were

university-educated aristocrats prone to the idealization of the peasantry, Shishkov was a provincial dweller with a more modest formal education than his literary contemporaries. His advances in literature were in his practical knowledge of the Russian Siberian peasantry and in their language.

During the last decade of his life, Shishkov worked on the historical novel *Yemelyan Pugachev*, about 18th century Cossacks during Catherine the Great's rule. Shishkov depicted the peasant uprising in all of its brutality and told the sorrowful story of the Cossack civilization with its emphasis on humanism and painful elegy.

Shishkov survived the siege of Leningrad and was evacuated to Moscow in 1942. On the occasion of his seventieth birthday, he was awarded the Order of Lenin and was posthumously awarded the Stalin Prize.

In "The Commune," the narrator, a comic figure, is employed to refract information. Curiously, in the period of the flowering of Russian Realism, Shishkov primarily employed colloquial forms outside of standard Russian language. He believed that the creator and repository of language was the ordinary individual. To make the language come alive and richer in his stories, he talked with workers and peasants and wrote down their sayings, expressions, and the structure of their speech patterns in a notebook. He significantly extended the possibilities for the use of common language and this made his characters more true to life. There's a large amount of vernacular and thieves' slang in "The Commune" and his characters use substandard Russian—an explicit indicator of class.

Svetlana Malykhina

Коммуния

Вячеслав Шишков

Село Конево стоит в заповедном лесу. Место глухое, от города дальнее, народ в селе лохматый, тёмный, лесной народ.

Помещика Конева, бравого генерала, владельца этого места, ещё до сих пор помнят зажившиеся на свете старики: крут был генерал, царство ему небесное, драл всех как сидоровых коз. Пришла свобода, пала барщина, а мужик долго ещё чувствовал над своим хребтом барскую трёххвостку, и всё рабское, что всосалось в кровь, передал по наследству своим сынам и внукам. Даже до последних дней, когда поднялась над Русью настоящая свобода, жители села Конева всё чего-то побаивались, всё норовили по старинке жить, новому не доверяли — опять, мол, обернётся на старое, пугались всякого окрика, чуть что — марш в свою нору, и шабаш!

Правда, и среди них были люди кряжистые, хозяева самосильные. Взять хотя бы семейство Туляевых, их пять братанов, один к одному, рыжебородые, кудластые, косая сажень в плечах. А главное — очень широки у всех братанов глотки, и голос — что труба, гаркнут на сходе, так тому и быть, — кривда, правда, обида ли кому — всё равно: мир молчит, терпит.

Да и как не терпеть, надо до конца терпеть, про это самое и батюшка, отец Павел, каждое воскресенье говорит: "Кто терпит, тот рай господень унаследует."

Ну, и терпели мужики.

А эти горлопаны, братейники Туляевы, ежели и забрали себе самые лучшие участки, ежели и поделили не по правде сенокос — пускай! — им же, обормотам, худо будет: сдохнут — пожалуйте-ка в кромешный ад, на вольную вакансию живыми руками горячее уголье таскать.

The Commune

Vyacheslav Shishkov

The village of Konevo is located in a landowner's forest. The area is remote, a long way from the city, and the people of the village are dark, shaggy, forest folk.

The landowner Konev, a brave general and owner of this place, is still remembered to this day by the old men who linger there. The general had been hard, gracious heavens, he flogged everyone like Sidor's goat[1]. Freedom came, serfdom fell, but for a long time the common man still felt the master's three-tailed lash over his spine, and all the slavery that had soaked into the blood was passed along as an inheritance to sons and grandsons. Even to the last days, when real freedom rose over Rus, the villagers of Konevo were still scared of something. They all tried to live in the old ways, didn't trust the new—again, they would say, it will turn to old. They were scared of every outcry, and if anything happened—off to your burrow and hole up!

True, among them were people who were hardy, their own masters. Take for example the family Tuliayev: five brothers, all alike, red-bearded, shaggy and broad-shouldered. But most importantly, all the brothers had wide throats and voices like trumpets; whatever they bark at the meeting, that's the way it will be. Whether it's falsehood, truth, an insult to someone—it doesn't matter: the world is silent, it endures.

And when you endure something, you must endure it until the end. That's exactly what the priest, Father Pavel, spoke about every Sunday: "He who endures will inherit God's paradise."

Well, and so the men endured.

And if these loudmouths, the brothers Tuliayev, took for themselves the best pieces of land, if they dishonestly divided up the hay fields—let them! For them, the blockheads, there will be evil: when they croak, welcome to infernal hell, to spend their vacation time hauling burning coals with their bare hands.

---

1   Idiomatic expression: flogged mercilessly.

Пришла несусветимая война, немчура с французинкой супротив России руку подняли, и всех пятерых братанов Туляевых, один по одному, угнали воевать. Больше полсела тогда угнали, лишь старичье да самый зелёный молодняк остались при земле. Ну, что ж: воевать так воевать. Вот весточки полетели с фронта: тот убит, тот ранен, у этого глаза лопнули от чертовых душистых каких-то, сказывают, газов. Вой по деревне, плач. Хорошо ещё, что отец Павел неусыпно вразумляет: "Убиенных — в рай," — но всё ж таки тяжко было — в каждой избе несчастье, бабы из чёрных платков с белыми каймами не выходят. Только у Туляевых старики и молодуха не печалуются, не вздыхают: видно, краснорожих братанов ни штык, ни пуля не берёт.

А на поверку оказалось вот что: братаны и пороху-то не понюхали, а сразу, как на спозицию пришли, единым духом записались в дезертиры, да и лататы: ищи-свищи ветра в поле, до свиданья вам!

Это уж потом всё обнаружилось, когда революция пришла. Вернулись после войны односельчане — кто на деревяшке, кто без руки, с пустым рукавом, — да и объявили про братанов:

— Дезертиры. Мазурики... Ужо-ка мы их!...

А время своим чередом шло. В селе Коневе всё честь-честью: новые права установили, солдаты разъясняют всё по правде, лес поделили, барский дом сожгли. Ах, сад? Яблоньки?... Руби, ребята, топором! Ну, словом, всё по-настоящему, везде комитеты, митинги, очень хорошо.

И, говорят, в Питере новое правительство сидит: генерал Керенский, князь Львов, ещё какие-то правильные господа, все из бар да из князей, очень даже замечательные, и простому народу заступники. Ха-ха!... А сам государь-император будто бы в Литовский замок угодил. Ха-ха-ха!...

The great war began—the Krauts and French lifted their hands against Russia, and all five brothers Tuliayev, one after the other, were driven off to fight. More than half of the village was driven off at that time, only the old folk and youngest greenhorns were left to tend the land. Well, and what of it, war is war. News flew in from the front: this one was killed, this one was injured, this one's eyes burst, they say, from some kind of hellish fragrant gases. There was howling in the village, crying. It was good that Father Pavel kept imparting his wisdom: "The dead go to heaven," but all the same it was difficult. In every *izba* there was grief, the women never took off their black kerchiefs with white hems. Only the old and young of the Tuliayev family did not grieve, did not sigh: clearly, the red-faced brothers were impervious to either bayonet or bullet.

In fact, it turned out that the brothers didn't even smell gun-powder but immediately, just after they took up their positions, all deserted as one and fled: helter-skelter in the wind of the field, goodbye everyone!

It was only later that all of this was discovered, when the revolution began. The village locals returned after the war—one with a wooden leg, one without an arm, with an empty sleeve, and they declared about the brothers:

"Deserters. Swindlers. Oh, we'll show them…!"

But time followed its course. In the village of Konevo, every-thing was done honorably and well: new laws were put in place, soldiers explained everything properly, they divided up the forest, burned down the landlord's house. And the garden? The apple or-chard?… Chop it down, lads, with axes! Well, in a word, everything was as it should be: committees everywhere, meetings, very good.

And they said that in Petersburg there was a new govern-ment: General Kerensky[1], Prince Lvov[2], some other proper gen-tlemen, all descendants of lords and princes, oh so very won-derful people, and advocates for the simple people. Ha-ha!… And it seems that the emperor himself ended up in the Litovsky

---

1   Alexander Kerensky (1881–1970), head of the 1917 Provisional Government until it was overthrown by the Bolsheviks under Vladimir Lenin.

2   Prince Georgiy Lvov (1861–1925), public and political figure, one of the lead-ers of the Provisional Government.

Вот так раз! Отец Павел ни гугу, никакого разъяснения, только и всего, что красный флаг прибил на крышу, а тихомолком всё ж таки старикам нашёптывал:

— Годи, крещёные... всё обернётся по старинке... А смутьянов так взъерепенят, что...

Шептал он тихо, тайно, но всё село вскоре расслышало и забоялось поповских слов: а вдруг да ежели?... Оё-ёй!... Даже молодяжник присмирел: опять барская треххвостка вспомнилась: а вдруг да ежели...

Но вот святки подходили, и к самому празднику объявились все пятеро Туляевых. Чаёв, сахаров наволокли, всяких штук: щикатулки, кувшинчики, ложки — всё из серебра, из золота, — часы, перстни с каменьем самоцветным. А сами, как быки, один другого глаже.

— Ну, каково повоевали, братцы? — спросили их на сходе мужики.

А молодяжник сразу закричал:

— Дезертиры, мазурики!... Вон из нашего села!

И прочие пристали, зашумел сход, — того гляди, зубы братанам выбьют.

— Не желаем!... Вон!...

Тогда братаны, как медведи, на дыбы:

— Ах, вон?... Благодарим покорно... Да мы вас!... Единым духом! Контрреволюцию пускать? А?!

— Как так? Что вы ошалели?... У нас комитеты, митинги...

— Комитеты?... Тьфу, ваши комитеты! В три шеи ваши комитеты!

— Как так? — закипятился молодяжник. — Вы, значит, за царя?

— Кто — мы?! — вскочили Туляевы и рты ощерили. — Да знаете ли, кто мы такие?

— Знаем... Малодёры...

Тут старший братан как тряхнёт бородой да топнёт:

— Замолчь!! — Так в ушах у всех и зазвенело, смолкли все. А потом тихим голосом:

Castle[1]. Ha-ha-ha!… Isn't that something! Mum was the word from Father Pavel, no clarification, he only nailed a red flag onto his roof, but quietly, all the same, he whispered to the old folk:

"In time, believers… everything will return to the old ways… and the troublemakers will be thrashed so good that…"

He whispered this quietly, in secret, but soon the whole village had heard and feared the priest's words: and what if?… Oh my! Even the youth became quiet: again they remembered the landowner's three-tailed whip… and what if suddenly…

But now Yuletide was approaching, and, for the holiday, all five Tuliayev brothers turned up. They brought tons of tea and sugar, various things: jewelry boxes, jugs, spoons—everything made out of silver and gold—watches, rings with semiprecious stones. And they themselves were like bulls, each one smoother than the next.

"Well, how was the war, brothers?" the men asked them at the meeting.

And the young people immediately yelled:

"Deserters! Swindlers!… Out of our village!" Others joined; the meeting made a racket—it seemed the brothers were liable to get their teeth knocked out.

"We don't want you!… Out!…"

Then the brothers, like bears, reared up:

"Oh, out, is it?… We humbly thank you… What we'll do to you!… With one spirit! Starting counter-revolutionary talk? Huh?!"

"What? Have you gone mad? We have committees, meetings…"

"Committees?… Bah! Your committees! Throw your committees out by the nape!"

"How's that?" the young people boiled with anger. "Does that mean you're for the Tsar?"

"Who—us?!" the Tulyayev's jumped up and bared their teeth. "Don't you know who we are?"

"We know… Marauders…"

Here the eldest brother shook his beard and stomped:

"Quiet!!" His voice rang out so in everyone's ears that they became silent. And then, in a quiet voice:

---

1   Former prison in St. Petersburg,

— Товарищи, — говорит. — Вот что, товарищи… Мы все пятеро, то есть, все единоутробные братья — окончательные большевики… И будем мы в своём родном селе, скажем к примеру, в Коневе, настоящие порядки наводить, чтобы как в столице, так вопче и у нас… Будет теперича у нас не Конево, а Коммуния. Кто супротив Коммунии, прошу поднять руку! Вот мы посмотрим, кто против Коммунии идёт… мы па-а-смотрим!…

А сам кивнул головой да пальцем возле носу грозно так, ни дать ни взять исправник.

— Значит, все под Коммунию подписываетесь? Согласны?

— Согласны… Чего тут толковать,— сказал за всех старый старичонка Тихон. — Так, что ли, братцы?

— Так, так… Согласны, — забубнил сход. — Только сделайте разъяснение, кака така Коммуния? Впервой слышим.

Тогда братаны разъяснили по всем статьям. Перво-наперво, чтоб не было никаких бедных, а все богатые; вторым делом — всё общее, и разные прочие, тому подобные мысли.

Ну, богатеям это шибко не по нраву, стали возражать.

— Тоись, как всё общее? — спросил дядя Прохор, мельник-богатей.

— А очень просто, — сказал старшой братан. — У тебя сколько лошадей?

— Три.

— Две для бедняков, для неимущих… Таким же манером и коров и овец… Иначе к стенке…

— Тоись, как к стенке?

— А очень просто, — сказал старшой Туляев, да на прицел винтовку прямо Прохору в лоб.

— Краул!… Братцы!… Чего он, мазурик? а?!

Однако всё обошлось честь-честью, только постращал.

И стало через три дня: не село Конево, а Коммуния.

Братаны Туляевы дело круто повернули.

"Listen here, comrades… All of us five, that is, we brothers of one womb, we're committed Bolsheviks… We will in our native village, that is, for example, in Konevo, bring real order, to make things here as they are in the capital… Now, we will have not Konevo, but Commune. Whoever is against the Commune, raise your hand! We will see who will be against the Commune… We will se-e-ee!…"

And he nodded his head and shook his finger next to his nose fiercely, exactly like a district police officer.

"So, everyone will sign up for the Commune? Are we in agreement?"

"We agree… What's there to talk about?" said old Tikhon for everyone. "Isn't that right, brothers?"

"Yes, yes…. We agree," muttered the assembly. "Only clarify, what kind of a Commune? This is the first we've heard of it."

Then the brothers explained everything. First and foremost, so that there wouldn't be any poor people—everyone would be rich. Secondly, everything would be held in common and other such various thoughts.

Well, the wealthy didn't like it much and started to object.

"What do you mean, everything will be held in common?" asked Uncle Prokhor, a rich miller.

"It's very simple," said the eldest brother. "How many horses do you own?"

"Three."

"Two for the poor, for those who don't own a horse… And in the same manner, cows and sheep… Otherwise, to the wall…"

"What do you mean, 'to the wall?'"

"Why, very simply," said the eldest Tuliayev, and he aimed his rifle right at Prokhor's forehead.

"Help!… Brothers!… What is this rogue doing?!"

However, everything went properly and well, he was only threatening.

And in three days, there was no longer the village Konevo, but the Commune.

The Tuliayev brothers' affairs took a sharp turn for the better.

Раньше впятером под одной крышей жили, а теперича не то:

— Мы, — говорят, — сицилисты-коммунисты.

И чтоб укрепить полные повсеместные права, стали себе по новой собственной избе рубить.

Возле самой церкви, на площади, очень хорошие места облюбовали, два своих дома ставить начали, да два в церковной ограде, а пятый дом к самому поповскому дому впритык приткнули.

Отец Павел сейчас протест:

— Это почему ж такое утеснение? Вам мало земли-то, что ли? Зачем же сюда, на чужую-то?

— Ни чужого, ни своего теперича нет, всё общее, — наотмашь возразили ему братаны.

— Ежели собственность уничтожена, зачем же вы себе такие огромадные избы рубите?

— Ах ты, кутья кислая! В рассуждение вступать?... А вот погоди, увидишь, что к чему!

И живой рукой созвали сход.

— Товарищи! Потому что мы коммунисты, и вы все коммунисты-террористы, предлагаю: истребовать сюда попа и обложить его контрибуцией.

Пришёл отец Павел, ни жив ни мертв.

— Три тыщи контрибуции, а ежели перечить — немедля к стенке — ррраз! пригрозил старшой Туляев и опять артикул винтовкой выкинул.

Поп задрожал-затрясся, побелел. Жаль денег, вот как жаль, по алтыну собирал, по гривне, — однако жизни жальче. Сказал им:

— Ну, что ж, миряне... Конечно, вы можете расстрелять меня без суда, без следствия... Берите, грабьте...

И вынес сполна три тыщи.

— Добро, — сказали братаны. — Это всё в Коммунию пойдёт.

Поехали с поповскими деньгами в город, накупили себе

Before, the five brothers had lived under one roof but now, not so:

"We," they said, "are Socialist-Communists."

And so as to strengthen everyone's full general rights, they began to erect new *izbas* for each brother.

In the square, right by the church, they chose some very fine locations. They began to build two of their houses there, two more right inside the church grounds, and the fifth they placed end-to-end to the priest's home.

Immediately, Father Pavel protested:

"Why does it have to be so tight? Is there not enough land for you? Why have you come here to another's property?"

"There is no 'yours' or 'mine' anymore, everything is held in common," the brothers answered him with a wave of their hands.

"If private property has been done away with, then why are you building yourselves such large *izbas*?"

"Oh, you sour *kutia*[1]! Starting arguments?... Just wait a bit, you'll see what's what!"

And in the blink of an eye, they called a meeting.

"Comrades! Because we are communists, and you are all communist-terrorists, we suggest that we summon the priest here and impose a contribution on him."

Father Pavel arrived, more dead than alive with fear.

"Three thousand rubles, and if you contradict us—immediately to the wall—bam!" threatened the eldest Tulyayev and again did the trick with the rifle.

The priest shook and shivered, turned white. He was sorry to lose the money, so sorry, he'd gathered it by three-kopeck and ten-kopeck coins—but he would have been sorrier to lose his life. He said to them:

"Well, so be it, laity... Of course, you can shoot me with no trial or record. Take it, rob me..."

And he brought out a full three thousand.

"Good," said the brothers. "It will all go to the Commune."

They traveled to the city with the priest's money and bought

---

1   Sweet grain pudding traditionally served in parts of Eastern Europe.

того, сего. А избы ихние как в сказке растут: старшой братан железом крышу кроет.

Дивятся крещёные, шепчутся.

Таким же манером всех богатеев обложили: кого на пятьсот рублей, кого на тысячу. А тут и до середних добрались.

— Это всё в Коммунию, — говорят братаны. И у каждого по две пары лошадей образовалось, сани расписные, пролётки, бубенцы. Крещёным завидно стало, ропот по селу пошёл.

— Это чего ж они всё себе да всё себе... А нам-то?... Вот так Коммуния!

— Дак что же делать-то?

— Надо бедный комитет избрать.

— Дак ведь избрали... все комитетчики — братаны.

— Надо новый.

Пошли скопищем к братанам.

— Так и так, братаны. Желаем новый бедный комитет избрать... А вас, стало быть, долой.

Покрутили братаны усы, почесали бороды, а старшой как гаркнет по-военному:

— Ага! Против бедного комитета восставать, против революции? Кто зачинщик? Вавило, ты? К стенке!

Вскинули винтовки — ррраз! Упал Вавило.

Остальные разбежались, кто в подполье, кто в овин, потому у братанов ружья, а у прочих кулаки одни.

Наутро сход. Братаны объявили:

— Борьба с контрреволюцией будет беспощадна. В случае доноса доносчика отправим за Вавилой. Твёрдая власть — она очень даже строгая. А теперича, товарищи, на общественные работы — марш!

И погнали всё село свои новые усадьбы доделывать: тыном обносить, узорчатые ворота ставить.

Крещёные пыхтят на братановых работах, кто тын городит, кто крышу кроет, готовы братанам горло перегрызть , а не смеют: пуля в лоб.

themselves this and that. And their *izbas* grew like something out of a fairytale: the eldest brother was covering his roof with metal.

The believers wondered, whispered.

In this same manner, they seized the possessions of all the rich: from some they took five hundred rubles, from others a thousand. Then they got to the not-so-rich.

"This is all for the Commune," said the brothers. And two pairs of horses appeared for each one of them, painted sleighs, droshkies, little bells. The believers became jealous, murmurs began to spread through the village.

"Why is everything for them and all for them… What about us?… What kind of a Commune is this!"

"Well, what should we do?"

"We need to elect a 'Poor Committee.'"

"We already have… all of the members are the brothers."

"We need a new committee."

A crowd went to the brothers.

"This is how it is, brothers. We wish to elect a new 'Poor Committee'… And that means, down with you."

The brothers twisted their mustaches, scratched their beards, and the eldest barked militarily:

"Aha! You're rebelling against the Poor Committee, against the revolution? Who's the ringleader? Is it you Vavilo? To the wall!"

They threw up their rifles—boom! Vavilo fell.

The rest scattered, some to crawlspaces, some to barns, because the brothers had rifles but all the rest had only fists between them.

In the morning, there was a meeting. The brothers announced:

"The war against counterrevolutionaries will be ruthless. If someone denounces us, we will send off the informer like Vavilo. The new rule has an iron fist, and it's very strict. And now, comrades, to our communal work—march!"

And they drove the whole village to finish their new homes: put up fences and install ornate gates.

The believers huffed and puffed, laboring for the brothers—some putting up the fences, some covering the roofs. They were ready to slit the brothers' throats, but they didn't dare: bullet in the forehead.

А братаны сполитично:

— Вот, товарищи, кончим дело — спасибо вам большое скажем.

— Очень хорошо... Согласны... — сказали мужики и сглотнули слёзы. У Андрона от кровной злости топор упал.

— Всё Коммунии да Коммунии, а когда же нам-то? — спросил Андрон. — Мы ведь самая беднота и есть...

Вечером у Андрона братаны в Коммунию последнюю удойную корову отобрали — ведёрницу.

Взвыл Андрон.

Да и всё село взвыло, даже собаки хвосты поджали, вот какой трепет на всю Коммунию братаны навели. Всё на учёт забрали: хлеб, крупу, телят, до самых до жмыхов добрались. Мужики с голодухи пухнуть стали, а Туляевы жиреть: двух младших братьев оженили, свадьба с пивом, спиртом, пирогами, широкой гульбой была.

И если бы не Мишка Сбитень — пропадом пропала б вся Коммуния.

Был когда-то парень разудалый в селе Коневе, Мишка. Насолил он всем вот до этих мест, озорник был, хуже последнего бродяги. Вздрючили его крестьяне и по приговору выгнали из селенья вон.

Десять лет пропадал Мишка Сбитень. А тут как раз ко времю и утрафил. К самому Новому году взял да в Коммунию и прикатил.

Чернявый такой, быдто цыган, в ухе серьга, через всю грудь цепочка, часы со звоном, папаха, полушубок. А глаза — страшенные, навыкате, а усищи — во! А сам — чисто медведь, идёт — землю давит, от кулаков смертью пахнет: грохнет — крышка!

— Вы что как мёртвые ходите, словно дохлые мухи? А? Радоваться должны, ликовать: из рабов гражданами стали.

And the brothers were politic:

"Well, comrades, when the work is done, we will thank you grandly."

"Very good… We agree…" said the men and swallowed their tears. Andron was so bloody angry he dropped his axe.

"Everything is Commune this and Commune that, but when are we going to get anything?" he asked. "After all, we are the poorest of the poor…"

That evening the brothers took from Andron his last milk cow for the Commune—a great cow, bucketful of milk every time.

Andron howled.

Yes, and the whole village howled; even the dogs tucked their tails between their legs. That's what kind of trepidation the brothers induced throughout the whole Commune. They took inventory of everything: bread, grain, calves, right down to the last oil cake. Men began to bloat from hunger and the Tuliayevs grew fat. The two younger brothers married, their weddings were celebrated with beer, spirits and pies—an enormous feast.

And if it had not been for Mishka Sbiten, the whole Commune would have gone to high hell.

At one time, there lived in the village of Konevo a daring lad, Mishka. He managed to offend everyone terribly; he was a hellion, worse than the worst of tramps. The peasants thrashed him and, by sentence, expelled him from the village.

Ten years Mishka Sbiten was not heard from. But now, he showed up just in time. He appeared in the Commune right on New Year's Eve.

He was dark like a gypsy, an earring in his ear, a chain across his whole chest, a pocket watch with chimes, a *papakha*[1] and waist-length fur coat. And his eyes—frightening, bulging. And his mustache—wow! He was a bear of a man; when he walked, the ground was crushed beneath him, and his fists reeked of death: one blow, and it's a coffin for you.

"Why do you walk like the dead, like lifeless flies? Huh? You should rejoice, celebrate: you're no longer slaves but citizens."

---

1 Astrakhan hat made of wool, commonly worn in the Caucasus.

— Эх, Мишка, Мишка... — вздохнули мужики. — У кого радость, а у нас Коммуния.

— Ха-ха-ха! — захохотал Мишка Сбитень, — отлично сказано... Чего же вздыхать-то?

— Да вот у нас в бедном комитете братаны Туляевы сидят. У них винтовки, а у нас — ничим-чего.

— Ха-ха-ха! — опять захохотал Мишка.

А крестьяне ему всё и обсказали до тонкости.

Долго Мишка хохотал, даже за живот хватался, а потом зубами скрипнул, да с сердцем так:

— Ведите-ка меня на сход.

Вот собралось собранье. Братаны стали речь держать, а сами на Мишку всё косятся.

— Ты, товарищ, кто таков? Ты коммунист?

А Мишка в ответ:

— Ха-ха-ха!... Не признаете? А я вас знаю. Я — волгарь. На Волге-матке десять лет работал, кули таскал, до самого Каспия доходил, вольным духом набирался, на Стенькином кургане чай пил. Мне чёрт не брат!... Вот кто я таков... Ну, валяйте дальше.

Братаны так его и не узнали. Старшой шепнул середнему:

— Не иначе — большевик... Может, комиссар какой, с проверкой... Надобно по всей программе.

Да и начал жарить:

— Контрреволюция, контрибуция, буржуи... Да здравствует вся власть Советов!...

— Стой, товарищ! — оборвал его Мишка Сбитень. — Я слышал, вы больше двадцати тысяч контрибуции собрали. Где деньги?

— Деньги? А у тебя, товарищ, мандат есть?

— Есть, — как в бочку гукнул Мишка. Бросил цигарку, встал, размахнулся, да как даст старшому по зубам. — Вот мой мандат!

Все мужики в страхе повскакали, наутёк бросились, к дверям.

"Ah, Mishka, Mishka…" sighed the men. "Some people have joy; we have a Commune."

"Ha-ha-ha!" guffawed Mishka Sbiten. "Well said… Why are you sighing so?"

"Because the Tuliayev brothers sit on the Poor Committee. They have rifles and we—zilch."

"Ha-ha-ha!" again laughed Mishka.

And the peasants explained it all down to the last detail to him.

Mishka laughed hard for a long time, even grabbed his belly, and then ground his teeth and said with feeling:

"Take me with you to a meeting."

So an assembly assembled. The brothers began to make speeches and at the same time glance sideways at Mishka.

"Who are you comrade? Are you a communist?"

And Miskha answered:

"Ha-ha-ha!… Don't you recognize me? But I know you. I am a *Volgar*[1]. For ten years, I worked on the Mother Volga: pulled barges, walked all the way to the Caspian, breathed in the fresh air, drank tea on Stenka's burial mound. The devil is not my brother[2]!… This is the kind of person I am… Well, go on."

The brothers still didn't recognize him. The eldest whispered to the middle brother:

"Must be a Bolshevik… Maybe some kind of commissar here for inspection… We need to have everything spick and span."

And he began to fire up:

"Counterrevolution, contribution, bourgeois… Long live the power of the Soviets!"

"Stop, comrade!" interrupted him Mishka Sbiten. "I heard that you gathered more than twenty thousand in contributions. Where is the money?"

"Money? And do you have a mandate, Comrade?"

"I do," boomed Mishka, as if speaking into a barrel. He threw down his cigarette, stood, threw back his arm, and socked the eldest brother in the teeth. "Here's my mandate!"

All the men jumped up in fear, took to their heels to the door.

1   A boatman who lives and works on the Volga River.
2   Idiomatic expression: "Nothing bothers me!"

— Стойте, дурни! Куда вы?! — гаркнул Мишка да к братанам:

— Мазурики вы, а не коммунисты. Буржуи вы, хамы! Ежели с кого контрибуцию брать, так это с вас… Ах, винтовки?… Я те такую винтовку завинчу… Я те покажу стенку. Ребята, вяжи их, подлецов!!

Мужики валом навалились на братанов:

— Попили нашей кровушки, аспиды!… Рраз!

— Стой, не смей, — крикнул Мишка. — Ну их к чертям!… Погодь маленько, дай слово сказать.

— Говори, говори… Желаем…

— Товарищи! — крикнул Мишка и тряхнул серьгой. — Коммуна — святое дело. Коммуна — что твой улей, коммунист — пчела. Всяк честно трудится, зато всяк сладкий кусок ест. От этого самого не жизнь, а мёд. А кто ваши Туляевы? Пауки, вот кто. А вы — мухи. В паутину — хлоп, тут вам и карачун. Вы здесь хозяева, а не они. К чёрту их! Кто не за народ, тот против народа, против правды. К чертям Туляевых!

— Так, так… К лешему под хвост !

— Избы ихние отобрать! Имущество? Имущество конфисковать!… Начнём, товарищи, по-новому, по правде-истине… Чтоб всем была свобода, чтоб можно было дышать по всем статьям… А то ежели я тебе глотку зажму, да ноздри законопачу, чем дышать будешь?…

— Именно, что… Тогда не вздышишь!…

— Эй, пятеро беднейших, выходи! — скомандовал Мишка. — Берите себе Туляевы избы. А вы, голубчики, к чертям отсюда, марш, катись колбаской! Таких коммунистов нам не надо.

"Stop, fools! Where are you going?" barked Mishka and turned to the brothers:

"You are scoundrels, not communists. You're bourgeoisie, boors! If a contribution should be imposed on anyone, it should be you...Oh, rifles?... I'll rifle you a rifle... I'll show you the wall. Fellows, tie them up, the bastards!!!"

The men piled on the brothers:

"You drank our blood, asps!... Now!"

"Stop, don't you dare," shouted Mishka. "To hell with them... Wait a bit, let me say a word."

"Speak, speak... We want to hear..."

"Comrades!" shouted Mishka and shook his earring. "A Commune is a holy thing. A Commune is a beehive and the communist the bee. Every honest member works, but everyone eats a bit of sweetness too. This makes life itself into honey. And who are your Tuliayevs? Spiders, that's who. And you—flies. Straight into the web—bang, there you are and kaput. You are the masters here and not them. To hell with them! Those who are not for the people, are against them, against the truth. To hell with the Tuliayevs!"

"Yes, yes... throw them to the devil!"

"Take away their *izbas*! Belongings? Confiscate their belongings!... We'll begin again comrades, anew, rightly, truthfully... So that everyone will be free, so that we can breathe freely on all points... Because if I squeeze your throat and stop up your nostrils, how will you breathe?..."

"Exactly right... Then you'll not breathe!..."

"Let the five poorest come out!" commanded Mishka. "Take for yourself the Tuliayevs' *izbas*. And you, my dears, go to hell, march! Roll like sausages! We don't need your kind of communists."

Translated by Danielle Jones with Natalya Russkikh.

Questions for Discussion:

1. Why does the narrator begin the story with the history of the village under Nobleman Konev? Why does he often repeat the villagers desire to return to the old ways?
2. In what ways are the Tulyayev brothers unlikely villains? In what ways is Mishka Sbiten an unlikely hero? How do these role reversals work within the *skaz* format?
3. What examples of Soviet propaganda speech are being parodied in this text? By whom? To what end?

Alexander Neverov

Alexander Sergeyevich Neverov (1866–1923) was the pen name of Alexander Skobelev. He was one of the first Soviet children's writers. Neverov grew up in the Samara region, living with his grandfather following the death of his mother and abandonment by his alcoholic father. He attended a local church school but was uneasy with the religious ideas he learned there and became active in student-led protests. He went on to receive a teaching certificate and worked several years as a rural schoolteacher. He married a fellow educator, Pelagaya Zelentsova. In the meantime, he began writing stories and poems. *The Temperance Messenger*, a St. Petersburg newspaper, published his first story: "Drowning Sorrow." Most of his stories from this time dealt with peasant life, the ills of teaching in villages, and narratives against alcoholism; these themes are reflected in Neverov's cycles *Under the Snowstorm's Song* and *Three Years*.

When World War I began, Neverov was drafted into the army, trained as a medic and sent to work in an army hospital in the regional capital of Samara. He continued to publish short stories, some of which came to the attention of Maxim Gorky, who recommended that Neverov concentrate on his literary work. Neverov accepted the February revolution of 1917 with great enthusiasm and joined the Bolshevik party officially two years later. He found work as a journalist in Samara and founded the local folk theatre. One of his productions, *Women*, won first prize at a Moscow competition for plays about the peasantry.

In 1921, Neverov organized a literary trip to Tashkent. Drought and famine had overtaken the city of Samara, and Neverov took the trip to buy food for his family. Tashkent had gained status as a mythical paradise for its abundance of food and sun. Yet when he arrived, Neverov was met with scenes of hungry children begging for crumbs and the sight of dead bodies lying in the streets. His novel, *Tashkent—The City of Bread*, recounts this experience.

Following his son's death the following year, Neverov moved to Moscow. He joined the Smithy writers' group, wrote new short stories, revised a collection of his earlier texts, published in a number of revolutionary periodicals and began work on a novel, *Story of Women*, which he never completed. He died of an asthma attack at the age of thirty-seven in 1923.

"Marya the Bolshevik" tells the story about a newly-liberated woman in post-revolutionary Russia. The incident is based on a real-life situation. Neverov describes it as if it were a theatrical production, turning scenes from a private daily life from the 1920s into a public performance. The presence of gestures and verbal mimicking are the signals of *skaz* in this narration. Neverov, through an off-stage narrator, creates the illusion of oral speech through grammatical errors and slips of tongue. The resulting account gives the impression of a live performance and the immediate presence of the storyteller.

Svetlana Malykhina

Марья Большевичка

Александр Неверов

1

Была такая у нас. Высокая, полногрудая, брови дугой поднимаются чёрные! А муж с напёрсток.

Козанком зовём мы его. Так, плюгавенький — шапкой закроешь.

Сердитый — не дай господи. Развоюется с Марьей, стучит по столу, словно кузнец молотком.

— Убью! Душу выну...

А Марья хитрая. Начнёт величать его нарочно, будто испугалась:

— Прокофий Митрич! Да ты что?

— Башку оторву!

Она ещё ласковее:

— Кашу я нынче варила. Хочешь?

Наложит блюдо ему до краёв, маслица поверху пустит, звёздочек масляных наделает. Стоит с поклоном, угощает по-свадебному:

— Кушай, Прокофий Митрич, виновата я перед тобой... Любо ему — баба ухаживает, нос кверху дерёт, силу большую чует.

— Не хочу!

А Марья, как горничная, около него: воды подаёт, кисет с табаком ищет. Разуется он посреди избы — она ему лапти уберёт, портянки в печурку сунет. Ночью на руку положит, по волосам погладит и на ухо мурлычет, как кошка... Ущипнёт Козанок её — она улыбается.

— Что ты, Прокофий Митрич! Чай, больно...

— Беда — больно... раздавил...

И ещё ущипнёт: дескать, муж, не чужой мужик. Натешит сердце, она начинает его:

Marya the Bolshevik

Alexander Neverov

1

Had us one of those. Tall, buxom, black eyebrows that arched! And her husband was tiny as a thimble.

We called him Billygoat. Shabby little thing—a hat could cover him up.

When he's angry—God forbid. Howls at Marya, bangs on the table exactly like a blacksmith with a hammer.

"I'll kill you! Rip your soul out…"

But Marya is crafty. She begins extolling him, as if she's scared:

"Prokofiy Mitrich! What's got into you?"

"Rip off your noggin!"

And she is even more tender:

"Now, I prepared some kasha for you. Would you like some?"

She fills the dish to the brim, adds butter on top and spreads it into stars. She bows before him as if serving at a wedding:

"Eat up, Prokofiy Mitrich, I'm guilty before you…" He enjoys himself—his woman takes care of him and he raises his nose in the air, feels that he is strong:

"I don't want to!"

And Marya, like a maid, hovers near him: gives him water, looks for his tobacco pouch. He takes off his shoes in the middle of the *izba*, and she puts them away, places his footcloths into the oven to dry. At night, she puts her hand on his, strokes his hair and purrs in his ear like a kitten… Billygoat pinches her—she smiles.

"What's with you, Prokofiy Mitrich! That hurts…"

"Too bad, it hurts… that I crushed you…"

And he pinches her some more to show that he is her husband and not some strange man. After he gets his fill, she'll begin:

— Эх ты, Козан, Козан! Плюсну вот два раза, и не будет тебя... Ты думаешь, деревянная я? Не обидно терпеть от такого гриба?

2

Раньше меньше показывала характер Марья, больше в себе носила домашние неприятности. А как появились большевики со свободой да начали бабам сусоли разводить — что вы, мол, теперь равного положения с мужиками, — тут и Марья раскрыла глаза. Чуть, бывало, оратор какой — бежит на собранье.

Вроде стыд потеряла. Подошла раз к оратору и глазами играет, как девка. Идёмте, говорит, товарищ оратор, чай к нам пить.

Козанок, конечно, тут же в лице изменился. Глаза потемнели, ноздри пузырями дуются. Ну, думаем, хватит он её прямо на митинге. Всё-таки вытерпел. Подошёл бочком, говорит: — Домой айда!

А она — нарочно, что ли, — встала на ораторово место да с речью к нам:

— Товарищи крестьяне!

Мы так и покатились со смеху. Тут уж и Козанок вышел из себя: — Товарищ оратор, ссуньте её, черта!

Дома с кулаками на неё налетел: — Душу выну!

А Марья поддразнивает:

— Кто это шумит у нас, Прокофий Митрич? Страшно, а не боязно...

— Подол отрублю, если будешь по собраньям таскаться...

— Топор не возьмёт!

Разгорелся Козанок, ищет — ударить чем. Марья с угрозой: — Тронь только: все горшки перебью о твою козанячью голову...

С этого и началось. Козанок свою власть показывает. Марья — свою. Козанок лежит на кровати, Марья — на печке. Козанок к ней, она — от него.

"Oh, Goat, Goat! I'll hit you twice, and you'll be no more. Do you think I am made of wood? Don't you think it's humiliating to take all this from a fungus like you?"

2

Before, Marya showed her character less, carried all the home troubles inside. But when the Bolsheviks appeared with their freedom and began to harp to the women that—see here, you are now on equal footing with men—then, Marya opened her eyes. Whenever there was some kind of an orator, she'd run to the meeting.

Seemed as if she'd lost all shame. Went up to the orator once and made eyes at him like a maiden. "Comrade Orator," she says, "come drink tea at our place."

Of course, Billygoat's face changed then and there. His eyes darkened, nostrils blew bubbles. Well, we thought, he'll let her have it right here at the meeting. But he held out. Walked up sideways and says: "Let's go home!"

But she, on purpose it seems, took the orator's place and addressed us:

"Comrade Peasants!"

We rolled with laughter. Now Billygoat really did lose it: "Comrade Orator, kick that devil off of there!"

At home he fell on her with his fists: "I'll rip your soul out!"

But Marya taunted him:

"Who is making so much noise here, Prokofiy Mitrich? Terrible, but not frightening…"

"I'll chop your hemline off if you keep going to those meetings…"

"Your axe is too weak!"

Billygoat is outraged, looking for something to hit her with. Marya threatens: "If you even touch me, I'll break all the pots over your goat head…"

That's how it started. Billygoat shows his power. Marya hers. Billygoat lies on the bed. Marya on the stove. Billygoat approaches her, she moves away.

— Нет, миленький, нынче не прежняя пора. Заговенье пришло вашему брату...

— Иди ко мне!

— Не пойду.

Попрыгает-попрыгает Козанок да с тем и ляжет под холодное одеяло. Раз до того дело дошло — смех! Ребятишек она перестала родить. Родила двоих, схоронила. Козанок третьего ждёт, а Марья заартачилась. Мне, говорит, надоела эта игрушка...

— Какая игрушка?

— Эдакая... Ты ни разу не родил?

— Чай, я не баба.

— Ну и я не корова — телят таскать тебе каждый год. Вздумаю когда рожу...

Козанок — на дыбы:

— Я тебе башку оторву, если ты будешь такие слова говорить!...

Марья тоже не сдаёт. "Я, говорит, бесплодная стала..."

— Как бесплодная?

— Крови во мне присохли... А будешь неволить — уйду от тебя.

В тупик загнала мужика. Бывало, шутит на улице, по шабрам ходит; после этого — никуда. Ляжет на печку и лежит, как вдовец. Побить хорошенько уйдёт. Этого мало, на суд потащит, а большевики обязательно засудят: у них уж мода такая — с бабами нянчиться. Волю дать вовсю — от людей стыдно, скажут — характера нет, испугался. Два раза к ворожее ходил — ничего не берёт! Начала Марья газеты с книжками таскать из союзного клуба. Развернёт целую скатерть на столе и сидит, словно учительница какая, губами шевелит. Вслух не читает. Козанок, конечно, помалкивает. Ладно уж, читай, только из дому не бегай. Иногда нарочно пошутит над ней:

— Телеграмму-то вверх ногами держишь... Чтица!...

"No my dear, it's not like before. Reckoning has come to your kind."

"Come to me!"

"I will not."

Billygoat jumps and jumps and then climbs alone under a cold blanket. Since it got to that—well! She quit having children. She'd given birth to two and buried them. Billygoat waited for a third but Marya dug in her heels. "I am," she says, "tired of this game…"

"What kind of game?"

"This kind… Have you ever given birth?"

"I'm not a woman, now."

"Well, and I'm not a cow—to give you a calf every year. I'll decide when I want to give birth…"

Billygoat jumps up:

"I'll rip your noggin off if you're going to say such words to me!…"

Marya doesn't give up either. "I," she says, "have become infertile…"

"What do you mean infertile?"

"The blood in me has dried up… and if you're going to force yourself on me, I'll leave you."

She'd pushed her husband into a corner. He'd been known to joke on the street, visit his neighbors; after this, nowhere. He lies and lies on the stove like a widower. If he beats her hard, she will leave. Then they will drag him to the court and the Bolsheviks will convict him for sure: that's their fashion—to dilly-dally with these women. If he gives her complete freedom, the people will shame him, they'll say: he's got no willpower, he got scared. Twice he went to the fortune-teller, to no end! Marya began to lug newspapers and books from the House of Culture. She spreads whole cloth on the table, and sits there like some kind of a teacher, moving her lips. She doesn't read out loud. Billygoat, of course, holds his tongue. Fine, let her read, just don't run away from home. Sometimes, he teases her on purpose:

"You're holding the telegram upside down… scholar!…"

Марья внимания не обращает. А книжки да газеты, известно, засасывают человека, другим он делается, на себя непохожим. Марья тоже дошла до этой точки. Уставится в окно и глядит.

"Мне, говорит, скушно…"

— Чего же ты хочешь? — спросил Козанок.

— Хочу чего-то… нездешнего…

Казнится-казнится Козанок, не вытерпит:

— Эх, и дам я тебе, чёртова твоя голова! Ты не выдумывай!…

А она и вправду начала немножко заговариваться. В мужицкое дело полезла. Собранье у нас — и она торчит. Мужики стали сердиться:

— Марья, щи вари!

Куда там! Только глазами поводит. Выдумала какой-то женотдел. И слова такого никогда не слыхали мы — не русское, что ли. Глядим, одна баба пристала, другая баба пристала, что за чёрт! В избе у Козанка курсы открылись. Соберутся и начнут трещать. Комиссар из Совета начал похаживать к ним. Наш он, сельский, Васькой Шляпунком звали мы его прежде; перешёл к большевикам — Василием Ивановичем сделался. Тут уж совсем присмирел Козанок. Скажет слово, а на него в десять голосов:

— Ну-ну-ну, помалкивай!

Комиссар, конечно, бабью руку держит — программа у него такая. Нынче, говорит, Прокофий Митрич, нельзя на женщину кричать — революция… А он только ухмыляется как дурачок.

Сердцем готов надвое разорвать всю эту революцию — но боязно: неприятности могут выйти. А Марья всё больше да больше озорничает. "Я, говорит, хочу совсем перейти в большевистскую партию." Начал Козанок стыдить её. "Как, говорит, тебе не стыдно? Неужели, говорит, у тебя совести нет? Всё равно не потерпит тебе господь за такое твоё поведение".

Марья только пофыркивает:

Marya doesn't pay any attention. But books and newspapers, as everyone knows, suck a person in, make him into a different person that doesn't resemble himself. Marya also came to this point. She'd stare out the window and look.

"I'm bored…" she says.

"Well, what do you want?" asked Billygoat.

"I want something… not of this place…"

Billygoat was tormented and tormented until he couldn't bear it: "Ha, I'll give it to you, you devil head! Don't you be thinking anything up!"

And she truly had begun to ramble a little. She began to mess with men's affairs. We'd have a meeting—and she'd stick her head in. The men became angry:

"Marya, go cook cabbage soup!"

As if! She'll just roll her eyes. She thought up some kind of a WomDiv. We'd never even heard of such a thing—must not be Russian. We looked: one woman joined, another woman joined, what the devil! In Billygoat's *izba*, courses were offered. They'd gather and begin to chatter. The Council Commissar began to drop in on them. He was one of our villagers; we called him Vasya Shlyapunok, but now he became Vasily Ivanovich. By now, Billygoat had quieted completely. He'd say a word, and ten voices would come at him:

"Well, well, well, shut up!"

The Commissar, of course, oversees the women's work—he has that kind of an agenda. "Now," he says, "you may not yell at a woman, Prokofiy Mitrich—revolution…" And the latter only grins like a fool.

His heart was ready to tear this revolution in two—but he was scared: might be some kind of trouble from it. Meanwhile, Marya acts up more and more. "I," she says, "want to join the Bolshevik party completely." Billygoat started to shame her. "Have you no shame?" he says. "Have you really no conscience?" he says. "All the same, God will not endure such behavior."

Marya only snorts:

— Бо-ог? Какой бог? Откуда ты выдумал!

Прямо сумасшедшая стала. С комиссаром почти не стесняется. Он ей книжки большевистские подтаскивает, мысли путает в голове, а она только румянится от хорошего удовольствия. Сидят раз за столом плечико к плечику, думают одни в избе, а Козанок под кроватью спрятался: ревность стала мучить его. Спустил дерюгу до полу и сидит, как хорёк в норе.

Вот комиссар и говорит:

— Муж у вас очень невидный, товарищ Гришагина. Как вы живёте с ним, не понимаю...

Марья смеётся.

— Я, — говорит, — не живу с ним четыре месяца... Одна оболочка у нас...

Он её — за руки.

— Да не может быть? Я этому никогда не поверю...

А сам всё в глаза заглядывает, поближе к ней жмётся. Обнял повыше поясницы и держит.

— Я, — говорит, — вам сильно сочувствую...

Слушает Козанок под кроватью, вроде дурного сделался. Топор хотел взять, чтобы срубить обоих — побоялся. Высунул голову из-под дерюги, глядит, а они над ним же — насмех.

— Мы, — говорит, — знали, что ты под дерюгой сидишь...

3

Стали мы Совет перебирать. Баб налетело, словно на ярмарку. Мы это шумим, толкуем, слышим — Марьино имя кричат:

— Марью! Марью Гришагину!

Кто-то и скажи из нас нарочно:

— Просим!

Думали, в шутку выходит, хвать — всерьёз дело пошло.

"Go-o-d? What God? Where did you get that!"

She became completely wild. She is hardly shy with the Commissar at all. He brings her Bolshevik books, mixes up the thoughts in her head and she only blushes deeply with pleasure. They were sitting one time at the table, shoulder to shoulder, thinking that they were alone in the *izba*, but Billygoat was hiding under the bed: his jealousy was torturing him. He pulled the gunny sack down to the floor and lay there like a ferret in a burrow.

So the Commissar says:

"Your husband is very insignificant, Comrade Grishagina. I don't understand how you live with him…:

Marya laughs.

"I," she says, "have already not lived with him for four months… We only have a shell…"

He takes her by the hand.

"It can't be? I can't believe it…"

And he looks into her eyes, moves closer to her. Hugs her above the waist and holds on.

"I," he says, "strongly sympathize with you…"

Billygoat listens under the bed, almost lost it.

Wanted to grab the axe so he could cut them both down—but was scared. He stuck his head out from under the gunny sack, looked, and they were looking at him—laughing.

"We," they say, "knew you were there sitting under the gunny sack…"

3

We began to elect a new counsel. The women flew in as if to a fair. We make noise, discuss things, and we hear—Marya's name being yelled:

"We vote for Marya, Marya Grishagina!"

Someone from amongst us says on purpose:

"She is welcome!"

We thought to make a joke of it, and then suddenly—the situation took a serious turn.

Бабы, как галки, клюют мужиков: вдовы разные, солдатки — целая туча. А народ у нас неохотник на должности становиться, особенно в нынешнее время — взяли и махнули рукой.

Марья так Марья. Пускай обожгётся…

Стали Марьины голоса считать — двести пятнадцать! Комиссар Василий Иваныч речью поздравляет её. "Ну, говорит, Марья Фёдоровна, вы у нас первая женщина в Совете крестьянских депутатов. Послужите! Я, говорит, поздравляю вас этим званием от имени Советской Республики и надеюсь, что вы будете держать интересы рабочего пролетариата…"

Глаза у Марьи большие стали, щёки румянцем покрылись. Не улыбнётся — стоит. "Я, говорит, послужу, товарищи. Не обессудьте, если не сумею — помогите."

Козанок в это время сильно расстроился. Главное, непонятно ему: смеются над ним или почёт оказывают? Пришёл домой, думает: "Как теперь говорить с ней? Должностное лицо." Нам тоже чудно! Игра какая-то происходит. Баба — и вдруг в волостном Совете, дела наши будет решать… Ругаться начали мы между собой:

— Дураки! Разве можно бабу сажать на такую должность…

Дедушка Назаров так прямо и сказал Марье в глаза?

— Ой, Марья, не в те ворота пошла.

Но она только головой мотнула:

— Меня мир выбрал — не сама иду.

4

Приходим после в Совет поглядеть на неё — не узнаешь.

Стол поставила, чернильницу, два карандаша положила — синий и красный, около — секретарь с бумагами строчится. А она и голос, проклятая, другой сделала. Так и ширяет глазами по строчкам. "Это, говорит, по продовольственному вопросу, товарищ Еремеев?"

The women, like jackdaws, peck at the men: various soldiers' widows and wives—a whole flock. And the people were reluctant to take a position, especially nowadays, so they stood and waved their hands.

Marya, so let it be Marya. Let her burn up…

They began to count the votes for Marya—two hundred and fifteen! Commissar Vasily Ivanovich gives a speech to congratulate her: "Well, Marya Fedorovna, you are our first woman in the Council of Peasant Deputies. Serve us!" he says. "I congratulate you in the name of the Soviet Republic and I hope that you will represent the interests of the workers' proletariat…"

Marya's eyes widened and her cheeks flushed red.

She doesn't smile, stands straight, "I," she says, "will serve you, comrades. Don't condemn me if I am not able to—help me then."

Billygoat during this time was very upset. Most importantly, he couldn't figure out if they were laughing at him or showing him respect. He came home and thought, "How will I talk with her now? An official." It's strange to us too! Some kind of a game. A regular woman—and suddenly she's a member of the *Volost* Council and will be making decisions for us… We began to argue amongst ourselves:

"Fools! How can you give a woman such a position…"

Grandfather Nazarov told Marya right to her face:

"Oh, Marya, you're barking up the wrong tree."

But she only shook her head:

"The people chose me—I didn't go barking myself."

4

After that, we came to the council to take a look — we didn't recognize her.

She set up a table, an inkwell, and nearby she laid two pencils—one blue, one red. A secretary scribbling on paper nearby. And she even changed her voice, cursed woman. She follows the lines with her eyes. "Is this," she says, "regarding the foodstuffs question, Comrade Yeremeyev?"

— Угу…

Разведёт фамилию на бумаге и опять, как начальник какой: — Списки готовы у вас? Поскорее кончайте!

Глазам не верим мы. Вот тебе и Марья! Хоть бы покраснела разок… Так и кроет нас всех "товарищами." Пришёл раз Климов-старик, она и ему такое же слово: "Что, говорит, угодно, товарищ?" А он терпеть не мог этого слова лучше на Мозоль наступи. "Хотя, говорит, ты и волостной член, ну я тебе не товарищ…" Да разве смутишь её этим? Смеётся. Через месяц шапку с пикой стала носить, рубашку мужицкую надела, на шапку звезду приколола.

Мучился, мучился Козанок, начал разводу просить у неё.

"Ослобони, говорит, меня от эдакой жизни… Я, говорит, не могу. Другую женщину буду искать — подходящую." Марья только рукой махнула. "Пожалуйста, говорит, я давно согласна."

Месяцев пять служила она у нас — надоедать начала: очень уж большевистскую руку держала, да и бабы начали заражаться от неё: та фыркнет, другая фыркнет, две совсем ушли от мужьев. Думали, не избавимся никак от такой головушки, да история тут маленькая случилась — нападение сделали казаки.

Села Марья в телегу с большевиками и уехала. Куда — не могу сказать. Видели будто в другом селе её, а может, не она была — другая, похожая на неё. Много теперь развелось их.

"Uh-huh…"

She signs the paper with her last name and again, like some kind of a supervisor: "Are your lists ready? Finish up quickly!"

We can't believe our eyes. Here's Marya for you! She doesn't blush even once… keeps addressing us all as 'comrades.' Once, old man Klimov came and she had the same word for him: "What would you like, Comrade?" But he couldn't tolerate that word any more than stepping on a callous. "Although," he says, "you are a member of the *Volost*, I am no comrade to you…" Do you think she is disturbed by these words? She laughs. After a month, she began to wear a spiked military hat, a man's shirt, and she pinned a star on her hat.

Billygoat suffered and suffered, then began to ask her for a divorce.

"Free me," he said, "from this kind of life… I can't stand it. I'll look for a different woman—one who fits with me." Marya only waved her had. "Please," she says, "I would have agreed long ago."

Marya served with us around five months before we grew tired of it: she held tightly to the Bolshevik hand, and the women began to be infected by her. One snorts, another snorts, two left their husbands altogether. We thought that we'd never be rid of this boss, but then a small event happened—the Cossacks attacked.

Marya sat in a cart with the Bolsheviks and rolled away. Where—I cannot say. She was seen in a different village, but maybe it wasn't her—just another who looked like her. There are so many of this kind around now.

Translated by Danielle Jones with Natalya Russkikh.

Questions for Discussion:

1. How does Marya change over the course of the story? How does this affect her relationship with her husband and others?
2. In what ways do the lives of the villagers change because of the Bolshevik cause?
3. Who is the narrator of this story? What is the narrator's attitude toward Bolshevism? How can you tell?

Mikhail Zoshchenko

Mikhail Mikhailovich Zoshchenko (1895–1958) was a writer of comic short stories that starkly satirized the quirks and hardships of Soviet daily life. He was born in Poltava, in present-day Ukraine, but spent most of his life in St. Petersburg/Leningrad. His father was an artist of noble origin; his mother was an actress. When World War I broke out, he was studying law at the University of St. Petersburg. In 1915, after training in a military school, Zoshchenko went to the front lines and took part in battle. He was gassed and wounded several times, and awarded four medals for his efforts. As a supporter of the October Revolution, he joined the Red Army in 1918 but was released as physically unfit in 1919.

The next three years, he changed jobs many times, embracing the varied experience and acquiring potential literary material. In 1922, he became an active member of the literary group "Serapion Brothers"—a community of writers who tried to distance art from politics. Zoshchenko's early stories dealt with his experiences in the First World War and the Russian Civil War. He gradually developed a style that relied heavily on humor. In 1922–28, he published in seven different satirical magazines in Moscow and Leningrad that had a combined print run of over half a million copies, approximately equal to the daily circulation of the official Communist Party newspaper, *Pravda*. Zoshchenko's stories achieved enormous popularity almost overnight. He became a household word, so that people could say "like something out of Zoshchenko" and understand at once the wry view of life to which they were referring. His enormous popularity can be attributed to his simple writing style, use of colloquial language/slang and the timely subject matter of his stories, to which many people could relate. The masses of people who had migrated from the countryside to major cities after the revolution in search of work, faced problems similar to those of

Zoshchenko's characters: confusion over the new Marxist political vocabulary, housing shortages, and poor quality of consumer goods.

Though Zoshchenko never directly attacked the Soviet system, in the 1930s he was, nevertheless, under great pressure to conform to ideas of Socialist realism. His works written in this period—*The Story of One Reforging* and *Stories About Lenin* written for children—are serious in tone and lack any of Zoshchenko's characteristic flavor. He also published the ambiguous experimental works *Youth Restored* (1933) and *The Sky-Blue Book* (1935).

Disillusioned with Communist ideals after the first wave of Stalinist terror and purges, he began to exploit an imaginatively oblique new literary form in which theoretical arguments were illustrated by fictional stories. In 1943, he published the first installment of his autobiographical work *Before Sunrise*. *Before Sunrise* was banned, and, three years later, Zoshchenko's literary career was brought to an end. After the publication of *The Adventures of a Monkey* in the literary magazine *The Star,* Zoshchenko was labeled by the state as a vulgar writer of unwholesome ideas and expelled from the Soviet Writers' Union. Expulsion from the writers' club soon resulted in loss of work and no further publication of his writing. He earned a pittance from translation work and other odd jobs until after Stalin's death, when he was gradually rehabilitated. He died in 1958.

"Nervous People," written in 1924, emphasizes the worst aspects of the communal apartment—a favorite target of Zoshchenko's satirical works. Zoshchenko provides the most original and perceptive type of *skaz* in his story about conflicts among strangers forced to share close quarters with a communal kitchen and bathroom.

His story "The Bathhouse" (1925) comes across as a humorous documentation of the realities of a country in a state of poverty, in a society where widespread theft, bribery and corruption conflict with declared ideals of socialist society. Aptly, this tale recounts how in the bathhouse men find themselves without the

materials they need to wash, with no place to put their tickets, and with a constant threat of their clothes being stolen.

Zoshchenko's style of *skaz* narration has its peculiarities. In his stories, humor is caught in the space between the daft and overly hopeful narrator/implied author—who the reader can only hope and assume is not so dimwitted. His characters make the kinds of linguistic mistakes so often identified as one of the peculiarities of Zoshchenko's *skaz*, such as parenthetic words and modal particles that not only carry the rhythms of the narrative but also imply sarcasm, secrecy and call attention to the process of the telling. The narrator himself is highly intrusive in the text with his casual and gossipy tone.

Svetlana Malykhina

Баня

Михаил Зощенко

Говорят, граждане, в Америке бани отличные.

Туда, например, гражданин придёт, скинет бельё в особый ящик и пойдёт себе мыться. Беспокоиться даже не будет — мол, кража или пропажа, номерка даже не возьмёт.

Ну, может, иной беспокойный американец и скажет банщику:

— Гуд бай, — дескать, — присмотри.

Только и всего.

Помоется этот американец, назад придёт, а ему чистое бельё подают — стираное и глаженое. Портянки небось белее снега. Подштанники зашиты, залатаны. Житьишко!

А у нас бани тоже ничего. Но хуже. Хотя то же мыться можно.

У нас только с номерками беда. Прошлую субботу я пошёл в баню (не ехать же, думаю, в Америку), — дают два номерка. Один за бельё, другой за пальто с шапкой.

А голому человеку куда номерки деть? Прямо сказать — некуда. Карманов нету. Кругом — живот да ноги. Грех один с номерками. К бороде не привяжешь.

Ну, привязал я к ногам по номерку, чтоб не враз потерять. Вошёл в баню.

Номерки теперича по ногам хлопают. Ходить скучно. А ходить надо. Потому шайку надо. Без шайки какое же мытьё? Грех один.

Ищу шайку. Гляжу, один гражданин в трёх шайках моется. В одной стоит, в другой башку мылит, а третью левой рукой придерживает, чтоб не спёрли.

Потянул я третью шайку, хотел, между прочим, её себе взять, а гражданин не выпущает.

The Bathhouse

Mikhail Zoshchenko

They say, citizens, that the baths in America are excellent.

There, for example, a citizen will come, throw his garments in a special box, and go off to wash himself. He won't even worry, they say, that they'll be stolen or lost, won't even take a claim tag.

Well, maybe the occasional nervous American will say to the bathhouse attendant:

"Good-bye," he'll say, "watch my things."

And that's all.

After this American has bathed, he'll return, and they'll give him clean underclothes—washed and pressed. The footcloths, I bet, are as white as snow. Underwear is mended and patched. What a life!

Our bathhouses are also not bad. But worse. Though it's also possible to bathe.

It's just that we have trouble with claim tags. Last Saturday, I went to the bathhouse (wouldn't go to America just for that, I thought)—they gave me two tags. One for my underclothes, another for my coat and hat.

And where is a naked man supposed to put a tag? I'll tell you straight away: nowhere. No pockets. All you have is a belly and legs. It's always an issue with the tags. Can't tie them to your beard.

So, I tie one to each leg, so as not to lose them straight away. I stepped into the washing room.

Now the tags are slapping against my leg. Walking is tedious. But walk I must. Because I need a washbasin. How can you wash without a washbasin? Simply absurd.

I look for a washbasin. I see that one citizen is washing with three basins. He stands in one, soaps up his noggin in another, and the third he holds with his left hand so no one swipes it.

I reach for the third basin, wishing, by the way, to take it for myself, but the citizen doesn't let it go.

— Ты что ж это, — говорит, — чужие шайки воруешь? Как ляпну, — говорит, — тебе шайкой между глаз — не зарадуешься.

Я говорю:

— Не царский, — говорю, — режим шайками ляпать. Эгоизм, — говорю, — какой. Надо же, — говорю, — и другим помыться. Не в театре, — говорю.

А он задом повернулся и моется.

"Не стоять же, — думаю, — над его душой. Теперича, — думаю, — он нарочно три дня будет мыться."

Пошёл дальше.

Через час гляжу, какой-то дядя зазевался, выпустил из рук шайку. За мылом нагнулся или замечтался — не знаю. А только тую шайку я взял себе.

Теперича и шайка есть, а сесть негде. А стоя мыться — какое же мытьё? Грех один.

Хорошо. Стою стоя, держу шайку в руке, моюсь.

А кругом-то, батюшки-светы, стирка самосильно идёт. Один штаны моет, другой подштанники трёт, третий ещё что-то крутит. Только, скажем, вымылся — опять грязный. Брызжут, дьяволы. И шум такой стоит от стирки — мыться неохота. Не слышишь, куда мыло трёшь. Грех один.

"Ну их, — думаю, — в болото . Дома домоюсь."

Иду в предбанник. Выдают на номер бельё. Гляжу — всё моё, штаны не мои.

— Граждане, — говорю. — На моих тут дырка была. А на этих эвон где.

А банщик говорит:

— Мы, — говорит, — за дырками не приставлены. Не в театре, — говорит.

Хорошо. Надеваю эти штаны, иду за пальто. Пальто не выдают — номерок требуют. А номерок на ноге забытый. Раздеваться надо. Снял штаны, ищу номерок — нету номерка. Верёвка тут, на ноге, а бумажки нет. Смылась бумажка.

"What are you doing," he says, "stealing someone's basin? I will," he says, "clap you with a basin between the eyes—you won't be so joyful."

I say:

"This isn't the Tsarist regime," I say, "to clap people with basins. Such egoism," I say. "After all, others have to bathe. We're not in the theatre," I say.

But he turned his back to me and continued bathing.

"Can't just stand here," I thought, "and breathe down his neck. Now, he will purposefully wash for three whole days."

I walked on.

An hour later, I see some man gaping at something, letting his hand off of his basin. Reached for soap or lost in a dream, I don't know. Only I took that basin for myself.

Now, I have a basin, but there is nowhere to sit. And standing to bathe, what kind of a bath is that? Simply absurd.

Fine. I'll stand. I hold my basin in my hand and bathe.

All around me—good heavens—it's a regular laundry. One is washing his trousers, another rubbing his underwear, a third wringing something else. No sooner than I finish washing, let's say—I'm dirty already. Splashing at me, the devils. And such noise from their washing—I don't even feel like bathing. Can't hear where the soap lathers. Simply absurd.

"Well," I think, "To hell with this. I'll finish washing at home."

I walk to the dressing room where we give back our tags for our garments. I look—everything is mine, except the trousers.

"Citizen," I say, "my trousers had a hole over here. But these have a hole over here."

The attendant says:

"We are not here to watch over holes. You're not in the theatre," he says.

Fine. I put on these trousers and go to get my coat. They won't give me my coat—they demand my tag. But I forgot my tag on my leg. I must undress. I take off my trousers, I search for my tag—no tag. The string is here, on my leg, but the paper is gone. The paper washed off.

Подаю банщику верёвку — не хочет.

— По верёвке, — говорит, — не выдаю. Это, — говорит, — каждый гражданин настрижёт верёвок — польт не напасёшься. Обожди, — говорит, — когда публика разойдётся — выдам, какое останется.

Я говорю:

— Братишечка, а вдруг да дрянь останется? Не в театре же, — говорю. Выдай, — говорю, — по приметам. Один, — говорю, — карман рваный, другого нету. Что касаемо пуговиц, то, — говорю, — верхняя есть, нижних же не предвидится.

Всё-таки выдал. И верёвки не взял.

Оделся я, вышел на улицу. Вдруг вспомнил: мыло забыл.

Вернулся снова. В пальто не впущают.

— Раздевайтесь, — говорят.

Я говорю:

— Я, граждане, не могу в третий раз раздеваться. Не в театре, — говорю. Выдайте тогда хоть стоимость мыла.

Не дают.

Не дают — не надо. Пошёл без мыла.

Конечно, читатель может полюбопытствовать: какая, дескать, это баня? Где она? Адрес?

Какая баня? Обыкновенная. Которая в гривенник.

I give the attendant the string—he doesn't want it.

"We don't give things out," he says, "for strings. Any citizen can cut up strings—we wouldn't have enough coats for everyone then. Wait around," he says, "when everyone leaves—I'll give you what is left over."

I say:

"Brother, what if there's nothing but rags left? We're not in the theatre," I say. "Give me one according to my description. One pocket," I say, "is ripped. The other is gone. As far as the buttons go," I say, "the top one's there, but the bottom ones aren't to be expected."

In the end, he gave it to me. And didn't take the string.

I put the jacket on and walked out onto the street. Suddenly I remembered: I forgot my soap.

I returned again. They won't let me inside in a coat.

"Get undressed," they say.

I say:

"I, citizens, cannot undress for a third time. We're not in the theatre," I say. "Give me back, at least, the cost of the soap."

They won't give it to me.

They won't give it—no need. I leave without the soap.

Of course, the reader may be interested: which, he'll ask, bathhouse was this? Where is it? Address?

Which bathhouse? A typical one. A ten-kopeck bathhouse.

Translated by Danielle Jones with Natalya Russkikh.

Questions for Discussion:

1. Identify several of the humorous sections of the story. What writing techniques does Zoshchenko use to create these?
2. What comparisons between the Soviet Union and America does Zoshchenko make? Why?
3. What is the point of this episode in the bathhouse? What is the narrator's attitude toward the larger picture? Zoshchenko's?

Нервные Люди

Михаил Зощенко

Недавно в нашей коммунальной квартире драка произошла. И не то что драка, а целый бой. На углу Глазовой и Боровой.

Дрались, конечно, от чистого сердца. Инвалиду Гаврилову последнюю башку чуть не оттяпали.

Главная причина — народ очень уж нервный. Расстраивается по мелким пустякам. Горячится. И через это дерётся грубо, как в тумане.

Оно, конечно, после гражданской войны нервы, говорят, у народа завсегда расшатываются. Может, оно и так, а только у инвалида Гаврилова от этой идеологии башка поскорее не зарастёт.

А приходит, например, одна жиличка, Марья Васильевна Щипцова, в девять часов вечера на кухню и разжигает примус. Она всегда, знаете, об это время разжигает примус. Чай пьёт и компрессы ставит.

Так приходит она на кухню. Ставит примус перед собой и разжигает. А он, провались совсем, не разжигается.

Она думает: "С чего бы он, дьявол, не разжигается? Не закоптел ли, провались совсем!" И берёт она в левую руку ёжик и хочет чистить.

Хочет она чистить, берёт в левую руку ёжик, а другая жиличка, Дарья Петровна Кобылина, чей ёжик, посмотрела, чего взято, и отвечает: — Ёжик-то, уважаемая Марья Васильевна, промежду прочим , назад положьте.

Щипцова, конечно, вспыхнула от этих слов и отвечает: — Пожалуйста,— отвечает,— подавитесь, Дарья Петровна, своим ёжиком. Мне, — говорит, — до вашего ёжика дотронуться противно, не то что его в руку взять.

Nervous People

Mikhail Zoshchenko

Not long ago, a fight broke out in our communal apartment. Not just a fight but a whole battle. On the corner of Glazovaya and Borovaya[1].

We fought, of course, from the heart. Nearly knocked off the pate of the invalid Gavrilov.

The main cause—the people are feeling extremely nervous. The tiniest trifles set them off. They're fiery. And because of this, they fight crudely, as if in a fog.

Now, of course, after a civil war, people's nerves, as they say, are always unsteady. Be that as it may, only the invalid Gavrilov's head won't heal any faster from this new ideology.

Let's say a resident, Marya Vasilievna Shiptsova, comes at nine o'clock in the evening into the kitchen and lights the *primus*[2]. She always, you know, lights the *primus* about this time. She drinks tea and applies hot compresses.

So she walks into the kitchen. Places the *primus* in front of her and lights it. But, damn the thing, it won't light.

She thinks: "Why won't it light, the devil? Maybe it's clogged with soot, damn it!" And she takes in her left hand a wire brush and wants to clean it.

She wants to clean it, takes in her left hand a wire brush, and then another resident, Darya Petrovna Kobylina, whose brush this is, looks at what she's taken and says: "The brush, my respectable Marya Vasilievna, by the way, put back in its place."

Shiptsova, of course, flares up at these words and replies: "Please, Darya Petrovna," she says, "choke on your brush. It's nasty for me to even touch your brush much less to pick it up in my hand."

---

1 Streets in St. Petersburg.
2 Small kerosene stove.

Тут, конечно, вспыхнула от этих слов Дарья Петровна Кобылина. Стали они между собой разговаривать. Шум у них поднялся, грохот, треск.

Муж, Иван Степаныч Кобылин, чей ёжик, на шум является. Здоровый такой мужчина, пузатый даже, но, в свою очередь, нервный.

Так является этот Иван Степаныч и говорит: — Я,— говорит, — ну, ровно слон работаю за тридцать два рубля с копейками в кооперации, улыбаюсь, — говорит, — покупателям и колбасу им отвешиваю, и из этого, — говорит, — на трудовые гроши ёжики себе покупаю, и нипочём то есть не разрешу постороннему чужому персоналу этими ёжиками воспользоваться.

Тут снова шум, и дискуссия поднялась вокруг ёжика. Все жильцы, конечно, поднапёрли в кухню. Хлопочут. Инвалид Гаврилыч тоже является.

— Что это, — говорит, — за шум, а драки нету? Тут сразу после этих слов и подтвердилась драка.

Началось.

А кухонька, знаете, узкая. Драться неспособно. Тесно. Кругом кастрюли и примуса. Повернуться негде. А тут двенадцать человек впёрлось. Хочешь, например, одного по харе смазать — троих кроешь. И, конечное дело, на всё натыкаешься, падаешь. Не то что, знаете, безногому инвалиду — с тремя ногами устоять на полу нет никакой возможности.

А инвалид, чёртова перечница, несмотря на это, в самую гущу впёрся. Иван Степаныч, чей ёжик кричит ему: — Уходи, Гаврилыч, от греха. Гляди, последнюю ногу оборвут.

Гаврилыч говорит: — Пущай, — говорит, — нога пропадает! А только, — говорит, — не могу я теперича уйти. Мне, — говорит, — сейчас всю амбицию в кровь разбили.

These words, naturally, ignite Darya Petrovna Kobylina. They begin to converse between themselves. They raise a great noise, a rumbling, a crackling.

The husband, Ivan Stepanych Kobylin, whose brush it is, appears at the ruckus. He's a healthy sort of man, even potbellied, but, in turn, a nervous man.

So then, Ivan Stepanych appears and says: "I work," he says, "well, like an elephant, for thirty-three rubles and a few kopecks in the cooperative, and smile," he says, "at customers and weigh their sausages, and from all this," he says, "I use my hard-earned pennies to buy myself brushes and not for anything, that is, will I allow extraneous, unfamiliar personnel to make use of said brushes."

Here, there was more noise, and a debate arose around the brush. All the residents, of course, press themselves into the kitchen. They bustle about. The invalid Gavrilov also appears.

"What's this," he says, "all this noise and no brawl?" Immediately after these words, a brawl was confirmed.

So it began.

But the kitchen, you know, is narrow. Ineffective to brawl in there. Tight. Pots and *primuses* everywhere. Nowhere to turn. And here you have twelve people squeezed in. If you want, for example, to grease one person in the mug, you hit three. And the end result is that you stumble over everything and fall. Forget, you know, a legless invalid—even with three legs it would have been impossible to stay standing on the floor.

But the invalid, the devil's pepper shaker[1], jammed into the very thick of things all the same. Ivan Stepanych, whose brush it was, yelled to him: "Get away, Gavrilov, from this sin. Watch out, or they'll rip off your last leg."

Gavrilov says: "Let them," he says. "Let my leg be lost! But only," he says, "I can't walk out now. Someone," he says, "just smashed my whole ambition into blood."

---

1 Idiomatic: a grouch, an ill-tempered person.

А ему, действительно, в эту минуту кто-то по морде съездил. Ну, и не уходит, накидывается. Тут в это время кто-то и ударяет инвалида кастрюлькой по кумполу.

Инвалид — брык на пол и лежит. Скучает. Тут какой-то паразит за милицией кинулся. Является мильтон . Кричит:
— Запасайтесь, дьяволы, гробами, сейчас стрелять буду! Только после этих роковых слов народ маленько очухался. Бросился по своим комнатам.

"Вот те, — думают, — клюква, с чего ж это мы, уважаемые граждане, разодрались?" Бросился народ по своим комнатам, один только инвалид Гаврилыч не бросился. Лежит, знаете, на полу скучный. И из башки кровь каплет.

Через две недели после этого факта суд состоялся.

А нарсудья тоже нервный такой мужчина попался — прописал ижицу[1].

---

1   Ижица — the 35th and last letter in the old Russian alphabet. The expression refers to punishment or a punitive task.

And indeed, someone had just that minute greased him in the face. So he doesn't walk away but throws himself at his attacker. Just then, someone goes and hits the invalid on the skull with a cooking pot.

The invalid flops on the floor and lies there. All bored-like. Here, some parasite ran for the police. A cop arrives. He yells: "Save up coffins for yourselves, you devils, I'm going to shoot!" Only after these fatal words did folks come to their senses a bit. Dashed off to their rooms.

"Here's a pickle!" they think. "Why did we, respectable citizens, start a fight?" All of them dashed off to their rooms, only the invalid Gavrilov didn't dash anywhere. Keeps lying on the floor, you know, all bored-like. And blood is dripping from his noggin.

Two weeks after this, there was a trial.

And the People's Judge we were appointed was also a real nervous man—he threw the book at us.

Translated by Danielle Jones with Natalya Russkikh.

Questions for Discussion:

1. What reasons does the narrator give for the people being nervous? What other reasons may there be?
2. How is the invalid Gavrilov crucial to the story? What would the story lose without his presence?
3. What is the purpose of the last line of the story? What does it have to say about the larger social situation?

Isaak Babel

Isaak Emmanuilovich Babel (1894–1940) was one of the most prominent post-revolutionary Russian writers. He was born in Odessa to a family of Jewish tradesmen. Due to discriminatory laws against Jewish people, he was not accepted into university, so he studied at and graduated from the School of Commerce. Nevertheless, he was able to read and write in Russian, French, German and Yiddish.

In 1916, Babel moved to Petrograd (St. Petersburg) and became acquainted with Maxim Gorky. Soon after, Gorky began to publish his short stories in the magazine *Letopis* (Chronicle), which he edited. Even in these early works, Babel wrote in an original style that would be further developed in his later volumes. His stories were full of humor, the poetic vision of life and figurative language. His masterpiece collection, *Odessa Stories* (1921-1923), was one of the first samples of revolutionary neo-Romanticism in prose. It depicted the life of the seaport with its mixture of cultures and customs and in particular the lives of Odessa Jews. In highly ironic narratives about gangsters and vagabonds, Babel portrayed important shifts in the inner life of various social groups after the Revolution. The main hero, Benya Krik, was a kind of Jewish Robin Hood—a leader of marginalized groups forming around political subjects. In this narrative, Odessa is the collective subject of a polyphonic discourse voiced through the melting-pot of new social relations. This quasi-religious sense of life was important for Babel.

Babel's series of short stories *Konarmiya* (Red Cavalry, 1926) was the culmination of *skaz* in his prose and described the military campaigns of Semyon Budenny, the legendary Red Army leader and founder of the Red Cavalry. Babel was assigned as a war correspondent for the battalion and travelled with them. These stories illustrate diverse elements of common life during the Revolution and were replete with the speech and language

constructions of the common people. There are no clear distinctions between inner speech and external speech in the texts. This allowed Babel to represent the social shifts following the civil war. The narrators are Red Army soldiers who are fervent supporters of the new order but are confused with the aftermath of the war. Through them, Babel shows the power and evils of the Revolution. The stories combine romanticism and a naturalistic representation, high and low styles, and heroism and cowardice. On the one hand, Babel includes lofty and soaring lyricism and on the other, crowded narratives.

Konarmiya was well-received by critics who noted the ornamental style of *skaz* in the volume and its imitation of the dialect and rich inner life of the Cossacks. After the publication of the first portion of the stories in the magazine *Lef* (The Left Front), Babel's influence on contemporary Russian literature was recognized by the leading writers of the time. But Budenny himself wasn't pleased and accused Babel of slander and disrespect for the heroism of the Red Army men. Budenny's accusations heightened the fervent discussions of the time about how to represent the recent political and social events and placed Babel at the epicenter of the ferment.

During Stalin's purges, Babel's position with the authorities became increasingly tenuous. He published a volume of stories in 1936, but after that his works were banned. A film script for *Bezhin Meadow*, which was based on a story by Turgenev and intended to be directed by Eisenstein, was banned as well. In reaction, Babel stepped back from public life, and he was labeled the "famous hermit." One propaganda poster said, "He stunned us with his Krik [the name of the hero also means 'cry'] and now his talent is silent." Babel was arrested in 1939 and executed in 1940. He was rehabilitated posthumously in 1954.

"The Letter" imitates a real missive of a young soldier to his mother. The hero, with his boyish mood, describes all the cruelties of the civil war that divided family members between Red and White supporters. Critics marked the successful blend of heroic emphasis and naturalistic crudity. The narrative is

dominated by common Cossack speech, which is permeated with revolutionary neologisms and distorted clichés of literate speech. With this story and others, Babel documented the birth of new revolutionary speech patterns and a new revolutionary mode of thinking. The narrator, who is a representative of the intelligentsia, writes the letter for an illiterate Red Army man. He is removed from the Cossack's monologue but by the end of the story becomes involved in the discussion.

"The Cemetery in Kozin" is characterized by another stylistic strategy: it utilizes musical principles of speech, pathos, a lyrical mood, prayer intonations and minimalism to create an ornamental *skaz*. The tone of the story is similar to that of Biblical accounts and has the effect of joining the events of the Russian era to the whole history of the Jewish nation and to the perspective of Western civilization. Hence, the story is a kind of philosophical treatise in the form of a prosaic sketch. It could be characterized as a lyrically-elevated philosophical essay in the form of a narrative that expresses how Babel sees the most important questions about life and history that are raised throughout the volume of *Konarmiya*.

Alexander Markov

Письмо

Исаак Бабель

Вот письмо на родину, продиктованное мне мальчиком нашей экспедиции Курдюковым. Оно не заслуживает забвения. Я переписал его, не приукрашивая, и передаю дословно, в согласии с истиной.

— Любезная мама Евдокия Фёдоровна. В первых строках сего письма спешу вас уведомить, что благодаря господа, я есть жив и здоров, чего желаю от вас слыхать то же самое. А также нижающе вам кланяюсь от бела лица до сырой земли... (следует перечисление родственников, крёстных, кумовьёв. Опустим это. Перейдём ко второму абзацу).

— Любезная мама, Евдокия Фёдоровна Курдюкова. Спешу вам писать, что я нахожусь в красной Конной армии товарища Будёного, а также тут находится ваш кум Никон Васильич, который есть в настоящее время красный герой. Они взяли меня к себе, в экспедицию Политотдела, где мы развозим на позиции литературу и газеты — Московские Известия ЦИК, Московская Правда и родную беспощадную газету Красный Кавалерист, которую всякий боец на передовой позиции желает прочитать и опосля этого он с геройским духом рубает подлую шляхту и я живу при Никон Васильиче очень великолепно.

— Любезная мама, Евдокия Фёдоровна. Пришлите чего можете от вашей силы-возможности. Просю вас заколоть рябого кабанчика и сделать мне посылку в Политотдел товарища Будёного, получить Василию Курдюкову. Кажные сутки я ложуся отдыхать не евши и безо всякой одёжи, так что дюже холодно. Напишите мне письмо за моего Стёпу, живой он или нет, просю вас досматривайте до него и напишите мне за него — засекается он ещё или перестал, а

The Letter

Isaak Babel

Here is a letter home to the motherland, dictated to me by a boy in our expedition, Kurdyukov. It does not deserve to be forgotten. I have copied it without embellishment, and I give it here word for word, as befits the truth.

"My dearest mama Yevdokiya Fedorovna. In the first lines of this letter I hasten to inform you that, thank the Lord, I be alive and well, which I hope to hear also from you. Also, I bow most deeply to you from my fair face to the damp earth..." (A list of relatives, godfathers, and godmothers follows. We will omit this. Let us move on to the second paragraph.)

"My dearest mama Yevdokiya Fedorovna Kurdyukova. I hasten to write you that I am presently in the Red Cavalry Army of Comrade Budenny, and here also is your son's godfather Nikon Vasilyich, who is at the present time a Red Hero. They took me in at the PolitDepartment service, where we deliver literature to the frontlines, and newspapers—Moscow Izvestiya of the CEC[1], Moscow Pravda, and our dear, merciless newspaper the Red Cavalryman, which every soldier on the frontlines desires to read, following which he hacks up the villainous *szlachta*[2] with a heroic spirit, and I live with Nikon Vasilyich most splendidly.

"My dearest mama Yevdokiya Fedorovna. Send me what you can, according to your means-and-abilities. I asks you to slaughter the spotted pig and fashion me a parcel to the PolitDepartment of Comrade Budenny, recipient Vasiliy Kurdyukov. Every night I lie to rest without eating and without clothing of any kind, so that it is cold, even. Write me as regarding my Styopa, whether he is alive or not, and I asks you to look after him and write me regarding him—whether his legs still

---

1 Central Executive Committee, the highest governing body in the Soviet Union from 1922 until 1938.
2 Former Polish noble class.

также насчёт чесотки в передних ногах, подковали его или нет. Просю вас, любезная мама Евдокия Фёдоровна, обмывайте ему беспременно передние ноги с мылом, которое я оставил за образами, а если папаша мыло истребили так купите в Краснодаре и бог вас не оставит. Могу вам писать также, что здеся страна совсем бедная, мужики со своими конями хоронятся от наших красных орлов по лесам, пшеницы видать мало и она ужасно мелкая, мы с неё смеёмся. Хозяева сеют рожь и то же самое овёс. На палках здеся растет хмель, так что выходит очень аккуратно; из него гонют самогон.

Во вторых строках сего письма спешу вам описать за папашу, что они порубали брата Фёдора Тимофеича Курдюкова тому назад с год времени. Наша красная бригада товарища Павличенки наступала на город Ростов, когда в наших рядах произошла измена. А папаша были в тое время у Деникина за командира роты. Которые люди их видали, — то говорили, что они носили на себе медали, как при старом режиме. И по случаю той измены всех нас побрали в плен и брат Фёдор Тимофеич попались папаше на глаза. И папаша начали Федю резать, говоря — шкура, красная собака, сукин сын и разно и резали до темноты, пока брат Фёдор Тимофеич не кончился. Я написал тогда до вас письмо, как ваш Федя лежит без креста. Но папаша пымали меня с письмом и говорили: вы материны дети, вы ейный корень, потаскухин, я вашу матку брюхатил и буду брюхатить, моя жизнь погибшая, изведу я за правду своё семя и ещё разно. Я принимал от них страдания, как спаситель Исус Христос. Только в скорости я от папаши убёг и прибился до своей части товарища Павличенки. И наша бригада получила приказание итти в город Воронеж пополняться и мы получили там пополнение, а также коней, сумки, ноганы и всё что до нас принадлежало. За Воронеж могу вам описать, любезная мама Евдокия Фёдоровна, что это городок очень великолепный, будет поболе Краснодара, люди в ём очень

interfere or not, and also regarding the mange on the front legs, has he been shoed or not? I asks you, my dearest mama Yevdokiya Fedorovna, to wash his front legs uncessantly with the soap I left behind the icons, and if Papasha[1] has consumed the soap, then buy some in Krasnodar, and God will take care of you. I can furthermore describe to you that the land here's all poor, the men take their horses and hide in the woods from our red eagles. There is little wheat, it seems, and it is awfully small in size, we laugh from it. The locals are planting rye and likewise oats. Hops grow on poles here, which works out very proper; they go into moonshine.

In the second lines of this letter, I hasten to describe to you as to Papasha, that they hacked up my brother Fyodor Timofeich Kurdyukov a year ago. Our Red Brigade under Comrade Pavlichenko was advancing on the city of Rostov when treason happened in our ranks. And Papasha was a company commander under Denikin at the time. Those people who had seen him said he wore medals on his person like under the old regime. And on account of that treason, we were all captured, and my brother Fyodor Timofeich caught Papasha's eye. And Papasha began to cut up Fedya, saying — turncoat, red dog, son of a bitch, and so forth — and he went on cutting him till dark, until he finished off my brother Fyodor Timofeich. I wrote a letter for you back then that your Fedya lies buried without a cross. But Papasha caught me with the letter and said: you are your mother's spawn, her whore's root, I knocked up your mother and I'll keep knocking her up, by my ruined life, till I've used up all my seed in the name of justice, and so forth. I suffered from him like the savior Jesus Christ. Only soon I ran away from Papasha and met up with my unit under Comrade Pavlichenko. And our brigade was ordered to the city of Voronezh to replenish its ranks, and we received our replenishment there, as well as horses, bags, pistols, and everything that belonged for us. As to Voronezh, I can describe to you that it's a marvelous little city, bigger than Krasnodar, the people in't are very beautiful,

---

1 Father/daddy/pops.

красивы, речка способная до купанья. Давали нам хлеба по два фунта в день, мяса пол фунта и сахару подходяще, так что вставши пили сладкий чай, то же самое вечеряли и про голод забыли, а в обед я ходил к брату Семён Тимофеичу за блинами или гусятиной и опосля этого лягал отдыхать. В тое время Семён Тимофеича за его отчаянность весь полк желал иметь за командира и от товарища Будёного вышло такое приказание и он получил двух коней, справную одёжу, телегу для барахла отдельно и орден Красного Знамени, и я при ём считался братом. Таперича какой сосед вас начнет забижать — то Семён Тимофеич может его вполне зарезать. Потом мы начали гнать генерала Деникина, порезали их тыщи и загнали в Чёрное море, но только папаши нигде не было видать и Семён Тимофеич их разыскивали по всех позициях, потому что они очень скучали за братом Федей. Но только, любезная мама, как вы знаете, за папашу и за его упорный характер, так он что сделал — нахально покрасил себе бороду с рыжей на вороную и находился в городе Майкоп в вольной одёже, так что никто из жителей не знал, что он есть самый что ни на есть стражник при старом режиме. Но только правда — она себя окажет, кум ваш Никон Васильич случаем увидал его в хате у жителя и написал до Семён Тимофеича письмо. Мы посидали на коней и пробегли двести верст — я, брат Сенька и желающие ребята из станицы.

И что же мы увидали в городе Майкопе? Мы увидали, что тыл никак не сочувствует фронту и в ём повсюду измена и полно жидов, как при старом режиме. И Семён Тимофеич в городе Майкопе с жидами здорово спорился, которые не выпущали от себя папашу и засадили его в тюрьму под замок, говоря — пришел приказ не рубать пленых, мы сами его будем судить, не серчайте, он своё получит. Но только Семён Тимофеич своё взял и доказал, то он есть командир полка и имеет от товарища Будёного все ордена Красного Знамени и грозился всех порубать, которые спорятся за

the river is capable for swimming. We were given two pounds of bread a day, half a pound of meat, and sugar as befitting, so that we could drink sweet tea in the morning and likewise in the evening, and we forgot hunger. For dinner, I went to my brother Semyon Timofeich for *bliny* or goose, and after that I lied to rest. At that time, the entire regiment wanted Semyon Timofeich for commander because of his desperate bravery, and an order to this effect came from Comrade Budenny, and Semyon got two horses, mended clothing, a separate cart for his junk, and the Order of the Red Banner, and I was a brother of his. Nowadays if any neighbor starts to 'arass you, Semyon Timofeich can certainly hack him up. Then we began to chase General Denikin, killed thousands of them and chased them into the Black Sea, only Papasha was nowhere to be found, and Semyon Timofeich searched for him on all the frontlines because he missed his brother Fedya terribly. But only, my dearest mama, you know regarding Papasha and his stubborn character, so this is what he did—he insolently dyed his beard from red to black and stayed in the town of Maykop in civilian clothing, so that none of the residents knew that he is indeed a guardsman for the old regime. But only truth will show itself, and your son's godfather Nikon Vasilyich saw him by accident in a local's hut and wrote a letter for Semyon Timofeich. We amounted on horses and ran two hundred versts—me, brother Senka[1], and willing lads from the Cossack village.

And what did we see in the town of Maykop? We saw that the home front does not sympathize in any way with the frontlines, and 'tis rife with treason and full of yids, like under the old regime. And Semyon Timofeich had a big ol' argument with the yids in the town of Maykop, who would not hand over Papasha and had stuffed him in prison under lock and key, and they said—there's been an order not to hack up the prisoners, we'll put him on trial ourselves, he'll get his due, don't you worry. Only Semyon Timofeich got his way and proved that he be a regiment commander and has all the Orders of the Red Banner from Comrade Budenny, and

---

1 Diminutive of Semyon.

папашину личность и не выдают её, и также грозились ребята со станицы. Но только Семён Тимофеич папашу получили и они стали папашу плетить и выстроили во дворе всех бойцов, как принадлежит к военому порядку. И тогда Сенька плеснул папаше Тимофей Родионычу воды на бороду и с бороды потекла краска. И Сенька спросил Тимофей Родионыча:

— Хорошо вам, папаша, в моих руках?

— Нет, сказали папаша, — худо мне.

Тогда Сенька спросил:

— А Феде, когда вы его резали, хорошо было в ваших руках?

— Нет, сказали папаша, — худо было Феде.

Тогда Сенька спросил:

— А думали вы, папаша, что и вам худо будет?

— Нет, сказали папаша, — не думал я, что мне худо будет.

Тогда Сенька поворотился к народу и сказал:

— А я так думаю, что если попадусь я к вашим, то не будет мне пощады. А теперь, папаша, мы будем вас кончать.

И Тимофей Родионыч зачал нахально ругать Сеньку по матушке и в Богородицу и бить Сеньку по морде и Семён Тимофеич услали меня со двора. Так что я не могу, любезная мама, Евдокия Фёдоровна, описать вам за то, как кончали папашу, потому я был усланый со двора.

Опосля этого мы получили стоянку в городе в Новороссийском. За этот город можно рассказать, что за ним никакой суши больше нет, а одна вода, Чёрное море, и мы там оставалися до самого мая, когда выступили на польский фронт и треплем шляхту почём зря…

Остаюсь ваш любезный сын Василий Тимофеич Курдюков. Мамка, доглядайте до Стёпки и бог вас не оставит.

Вот письмо Курдюкова, ни в одном слове не изменённое. Когда я кончил — он взял исписанный листок и спрятал его за пазуху, на голое тело.

— Курдюков, — спросил я мальчика, — злой у тебя был отец?

he threatened to hack up all those who were arguing for Papasha's person and would not hand it over, and the boys from the Cossack village threatened also. And as soon as Semyon Timofeich got Papasha, he began to flog him and lined up all the men in the yard as befits military order. And then Senka splashed some water on Papasha Timofei Rodionych's beard, and the dye began to leak from the beard. And Senka asked Timofei Rodionych:

"Is it good for you in my hands, Papasha?"

"No," Papasha said. "'It's bad."

Then Senka asked:

"And when you were cutting up Fedya, was it good for him in your hands?"

"No," Papasha said, "It was bad for Fedya."

Then Senka asked:

"And did you reckon, Papasha, that it'd be bad for you too?"

"No," Papasha said, "Didn't reckon it'd be bad for me."

Then Senka turned towards the people and said:

"And I think that, if I were to end up with your folk, there'd be no mercy for me. And now, Papasha, we're going to end you..."

And then Timofei Rodionych began to curse at Senka insolently by his mother and the Holy Mother, and hit Senka in the snout, and Semyon Timofeich sent me away from the yard, so I cannot, my dearest mama Yevdokiya Fedorovna, describe to you as to how they ended Papasha, because I had been sent away from the yard.

After this we were stationed in the city of Novorossiysk. Regarding this city it can be said that there is no more land beyond it but only water, the Black Sea, and we remained there all the way until May, when we left for the Polish front to thrash the *szlachta* as hard as we can...

I remain your dear son, Vasiliy Timofeich Kurdyukov. Mammy, please look after Styopa, and God will take care of you."

This is Kurdyukov's latter, without a single word altered. When I finished, he took the written sheet of paper and hid it in his bosom, against his bare skin.

"Kurdykov," I asked the boy, "was your father vicious?"

— Отец у меня был кобель, — ответил он угрюмо.

— А мать лучше?

— Мать подходящая. Если желаешь вот наша фамилия…

Он протянул мне сломанную фотографию. На ней был изображён Тимофей Курдюков, плечистый стражник в форменном картузе и с расчёсанной бородой, недвижимый, скуластый, с сверкающим взглядом бесцветных и бессмысленных глаз. Рядом с ним, в бамбуковом креслице мерцала крохотная крестьянка в выпущенной кофте с чахлыми, светлыми и застенчивыми чертами лица. А у стены, у этого жалкого провинциального фотографического фона с цветами и голубями, высились два парня — чудовищно огромные, тупые, широколицые, лупоглазые, застывшие, как на ученьи, два брата Курдюковых — Фёдор и Семён.

"My father was a dog," he said grimly.

"And your mother's better?"

"Mother's all right. If you want—here's our family…"

He handed me a creased photograph. On it was Timofei Kurdyukov, a broad-shouldered guardsman in a uniform cap, beard combed, motionless, with high cheekbones, a gleaming stare in his colorless and senseless eyes. Next to him, in a bamboo armchair, sat a tiny peasant woman in a let-out blouse, with sickly, light, and timid facial features. And by the wall, in this paltry provincial photo scene, with flowers and pigeons, towered two lads, frozen, as if standing at attention—the monstrously huge, dumb, broad-faced, goggle-eyed brothers Kurdyukov—Fyodor and Semyon.

Translated by Michael Karpelson.

Questions for Discussion:

1. What historic people and events are included in this *skaz*? How do these contribute to the fictional elements?

2. How would you describe the language of this story? What are some particularly strong examples of this?

3. How does the relationship between Kurdyukov and his father mirror the larger political battle? How do they relate to the story within a story framework?

Кладбище в Козине

Исаак Бабель

Кладбище в еврейском местечке. Ассирия и таинственное тление Востока на поросших бурьяном волынских полях.

Обточенные серые камни с трёхсотлетними письменами. Грубое тиснение горельефов, высеченных на граните. Изображение рыбы и овцы над мёртвой человеческой головой. Изображения раввинов в меховых шапках. Раввины подпоясаны ремнём на узких чреслах. Под безглазыми лицами волнистая каменная линия завитых бород. В стороне, под дубом, размозженным молнией, стоит склеп рабби Азриила, убитого казаками Богдана Хмельницкого. Четыре поколения лежат в этой усыпальнице, нищей, как жилище водоноса, и скрижали, зазеленевшие скрижали, поют о них молитвой бедуина:

"Азриил, сын Анания, уста Еговы.

Илия, сын Азриила, мозг, вступивший в единоборство с забвением.

Вольф, сын Илии, принц, похищенный у Торы на девятнадцатой весне.

Иуда, сын Вольфа, раввин краковский и пражский.

О смерть, о корыстолюбец, о жадный вор, отчего ты не пожалел нас, хотя бы однажды?"

The Cemetery at Kozin

Isaak Babel

A cemetery in a Jewish shtetl. Assyria and the mysterious decay of the East on weedy Volhynian[1] fields.

Carved gray stones with three hundred year old inscriptions. Crude high-relief lettering carved out in granite. The images of a fish and a sheep over a dead human head. The images of rabbis in fur hats. The rabbis are girdled with belts round their narrow loins. Beneath the eyeless faces are wavy stone lines of curled beards. To the side, under an oak tree smashed by lightning, stands the crypt of Rabbi Azriil, killed by the Cossacks of Bogdan Khmelnitsky. Four generations lie in this crypt, which is barren as a water-bearer's dwelling, and stone tablets, greening stone tablets, sing a Bedouin's prayer over them:

"Azriil, son of Ananiy, mouth of Jehova.

Iliya, son of Azriil, the mind that battled single-handedly with oblivion.

Wolf, son of Iliya, a prince stolen from the Torah on the nineteenth spring.

Judah, son of Wolf, Rabbi of Cracow and Prague.

O death, o mercenary, o greedy thief, why did you not take pity on us, if only once?"

Translated by Michael Karpelson.

Questions for Discussion:

1. What is the tone of this text? How is it invoked?
2. Who seems to be the narrator? What can you ascertain about him/her?
3. Who sings the song at the end? How does it contribute to the story?

1   Volhynia: a historic region in central and eastern Europe, includes parts of present-day Poland and Ukraine.

Vasily Shukshin

Vasily Makarovich Shukshin (1929–1974) was born and grew up in the Altai region in Southern Siberia. He quit school at the age of fourteen to help his mother provide for the family after his father was shot for refusing to cooperate with Stalin's collectivization. Later, Shukshin earned a college degree from the elite film school All-Union State Institute, but not until after he served in the Navy as a sailor on the Baltic and Black Seas and as a village teacher and a school principal. He went on to become a renowned writer of short stories and an award-winning actor and film director.

While in college, his classmates ridiculed his regional dialect and mocked his rustic values. He was not embarrassed by their derision, however, and eventually revealed his pride in his rural Altai heritage, including his dialect and village upbringing. As a native of an isolated village far removed from the regional capital, his stories often addressed the stereotypical attitudes toward villagers that he had witnessed firsthand.

In 1958, while still in college, Shukshin published his first short story "Two on the Cart," in the magazine *Smena*. That same year, he landed his first leading role in a film by the ethinic Georgian film director Marlen Khutsiev. His first collection of stories, *Village Dwellers* (1963), illustrates his emphasis on peasant problems. He vividly captures scenes from the lives of ordinary villagers who discover the social difference between the urban and "cultured" milieu of the city and the genuine folk spirit of the countryside. In the fifties and sixties, Khrushchev's Thaw, with the denunciation of Stalin's "cult of personality" and greater freedom of speech, allowed Shukshin to show the true regression of moral values in the Russian peasantry. Still, Shukshin romanticized his characters, valued their wisdom and diligence, and embraced their simplicity and provinciality as preferable to the superficial impracticality of privileged city

dwellers. Eventually, he published four more collections of short stories and two novels.

As a staff director at the Gorky Film Studio in Moscow, Shukshin directed the film *There Is Such a Lad* (1965) which won the Venice Golden Lion award and the very popular Soviet film *The Red Snowball Tree* (1973), which has a criminal as the protagonist (a relative rarity in Soviet cinema). For his achievements as a film director, he was decorated with the Order of the Red Banner of Labor (1967) and received the title of Honored Artist of the RSFSR (1969). He died suddenly at the age of forty-five while filming *They Fought for the Motherland*. Credited with revitalizing the short story as a genre in Russian literature, he was posthumously honored with the Soviet Union's highest literary prize, the Lenin Prize, in 1976.

"The Oddball" (1967) is a bittersweet travelogue of a typical villager focused on everyday realities and dissatisfied with the banality of routine. Ironically, he speaks about the meaning of life in a rough and self-conscious tone and is regarded as an eccentric *chudik*, the story's title. This colloquial term connotes the figure of a clown, a naïve village romantic or a sentimental fool. At the same time, it also evokes the affectionate and generally positive Russian attitude toward the holy fool. The word holds contextual clues in its etymological roots (*chudit*—to behave oddly or try to be original and *chudo*—a miracle), which reflect the character's purpose and function in the plot and hint at Shukshin's intentions.

The story unfolds through the perspective of the Oddball, who goes to visit his brother. The Oddball's brother, like millions of others during this era, has left the countryside and moved to the city to live there permanently. The narrator's perspective represents industrialization as an unfavorable turn of events rather than a forward progression. It is natural that a villager would see things this way. Although his understanding of current events is rather spotty, the narrator finds enjoyment in discovering patterns that he observes in seemingly unrelated phenomena. Shukshin's narration is typical of his best movies

and lends itself well to the *skaz* format. His well-acted scenes, tightly-written dialogues, meta-functional monologues and foreshadowing are all cinematic. This is important because, regardless of the direction the plot takes, the narrative structure accentuates the protagonist's perception of reality.

Svetlana Malykhina

Чудик

Василий Шукшин

Жена называла его — Чудик. Иногда ласково.

Чудик обладал одной особенностью: с ним постоянно что-нибудь случалось. Он не хотел этого, страдал, но то и дело влипал в какие-нибудь истории — мелкие, впрочем, но досадные.

Вот эпизоды одной его поездки.

Получил отпуск, решил съездить к брату на Урал: лет двенадцать не виделись.

— А где блесна такая... на подвид битюря?! — орал Чудик из кладовой.

— Я откуда знаю.

— Да вот же ж все тут лежали! — Чудик пытался строго смотреть круглыми иссиня-белыми глазами. — Все тут, а этой, видите ли, нету.

— На битюря похожая?

— Ну, щучья.

— Я её, видно, зажарила по ошибке.

Чудик некоторое время молчал.

— Ну, и как?

— Что?

— Вкусная! Ха-ха-ха!... — Он совсем не умел острить, но ему ужасно хотелось. — Зубки-то целые? Она ж — дюралевая!...

...Долго собирались — до полуночи. А рано утром Чудик шагал с чемоданом по селу.

— На Урал! На Урал! — отвечал он на вопрос: куда это он собрался? Проветриться надо! — При этом круглое мясистое лицо его, круглые глаза выражали в высшей степени плёвое отношение к дальним дорогам — они его не пугали. — На Урал! Надо прошвырнуться.

The Oddball

Vasily Shukshin

His wife called him "the Oddball." Sometimes affectionately.

The Oddball possessed one distinctive feature: something was always happening to him. He didn't want this, suffered from it, but kept getting himself in various incidents—little ones, as it were, but maddening.

Here are a few episodes from one of his journeys.

He earned a vacation and decided to visit his brother in the Urals: they hadn't seen each other for twelve years.

"Where is that bait… that looks like a *bitur*[1]?!" yelled the Oddball from the pantry.

"How would I know?"

"It was laying right here with everything else!" the Oddball tried to look stern with his bluish-white eyes. "Everything is here, but it alone is gone—see?"

"It looked like a *bitur*?"

"Well, like a pike."

"I, it seems, fried it by mistake."

The Oddball was silent for a few moments.

"And?"

"And what?"

"Tasty! Ha, ha, ha…" He was completely incapable of making wisecracks, but he wanted to terribly. "Teeth still whole? It was duralumin[2] after all!…"

…He took a long time to pack—until midnight. Early in the morning, the Oddball walked through the village with his suitcase.

"To the Urals! To the Urals!" he answered the question: "Where are you going?" "Got to blow out the cobwebs!" During this, his round, meaty face and his round eyes expressed the highest degree of a carefree attitude toward the long road—it didn't scare him. "To the Urals! Got to have a stroll."

---

1   A type of fish.

2   An aluminum alloy.

Но до Урала было ещё далеко.

Пока что он благополучно доехал до районного города, где предстояло взять билет и сесть в поезд.

Времени оставалось много. Чудик решил пока накупить подарков племяшам — конфет, пряников... Зашёл в продовольственный магазин, пристроился в очередь. Впереди него стоял мужчина в шляпе, а впереди шляпы — полная женщина с крашеными губами. Женщина негромко, быстро, горячо говорила шляпе:

— Представляете, насколько надо быть грубым, бестактным человеком! У него склероз, хорошо, у него уже семь лет склероз, однако никто не предлагал ему уходить на пенсию. А этот — без году неделя руководит коллективом — и уже: "Может, вам, Александр Семёныч, лучше на пенсию?" Нах-хал!

Шляпа поддакивала: — Да, да... Они такие теперь. Подумаешь, склероз. А Сумбатыч?... Тоже последнее время текст не держал. А эта, как её?...

Чудик уважал городских людей. Не всех, правда: хулиганов и продавцов не уважал. Побаивался.

Подошла его очередь. Он купил конфет, пряников, три плитки шоколада. И отошёл в сторонку, чтобы уложить всё в чемодан. Раскрыл чемодан на полу, стал укладывать... Глянул на полу-то, а у прилавка, где очередь, лежит в ногах у людей пятидесятирублёвая бумажка. Этакая зелёная дурочка, лежит себе, никто её не видит. Чудик даже задрожал от радости, глаза загорелись. Второпях, чтобы его не опередил кто-нибудь, стал быстро соображать, как бы повеселее, поостроумнее сказать этим, в очереди, про бумажку.

— Хорошо живёте, граждане! — сказал он громко и весело.

На него оглянулись.

— У нас, например, такими бумажками не швыряются.

Тут все немного поволновались. Это ведь не тройка, не пятёрка — пятьдесят рублей, полмесяца работать надо. А хозяина бумажки — нет.

But the Urals were still a long way off.

In the meantime, he travelled safely to a regional city where he had to get his ticket and board the train.

He still had a lot of time. The Oddball decided in the interval to buy some presents for his nephews—candy, gingerbread… He walked into the food store and stood in line. In front of him stood a man in a hat, and in front of the hat, a large woman with painted lips. This woman spoke not loudly, but quickly and emotionally to the hat.

"Imagine how rude and tactless a person can be! He has sclerosis, fine, he's already had sclerosis seven years however, but no one has been twisting his arm to retire. But this greenhorn has been in charge of the collective for no time at all, and already: 'Maybe, Alexander Semyonich, it would be better for you to go on pension?' Insolent swine!"

The hat assented: "Yes, yes… They are like that now. So what? Sclerosis. And Sumbatich?… Recently, he's also not kept to the script. And this one, what's her name?…"

The Oddball respected city people. Not all of them, true: he did not respect hooligans and shopkeepers. He was rather afraid of them.

His turn came. He bought candy, gingerbread and three bars of chocolate. He stepped to one side so he could put it all in his suitcase. He opened his suitcase on the floor and began to put everything in… He glanced at the floor and, near the counter where the line stood, a fifty-ruble note lay at the people's feet. That little green fool lay by itself, and no one noticed it. The Oddball even shook with joy, and his eyes lit up. Hastily, so that no one noticed him, he began to quickly imagine how he could amusingly and wittily tell those in the line about the note.

"You live well, citizens!" he said loudly and joyfully.

They looked at him.

"Where I come from, for example, they don't throw around these kinds of notes."

Now, everyone became a little agitated. After all, it was not a three or a five but a fifty-ruble note—half a month's wages. And the owner of the note—nowhere.

"Наверно, тот, в шляпе," — догадался Чудик.

Решили положить бумажку на видное место на прилавке.

— Сейчас прибежит кто-нибудь, — сказала продавщица.

Чудик вышел из магазина в приятнейшем расположении духа. Всё думал, как это у него легко, весело получилось: "У нас, например, такими бумажками, не швыряются!" Вдруг его точно жаром всего обдало: он вспомнил, что точно такую бумажку и ещё двадцатипятирублёвую он сейчас разменял, пятидесятирублёвая должна быть в кармане… Сунулся в карман — нету. Туда-сюда — нету.

— Моя была бумажка-то! — громко сказал Чудик. — Мать твою так-то!… Моя бумажка-то.

Под сердцем даже как-то зазвенело от горя. Первый порыв был пойти и сказать: "Граждане, моя бумажка-то. Я их две получил в сберкассе: одну двадцатипятирублёвую, другую полусотельную. Одну, двадцатипятирублёвую, сейчас разменял, а другой — нету." Но только он представил, как он огорошит всех этим своим заявлением, как подумают многие: "Конечно, раз хозяина не нашлось, он и решил прикарманить." Нет, не пересилить себя — не протянуть руку за проклятой бумажкой. Могут ещё и не отдать…

— Да почему же я такой есть-то? — вслух горько рассуждал Чудик. — Что теперь делать?…

Надо было возвращаться домой.

Подошёл к магазину, хотел хоть издали посмотреть на бумажку, постоял у входа… и не вошёл. Совсем больно станет. Сердце может не выдержать.

Ехал в автобусе и негромко ругался — набирался духу: предстояло объяснение с женой.

Сняли с книжки ещё пятьдесят рублей.

Чудик, убитый своим ничтожеством, которое ему опять разъяснила жена (она даже пару раз стукнула его шумовкой по голове), ехал в поезде. Но постепенно горечь проходила. Мелькали за окном леса, перелески, деревеньки… Входили и выходили разные люди, рассказывались разные истории… Чудик тоже одну рассказал какому-то

"Probably that gentleman in the hat," guessed the Oddball.

They decided to put the note in a visible spot on the counter.

"Someone will come running soon," said the saleswoman.

The Oddball exited the store with a self-satisfied feeling. He thought about how he had so easily and amusingly handled everything. "Where I come from, for example, they don't throw around these kinds of notes!" Suddenly, he felt overcome as if by a fever. He remembered that he'd just changed exactly that kind of a note along with a twenty-five ruble one. The fifty-ruble had to be in his pocket… He stuck his hand in his pocket—nothing. He searched here and there—nothing.

"It was my note!" the Oddball said loudly. "Goddamn it!… It was my very own note."

His heart even seemed to be ringing with grief. His first instinct was to go and say: "Citizens, it's my note after all. I just withdrew two from the savings bank: one a twenty-five-ruble note, the other a fifty. The twenty-five I just used and the other I didn't." But only, he imaged how he would dumbfound everyone with this announcement, how many would think: "Of course, since the owner hasn't been found, he's decided to pocket it." No, he couldn't force himself, he couldn't extend his hand for this cursed note. And maybe they wouldn't even hand it over…

"Why am I like this?" he pondered bitterly out loud. "What will I do now?…"

He would have to go home.

He walked up to the store, wanting at least to look at the note from afar. He stood at the entrance a while… and didn't go in. It would hurt too much. His heart might not be able to take it.

He rode on the bus and swore quietly to himself—tried to muster his spirit. He'd have to explain to his wife.

They withdrew from his bankbook another fifty rubles.

The Oddball, broken by his worthlessness, of which his wife again reminded him (she even hit him a few times on the head with a straining spoon), left on the train. But gradually his bitterness dissipated. Outside the window flashed forests, copses, villages… Various people entered and exited the train, different

интеллигентному товарищу, когда стояли в тамбуре, курили.

— У нас в соседней деревне один дурак тоже… Схватил головёшку — и за матерью. Пьяный. Она бежит от него и кричит: "Руки, кричит, руки-то не обожги, сынок!" О нём же и заботится… А он прёт, пьяная харя. На мать. Представляете, каким надо быть грубым, бестактным…

— Сами придумали? — строго спросил интеллигентный товарищ, глядя на Чудика поверх очков.

— Зачем? — не понял тот. — У нас за рекой, деревня Раменское…

Интеллигентный товарищ отвернулся к окну и больше не говорил.

После поезда Чудику надо было ещё лететь местным самолётом полтора часа. Он когда-то летал разок. Давно. Садился в самолёт не без робости. "Неужели в нём за полтора часа ни один винтик не испортится?" — думал. Потом — ничего, осмелел. Попытался даже заговорить с соседом, но тот читал газету, и так ему было интересно, что там, в газете, что уж и послушать живого человека ему не хотелось. А Чудик хотел выяснить вот что: он слышал, что в самолётах дают поесть. А что-то не несли. Ему очень хотелось поесть в самолёте — ради любопытства.

"Зажилили," — решил он.

Стал смотреть вниз. Горы облаков внизу. Чудик почему-то не мог определённо сказать: красиво это или нет? А кругом говорили: "Ах, какая красота!" Он только ощутил вдруг глупейшее желание—упасть в них, в облака, как в вату. Ещё он подумал: "Почему же я не удивляюсь? Ведь подо мной чуть ли не пять километров." Мысленно отмерил эти пять километров на земле, поставил их на попа, чтоб удивиться, и не удивился.

— Вот человек?… Придумал же, — сказал он соседу. Тот посмотрел на него, ничего не сказал, зашуршал опять газетой.

stories were told… The Oddball also told one to an intelligent comrade as they were standing in the vestibule smoking.

"In the next village over, we have a fool too… Grabbed his fire poker and charged after his mother. Drunk. She's running away from him and yelling: 'Don't burn,' she yells, 'your hands, son!' She was looking after him… But he keeps coming after her, the drunk mug. At his mother. Imagine how rude and tactless…"

"Did you think that story up yourself?" asked the intelligent comrade sternly, looking at the Oddball over his glasses.

"Why?" the latter said, not understanding. "Near us, across the river, in the village of Ramenskoye…"

The intelligent comrade turned to the window and wouldn't say anything further.

After the train, the Oddball still needed to fly on a regional plane an hour and a half. He'd flown one time before. Long ago. He took his seat in the plane timidly. "Can it really be that in an hour and a half flight not even one screw will break down?" he thought. Later, he calmed down, became more courageous. He even tried to talk to his neighbor, but the man was reading a newspaper and was so interested in what was there in the paper that he didn't even want to listen to a live person. But the Oddball wanted to sort out the following: he'd heard that on planes they give you something to eat. But nothing was brought to them. He really wanted to eat something on the plane—out of curiosity.

"They kept it for themselves," he decided.

He began to look down. Mountains of clouds below. The Oddball for some reason couldn't say for sure if it was beautiful or not. Though everyone around said: "Ah, what beauty!" He only felt suddenly a foolish desire: to fall into them like into cotton. Also, he thought: "Why am I not amazed? After all, below me there's almost five kilometers." Mentally, he began to measure out these five kilometers on land, placed them upright, so as to be amazed, and he was not amazed.

"How's man for you?… What will he think up?" he said to his neighbor. The latter looked at him, didn't say anything, rustled his newspaper again.

— Пристегнитесь ремнями! — сказала миловидная молодая женщина. — Идём на посадку.

Чудик послушно застегнул ремень. А сосед — ноль внимания. Чудик осторожно тронул его.

— Велят ремень застегнуть.

— Ничего, — сказал сосед. Отложил газету, откинулся на спинку сиденья и сказал, словно вспоминая что-то:

— Дети — цветы жизни, их надо сажать головками вниз.

— Как это? — не понял Чудик.

Читатель громко засмеялся и больше не стал говорить.

Быстро стали снижаться. Вот уж земля — рукой подать, стремительно летит назад. А толчка всё нет. Как потом объясняли знающие люди, лётчик "промазал." Наконец толчок, и всех начинает так швырять, что послышался зубовный стук и скрежет. Этот читатель с газетой сорвался с места, боднул Чудика лысой головой, потом приложился к иллюминатору, потом очутился на полу. За всё это время он не издал ни одного звука. И все вокруг тоже молчали — это поразило Чудика. Он тоже молчал. Стали. Первые, кто опомнился, глянули в иллюминаторы и обнаружили, что самолёт — на картофельном поле. Из пилотской кабины вышел мрачноватый лётчик и пошёл к выходу. Кто-то осторожно спросил его:

— Мы что, кажется, в картошку сели?

— Что, сами не видите? — сказал лётчик.

Страх схлынул, и наиболее весёлые уже пробовали острить.

Лысый читатель искал свою искусственную челюсть. Чудик отстегнул ремень и тоже стал искать.

— Эта?! — радостно воскликнул он, и подал читателю.

У читателя даже лысина побагровела.

— Почему надо обязательно руками трогать? — закричал он шепеляво.

Чудик растерялся.

— А чем же?...

"Fasten your seatbelts!" said a pretty, young woman. "We are going to land."

The Oddball obediently fastened his seatbelt. But his neighbor paid no attention. The Oddball carefully touched him:

"They say to fasten our seatbelts."

"It's nothing," said the neighbor. He put his newspaper aside, leaned back on the seat and said, as if remembering something:

"Children are the flowers of life. They need to be planted head down."

"What's that?" said the Oddball, not understanding.

The reader laughed loudly and wouldn't say anything else.

They began descending rapidly. Here's the earth, already the earth at arm's length, flying rapidly backwards. And still no bump. As people in the know explained later, the pilot "missed." Finally, a bump, and everyone began to be tossed about so that teeth could be heard knocking and grinding. The reader with the newspaper was ripped from his place, butted the Oddball with his bald head, then stuck to the window, then ended up on the floor. During this whole time, he didn't make even one sound. And everyone around was also silent—this was shocking to the Oddball. He was also silent. They came to a stop. The first ones who came to their senses looked out the windows and noticed that the plane was in a potato field. From the cockpit emerged the glum pilot and walked to the exit. Someone asked him carefully:

"We landed, it seems, in a potato field?"

"Can't you see for yourself?" said the pilot.

Fear subsided, and the more cheerful passengers already tried to joke.

The bald reader searched for his artificial jaw. The Oddball unfastened his seatbelt and also began to look.

"Is this it?!" he exclaimed happily and gave it to the reader.

The reader's bald head even turned purple.

"Why do you have to touch it with your hands?" he cried with a lisp.

The Oddball was taken aback:

"Well, how else then?…"

— Где я её кипятить буду! Где?!

Этого Чудик тоже не знал.

— Поедемте со мной? — предложил он. — У меня тут брат живёт, там вскипятим... Вы опасаетесь, что я туда микробов занёс? У меня их нету...

Читатель удивлённо посмотрел на Чудика и перестал кричать.

В аэропорту Чудик написал телеграмму жене:

"Приземлились. Ветка сирени упала на грудь, милая Груша меня не забудь. Тчк[1]. Васятка."

Телеграфистка, строгая сухая женщина, прочитав телеграмму, предложила:

— Составьте иначе. Вы — взрослый человек, не в детсаде.

— Почему? — спросил Чудик. — Я ей всегда так пишу в письмах. Это же моя жена!... Вы, наверно, подумали...

— В письмах можете писать что угодно, а телеграмма — это вид связи. Это открытый текст.

Чудик переписал:

"Приземлились. Всё в порядке. Васятка."

Телеграфистка сама исправила два слова: "Приземлились" и "Васятка." Стало: "Долетели. Василий."

— "Приземлились..." Вы что, космонавт, что ли?

— Ну ладно, — сказал Чудик. — Пусть так будет.

Знал Чудик: есть у него брат Дмитрий, трое племянников... О том, что должна ещё быть сноха, как-то не думалось. Он никогда не видел её. А именно она-то, сноха, всё испортила, весь отпуск. Она почему-то сразу невзлюбила Чудика.

Выпили вечером с братом, и Чудик запел дрожащим голосом: Тополя-а-а...

Софья Ивановна, сноха, выглянула из другой комнаты, спросила зло:

— А можно не орать? Вы же не на вокзале, верно? — И хлопнула дверью.

---

1 Abbreviation for точка, "period," used instead of "stop" in Russian telegrams.

"Where will I sterilize it? Where?!"

The Oddball didn't know either.

"Come with me," he offered. "My brother lives close by. We can boil it there… Are you worried that I got my germs on it? I don't have any…"

The reader looked at the Oddball in amazement and ceased yelling.

In the airport, the Oddball wrote a telegram to his wife.

"We've touched down. A branch of lilac on my chest fell, dearest Grusha remember me well. Stop. Vasyatka."

The telegraph operator, a dull, stern, woman, after reading the telegram suggested:

"Compose it differently. You are a grown man, not in kindergarten."

"Why?" asked the Oddball. "I always write like that to her in letters. It's my wife after all!… You, likely, thought…"

"In a letter, you can write what you want, but a telegram is a form of communication. It's an open text."

The Oddball wrote:

"We've touched down. Everything is fine. Vasyatka."

The telegraph operator corrected two things herself: "We've touched down" and "Vasyatka". It became "landed" and "Vasily."

"We've touched down… What are you, an astronaut?"

"Fine," said the Oddball. "Let it be that way."

The Oddball knew that he had a brother named Dmitri and three nephews… The fact that there must also be a wife, for some reason he hadn't considered. He'd never seen her. It was exactly her—the wife—who ruined the whole vacation. She immediately, for some reason, disliked the Oddball.

He had a drink together with his brother in the evening, and the Oddball began to sing in a shaky voice: "Popla-a-ars…"

Sophia Ivanovna, the wife, looked in from another room and asked angrily:

"Could you not yell? You're not at the train station, right?" and slammed the door.

Брату Дмитрию стало неловко.

— Это… там ребятишки спят. Вообще-то она хорошая.

Ещё выпили. Стали вспоминать молодость, мать, отца.

— А помнишь? — радостно спрашивал брат Дмитрий. — Хотя, кого ты там помнишь! Грудной был. Меня оставят с тобой, а я тебя зацеловывал. Один раз ты посинел даже. Попадало мне за это. Потом уж не стали оставлять. И всё равно, только отвернутся, я около тебя — опять целую. Чёрт знает, что за привычка была. У самого-то ещё сопли по колена, а уж… это… с поцелуями…

— А помнишь, — тоже вспоминал Чудик, — как ты меня…

— Вы прекратите орать? — опять спросила Софья Ивановна совсем зло, нервно. — Кому нужно слушать эти ваши разные сопли да поцелуи? Туда же — разговорились.

— Пойдём на улицу, — сказал Чудик.

Вышли на улицу, сели на крылечко.

— А помнишь? — продолжал Чудик.

Но тут с братом Дмитрием что-то случилось: он заплакал и стал колотить кулаком по колену.

— Вот она, моя жизнь! Видел? Сколько злости в человеке!… Сколько злости!

Чудик стал успокаивать брата:

— Брось, не расстраивайся. Не надо. Никакие они не злые, они — психи. У меня такая же.

— Ну чего вот невзлюбила?! За што? Ведь невзлюбила она тебя… А за што?

Тут только понял Чудик, что — да, невзлюбила его сноха. А за что действительно?

— А вот за то, што ты — никакой не ответственный, не руководитель. Знаю я её, дуру. Помешалась на своих ответственных. А сама-то кто! Буфетчица в управлении, шишка на ровном месте. Насмотрится там и начинает… Она и меня-то тоже ненавидит, что я не ответственный, из деревни.

The Oddball's brother, Dmitri, was embarrassed:

"It's because… the children are sleeping there. Generally, she's a good woman."

They drank some more. They began remembering their youth, mother, father.

"Do you remember?" brother Dmitri asked joyfully, "Though, who you could remember there! You were still an infant. They would leave me with you, and I would kiss you non-stop. One time you turned blue even. I got it for that. After that, they wouldn't leave you with me. But all the same; they would turn away, I'd be near and kiss you again. Devil knows what my impulse was. I myself was still only a snot-nosed toddler, and already… this… kissing…"

"And remember," the Oddball also remembered, "how you…"

"Are you going to stop yelling?" Sophia Ivanovna asked again, very irate and nervy. "Who needs to hear about these various snots and kisses? You are really at it too—chatterboxes."

"Let's go outside," said the Oddball.

They went outside and sat on the porch.

"Remember?" continued the Oddball.

But here something happened with brother, Dmitri. He began to cry and pound his fists on his knees:

"This is my life! Did you see? So much anger in a person!… So much anger!"

The Oddball tried to calm down his brother:

"Let it go. Don't get upset. It's not worth it. They're not evil, they're psychotic. Mine is the same."

"Why doesn't she like you?! For what? After all, she dislikes you… and for what?"

It was only then that the Oddball understood that, yes, the wife disliked him. And really, for what?

"Here's why—because you are not important, not a boss. I know her, the fool. Crazy about her important people. And she herself is who! A barmaid for the management, a bump in a smooth place. She'll see things over there and then she'll start… She hates me too because I am not important, a village bumpkin.

— В каком управлении-то?

— В этом… горно… Не выговорить сейчас. А зачем выходить было? Што она, не знала, што ли?

Тут и Чудика задело за живое.

— А в чём дело, вообще-то? — громко спросил он, не брата, кого-то ещё. — Да если хотите знать, почти все знаменитые люди вышли из деревни. Как в чёрной рамке , так, смотришь, — выходец из деревни. Надо газеты читать!… Што ни фигура, понимаешь, так — выходец, рано пошёл работать.

— А сколько я ей доказывал в деревне-то люди лучше, незаносистые.

— А Степана-то Воробьева помнишь? Ты ж знал его.

— Знал, как же.

— Уж там куда деревня!… А пожалуйста: Герой Советского Союза. Девять танков уничтожил. На таран шёл. Матери его теперь пожизненную пенсию будут шестьдесят рублей платить. А разузнали только недавно, считали — без вести…

— А Максимов Илья!… Мы ж вместе уходили. Пожалуйста, кавалер Славы трёх степеней. Но про Степана ей не говори… Не надо.

— Ладно. А этот-то!…

Долго ещё шумели возбуждённые братья. Чудик даже ходил около крыльца и размахивал руками.

— Деревня, видите ли! Да там один воздух чего стоит! Утром окно откроешь — как, скажи, обмоет тебя всего. Хоть пей его — до того свежий да запашистый, травами разными пахнет, цветами разными…

Потом они устали.

— Крышу-то перекрыл? — спросил старший брат негромко.

— Перекрыл. — Чудик тоже тихо вздохнул. — Веранду подстроил — любо глядеть. Выйдешь вечером на веранду… начинаешь фантазировать: вот бы мать с отцом были бы живые, ты бы с ребятишками приехал — сидели бы все

"In what management?"

"In that one… mining… I can't pronounce it now. And why did she marry me? As if she didn't know, or what?"

Now the Oddball was cut to the quick.

"What's going on anyway?" he loudly asked—not of his brother but of someone else. "Why, if you want to know, almost all famous people came from villages. Whenever you look at someone in a black frame—he is a native of a village. You need to read the papers! No matter what important figure, understand, it's a villager who left early to work."

"How many times I've argued with her that in the village people are better, not so proud."

"And remember Stephan Vorobyov[1]? You knew him…"

"Knew him, of course."

"Village through and through… and, if you please, a hero of the Soviet Union. Destroyed nine tanks. He rammed them. Now they will pay his mother a pension of sixty rubles for her lifetime. They only recently found out, thought he was MIA…"

"And Ilya Maksimov!… We left together. Now if you please, Cavalier, Order of Glory, all three ranks. But don't say anything about Stephan to her… it's not necessary."

"Fine. But this guy!…"

The agitated brothers rumbled for a long time. The Oddball even walked about the porch and waved his arms:

"The village, would you please! Why, the air alone is worth so much! When you open the window in the morning, your whole being is washed clean, as they say. You can practically drink it, it's so fresh, smelling with various grasses and various flowers…"

Later, they became tired.

"Did you put a new roof on?" the older brother asked quietly.

"I did," the Oddball also sighed quietly. "Added a veranda—it's a pleasure to look at. You can go out there in the evenings on the veranda… begin to imagine how it would be if mother and father were alive, if you and your children came to visit.

---

1 Stepan Vorobyov (1911–1994), Sergeant Major in the Red Army, awarded the title of Hero of the Soviet Union for his actions in WWII.

на веранде, чай с малиной попивали. Малины нынче уродилось пропасть. Ты, Дмитрий, не ругайся с ней, а то она хуже невзлюбит. А я как-нибудь поласковей буду, она, глядишь, отойдёт.

— А ведь сама из деревни! — как-то тихо и грустно изумился Дмитрий. — А вот... Детей замучила, дура одного на пианинах замучила, другую в фигурное катание записала. Сердце кровью обливается, а — не скажи, сразу ругань.

— Ммх!... — опять возбудился Чудик. — Никак не понимаю эти газеты вот, мол, одна такая работает в магазине — грубая. Эх, вы!... а она придёт домой — такая же. Вот где горе-то! И я не понимаю! — Чудик тоже стукнул кулаком по колену. — Не понимаю: почему они стали злые?

Когда утром Чудик проснулся, никого в квартире не было; брат Дмитрии ушёл на работу, сноха тоже, дети постарше, играли во дворе, маленького отнесли в ясли.

Чудик прибрал постель, умылся и стал думать, что бы такое приятное сделать снохе. Тут на глаза попалась детская коляска. "Эге! — подумал Чудик, — разрисую-ка я её." Он дома так разрисовал печь, что все дивились. Нашёл ребячьи краски, кисточку и принялся за дело. Через час всё было кончено, коляску не узнать. По верху колясочки Чудик пустил журавликов — стайку уголком, по низу — цветочки разные, травку-муравку, пару петушков, цыпляток... Осмотрел коляску со всех сторон — загляденье. Не колясочка, а игрушка. Представил, как будет приятно изумлена сноха, усмехнулся.

— А ты говоришь — деревня. Чудачка. — Он хотел мира со снохой.

— Ребёночек-то как в корзиночке будет.

Весь день Чудик ходил по городу, глазел на витрины. Купил катер племяннику, хорошенький такой катерок, белый, с лампочкой. "Я его тоже разрисую," — думал.

We would all sit on the veranda and drink tea with raspberries. Raspberries grow now in abundance. Listen, Dmitri, don't argue with her, or she will dislike you even more. And I will make it up to her somehow, you'll see, she'll let it go."

"She is a villager herself!" Dmitri cried with a sort of sad, quiet astonishment. "And now... Tortures the children, the fool: one of them she tortures with piano lessons, the other she enrolled in figure skating. The heart bleeds, but you can't say anything, there'll be swearing right away."

"Mmmm!" again the Oddball became agitated. "I can't understand these newspapers for anything. Here, let's say, one of these types works at the store—rude. For shame!... And then she comes home and acts the same. Now there's misery! And I don't understand!" the Oddball also hit his fists on his knees. "Don't understand. Why have they become so mean?"

In the morning, when the Oddball woke up, no one was in the apartment. Dmitri went to work, the wife as well, the older children were playing in the courtyard and the little one had been taken to daycare.

The Oddball made his bed, washed up and began to think what pleasant thing he could do for the wife. At this moment, the children's stroller fell into his view. "Aha," thought the Oddball, "I can paint it." At home, he'd painted the stove so that it had amazed everyone. He found the children's paints, a brush, and began his task. In an hour, everything was done. The stroller was unrecognizable. On the upper part of the stroller, the Oddball painted cranes—a whole flock in the corner. Below, various flowers, some knotgrass, a pair of cockerels, chicks... He inspected the stroller from all sides—a sight for sore eyes. It was no longer a stroller but a toy. He imagined how pleasantly amazed the wife would be, chuckled to himself.

"And you say I'm a country bumpkin. Silly woman." He wanted to make peace with the wife.

"It will seem like the baby is in a fancy basket."

All day, the Oddball walked around the city gaping at the showcases. He bought a boat for his nephew. A great little boat, white, with a lamp. "I will paint it too," he thought.

Часов в шесть Чудик пришёл к брату. Взошёл на крыльцо и услышал, что брат Дмитрий ругается с женой. Впрочем, ругалась жена, а брат Дмитрий только повторял:

— Да ну что тут!… Да ладно… Сонь… Ладно уж…

— Чтоб завтра же этого дурака не было здесь! — кричала Софья Ивановна. — Завтра же пусть уезжает.

— Да ладно тебе!… Сонь…

— Не ладно! Не ладно! Пусть не дожидается — выкину его чемодан к чёртовой матери , и всё!

Чудик поспешил сойти с крыльца… А дальше не знал, что делать. Опять ему стало больно. Когда его ненавидели, ему было очень больно. И страшно. Казалось: ну, теперь всё, зачем же жить? И хотелось куда-нибудь уйти подальше от людей, которые ненавидят его или смеются.

— Да почему же я такой есть-то? — горько шептал он, сидя в сарайчике. — Надо бы догадаться: не поймёт ведь она, не поймёт народного творчества.

Он досидел в сарайчике дотемна. И сердце всё болело. Потом пришёл брат Дмитрий. Не удивился — как будто знал, что брат Василий давно уж сидит в сарайчике.

— Вот… — сказал он. — Это… опять расшумелась. Коляску-то… не надо бы уж.

— Я думал, ей поглянется. Поеду я, братка.

Брат Дмитрий вздохнул… И ничего не сказал.

Домой Чудик приехал, когда шёл рясный парной дождик. Чудик вышел из автобуса, снял новые ботинки, побежал по тёплой мокрой земле — в одной руке чемодан, в другой ботинки. Подпрыгивал и громко пел: Тополя-а, тополя-а…

С одного края небо уже очистилось, голубело, и близко где-то было солнышко. И дождик редел, шлёпал крупными каплями в лужи; в них вздувались и лопались пузыри.

В одном месте Чудик поскользнулся, чуть не упал.

Around six o'clock, he returned to his brother's. He stepped onto the porch and heard how his brother, Dmitri, was arguing with his wife. Actually, the wife was arguing and brother Dmitri was only repeating:

"Well, so what!… oh, come on… Sonya… enough already…"

"Tomorrow, that fool had better be gone!" yelled Sofia Ivanovna. "Let him leave tomorrow."

"It's okay now!… Sonya…"

"It's not okay! Not okay! Don't let him dally—I'll throw his suitcase the hell out and be done with it!"

The Oddball hurried to get off of the porch… But he didn't know what to do next. Again, he felt pained. When someone hated him, it was very painful. And frightening. It seemed to him: well, that's it, why even live? He wanted to go somewhere far away from people who hated him or laughed at him.

"Why, oh why am I like this?" he whispered bitterly sitting in the shed. "I should have guessed: she wouldn't understand, she wouldn't understand folk art."

He sat in the shed until it was dark. His heart kept hurting. Later, his brother Dmitri came. He didn't seem to be surprised—as if he'd already known that his brother Vasily had been sitting in the shed for a long time.

"You see," he said. "Riled up again. The stroller… you didn't need to do that."

"I thought she'd like it. I'm going to go, brother."

Brother Dmitri sighed… And didn't say anything.

When the Oddball arrived home, a sparkling, steamy rain was falling. The Oddball walked off the bus, took off his new shoes and ran on the warm, wet earth—in one hand his suitcase, in the other his shoes. He bounced up and down and sang loudly: "Popla-a-ars, popla-a-ars…"

In one corner, the sky had already cleared of clouds, turned blue, and the sun was somewhere close by. The rain thinned, large drops plopped in puddles, and bubbles swelled and popped in them.

In one place, the Oddball slipped and almost fell.

Звали его — Василий Егорыч Князев. Было ему тридцать девять лет от роду. Он работал киномехаником в селе. Обожал сыщиков и собак. В детстве мечтал быть шпионом.

His name was Vasily Yegorich Knyazev. He was thirty-nine years old. He worked as a movie operator in the village. He adored detectives and dogs. As a child, he dreamed of becoming a spy.

Translated by Danielle Jones with Natalya Russkikh.

Questions for Discussion:

1. In what ways are you sympathetic or ill-disposed toward the Oddball's character? How does he play the role of the Holy Fool in this story? Why might Shukshin have used him as his protagonist?
2. What elements of industrialization and the mass migration of people to the cities is Shukshin commenting on? What is his attitude toward these?
3. What is the tone of the ending of the story? How do you interpret this ending?

Boris Mozhayev

Born in 1923 in a village southeast of Moscow, Boris Mozhayev was raised in the countryside and studied in a rural school. When Mozhayev was twelve, his father, a steamship pilot, was arrested during Stalin's purges and sent to a gulag, where he died. Following in his father's footsteps, Mozhayev began to study shipbuilding after he graduated from secondary school but was drafted during World War II and sent to serve in the navy in the Far East.

After the war, Mozhayev enrolled in the Leningrad military engineering and technical college. At the same time, he took courses in literature and folklore in the philological faculty of Leningrad University. He graduated in 1948 as a naval engineer and returned to the Far East to spend his navy career there. He began writing while he was in the Far East, publishing first a book of poems and then a collection of folklore which he edited. He became a journalist at a local newspaper and a few years later began publishing short stories, plays and essays. His early fiction was highly influenced by Chinese and Mongolian folktales.

In the early 1960's, Mozhayev shifted his interests, as many writers did, to writing about the problems of Soviet agriculture in general and the collective farms in particular. His stories became very popular though he was brutally criticized for his sincere and honest depiction of rural living which didn't gloss over the deficiencies of the rural communities. Many of his works were censored, and Mozhayev had many difficulties publishing them. Still, using his own experiences of rural life, he bravely confronted the controversial issues of Russia's recent past, in particular the crimes of Stalin in collectivization.

His novel *Peasant Men and Women* (1972–1980) shows unequivocal support for the individual at the expense of official discourse as demonstrated by the plight of a collective farm located in his native region of Ryazan. The sequel of the novel

describes the peasant uprising against the authorities and critiques the collective farm policy which proved to be catastrophic for Russian agriculture. This novel was published in the era of *glasnost*, when there was less censorship and greater freedom of information. Mozhayev was considered part of mainstream Soviet literature and received the USSR State Prize for Literature. He died of cancer in 1996 in Moscow.

"My brother Levanid" is taken from the satirical volume *A History of the Village of Brekhovo*. The narrator describes the red tape encountered by a villager who is trying to sell his cow, depicts chaos on a collective farm and illustrates the gulf between farm workers and management. His light and humorous story does not have a finale or moral, but offers a unique view of a common problem. The *skaz* format makes use of an educated narrator who tells the story and acts as a mediator between the peasant workers and the urban readers to whom the tale is directed. The narrator employs puns, slapstick jokes, dry humor and witty banter, while preserving a sometimes sympathetic, sometimes ironic distance from the story's characters. The language is fashioned to give the illusion of spontaneous speech, where the distinctive features and peculiarities of the narrator's idiom is as important to the effect of the narrative as the situations and events recounted.

Svetlana Malykhina

Мой Брат Леванид

Борис Можаев

Как вы уже знаете, мой брат Леванид работал когда-то ветеринаром. Потом его перевели в Корабишино санитаром. Но так как фельдшера там не было, то Леванид лечил всех — и скотину и людей. Лечил он ото всяких болезней чистым дёгтем. Каждому больному прописывал по чайной ложке три раза в день.

— Ну, таперика пей и жди полтора года, — говорил он. — Болезнь изнутри выходить будет.

И вот что удивительно — многим помогало. К нему и сейчас ходят за советом. Намедни сижу у него, выпиваем. Приходит соседка, у неё девочка болеет, не то экзема, не то лишай.

— Хочу Ленку везти на курорт и боюсь, — говорит.

— Тогда не вези, — отвечает Леванид.

— Дак ведь он, курорт, всё ж таки наружу вызовет болезнь.

— А может, он вовнутрь загонит? Ещё глубже… Тогда как?

Соседка вроде бы в сумление вошла:

— Доктор сказал, вези, а гепат — не ездий.

— Гепат, он всё знает.

И не поехала. Послал её Леванид в Корабишино, к своей бывшей сотруднице по ветеринарному пункту бабке Кочабарихе. Та наговорила на конопляном масле, ну и что-то подмешала туда… И все болячки как рукой сняло.

Леванид живёт таперика на персональной пенсии. Ему тоже платят шестьдесят пять рублей, но только по военной линии. Он ушёл воевать командиром отделения, а возвратился командиром батлиона. Между нами говоря, он чуточку привирает. До батлионного он не дослужился, но

My Brother Levanid

Boris Mozhayev

As you already know, my brother Levanid worked at one time as a veterinarian. Afterwards, he was transferred to Korabishino as a nurse. But since there was no paramedic there, Levanid treated everyone—animals and people. He treated every ailment with clean oil tar. Prescribed a teaspoon to every patient three times a day.

"Well, now drink this and wait a year and a half," he'd say. "Your disease will come out from within."

And here's what's amazing—it helped many. Even now, people come to him for advice. Recently, I sat down with him and had a drink. A neighbor came by. Her daughter was sick, maybe eczema, maybe ringworm.

"I want to take Lenka to a health resort, but I'm scared," she says.

"Then don't take her," Levanid replies.

"Well, the resort will bring the disease to the surface, after all."

"What if it will push it down? Even deeper… What about that?"

The neighbor seemed to have doubts:

"The doctor said to take her, but the homeopathist said not to."

"The homeopathist, he knows everything."

So she didn't go. Levanid sent her to Korabishino to granny Kochabarikha, his former coworker at the veterinary station. She said a spell over cannabis oil and mixed something into it… And all the sores disappeared as if wiped away by a hand.

Levanid lives on a personal pension[1] now. He is also paid sixty-five rubles, but that's for his military service. He left to fight as a section commander and returned as the commander of a battalion. Between us, he's exaggerating a bit. He didn't make it to a battalion, but he was commander of a company… That's for

---

1   Personal pensions were issued by the Soviet government for special merits or achievements in certain fields (e.g. revolutionary, political, cultural, scientific).

командиром роты был... Это уж точно. От войны у него осталось ранение в голову. На самом темени выбита кость, и такая ямина образовалась — яйцо куриное уложишь. Точно говорю! Леванид, когда выпьет, разойдётся, то размахнёт кудри, подставит темя и кричит:

— Не веришь, что у меня полголовы нету? На, клади яйцо!

Я клал не однова. Держится яйцо!

— Леванид, — говорю, — как же ты при своём офицерском звании не добился в госпиталях, чтобы заделали тебе эту пробоину?

— А-а! У нас доктора ненормальные. Лежал я в Грозном. Хирург мне и говорит: "давай вырежем у тебя ребро да заделаем костью голову."

— А ты что?

— Отказался.

— Почему?

— Вот чудак! Как же без ребра-то жить?

Вы, может быть, посмеётесь? Но давайте так рассуждать. В нашем крестьянском деле рёбра важнее головы. Пойдешь косить — при густой траве ребро за ребро заходит, потому как весь упор делается на рёбра. А ежели у тебя ребра нет, какая может быть устойчивость? И какой из тебя косец?

Между прочим, мой брат Леванид до сих пор стога мечет и косит в колхозе во главе пенсионеров.

И в общественной жизни участие проявляет: металлолом собирает, пионерам рассказывает насчёт проклятого прошлого, вопросы задаёт на лекциях о международном положении, так и далее.

А в день двадцатилетия победы в Тиханове он бреховским отрядом ветеранов командовал. Объявили, таперика, девятого мая парад: "которые с медалями и орденами — в район на парад!" Прибегает Сенька Курман в правление и говорит:

sure. After the war, he was left with a wound on his head. Such a hole was formed on his crown where the bone was impacted that you could put a chicken egg in it. It's true, I say! Levanid, when he drinks, gets excited, swings his curls, shows the top of his head and yells:

"Don't believe that I'm missing half my head? Here, put an egg in it!"

I put one there more than once. The egg stays!

"Levanid," I said. "How is it that you, with your officer's rank, didn't force them to patch up this hole for you at the hospital?"

"Ah! Our doctors are not normal. I lay in Grozny. The surgeon said to me: 'Let's cut out one of your ribs and fashion it into a bone for your head.'"

"And so?"

"I refused."

"Why?"

"Silly man! How can you live without a rib?"

You are laughing, perhaps? But let's consider this. In our peasant business, ribs are more important than a head. Take mowing—when there's thick grass, rib stacks on rib because all the stress is on your ribs. And if you are missing a rib, how can you have any stability? What kind of a mower would you be?

By the way, my brother Levanid to this day pitches haystacks and mows in the collective farm[1] as the head pensioner.

And he takes his part in public life: he gathers scrap metal, tells stories to the Pioneers about the terrors of the past, asks questions about the international situation at lectures and so forth.

And on the twentieth anniversary of the victory at Tikhanov, he commanded the Brekhovsk detachment of veterans. They announced that from now on, there would be a parade on the ninth of May: "Whoever has medals and decorations—off to the district for the parade!" Senka Kurman ran to the officials and said:

---

1   The collective farm was a form of Soviet agricultural management where the production was meant to be jointly owned and distributed by the participants.

— Товарищ председатель, а вот как мне быть? Медаль оторвалась, а эта самая висит?! — Он показал на приколотую к пиджаку колодку.

— Документы на медаль есть? — спрашивает Петя Долгий.

— Какие документы? У меня паспорта и то нет.

Просто смех!… Между прочим, с последней наградой моего брата Леванида тоже получилась забавная история. Но тут надо отступ сделать.

Прошлой осенью произошёл затор по мясу. Скота много развели, а девать его некуда. В заготскот, государству—не берут: мясокомбинаты перегружены. На рынок везти — не продашь. Трава выгорела, сена не заготовили. Кто же купит корову в зиму? Вот Феня, жена Леванида, и говорит моему брату:

— Давай продадим корову-то, а тёлочку купим. Уж больно она здорова. Это ж не корова, а прямо Саранпал[1]. Она сожрёт нас в зиму-то.

Ну, Леванид и в заготскот, и в район… мыкался, мыкался да ни с чем и вернулся. В тую пору бреховские сочинители Глухова и Хамов частушку пустили по народу:

С коровёнкой бабка Таня
Ходит осень без ума;
Ей с района отвечают:
Мясо, бабка, ешь сама.

И вдруг приходит разнарядка на бреховский сельсовет: "принять двух коров."

Ну, Леванид в сельсовет. Ходы знакомые. И авторитет у него всё ж таки имеется. Отвоевал он одну развёрстку. Несёт домой в нутряном кармане, что твою путёвку на курорт.

Ладно, пригоняют они по этой развёрстке свою корову в заготскот. А им говорят:

---

1 Saranpal: the west slope of the Urals.

"Comrade Chairman, what should I do? My medal ripped off, and this is all that is left!" He showed where the ribbon was pinned to his jacket.

"Do you have papers for your medal?" asked Petya Dolgi.

"What papers? I don't even have a passport."

Absolutely hilarious!… By the way, there's also a funny story about the last medal that my brother Levanid received. But here, we need to take a step back.

Last fall, there was a jam with the meat. They had bred lots of cattle, and there was nowhere to take them. CattlePrep won't take them for the state: the meat processing plants are overloaded. If you take them to the markets, you can't sell them. The grass has burned in the sun, the hay hasn't been stored up. Who buys cows for the winter? So Fenya, Levanid's wife, says to my brother:

"Let's sell the cow and buy a calf instead. The cow is too big. She's not even a cow but a mountain. She'll devour us over the winter."

Well, Levanid went to CattlePrep and to the district… loitered and loitered but to no end and returned. At this time, the Brekhovsk writers, Glukhova and Khamov released to the public this little ditty:

> Grandma Tanya with her cow,
> goes crazy in the fall;
> From the district comes the answer:
> Woman, eat the meat yourself.

And suddenly, the distribution list arrives at the Brekhovsk village council meeting: "We'll take two cows."

So Levanid is off to the village council. This was a familiar path. And he was respected by everyone. He fought over and won an allocation. He brought it home in his inner pocket, like a vacation pass[1] to a resort.

Fine. Per the allocation, they drive their cow to CattlePrep. And they are told:

---

1   An official document issued in Soviet times for people travelling on an earned holiday.

— От своих мы не принимаем коров. Надо прививку против ящура сделать да две недели выдержки дать.

Сделали они прививку. Проходит две недели — пригоняют опять в заготскот. А им и говорят:

— У нас приём закрыт. Исчерпали, значит. Гоните свою корову на базу в Пугасово.

Батюшки мои. За сорок вёрст киселя хлебать. Но делать нечего. Повязали они верёвку корове на рога, буханку хлеба под полу и пошли. Один за верёвку тянет, второй подгоняет. Целый день пихтярили. Вот тебе, пригоняют на базу, а им и говорят:

— Где ж вы раньше были? У нас уж партия того... уклепонтована. Пригоняйте в конце месяца.

Ладно, приходит конец месяца, сложились они втроём, наняли грузовик, потому как снег уже выпал. Загнали они коров в кузов, а борта у него низкие. Вот тебе тронулся грузовик — коровы в рёв да через борта повыпрыгивали. Леванидова корова упала на голову и рог сломала. Что тут делать, головушка горькая? Бегали они бегали, нашли военную машину с высокими бортами. Договорились. Только собрались коров грузить — является рассыльный: "дядя Леонтий, тебя в сельсовет вызывают." — "зачем?"— "не знаю, а только наказывали — срочно явиться."

Приходит Леванид в сельсовет, а там сидит подполковник:

— Вы Булкин Леонид Афанасиевич?

— Я самый. В чём дело?

— У меня, — говорит, — награды ваши. Двадцать три года разыскивали вас насчёт вручения орденов. И вот наконец вы нашлись.

— Да я сроду не скрывался нигде, — отвечает Леванид.

— Вас никто не подозревает. Только бумаги ваши долго ходили. Значит, вы награждаетесь орденом Отечественной войны первой степени и орденом Красной Звезды.

"We don't take cows straight from people. They need to have an inoculation against foot and mouth disease and to be in quarantine for two weeks."

They gave the inoculation. Two weeks passed. They drive it again to CattlePrep. And they are told:

"We can't accept any more. All filled up, that is. Take your cow to the base in Pugasovo."

Good Lord. Forty versts on a wild goose chase. But they had no choice. Tied a rope to the cow's horns, hid a loaf of bread under their clothes and left. One pulled on the rope, the other drove from behind. Wiled away an entire day. This is what happened. They drive the cow to the base and are told:

"Where were you earlier? We already have the group, you know… all packed up. Bring your cow at the end of the month."

Fine. The end of the month came; they threw in together to rent a truck because it had already begun to snow. They chased the cows into the bed of the truck but the sides were low. Just as the truck started moving—the cows with a bellow jumped over the side. Levanid's cow fell on her head and broke a horn. Miserable luck. They ran around here and there and found an army truck with high sides. They made an agreement. They were about to drive the cows into the truck when a messenger appeared: "Uncle Levanid, they want you at the village council."—"Why?"— "I don't know, only they commanded you to come at once."

Levanid went to the village council and a lieutenant colonel was sitting there:

"Are you Leonid Afanasievich Bulkin?"

"The very same. What's going on?"

"I have your medals," he says. "We have searched everywhere for you for twenty-three years to present you these medals. And now, finally, you've been found."

"I've never in my life hid anywhere," answered Levanid.

"No one suspects you of anything. Only your documents wandered around for a long time. So then, you are awarded with the medal of the Patriotic War of the First Class and the medal of the Red Star."

— Спасибо, — говорит Леванид.

— Надо отвечать — служу Советскому Союзу!

— Да я уж позабыл. Служба моя теперь вокруг бабы да коровы. Давайте ордена!

— Оба нельзя. Тут одна неувязка. Ваше отчество Афанасиевич?

— Так точно.

— Вот видите. А здесь в одном документе записано Афанасиевич, а в другом Аффониевич.

— Так, может быть, это не я?

— По всему видать, вы. И год рождения ваш, и место рождения... только отчество Аффониевич? Этот орден Красной Звезды мы отправим обратно в Москву и сопроводиловку пошлём, где укажем, что вы не Аффониевич, а Афанасиевич. Там исправят и пришлют обратно. Вы согласны?

— Согласен. Мне можно идти?

— А второй орден! Этот мы вам вручим.

— Ну, давайте! — Леванид протянул руку.

— Так просто из рук в руки орден нельзя передавать. Надо представителей власти собрать. Торжественную обстановку сделать. Тогда и вручим вам этот орден.

— Да мне некогда ждать торжественной обстановки, — говорит Леванид. — Мне корову надо грузить.

— Корову можно отложить.

— Никак нельзя. Два месяца ждал.

— Ну как же нам быть? И мне надо в район ехать... Тогда вот что! — придумал подполковник. — Накройте стол красной скатертью, над этим столом я вручу вам и орден и руку пожму.

Наш председатель сельсовета Топырин достал из сундука красный материал с лозунгом, расстелил обратной стороной на столе, и подполковник вручил Леваниду орден.

Пришёл я к нему на другой день — орден на столе.

— Ты чего это достал его? — спрашиваю. — Любуешься?

— Испытание проводил. Я всё думал, что орден первой

"Thank you," said Levanid.

"You should answer, 'I serve the Soviet Union!'"

"Oh, I already forgot. My service now is to women and cows. Give me the medals!"

"I can't give you them both. There's an issue. Is your patronymic Afanasievich?"

"Yes sir."

"See here. On one of the documents it is written Afanasievich and on the other Affonievich."

"Well, maybe, it's not for me?"

"Overall, it looks like it is yours. It has your date of birth, your place of birth… only the patronymic of Affonievich. It's the order of the Red Star; we'll send it back to Moscow along with a document on which we will write that you are not Affonievich but Afanasievich. They will fix it there and send it back. Do you agree?"

"I agree. Can I go now?"

"But the second medal! We will present it to you."

"Well, give it here!" Levanid held out his hand.

"It's forbidden to simply hand over a medal from one hand to another. We must gather together the representative officials. Prepare a celebratory environment. Then, present you with the medal."

"I don't have time for a celebratory environment," said Levanid. "I need to haul a cow."

"The cow can wait."

"No sir. I've already waited two months."

"Well, what will we do then? I need to go to the district… Here's what!" The lieutenant colonel thought up a plan. "Cover a table with a red tablecloth; over this table, I will present the medal to you and shake your hand."

Our chairman of the village counsel, Topyrin, took a red cloth with a slogan out of a trunk, spread it upside down on the table, and the lieutenant colonel presented the medal to Levanid.

I came to his house the next day—the medal lay on the table.

"What did you pull it out for?" I asked. "To admire it?"

"I was conducting an experiment. I always thought that a

степени из золота сделан. Но вот рассмотрел его, покусал… Простой металл.

И он стал рассказывать мне, как сдавали корову, и сколько она скинула в живом весе за последние два месяца:

— Была корова, как печь. А пока сдали её, мослы выщелкнулись.

medal of the first class was made from gold. But I examined it, tested with my teeth... regular metal."

And he began to tell me the story of how he sold the cow, and how much live weight she lost in the last two months:

"She was a cow like a furnace. And by the time I sold her, she was just rattling bones."

Translated by Danielle Jones with Natalya Russkikh.

Questions for Discussion:

1. How would you describe Levanid's character? What situations in the story display this?
2. In what ways is Levanid a good Soviet citizen? Do you think the narrator respects him for this?
3. What aspects of Soviet life are been parodied or laughed at in the text? What do you think led Mozhayev to poke fun at these?

Acknowledgements

I'm deeply appreciative of my husband, Kreg, for his support, and of my daughter, Angelika, for her enthusiasm and help checking the Russian texts for accuracy. I'm indebted as well to my colleagues, Professor Aaron Weinacht for proofreading this volume and to Dr. Alan Weltzien for his encouragement and writing advice. I'm grateful to Alexander Markov for contributing a biography and to Professors Dr. Boris Kondakov and Elena Chetina from Perm State University for their help selecting the stories in this volume. I'm deeply indebted to Michael Karpelson for his expert editing and seeing this anthology through to completion. Finally, I owe a large debt of gratitude to my fellow translators, friends and consultants on this journey: Anna Arustamova, Svetlana Malykhina and Natalya Russkikh. Anna helped me translate Russian into Russian when the texts were difficult and idiomatic, Natalya checked my English translations and Svetlana wrote the biographies. Without their help, this volume could not have been accomplished.

Also from Translit

THE TALE OF
HODJA NASREDDIN:
DISTURBER OF THE PEACE

by Leonid Solovyov

Print edition
ISBN: 978-0-9812695-0-4

E-book and Kindle
ISBN: 978-0-9812695-1-1

Returning to Bukhara after a long exile, Hodja Nasreddin finds his family gone, his home destroyed, and his city in the grasp of corrupt and greedy rulers who have brought pain and suffering upon the common folk. But Hodja Nasreddin is not one to bow to oppression or abandon the downtrodden. Though he is armed only with his quick wits and his donkey, all the swords, walls, and dungeons in the land cannot stop him!

Leaning on his own experiences and travels during the first half of the 20th century, Leonid Solovyov weaves the many stories and anecdotes about Hodja Nasreddin – a legendary folk character in the Middle East and Central Asia – into a masterful tale brimming with passionate love for life, liberty, and happiness. Discover a hidden gem of Russian literature!

Also from Translit

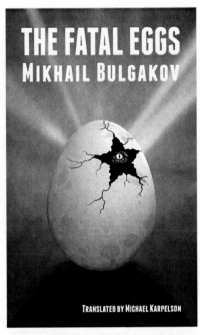

THE FATAL EGGS

by Mikhail Bulgakov

Print edition
ISBN: 978-0-9812695-2-8

E-book and Kindle
ISBN: 978-0-9812695-3-5

In the turbulent early years of the Soviet state, the brilliant and eccentric zoologist Persikov discovers an amazing ray that drastically increases the size and reproductive rate of living organisms. At the same time, a mysterious plague wipes out all the chickens in the Soviet republics. The government expropriates Persikov's untested invention in order to rebuild the poultry industry, but a horrible mixup quickly leads to a disaster that could threaten the entire world.

This H. G. Wells-inspired novel by the legendary Mikhail Bulgakov is the only one of the his longer works to have been published in its entirety during the author's lifetime. A poignant work of social science fiction and a brilliant satire on the Soviet revolution, it can now be enjoyed by English-speaking audiences through this accurate new translation.

CPSIA information can be obtained
at www.ICGtesting.com
Printed in the USA
LVOW12s0844181216
517816LV00001B/10/P